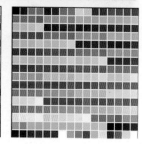

案例 4-3　色彩模式转换与调色板的应用

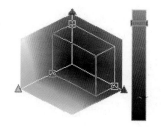

图 4-9　RGB 色彩模式

案例 4-5　相邻色的比较

案例 4-6　补色对比效果

案例 4-7　通过对比度调整明度效果

案例 4-9　对比色调和

案例 4-8　用渐变填充实现同种色调和

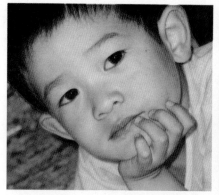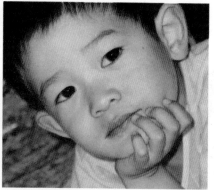

案例 4-11　图像格式转换与压效果比较

案例 4-14　不同分辨率的叠加效果

案例 4-12　分辨率与图像大小调整

案例 5-1　点线面的应用

案例 5-2　平面上纵深感的形成

图 5-4(c)　嘉年华节的摄影者

图 5-5　嘉年华节戴面具者

案例 5-4　通过裁切突出主题

案例 5-5　井字构图法

案例 5-7　对称与不对称平衡的比较

（a）对称构图，远近与质感对比　　　　　　　　　（b）不对称构图，动静与光影对比

案例 5-8　对比原理应用

 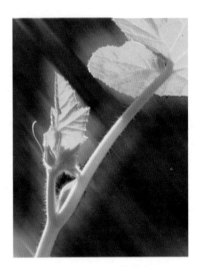

案例 5-15　构图与局部色彩调整　　　　　　案例 5-19　阳光的舞

案例 5-26　书签设计与制作

案例 5-20　静月思(综合背景设计)

(a) 侧面突出轮廓,突出主体

(b) 背面突出姿态或情节变化

图 9-5　横向变化的拍摄角度

(a) 仰角突出和夸张被摄体的高度

(b) 俯角表现景物的层次和空间感

图 9-6　垂直变化的拍摄角度

（a）远景表现场面和环境空间

（b）全景交待人物与环境的关系

（c）中景表现人物情感与动作

（d）近景以人物表情为主

（e）特写表现局部或细节

（f）大特写表现眼神、局部小动作等

案例 9-4　不同的景别与效果

普通高等教育"十一五"国家级规划教材

本书第1版获
高等教育国家级教学成果二等奖

清华大学计算机基础教育课程系列教材

数字媒体
—— 技术·应用·设计（第2版）

刘惠芬 编著

清华大学出版社

北京

内 容 简 介

本教材注重数字技术应用与媒体传达的结合，以案例为主线，系统介绍数字媒体信息的构成方式、编辑方法和基本创作过程。

教材分 3 篇共 10 章。第 1 篇介绍基本概念与数字编创设备，主要包括数字媒体与网络的概念，基于网站的媒体项目开发过程以及数字编创设备。第 2 篇介绍基础媒体处理与应用，主要包括数字色彩构成与图像的基本概念；平面设计与图像编辑原理；计算机动画的基本原理以及数字音频与合成音乐。第 3 篇是影音综合篇，主要包括数字视频基础，影视艺术与数字剪辑制作，通过案例和软件应用分析影视媒体的编创和剪辑原理与技巧，最后是矢量动画与互动媒体应用。

本书适合各高等院校的本科生和大专生作为公共选修课教材，也适合计算机应用、信息设计、媒体传播等相关专业作为专业课教材。

图书在版编目（CIP）数据

数字媒体：技术·应用·设计/刘惠芬编著. —2 版. 北京：清华大学出版社，2008.3
（清华大学计算机基础教育课程系列教材）

ISBN 978-7-302-16132-5

Ⅰ. 数… Ⅱ. 刘… Ⅲ. 数字技术－多媒体－高等学校－教材 Ⅳ. TP37

中国版本图书馆 CIP 数据核字（2007）第 144657 号

责任编辑：袁勤勇　李玮琪
责任校对：梁　毅
责任印制：王秀菊

出版发行：清华大学出版社　　　　　　　　　　地　　　址：北京清华大学学研大厦 A 座
　　　　　http://www.tup.com.cn　　　　　　邮　　　编：100084
　　　社　总　机：010-62770175　　　　　　邮　　购：010-62786544
　　　投稿与读者服务：010—62776969，c—service@tup.tsinghua.edu.cn
　　　质　量　反　馈：010-62772015，zhiliang@tup.tsinghua.edu.cn
印　刷　者：北京国马印刷厂
装　订　者：三河市新茂装订有限公司
经　　销：全国新华书店
开　　本：185×260　印　张：20　彩　插：4　字　数：473 千字
版　　次：2008 年 3 月第 2 版　　　　　　　　印　　次：2008 年 3 月第 1 次印刷
印　　数：1～4000
定　　价：29.00 元

产品编号：025798-01

序

计算机科学技术的发展不仅极大地促进了整个科学技术的发展，而且明显地加快了经济信息化和社会信息化的进程。因此，计算机教育在各国备受重视，计算机知识与能力已成为 21 世纪人才素质的基本要素之一。

清华大学自 1990 年开始将计算机教学纳入基础课的范畴，作为校重点课程进行建设和管理，并按照"计算机文化基础"、"计算机技术基础"和"计算机应用基础"三个层次的课程体系组织教学：

第一层次"计算机文化基础"的教学目的是培养学生掌握在未来信息化社会里更好地学习、工作和生活所必须具备的计算机基础知识和基本操作技能，并进行计算机文化道德规范教育。

第二层次"计算机技术基础"是讲授计算机软、硬件的基础知识、基本技术与方法，从而为学生进一步学习计算机的后续课程，并利用计算机解决本专业及相关领域中的问题打下必要的基础。

第三层次"计算机应用基础"则是讲解计算机应用中带有基础性、普遍性的知识，讲解计算机应用与开发中的基本技术、工具与环境。

以上述课程体系为依据，设计了计算机基础教育系列课程。随着计算机技术的飞速发展，计算机教学的内容与方法也在不断更新。近几年来，清华大学不断丰富和完善教学内容，在有关课程中先后引入了面向对象技术、多媒体技术、Internet 与互联网技术等。与此同时，在教材与 CAI 课件建设、网络化的教学环境建设等方面也正在大力开展工作，并积极探索适应 21 世纪人才培养的教学模式。

为进一步加强计算机基础教学工作，适应高校正在开展的课程体系与教学内容的改革，及时反映清华大学计算机基础教学的成果，加强与兄弟院校的交流，清华大学在原有工作的基础上，重新规划了"清华大学计算机基础教育课程系列教材"。

该系列教材有如下几个特色：

(1) 自成体系：该系列教材覆盖了计算机基础教学三个层次的教学内容。其中既包括所有大学生都必须掌握的计算机文化基础，也包括适用于各专业的软、硬件基础知识；既包括基本概念、方法与规范，也包括计算机应用开发的工具与环境。

(2) 内容先进：该系列教材注重将计算机技术的最新发展适当地引入到教学中来，保持了教学内容的先进性。例如，系列教材中包括了面向对象与可视化编程、多媒体技术与应用、Internet 与互联网技术、大型数据库技术等。

（3）适应面广：该系列教材照顾了理、工、文等各种类型专业的教学要求。

（4）立体配套：为适应教学模式、教学方法和手段的改革，该系列教材中多数都配有习题集和实验指导、多媒体电子教案，有的还配有 CAI 课件以及相应的网络教学资源。

本系列教材源于清华大学计算机基础教育的教学实践，凝聚了工作在第一线的任课教师的教学经验与科研成果。我希望本系列教材不断完善，不断更新，为我国高校计算机基础教育作出新的贡献。

注：周远清，曾任教育部副部长，原清华大学副校长、计算机专业教授。

第2版前言

"数字媒体基础"课程开设已近 10 年,每年面向全校各个学科 150 人左右,采用以网络学习为主,课堂面授为辅的教学方式。课程具有网络化、开放性、互动性、教学与研究相结合的特点,在与选课同学的互动中不断进行新的尝试。经过多年的教学实践与研究,新的数字媒体系列教材包括:

基础部分:《数字媒体——技术·应用·设计》(第 2 版)(原创案例电子版可下载)

提高部分:《数字媒体设计》(原创案例电子版可下载)

辅助教材:《数字媒体学习辅导》(附随书光盘,并包括基础和提高部分的原创案例)

电子教案:基础部分与提高部分的教师用光盘

互动网站:数字媒体《在线课堂》(http://www.digitalmedia-TAD.com/index.php)

教材的改版充分考虑了系列的衔接和互补性,并融合了最新的内容及教学实践体会。

一、主要修订内容

1. 增强了跨学科性。数字媒体是计算机应用和人文艺术、传播设计的有机融合,它以数字技术为基础,以人文艺术的创意和设计为指导。这决定其文理兼容,需要较广的综合知识和应用能力。新版教材增强了媒体艺术设计与传达的各个知识点,如色彩构成、平面构成、音频应用、影视蒙太奇原理等,并与相关的数字技术应用融合在一起。

2. 更新技术内容。压缩了成熟的纯技术方面的知识,如原第 2 章光存储技术及应用;第 4 章多媒体个人计算和第 10 章数字视频采集与输出等。重新编写的新第 3 章数字编创设备,以应用为目标,并增加了移动存储、MP3/MP4 以及手机媒体等新内容。而软件的应用也以最新的版本为基础。

3. 以案例教学为主线。全书共约 136 个案例,贯穿于各章节的概念、原理、应用和设计之中。原创案例作品约 60 多个,提供电子版下载,并将附在辅助教材的光盘中。每章的练习主要以作品实现为目标,以便读者通过案例和作品练习,达到学习和应用的目的。原版中各主要软件的系统功能介绍,将在辅助教材中适当补充,以便查阅。

4. 系统与重点的平衡。作为数字媒体系列教材的基础部分,新版增加了第 2 章基于网站的媒体项目开发,并建议读者将重点练习以网页方式链接成自己的"电子作业本"网站。这也是实际教学中采用的方式,通过网站的架构了解全局,通过有选择地深入重点章节掌握媒体应用,进而能深入到数字媒体设计的提高阶段。

二、教材组织结构

新版教材分 3 篇共 10 章。第 1 篇介绍基本概念与数字编创设备,由前 3 章构成。第 1 章介绍数字媒体与网络的概念;第 2 章介绍基于网站的媒体项目开发过程;第 3 章介绍数字编创设备,它是媒体工作的平台。

第2篇基本应用,由第4、5、6、7章构成,涉及图像、基本动画和音频处理。第4章介绍色彩构成与数字图像的基本概念;第5章进一步介绍平面设计与图像编辑原理;第6章介绍计算机动画原理;第7章介绍数字音频与合成音乐。

第3篇综合应用,重点在影音合成和互动媒体,由最后3章构成。第8章介绍数字视频基础;第9章介绍影视艺术与数字剪辑制作,通过案例和软件应用分析影视媒体的编创和剪辑原理与技巧;最后一章介绍 Flash 动画及其互动的实现。

三、教与学的建议

本教材的内容是多媒体技术应用与传媒设计的融合,以用数字的方式来传达信息为目标,包含了数字媒体信息传达所涉及的跨学科的系统的交叉知识,以便不同背景的同学在学习过程中能有选择地组合需要的内容,并保持知识体系的完整。实际教学中,课程包括以下几个重要的环节:

1. 设定目标。第一讲都是介绍课程内容、学习方法和要求;而每个同学的第一次作业都是制定自己的学习计划,并有所侧重。例如,对于计算机基础较好的同学而言,媒体设计和编辑将是他们需要掌握的重点;而对于人文基础较好的同学而言,软件的应用可能是他们面临的主要挑战。

全书的内容非常广,因此实际学习中可以根据需求有所侧重,为学生提供较大的自主性和选择性。例如,练习3模拟选购数码产品可重点关注多种产品中的一种;最后的大作品可从 DV 和 Flash 动画中二选一,将使学习更有针对性。

2. 注重过程。通过练习作品达到掌握知识的目标,而作品的实现带给学生的成就感能进一步激发学习兴趣。课程的考核以按时提交作品为主,并鼓励对作品的更新。

3. 总结和提高。课程采用网络学习为主的方式,所有作品都在网上分享以互相借鉴。同时,建议将各次作业以网页的方式链接起来,网站界面和内容建设将贯穿学习的始终,并随着能力的提高而不断改进。最终呈现的将是各具特色的"数字媒体电子作业本"。

数字媒体是一个有趣而又有挑战的领域,"痛,并快乐着"是大家的共同体验……

教材改版一如既往地得到了助教甚至选课的优秀学生的支持。何玲完成了2.5节综合案例的编创和书稿编写,她目前从事手机媒体的设计工作,7.4节手机铃声也主要由她编写;阳化冰和姜胜参与修订了所有章节的练习;邓法超完成了第4、5章中有关 Photoshop 软件的升级内容以及第10章互动导游案例的制作和编写;韦钱平完成了5.5节矢量图形绘制。感谢所有参与数字媒体课程辅导和学习的朋友们,是他们促成了教材的不断完善和提高。衷心欢迎广大师生对教材提出进一步的意见和建议,让我们在互动中共同提高。

liuhuifen@tsinghua.org.cn

水清木华 2007 年 6 月

第1版前言

一位同学通过"在线课堂"提交了图像设计作业。我登录到"在线课堂",浏览并点评了他的设计。其他同学只要上网也能浏览到这位同学的图像创意、技术分析和完成的设计作品,以及教师的评语。又收到一个外系同学发来的E-mail,询问下学期选修这门课的问题。我用邮件回答了他的问题,同时在网络的"最新消息"中发布了相关的信息……

在"数字媒体"的课程教学中,学生没有面对过板书,我也没有用过粉笔。备课、讲课、作业、讨论…… 所有教与学的环节都是面对网络课件,借助计算机和网络来完成。有的同学可能甚至都没有与我见过面。他们可以选择网络学习的方式,按教学计划完成作业并按时上载到"在线课堂"中;有问题可以随时用电子邮件提问,或者在讨论区中与大家交流;每个同学的作业成绩也都可以在网上查到……

数字技术的发展正在改变着我们的学习方式、工作方式、娱乐方式,简单地说,正在改变着我们的生活方式。其中最明显的生活转变,是从我们每日接触的大众传播开始的。不论媒体设计作业、个人网页,还是网络课件、远程教育,或光盘出版、电子商务等,其中的信息都是以数字的方式通过多种媒体的表现来传播的。数字媒体信息的构成方式、编辑方法和传播设计原理是数字时代的基础知识,它们构成了本教材的基本内容。

这是一个非常新的领域。自1996年开设该课程以来,我一直面对着一种没有终结的挑战。分析其原因我想主要有:

第一,数字媒体传播需综合基本理论、实践、创意于一体,是计算机应用和人文艺术、传播设计的有机融合。它以信息技术应用为基础,以人文艺术的创意和设计为指导。这一特点决定其文理兼容,需要较广的知识面和综合应用能力;另一方面,最有效的学习方式莫过于借助多媒体手段来学习多媒体的知识。因此,几年来讲课方式逐步改进到计算机部分演示和讨论,直到完全的多媒体网络辅助教学。本教材采用图书、光盘与网络辅助教学的系列方式,正是这一思想的写照。

第二,内容更新快。由于信息技术的日新月异,作为信息技术应用的数字媒体传播同样也面临着内容更新快的难题。在这种信息快速更新的年代,掌握相对稳定的基础知识、掌握获取知识的方式就变得尤其重要。教学的目标不是仅仅学会几个软件的操作,更重要的是掌握基本概念和规律。如果仅仅学会了几个软件的操作,那么在层出不穷的新软件面前我们将总是处于被动学习的状态;而掌握了基础性的知识,并总结出学习规律和方法,那么在任何一个新软件面前我们都能从容自如地使之为我所用。我想这也是这本教材与许多计算机类图书的不同之处。

第三,教材应该具有较好的理论基础并与实践相结合,以有助于培养同学的实践技能。因此,教材不仅仅是原理的编辑,更融会了我的许多设计开发体会。教材中的设计实例主要都是我的原创。在实际教学中,作业和媒体编辑与设计实验是必不可少的重要环节,阅读和浏览他人的成功或不成功作品都是一种很好的学习方式,对我而言也是如此。因此,系列教材的光盘中还包括了许多同学的作业展示。

　　基于以上特点,在几年的教学实践中我一直试图建构一种新的、开放式的教学环境。在传授基本知识的同时,更强调"如何获取知识比知识本身更重要,怎么学比学什么更重要,综合素质比专业技能更重要"的现代教学思想。此外,数字媒体传播需要具有对新技术的敏锐性和接纳性,我自己也处于不断提高的过程中。

　　本教材是在《数字媒体传播基础》(附光盘,清华大学出版社,2000 年版)的基础上改编的。在《数字媒体传播基础》的教学使用过程中,特别是最近,不止一位同学建议说:"老师,教材的某某部分应该更新了。"在读者的邮件来函中,也提到了一些与教材中介绍的类似软硬件的使用问题。

　　是啊,数字技术以前所未有的速度发展着,计算机软硬件版本不断地升级,更新换代。这无论对数字媒体的编者或是读者都是一种知识更新的巨大挑战。这种挑战实际上包含着两个方面的问题:第一是知识的更新,第二是学习能力的提高和学习经验的积累。对于个体来说,我们无法控制外界知识的更新换代,能够把握的只有自己的能力和经验。因此,在多年的数字媒体教学中,我越来越感到在这个领域内,学习能力的提高比简单的掌握知识更重要。观察一下周围的朋友,我们很容易发现一个现象:大多数中年以上的朋友,特别是从事社会科学工作的朋友,对计算机的使用都有一种近似天然的退缩心理。初始选修数字媒体课程的文科同学,一方面向往着用电脑设计出漂亮的作品来,另一方面也对课程涉及的这么多软件操作感到没有信心。我想,产生这种心理的主要原因不是因为缺乏相应的电脑知识,而是缺乏学习电脑的能力和学习电脑的经验。如果把学习电脑的能力和经验比做 100 级台阶,那么新知识的积累和更新就如同从 100 级台阶到 110 级台阶的难度了。

　　根据这个原则,学习能力的培养和学习经验的积累这个大目标贯穿于本教材的始终。以一个媒体编辑软件的使用为例,教材不是逐一介绍操作细节,而是从功能、特点、技术原理、设计编辑过程和操作思路入手,找出这个新的知识点与已有知识的共性和特性。这样我们才能逐步培养自己驾驭软件的能力,达到触类旁通,而不是做软件更新和计算机的奴隶。根据实际的教学统计,绝大多数选课同学都认为自己的主要收获是提高了学习有关电脑知识的能力,其次才是课程知识的掌握。如果具备一定的美术基础,起初几乎没有计算机使用基础的同学,通过数字媒体课程的学习也能设计出优秀的创意作品。

　　从能力的培养和知识更新的角度出发,新的教材从内容到配套系列上都做了较大的调整和补充。配套系列包括图书教材《数字媒体——技术·应用·设计》、配光盘图书《数字媒体——作品观摩与点评》、光盘《数字媒体电子教案》和网站"在线课堂"。

1. 图书教材《数字媒体——技术·应用·设计》

　　本图书共包括 12 章,系统地介绍数字媒体的基本概念、基本特点和基本创作过程,把基本理论、基本实践、基本创意设计综合于一体。通过学习,配合相应的练习和作品设计,使读者能够掌握数字媒体传播所涉及的多媒体计算机技术应用,并利用各种编辑工具软件对多种媒体数据进行采集、创意设计和编辑处理。

　　第 1 章介绍数字媒体及其传播应用的基本概念。由比特组成的数字媒体通过计算机和网络进行信息传播,将改变传统信息传播者和接受者的关系以及信息的组成、结构、传播过程、方式和效果,因此开创了数字媒体传播的新纪元。

第 2 章至第 4 章主要介绍数字媒体硬件基础。第 2 章介绍光存储技术及其应用,主要增加了可写式光盘 CD-R 的应用。第 3 章介绍音频信息及其处理,原教材介绍的音频编辑软件是与音频卡配套使用的创通声卡编辑软件,现在改为介绍与硬件无关的音频编辑软件 GoldWave,这样通用性更强。第 4 章介绍多媒体个人计算机,随着计算机硬件技术的提高,这部分内容也有较大的更新。

第 5 章至第 7 章主要介绍图像的基本概念和图像的编辑与创意设计。第 5 章介绍色彩基础、图像的表达和图像文件的基本概念。第 6 章介绍图像的扫描、数码摄影和图像打印输出。其中扫描应用和数码摄影部分在初版的基础上增加了实用部分。第 7 章以更新的 Photoshop7.0 版为基础,介绍数字图像编辑处理和创意设计过程。

第 8 章介绍计算机动画基础和创意设计,介绍动画的基本概念和简单动画的构成,其中 GIF 动画以升级后的 GIF Construction Professional Set 为基础。

第 9 章至第 11 章介绍数字视频的概念和编辑处理。第 9 章介绍数字视频编码基础和视频文件格式;第 10 章介绍模拟视频到数字视频的采集转换和输出过程;第 11 章以升级后的 Premiere 6.0 为基础,介绍视频的编辑处理和创意设计过程。

第 12 章以 Flash MX 为基础介绍矢量动画的概念和交互式数字媒体节目的编著过程。原教材介绍的是编著工具 Authorware 的应用。随着网络的普及,Flash 的应用受到越来越多的关注,因此,这一章基本上是全新的内容。

2. 配光盘图书《数字媒体——作品观摩与点评》

这是图书教材的配套练习和设计作品集。学习是一个互动的过程,图书教材中每一章都配有思考题和练习题,以指导读者循序渐进地学习和提高。数字媒体课程从 1996 年起开始在清华大学开设,选课同学通过学习、练习、教师的点评指导,然后进一步修改作品,直到完成最后的要求。同学的作业都要求以电子版的形式提交。在这个过程中,逐年积累了大量的特色作业和媒体设计作品。这些作品不仅包含了作者的创意构思、设计过程、编辑技巧和设计体会,同时还包括教师的点评指导。

作品集将以另一本配光盘图书的形式发行。根据不同的创作软件工具,作品按照图像、GIF 动画、变形动画、Flash 动画和视频创意等分类。光盘中不仅包含设计作品,教师对该作品的点评,同时还包括设计过程和主要素材,原始编辑文件,如图像的 PSD 文件、矢量动画 FlA 文件等,以便读者进一步对照参考。在以往的教学过程中,作品观摩与点评是最受同学欢迎的教学组成部分之一。

3. 光盘《数字媒体电子教案》

这是与图书教材配套的,帮助教师组织课堂教学用的电子教案。由于教材介绍的是多媒体的知识,而图书以文字和黑白图为主要媒介,因此电子教案通过光盘的形式以教材内容为主线,重点讲解并配有大量的多媒体的生动实例演示。所有内容都用 PowerPoint 演示文稿软件制作完成,每一章为一个独立的文件,每张幻灯片都配有详略适当的备注文字说明。这样不仅为讲课教师提供了备课素材,直接使用本教案,同时讲课教师也能按照自己的计划重新组织讲课内容和讲课顺序,并删减或增加新的内容。授课教师可以在讲课时用联机大屏幕投影演示,部分或全部取代板书;也能将教案发布于网上,供同学浏览。

4. "在线课堂"网站

1999年2月,数字媒体课程开始尝试网络教学的方式,并逐步开发完善了网络学习系统"在线课堂"(http://www.newmedia.tsinghua.edu.cn/index.php)。该网站为学习者提供了一个交互式的集成环境,包括教学计划、最新消息、网上课件、作业提交与反馈、BBS讨论、最新资料、作品点评、学习方法交流以及其他一些与媒体艺术和设计有关的信息。清华大学的数字媒体课程采用网络教学方式,一个学期仅面授3次,其他教学环节都通过"在线课堂"进行。非选课者可以浏览非登录区,如最新资料、作品点评、学习方法交流、公共讨论区等,以获取最新信息并参与交流。

本教材的内容是多媒体技术应用与传媒设计的融合,可以作为文科类传播、信息管理、信息设计、编辑出版等专业的必修课教材;也可以作为其他理工科专业的选修教材;还可以作为具有基本的计算机操作能力的信息工作者的培训教材,以提高数字信息编辑处理和传播设计的能力。

教材编写的思路是先硬件后软件、先技术后创意设计,按照基本概念、硬件应用基础、软件编辑和创意设计开发的顺序编排,练习作业也是按照这种思路设计的。但这只是教学的方式之一,实际上各章节的内容是相对独立的,可以根据教学的需要和学时的安排灵活调整。例如,第3章介绍音频信息及其处理,因为音频的处理很大程度上与音频卡有关,所以把它归于硬件基础部分。这样有助于MPC模拟组装作业的完成。但是从媒体编辑处理的角度,音频的处理也可以放在图像处理之前或之后进行。又例如,按照先技术后创意设计的方式有助于按部就班地完成各个阶段的作业和开发设计。也可以先介绍媒体创意思想和思路,在基本概念(第1章)之后,先学习图像、动画、视频的编辑和创意设计(第5章至第12章),然后介绍多媒体系统(第4章)和媒体格式压缩,最后介绍光存储(第2章)通过光盘的刻录把设计作业保留在光盘上。这样有助于提高同学的学习兴趣,能很快看到自己的成果,不失为另一种值得探讨的逆向思维方式。总之,数字媒体还是一个正在发展中的领域,需要专家、同行和广大读者的参与和进一步探讨。

在教材更新过程中,许多朋友参与了资料收集和整理工作。何玲参与了第12章的编写;李菁参与了第7章内容的更新;杜建峰、李斌、孙晓梅、王小瑛、谭晓等参与部分资料收集和整理工作;刘惠芬对全书进行了修改,并负责统稿定编。教材的编写过程实际上也是一种互动学习的过程,再次对参与的朋友表示感谢!

中国科技大学科技传播与科技政策系的周荣庭副教授在教学过程中采用了本教材的初版,并对教学过程和教学内容提出了积极有益的建议,这无疑有助于教材的更新,特此表示感谢!

感谢读者选择使用本教材。数字媒体是一个不断发展着的新领域,教材的内容和文字可能有不少欠妥之处,望读者指正。作者的联系地址是:

电子邮件:Liuhuifen@tsinghua.org.cn

通信地址:100084　北京清华大学新闻与传播学院　刘惠芬　收

刘惠芬

目　录

第 1 篇　基本概念与数字编创设备

第 1 章　导论 3

1.1　什么是数字媒体？ 3
 1.1.1　有关名词界定 4
 1.1.2　数字信息的分类 6
 1.1.3　数字媒体处理系统 6
1.2　网络的基本概念 8
 1.2.1　因特网的定义 8
 1.2.2　因特网的基本功能 8
 1.2.3　手机与 WAP 网络 10
1.3　数字媒体的特点与应用 11
 1.3.1　数字媒体的传播模式 11
 1.3.2　数字媒体的特点 13
 1.3.3　数字媒体的应用 17
思考题 22
练习 1　基本概念浅析 22

第 2 章　基于网站的媒体项目开发 24

2.1　万维网的基本概念 24
 2.1.1　万维网的定义 24
 2.1.2　万维网的工作原理 25
2.2　网站与软件的比较 26
 2.2.1　软件开发流程 27
 2.2.2　网站的开发流程 27
2.3　网站的主要开发过程分析 29
 2.3.1　选题策划与内容分析 29
 2.3.2　结构设计 31
 2.3.3　文件与文档管理 33
 2.3.4　设计说明书 35
 2.3.5　运行环境的支持 36
2.4　HTML 语言基础 39
 2.4.1　HTML 的概念 39

　　　　2.4.2　HTML 的标签及其属性 ················· 40
　　　　2.4.3　HTML 文件的基本结构 ················· 41
　　2.5　综合案例：屏保艺术网站的策划开发 ················· 43
　　　　2.5.1　屏保的起源与发展 ················· 43
　　　　2.5.2　项目策划与设计 ················· 44
　　　　2.5.3　网站开发流程 ················· 45
　　思考题 ················· 47
　　练习 2　电子作业本网站策划 ················· 47

第 3 章　数字编创设备 ················· 49
　　3.1　数字媒体处理系统的构成 ················· 49
　　　　3.1.1　计算机系统 ················· 49
　　　　3.1.2　输入输出设备 ················· 50
　　　　3.1.3　网域构成 ················· 51
　　3.2　计算机的基本组成 ················· 52
　　　　3.2.1　基本工作过程 ················· 53
　　　　3.2.2　运算系统 ················· 55
　　　　3.2.3　硬盘存储 ················· 56
　　　　3.2.4　显示系统 ················· 59
　　　　3.2.5　音频控制 ················· 60
　　　　3.2.6　网络连接 ················· 61
　　3.3　其他存储设备 ················· 62
　　　　3.3.1　光存储器 ················· 63
　　　　3.3.2　移动存储器 ················· 66
　　3.4　扩展的输入输出设备 ················· 67
　　　　3.4.1　打印机 ················· 67
　　　　3.4.2　扫描仪 ················· 68
　　　　3.4.3　数码相机 ················· 70
　　　　3.4.4　MP3 与 MP4 播放器 ················· 73
　　　　3.4.5　手机与移动设备 ················· 75
　　思考题 ················· 78
　　练习 3　模拟选购数码产品 ················· 79

第 2 篇　基础媒体处理与应用

第 4 章　色彩构成与数字图像基础 ················· 83
　　4.1　数字图像的基本概念 ················· 83
　　　　4.1.1　图形与图像 ················· 83
　　　　4.1.2　认识图像软件 Photoshop ················· 86

4.2　数字色彩的构成 ··· 87
　　4.2.1　色彩的来源 ··· 87
　　4.2.2　色彩三要素 ··· 88
　　4.2.3　色彩的混合与互补 ··· 91
　　4.2.4　色彩模式 ··· 92
　　4.2.5　色彩深度与效果 ··· 95
　　4.2.6　色彩的对比与调和 ··· 97
4.3　图像数据与图像文件 ·· 102
　　4.3.1　图像数据压缩的概念 ··· 102
　　4.3.2　图像文件和格式 ··· 103
　　4.3.3　图像格式的转换 ··· 105
4.4　图像的获取与打印 ·· 106
　　4.4.1　图像扫描 ··· 106
　　4.4.2　图像拍摄 ··· 108
　　4.4.3　图像打印 ··· 111
思考题 ··· 112
练习4　色彩与数字图像获取 ·· 112

第5章　平面设计与图像编辑 ·· 115
5.1　平面视觉要素与设计原则 ·· 115
　　5.1.1　平面视觉要素 ··· 115
　　5.1.2　平面设计的目标和原则 ··· 117
5.2　平面构成原理与应用 ·· 118
　　5.2.1　分割与均衡 ··· 119
　　5.2.2　对称与非对称平衡 ··· 119
　　5.2.3　对比原理应用 ··· 121
　　5.2.4　协调与律动原理 ··· 122
5.3　图像编辑技巧 ·· 123
　　5.3.1　基本编辑过程 ··· 123
　　5.3.2　局部裁剪 ··· 127
　　5.3.3　修饰与修补 ··· 130
　　5.3.4　遮挡与衔接 ··· 132
　　5.3.5　特效编辑与设计 ··· 135
5.4　文字编排与处理 ·· 137
　　5.4.1　文字式样与特征 ··· 137
　　5.4.2　正文编排 ··· 138
　　5.4.3　图文混排与标题设计 ··· 140
5.5　矢量图形绘制 ·· 141

　　　5.5.1　矢量图及编辑的基本概念 ……………………………………… 141

　　　5.5.2　绘制简单矢量图 …………………………………………………… 143

　　　5.5.3　矢量图与位图的综合应用 ………………………………………… 144

　思考题 …………………………………………………………………………… 146

　练习5　图像处理与创意设计 …………………………………………………… 146

第6章　计算机动画原理 ………………………………………………………… 148

　6.1　动画的原理与发展 ……………………………………………………… 148

　　　6.1.1　动画的视觉原理 …………………………………………………… 148

　　　6.1.2　动画的概念和发展 ………………………………………………… 149

　6.2　计算机动画的基本原理 ………………………………………………… 152

　　　6.2.1　实时动画与矢量动画 ……………………………………………… 152

　　　6.2.2　二维帧动画 ………………………………………………………… 154

　　　6.2.3　帧动画的主要形式 ………………………………………………… 155

　　　6.2.4　三维动画 …………………………………………………………… 157

　6.3　二维帧动画构成 ………………………………………………………… 162

　　　6.3.1　GIF文件结构 ……………………………………………………… 162

　　　6.3.2　简单帧动画的制作 ………………………………………………… 164

　　　6.3.3　GIF动画的应用 …………………………………………………… 165

　6.4　变形动画 ………………………………………………………………… 168

　　　6.4.1　变形的原理 ………………………………………………………… 168

　　　6.4.2　变形动画的实现 …………………………………………………… 170

　6.5　综合案例:帧动画的设计制作 ………………………………………… 173

　思考题 …………………………………………………………………………… 175

　练习6　简单动画应用 …………………………………………………………… 176

第7章　数字音频与合成音乐 …………………………………………………… 177

　7.1　声音的概念与特征 ……………………………………………………… 177

　　　7.1.1　音调、音色与音强 ………………………………………………… 177

　　　7.1.2　声音质量的度量 …………………………………………………… 179

　7.2　数字音频原理 …………………………………………………………… 182

　　　7.2.1　音频编码原理 ……………………………………………………… 182

　　　7.2.2　数字音频的技术参数 ……………………………………………… 183

　　　7.2.3　音频文件格式 ……………………………………………………… 185

　7.3　电子合成音乐MIDI ……………………………………………………… 187

　　　7.3.1　音乐的和弦与复音 ………………………………………………… 187

　　　7.3.2　MIDI音乐的产生过程 …………………………………………… 188

　　　7.3.3　MIDI音乐合成 …………………………………………………… 190

　　　　7.3.4　WAVE 与 MIDI 的比较 ……………………………………… 191

　7.4　手机铃声 ……………………………………………………………… 193

　　　　7.4.1　来电铃声和回铃声 …………………………………………… 193

　　　　7.4.2　手机铃声分类和常用格式 …………………………………… 193

　　　　7.4.3　手机铃声获取方式 …………………………………………… 194

　7.5　数字音频应用 ………………………………………………………… 195

　　　　7.5.1　提示音效 ……………………………………………………… 196

　　　　7.5.2　背景音乐 ……………………………………………………… 197

　　　　7.5.3　造型音乐 ……………………………………………………… 198

　　　　7.5.4　语音 …………………………………………………………… 200

　　　　7.5.5　综合案例：3D 广告片《蚊子》 …………………………… 200

　7.6　数字音频编辑与处理 ………………………………………………… 202

　　　　7.6.1　音频的设计步骤 ……………………………………………… 202

　　　　7.6.2　数字音频软件的基本功能 …………………………………… 203

　　　　7.6.3　数字音频录制 ………………………………………………… 204

　　　　7.6.4　数字音频处理 ………………………………………………… 206

　思考题 ……………………………………………………………………… 208

　练习 7　音频的编辑与处理 ……………………………………………… 209

第 3 篇　数字媒体的综合应用

第 8 章　数字视频基础 ……………………………………………………… 213

　8.1　模拟电视与数字电视 ………………………………………………… 213

　　　　8.1.1　模拟电视信号标准 …………………………………………… 214

　　　　8.1.2　数字电视标准 ………………………………………………… 215

　　　　8.1.3　数字视频采集与转换 ………………………………………… 217

　8.2　数字视频格式 ………………………………………………………… 220

　　　　8.2.1　数字视频参数与 AVI 格式 ………………………………… 220

　　　　8.2.2　MPEG 格式 …………………………………………………… 221

　8.3　流媒体的基本概念 …………………………………………………… 223

　　　　8.3.1　流媒体系统 …………………………………………………… 224

　　　　8.3.2　流式文件格式 ………………………………………………… 225

　8.4　数字影视创作过程 …………………………………………………… 227

　　　　8.4.1　数字影视的创作流程 ………………………………………… 227

　　　　8.4.2　影视的非线性编辑 …………………………………………… 228

　8.5　视频编辑软件的基本应用 …………………………………………… 229

　　　　8.5.1　基本编辑过程 ………………………………………………… 229

　　　　8.5.2　素材管理 ……………………………………………………… 231

　　　　8.5.3　项目管理 ……………………………………………………… 232

8.5.4 基于时间标尺的素材组接 ……………………………… 234
8.5.5 素材的导入与编辑 ……………………………………… 235
8.5.6 最终视频导出 …………………………………………… 238
思考题 ……………………………………………………………… 239
练习8 数字视频格式与文件比较 ……………………………… 240

第9章 影视艺术与数字剪辑制作 …………………………………… 241
9.1 影视蒙太奇及其构成元素 ……………………………………… 241
9.1.1 什么是蒙太奇? ………………………………………… 242
9.1.2 画面与构图 ……………………………………………… 243
9.1.3 镜头与景别 ……………………………………………… 246
9.1.4 句子、段落与节奏 ……………………………………… 249
9.2 镜头的转换与组接 ……………………………………………… 253
9.2.1 镜头转换的逻辑 ………………………………………… 253
9.2.2 镜头转换要点 …………………………………………… 255
9.2.3 镜头转换与组接技巧 …………………………………… 256
9.2.4 镜头特效处理 …………………………………………… 260
9.3 字幕与镜头叠加 ………………………………………………… 262
9.3.1 创建字幕文件 …………………………………………… 262
9.3.2 镜头的透明度 …………………………………………… 264
9.3.3 镜头叠加与运动控制 …………………………………… 264
9.4 声音蒙太奇 ……………………………………………………… 266
9.4.1 声音的规律及完整性 …………………………………… 267
9.4.2 音画配合的剪辑与组接 ………………………………… 268
9.5 综合案例:《花之韵》DV片头设计与剪辑 …………………… 270
思考题 ……………………………………………………………… 272
练习9 DV创意与编辑 …………………………………………… 272

第10章 矢量动画与互动媒体应用 …………………………………… 274
10.1 Flash的基本概念 ……………………………………………… 274
10.1.1 基于时间的编著工具 ………………………………… 274
10.1.2 Flash的功能与特征 ………………………………… 275
10.1.3 Flash编著环境 ……………………………………… 276
10.2 Flash动画编辑 ………………………………………………… 279
10.2.1 帧动画 ………………………………………………… 279
10.2.2 运动动画 ……………………………………………… 280
10.2.3 形变动画 ……………………………………………… 284
10.3 音、视频的集成 ………………………………………………… 285

　　　　10.3.1　音频的控制……………………………………… 285

　　　　10.3.2　视频控制………………………………………… 287

　　10.4　互动的实现…………………………………………… 287

　　　　10.4.1　动作的概念…………………………………… 288

　　　　10.4.2　按钮的制作…………………………………… 289

　　　　10.4.3　为影片添加动作……………………………… 290

　　　　10.4.4　脚本语言应用………………………………… 292

　　思考题………………………………………………………… 294

　　练习 10　Flash 动画制作与创意…………………………… 295

下载案例索引…………………………………………………… 297

参考文献………………………………………………………… 299

第 1 篇

基本概念与数字编创设备

第 1 章　导论
第 2 章　基于网站的媒体项目开发
第 3 章　数字编创设备

第 1 章

导论

古往今来，人类创造了一系列承载、传播信息的方法。从最早的结绳记事到甲骨文字，从手写到活字印刷，从激光照排到新型电子出版物，每一种信息的处理方法，都极大地推动了社会文明的进步。公元 105 年，蔡伦发明了造纸术，用树皮、麻头、破布、旧渔网当原料，开始了大量造纸。从此以后，造就了一大批新产业，一直延续到今天，并且还将继续下去。在北宋庆历年间（公元 1041—1048 年），毕昇发明了活字印刷术。造纸术和活字印刷为促进世界文明的进步做出了卓越的贡献。自 20 世纪 40 年代发明计算机以来，信息处理科学获得了迅速的发展，文字进入计算机是人类文明史上的又一个里程碑，而光盘和网络的发展使信息的传播发生了划时代变革，网络已成为继报刊、广播、电视以后的第四媒体。信息技术的革命和发展正在改变着人们的学习方式、工作方式、娱乐方式，改变着人们的生活方式。最明显的生活转变是从人们每日接触的大众传播开始的。由比特组成的数字媒体通过计算机和网络进行信息传播，已改变了传统信息传播者和受众的关系以及信息的组成、结构，传播过程、方式和效果。

本章概述数字媒体和因特网的基本概念以及数字媒体的特点和应用。本章是后续章节的基础，其中出现的不少名词、术语将在后续有关章节中进一步解释。

1.1 什么是数字媒体？

西方媒体推崇的计算机和传播科技领域最具影响力的大师之一尼葛洛庞帝（Negroponte）在其《数字化生存》一书中开宗明义地提出："计算不再只和计算机有关，它决定了我们的生存。"该书的核心思想是：作为"信息的 DNA"的比特，正迅速地取代原子而成为人类社会的基本要素。数字化，正改变着人们的生活方式。

案例 1-1：网络预定自助游

2004 年年初笔者在欧洲体验了一次借助于网络媒体完成的自助旅。行程路线为剑桥（英国）——伦敦（英国）——萨尔茨堡（奥地利）——因斯布鲁克（奥地利）——威尼斯（意大利）——罗马（意大利）——伦敦（英国）——剑桥（英国）。从经济和见世面的角度考虑，在英国国内乘汽车，英国至欧洲大陆间乘飞机，欧洲大陆上各城市间乘火车。所有的机票、住宿（会议旅馆和家庭旅馆）、行程时间等都是通过计算机上网查询、预定、在线支付和打印票据完成的。

通过英国公交汽车网（www.nationalexpress.com）可以查询到国内四通八达的公交汽车时刻，确定好剑桥—伦敦的来回时间，通过网上支付后将"车票"打印出来即可。网上提前预定往往能定购到便宜的车票,有时票价只有原价的十分之一,甚至更低。

　　Easyjet 航空公司提供欧洲大陆的短距离航行,通过其网站(www. easyjet. com)用同样的方式可以定购伦敦—萨尔茨堡、罗马—伦敦的机票。网上提前订票在某些时段能非常优惠,笔者甚至打印出一张从罗马到伦敦仅 1 英镑的机票!

　　同样通过旅游网站,笔者找到了一家位于萨尔茨堡郊外的家庭旅馆,在家庭旅馆的简单网页上,一栋奥地利的传统民居,优美的环境和身着传统服装的主人夫妇马上吸引了笔者的注意。通过电子邮件与旅馆主人联系,预定好入住时间和抵达方式。但不巧的是,等我和朋友离开英国才发现打印出来的旅馆地址、联系电话等忘了带出来,而且我们一点也记不起来德文的旅馆名称和地址!到达萨尔茨堡时已经是晚上 10 点多钟了,怎么办?还是求助于网络。我们找到一家晚间营业的网吧,上网找到这家旅馆的网页,抄下电话后求助于警察,终于在半夜后旅馆主人把我们接回了家。

　　这家奥地利的家庭旅馆,地处萨尔茨堡小城外的一个小村庄,主人是一对年轻夫妇。旅馆就是他们的私宅,传统风格的环境装饰和饮食,不同的是他们有一台上网计算机,通过简单的网页和电子邮件信息,就能够招揽到来自世界各地的自助游客。这不能不说是数字时代的一个奇迹。

1.1.1　有关名词界定

　　数字媒体是一个新的发展中的领域,在这个新领域的发展过程中,仍然有不同的名词来表述相关的概念。

　　1. 媒体、媒介、媒质

　　在人类社会中,信息的表现形式是多种多样的,这些表现形式称为媒体(medium)。媒体原有两重含义:一是指存储信息的实体,一般也称之为媒质,如磁盘、光盘、磁带、半导体存储器等;二是指传递信息的载体(或称之为媒介),如数字、文字、声音、图形等。人们熟悉的报纸、杂志、书本、电影、电视、无线电广播等,都是以它们各自的媒体进行信息传播。这些信息有的是以文字作媒介,有的是以声音作媒介,有的是以图像作媒介,有的是以文、图、声、像的合成作媒介;而它们借以记录和传播的媒质则是纸张、胶片、录像磁带等。实际上媒介和媒质一般是不可分离的,因此英文中只采用一个单词——medium(单数)或 media(复数),而中文书刊中对 medium 或 media 的翻译有的为"媒体",有的为"媒介",传播类的书刊中常采用"媒介",如"新闻媒介(news media)"、"大众媒介(mass media)"等。计算机类的书刊中则从开始就把 multimedia 译为"多媒体"。因此,本书中一般将采用"媒体"来统一表示"媒介"和"媒质",也就是英文的 medium 或 media。

　　2. 多媒体

　　自 20 世纪 40 年代发明计算机以后,信息处理科学技术获得迅速发展,其应用逐步覆盖社会的各个方向,特别是在 80 年代,个人计算机不断发展的成果,标准化的高性能低价格的平台,使计算机成为一个大规模产业,对整个社会的影响深入而广泛。最早的计算机主要只处理数字运算,所以它才普遍被称为"电子计算机"。后来,它逐渐地转向大量并主要处理文字信息,所以又有人称之为"文字处理机"或"信息处理机"。再后来,已能用它辅助进行绘图,从而发展了计算机辅助设计(CAD)技术,发展了三维图形动画技术,所以又被称为"多媒体计算机",一直发展到今天的网络时代。

在技术上,国际计算机专家预测从 20 世纪 90 年代到 21 世纪,计算机技术应用和发展的四大方向是多媒体计算机(multimedia computing)技术、开放系统(open system)、缩小化(downsizing)和网络计算机(network computing)技术。

简单地说,多媒体就是多种媒体的组合,如文本、数据、声音、图像、动画等的混合。"多媒体"来源于"多媒体计算机",因此所谓多媒体就是能对多种载体(媒介)上的信息和多种存储体(媒质)上的信息用计算机进行采集、存储、编辑、显示、传播等综合处理的技术,所以也称为多媒体技术;通过这种多媒体传播的信息称为多媒体信息;能够产生、存储、传播多媒体信息的系统称为多媒体系统。

3. 第四媒体,网络媒体

从古代开始,人类就发明了文字、符号(包括象形文字和拼音文字),它们可以刻在甲骨、石头上,书写在泥板、贝叶上,书写或印刷在纸张上,这些文字和符号是供人们识别和理解的。因此这些文字和符号可以说是"人能够阅读的数据"。"白纸上印黑字"长期以来构成了印刷媒体的基本特征。在大众传播领域,报刊是最早的"第一媒体"。

但是,"人读数据"的形式并不是唯一的。随着技术的发展,录音带、电影胶片、录像带等可以记录音频、视频的模拟信息。在这种情况下,所用的载体不再是纸张,而是胶片和磁带。对于这种形式的数据,人们不能直接"阅读",而必须借助于录音机、播放机等设备才能听到、看到并理解这些信息。广播和电视成为后来相继出现的为大众提供信息的"第二媒体"和"第三媒体"。

计算机及网络的发展,使信息的传达不再仅依赖传统的模拟方式,而发展成数字的方式,万维网成为继传统的三大媒体之后的"第四媒体"。显然,网络同时也是多媒体。

4. 数字媒体

数字媒体,简单地说就是采用数字化的方式通过计算机产生、获取、记录、处理和传播的信息媒体。这个概念的核心包括两方面:一是数字化的手段,显然这与计算机有关;二是媒体,也就是说与信息传播或传达有关。

由此可知,上述名词有一定的相关性,如多媒体与数字媒体的概念类似。但是随着数字技术的发展,多媒体技术已不仅仅限于计算机,如目前新兴的手机媒体是未来发展的另一个方向。网络媒体目前是数字媒体的典型应用,手机媒体是数字媒体发展的新方向,因此,数字媒体的概念将从更广更深入的角度来承载信息技术和信息社会的传播特性。

5. 手机媒体,第五媒体

手机的发明是为了解决移动中的语音通信问题,如今的手机早已超出了这个范畴,尤其是第三代(3G)手机的出现和推广将打开一个新天地。第三代手机与前两代的主要区别是传输速率的提升,同时它能够处理图像、音乐、视频流等媒体形式,一个支持 WAP 协议的手机可以随时、随地、随身地访问互联网,因此手机又被称为"网络的延伸"。

截至 2005 年年底,全国手机用户数量接近 4 亿,75% 的韩国人拥有手机,美国的这一比例为 60%。手机已经完全融入了人们的现代生活,并用于信息传达。因此,手机被视为最有希望成为继报纸、广播、电视、网络之后的"第五媒体",它已经从最初的人际语音通信工具向综合型媒体发展。

1.1.2　数字信息的分类

人类能感知的外界信息按其媒体划分,大致上有如图 1-1 所示的几类。人类最容易获取的信息是通过视觉和听觉所得到的视频和音频信息,这些信息实际上都是连续变化的模拟量。视频信息可分成静态视频信息与动态视频信息;音频信息包括规则声音和不规则声音。目前能够用比特表示的媒体信息基本上包括以下几种。

1. 文本信息

文本信息又包括文字信息和数字信息,它是最基本的传播媒体,也是在数字媒体信息系统中出现最频繁的媒体。文本可包含的信息量很大,而所需占用的比特空间却很小。

2. 图信息

图信息又可分成图形(graphics)和图像(image)。图形一般为由线条和色块构成,通过计算机产生的图案。在数字媒体应用中,图形占有举足轻重的地位,同时图案还具有替代文字说明的功能。例如 Windows 系统中常用到的图标(Icon),一架钢琴或一个音符图案都足以替代与音乐有关的文字说明,而且不会像文字说明那样给人以死板、枯燥的感觉。图像一般是由客观世界中原来存在的物体映射而成,是用数字化的方法记录的模拟影像。图形、图像是人类最容易接收的信息,一幅图画可以形象、生动、直观地表现出大量的信息。相对于文本而言,图信息要占用较多的比特空间。

3. 动态信息

动态信息又可分成动画(animation)和视频(video)信息。这两种形式的媒体都具备实时运动感和自然真实感,所携带的信息量更丰富,也更易于被人们所接受。

动画是由计算机生成的连续渐变的图形序列,沿时间轴顺次显示,从而构成运动的视觉媒体。一般按空间感区分为二维动画(平面)和三维动画(立体)。视频也称为影像视频,它的运动序列中的每帧画面是由实时摄取的自然景观或活动对象转换成数字形式而形成的,因此具有很大的比特数据量。

4. 音频信息

有用的音频信息是规则声音,包括语音、音乐和音效。语音在数字信息系统中大多是用来表达文字的意义或作为旁白。音乐多用来当成背景音乐,营造出整体气氛。音效则大多用来配合动画,使动态的效果能充分地表现。动态信息常常与声音媒体同步进行,二者都具有时间的连续性。如说到视频媒体,往往意味着含有声音信息,可以说这也是一种混合方式的媒体。数字化的声音同样具有很大的数据量。

目前数字媒体还只是基本利用了人的视觉和听觉,触摸屏和虚拟现实(virtual reality)中用到触觉,而味觉和嗅觉尚未利用进来。对于视觉也主要在可见光部分,其他光谱段也尚未有效地利用。随着技术的进步,比特的信息含义和范围必然会进一步扩大,一直达到所谓的"全息存储与检索"阶段。

1.1.3　数字媒体处理系统

从信息处理的要求出发,数字媒体处理系统以计算机为中心,包括一些附加的输入输出设备、传输设备等,共同完成处理多种媒体信息的输入、处理、存储、输出和传输功能。

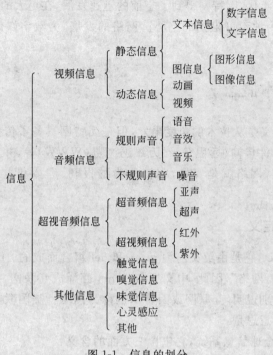

图 1-1　信息的划分

1. 计算机系统

　　根据其外形、功能和适用场合,计算机可分为台式机(desktop)、笔记本(notebook)和掌上电脑(handheld computer)三类。台式机发展最早,体积大,但速度最快,功能最强;笔记本电脑方便携带,除了屏幕和键盘都较台式机小,处理速度和存储容量等方面也比台式机弱一些;而掌上电脑如个人数字助理(Personal Digital Assistant,PDA),主要用于个人信息获取、交换和记录,而媒体处理能力较弱。因此,本书的讨论以台式机为主,并适当兼顾笔记本的应用。

2. 媒体输入输出设备

　　由于数字媒体传播不仅涉及计算机技术,还与信息传播设计有关,因此应用系统的开发与研制在很大程度上是一个信息设计与创意活动。因此,除了计算机核心设备,根据不同的需要还可以配备不同的媒体输入、输出设备。影像输入设备如扫描仪,数字照相机,数字摄像机,甚至具有摄影摄像功能的手机等。影像输出设备如显示器、打印机、光盘、磁盘存储器等。此外,计算机通过音频卡可获取话筒、CD 唱盘、电子乐器 MIDI 输入的音频信息。同时计算机上的音频信息也可以传输到音响放大设备或电子乐器 MIDI 上。

3. 媒体传输设备

　　数字媒体借助于数字网络来传输信息,而目前应用最广的数字网络就是因特网。计算机网络系统是将多个计算机连接起来以实现计算机的通信以及计算机数据及资源的共享,计算机网络可以是由几台计算机近距离连接而成的局域网,也可以是跨地域连接而成的广域网。20 世纪 80 年代以后,随着计算机应用的普及,越来越多的行业需要将各自的组织和机构联系在一起,局域网成为一个急需的工具,成为现代社会的一个绝对的必需品。进入20世纪90年代，因特网得到了空前的迅速发展，在更大的领域内实现网络的国际化、全球化已成为一种不可阻挡的趋势。网络的发展，为数字媒体传播提供了最有效的、四通八达的信道。

1.2　网络的基本概念

虽然因特网的定义是从技术的角度出发，但是因特网具备了传播信息的各种强大功能，包括电子邮件、文件传输、远程登录、万维网浏览（WWW）等，并且在实际生活中扮演了媒体的角色。因此，网络就是媒体，它被称为继报刊、广播和电视之后出现的"第四媒体"。

1.2.1　因特网的定义

因特网即Internet，它是由英文前缀inter-和net组合而成的。inter-表示"在一起，交互"之义，net意指"网，网络"，因此，中文把Internet翻译成互联网，或音译为因特网。一般情况下如果没有特别说明，互联网或因特网也称为网络。美国联邦网络委员会（FNC）对因特网定义的中文意思是：

Internet指的是全球信息系统，它包含三方面的含义：

（1）Internet通过全球唯一的地址连结起来。这个唯一的地址空间是基于因特网协议（IP）或其后续的扩展协议工作的。

（2）Internet能够通过协议进行通信。这个协议是传输控制协议/因特网协议（TCP/IP）及其后续的扩展协议。

（3）Internet能够提供、使用或者访问公众或私人的高级信息服务，这些信息服务是建构在上述通信协议和相关的基础设施之上的。

FNC的定义虽然是从技术的角度出发，但是这个技术无疑为因特网的应用和发展奠定了基础。因特网的定义揭示了三个方面的内容：首先，因特网是全球性的，而且网上的每一台主机都需要有"唯一的地址"；其次，如果网络上的主机按照共同的规则（协议）连接在一起，那么通过因特网可以进行通信；最后，在前述的技术基础上，因特网可以为公众和私人提供信息服务。

从信息传播的角度，我们关心的是信息服务。由于这种信息服务是建立在因特网技术基础上的，因此其特点也就与因特网的特点紧密相关，并且具有了传统传媒所不具备的许多特征。

1.2.2　因特网的基本功能

因特网的出现固然是人类通信技术的一次革命，然而，因特网的发展早已超越了最初的军事和技术目的，几乎从一开始就是为人类的交流服务的。因特网的最大成功不在于技术层面，而在于对人的影响。网络可以把全球各地的计算机连接起来，但是计算机是由人来控制和操作的，因此，网络实际上是把使用计算机的人连接起来了。人的相互连接的基本需求就是信息交流，而这正是因特网信息服务的基本功能。因特网的基本功能包括：

1. 电子邮件 E-mail 服务

电子邮件(E-mail)是一种通过网络与其他人进行联络的最快速、简便、高效、廉价的现代通信手段。电子邮件对于计算机科学来说也许不是什么重要的进展,然而对于人们的交流来说则是一种全新的方法。你可以在全球各地随时打开自己的邮箱,收发邮件。例如,以往出国在外,与家人和单位的电话或邮递邮件无论在价格上还是时间上都是非常昂贵的,而电子邮件则使这种交流变得非常方便和经济,时空的距离由于因特网大大地缩短了。由于传输速度的影响,邮件的内容最初是以文字为主,目前通过附件的方式也可以传送多媒体信息。

2. 文件传输 FTP 服务

文件传输 FTP(File Transfer Protocol),这种服务可以把网络上一台计算机上的文件传输到另一台计算机上。FTP 几乎可以传送任何类型的计算机数据文件,包括文字文件、图像文件、视频文件、程序文件以及其他压缩文件等。例如,在网络教学中,学生可以通过 FTP 获取教师提供的各种程序、软件和教材,同时通过 FTP 提交自己的作业文件。

3. 远程登录 Telnet 服务

远程登录是让一台用户计算机暂时成为远程另一台计算机终端的过程,登录成功后,用户计算机可以实时使用远程计算机对外开放的全部资源,主要包括信息资源。全球许多大学图书馆都通过 Telnet 对外提供各种菜单驱动的用户接口,甚至全文检索接口,以便用户通过 Telnet 查阅。如 BBS(Bulletin Board System)水木清华站(http://smth.org)主要也是通过 Telnet 登录,在电子公告板上张贴和浏览各种信息。

4. 万维网 WWW 服务

WWW(World Wide Web),也称为万维网、全球信息网、环球网,是目前因特网上使用最广的信息查询和展示工具。WWW 文件是以超文本(Hypertext)的格式编写的,它可以含有许多相关文件的接口,这些相关文件可以分布在网络上任何一台计算机上,这样就把位于全球不同物理地点的相关数据有机地编织在一起形成一个全球信息网。WWW为用户提供一种功能强大的图形界面,不仅支持文本,还支持图形、图像、动画、音频、视频,以及不断发展着的新的数据格式,通常也称为超媒体(HyperMedia)文件格式。一般把 WWW 格式的页面称为一个网页(Web Page),把相关的网页组合在一起,存放在一台计算机上并允许网络上其他计算机来访问,这台计算机称为一个网站或一个站点(Web Site)。网络上其他的计算机如果安装了 WWW 浏览器,如 Netscape 或 Internet Explorer软件,理论上就可以访问到网络上任何网站的信息。

WWW 的发明者 Tim Berners-Lee 在他关于环球网的宣言中指出:"环球网在本质上是使个人和机构可以通过分享信息来进行通信的一个平台。当把信息提供到环球网上的时候,也就被认为是出版在环球网上了。在环球网上出版只需要'出版者'有一台计算机和因特网相连并且运行环球网的服务器软件。……就像印刷出版物一样,环球网是一个通用的传媒。"

从因特网迄今的发展过程以及信息传播的角度看,网络就是媒体;相对于原有的媒体,它被称为一种"新媒体"(New Media);由于其具有数字化传播的特点,被称为一种"数字媒体"(Digital Media);因其诞生在报刊、广播、电视这三种大众传播媒体之后,又被形象地称作"第四媒体"。联合国新闻委员会在 1998 年 5 月的年会上正式提出"第四媒体"这一概念:它是继报刊、广播和电视出现后的因特网和正在兴建的信息高速公路。从广义上说,"第四媒体"通常就指因特网 Internet,从狭义上说,"第四媒体"是指基于 WWW来传播信息的网站(Web Site)。WWW 是网络信息服务中使用最广,功能最强者,网页实质上就是出版物,它具有印刷出版物所应具有的几乎所有的功能。作为一种广义的、宽泛的、公开的、对大多数人有效的传媒,因特网通过大量的、每天至少有几千人乃至几十万人访问的网站,实现了真正的大众传媒的作用。因特网可以比任何一种方式更快、更经济、更直观、更有效地把一个思想或信息传播开来。因此,可以说作为大众传播的网络媒体,主要是指狭义的第四媒体或基于 WWW 的网站媒体(Web Site)。

1.2.3　手机与 WAP 网络

尽管手机是作为人际语音通信工具而诞生的,但由于其与互联网的结合,使它越来越具有综合性媒体的特征。

WAP(Wireless Application Protocol)即无线应用协议,也是一项全球性的网络通信协议,其目的是向移动终端提供互联网内容和增值服务。WAP 定义可通用的平台,把目前 Internet 网上 HTML 语言的信息转换成用 WML(Wireless Markup Language)描述的信息,显示在手机的显示屏上。WAP 只要求手机和 WAP 代理服务器的支持,而不要求现有的移动通信网络协议做任何的改动,因而可以广泛的运用于 GSM、CDMA、3G 等多种移动网络。

WAP 是移动通信系统和数据通信网络之间的一道桥梁,它使移动用户可以不受网络结构、运营商的业务以及终端设备型号的限制,自由接入因特网,使随时随地访问丰富的互联网络资源成为现实。

GPRS(General Packet Radio Services)通用分组无线业务,是一项高速数据处理的移动技术,它可以通过不间断的连接为手机提供更快的 Internet 访问。通俗地说,GPRS 是强大的底层传输,WAP 则作为高层应用。GPRS 相当于手机的宽带接入,这样手机可以始终连接至 WAP 和其他数据服务,当访问 WAP 信息时,无须每次都进行拨号。

WAP 应用采用的实现方式是"手机终端＋WAP 网关＋WAP 服务器"的模式,不同于一般 Internet 的"计算机终端＋网络服务器"的工作模式。主要的目的是通过 WAP网关完成 WAP 到 WEB 的协议转换,以达到节省网络流量和兼容现有 WEB 应用的目的。

正是由于有了互联网的支持,手机才超越了简单语音交流工具的界限,有能力提供诸如电子邮件、电子商务、音视频下载等与人们工作生活密切相关的服务。手机不但具备了其他媒体的功能,而且其自身的优越性是其他媒体无法取代的,手机的普及和技术进步使信息的获取和传播摆脱了对固定硬件系统的依赖,使得人们能够更自由地选择时间、地点和不同途径做自己想做的事情。可以说,互联网的广阔使手机功能不再单一,手机的移动便携性使进入互联网变得更加自由。

1.3　数字媒体的特点与应用

1.3.1　数字媒体的传播模式

数字信息的最小单元就是比特。从通信技术系统上看，数字媒体信息是借助于由计算机和网络系统来传播的，如图 1-2 所示。在这个传播模式中，计算机既是信息源（信源），也是信息达到点（信宿）。信息通过计算机（信源）的编码变成比特流，并借助于网络传播，在传播过程中可能会加入一些干扰噪音，当比特流达到另一台计算机（信宿）时，比特流被译码，去掉干扰还原成信息。

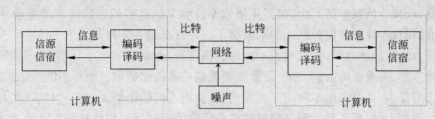

图 1-2　数字媒体传播模式

1. 比特与多媒体信息

在这个数字媒体传播模式中，信息可转换成比特流。无论何种媒体信息如文本、图像或是声音，通过编码后都转换成比特流，当然不同的信息媒体要求采用不同的编码方式、形成不同的比特流。在这个传播模式中，比特流映射的信息内容可以是媒体本身，如一篇文章、一幅图像、一段视频，或者文字图像视频的混合；此外比特流也可以是"信息标题"（header）或"信息指针"（pointer），如一篇文章的标题、一幅图像的微缩图标等。这些"标题"或"指针"指向其特定的媒体或混合媒体信息，同时说明所指向信息的内容和特征。这种特殊的比特流称为超媒体（hypermedia），其主要功能为一种链接和指向关系。超媒体的存在和应用是数字媒体传播的重要特征之一，它将一改信息接收者被动接受为主动获取信息。

2. 编码与译码

简单地说，所谓编码（encode）是指把信息转换成可供传播的符号或代码，所谓译码（decode）就是指从传播符号中提取信息。实际的声频和视频信息都是连续变化的模拟（analog）信息。编码的过程实际上是根据一定的协议或格式把这种模拟信息转换成比特流的过程。8 个比特（bit）组成一个字节（Byte），也称为一个码字。译码是编码的逆过程，它是根据相同的协议把比特流转换成媒体信息，同时去掉比特流在传播过程中混入的噪声的过程。

因此，比特流或者字节码实际上包括信息码和控制码两部分。信息码是信息主体，而控制码是编码控制信息，用于控制比特流的传播，如表 1-1 所示。在信息传播过程中，控制码就是为了信源、信宿双方可以协同地完成编码和译码的过程。除了同步控制以外，它还具有两个非常重要的特征：

表 1-1　比特流的构成

比特流(码)		注　释
信息码		比特流的主体,可映射为信息媒体和超媒体
控制码	同步	记录比特流的起始和终止位置
	压缩协议	记录编码采用的协议,以便译码时也采用相同的协议还原信息
	纠错校验	提供滤除噪声(错码)的方式

（1）数据压缩(data compression)协议

采用比特流(数字化)传播的显著优点之一是在编码的过程中可以对信源的信息数据进行压缩,以减少信息中的冗余,提高传播效率。如果信道中的比特流非常拥挤,必然会造成信道的阻塞,这就如同公路上的车辆多了会导致车速下降甚至堵车一样。此外,人的视力和听力的灵敏度有限,可以根据不同的传播需要,把数据量很大的视频、音频和图像数据进行压缩,不重要的数据去掉,而重要的数据在解码时还原。根据不同的信源质量和不同的应用要求,可以采用不同的压缩方式,以获得不同的比特流数据量和不同的信息还原效果。例如,一幅彩色照片和一幅黑白线条示意图所包含的信息量是不同的,其编码后的比特流量也应该不同,这就需要采用不同的压缩编码方式。

（2）纠错校验

比特流在信道中传播时由于外界的干扰,可能混入噪声,导致误码。例如,字母 A 的正确编码是"01000001",通过信道传播到信宿时可能由于噪声的混入变成了"01000011",如果按照编码协议,直接解码后将变成字母 B! 这样就会造成信息的误传。所谓纠错校验就是采用一定的方式,在解码之前先纠正比特流中的误码,然后再还原成信息。如上例中,通过纠错将混入噪声的"01000011"纠正为"01000001",然后还原成 A。采用比特的方式传播信息,使得纠错校验变得更容易实现,从而提高了信息传播的准确性和可靠性。

3. 网络与信道

数字媒体传播的理想信道是具有足够带宽的、可以传输比特流的高速网络信道。图 1-2 描述的是两点之间的传播过程,实际上数字媒体传播可以是多点之间的传播,如图 1-3 所示。

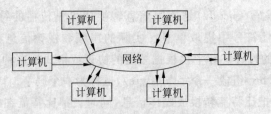

图 1-3　网络上的多点传播模式

在这种网络传播模式中,计算机可以看成是散落在世界各地、各个城市、各个角落的建筑或房屋,而网络是联接各地的或宽或窄、或高速或低速的各种公路。从某台计算机(信源)发出的比特流可以同时被网络上其他多台计算机(信宿)所接受。从这一点上看,这个过程与广播电视的点对面的传播类似:电台(信源)发出电视节目,散落在各地的电视机(信宿)可以同时收看该节目。但是,这种网络上的多点传播模式同样也适用于点对点的传播:两台计算机之间的双向交流。

网络可能由电话线、光缆或卫星通信构成。在特定的信道上每秒钟传输的比特数称为信道的带宽(bandwidth)。显然,带宽越宽,可同时传输的信息越多。在带宽还不够理想的情况下,压缩编码就显得非常重要了。以网络作为信道,可以实现信源、信宿之间的实时传播,在网络没有有效普及或传输率不够理想的情况下,采用大容量的光盘 CD-ROM 来记录和传播数字媒体信息,也是一种有效的过渡手段,只不过此时的信道要借助于传统的发行出版渠道或人际间的传播通道。

4. 信源与信宿

在数字媒体传播模式中,信源和信宿都是计算机。因此,信源和信宿的位置是可以随时互换的,这是数字媒体传播的又一特征。由于这一特征,使数字媒体传播较之传统的大众传播方式如报纸、广播、电视等发生了深刻的变化和革命。与广播、电视的单向传播不同的是,在数字媒体传播中,每一台计算机同时成为一个小电台,每一个信息接收者同时也可以是信息发布者。虽然规模不同,信息的质和量不同,但基本的功能是可以比拟的。

1.3.2 数字媒体的特点

数字媒体的最小单元是比特。比特没有颜色、尺寸和重量,它只是一种存在的状态:开或关、真或假、高或低、黑或白,总之简记为 0 或 1。比特易于复制,而且复制的质量不会随复制数量的增加而下降;比特可以以极快的速度传播,而且在传播时时空障碍完全消失;比特可以很容易相互混合,可以同时或者分别地被重复使用。

比特按照上一节所讨论的模式进行传播,由此决定了数字媒体的特点,而这些特点又引申出其丰富的应用。信息技术的发展,使个人计算机和网络迅速地普及;而数字媒体传播所具有的优势和特点,使人们的学习方式、工作方式、娱乐方式——人们的生活方式正发生着深刻的变化。

1. 多媒体的综合应用

人类接收和传播信息的两种主要方式是用"眼睛看"和用"耳朵听"。心理学家曾做过实验:人类获取的信息 83% 来自视觉,11% 来自听觉,这两项加起来就有 94%。所以可看见的媒体,如文字、图形、图像、动画等,和可听见的媒体如声音等的完美结合,才能完整、自然地表达并且让人类最大程度地接收信息。因此,同时处理多种媒体上的信息实际上是获得和传递信息的客观需要。在以往的技术水平还不能满足这种需要的时候,人与机器的对话是一个比较烦琐、生硬的过程,因而计算机的使用往往局限于专业人员范围。随着信息技术的发展,在计算机上能够处理文、图、声、视等多种信息,给人们提供了一种用计算机技术来表现、传播和处理具备"视"、"听"完整信息的数字处理方法。

但这还只是问题的一个方面。尼葛洛庞帝在其《数字化生存》一书中提出"在数字世界里,媒体不再是信息,它是信息的化身。一条信息可能有多个化身,从相同的数据中自然生长。"数字媒体的实质不仅在于多种媒体的表现,而且"它必须能从一种媒体流动到另一种媒体;它必须能以不同的方式叙说同一件事情;它必须能触动各种不同的人类感官经验。如果我第一次说的时候,你没听明白,那么就让我(计算机)换个方式,用卡通或三维立体图解演给你看。这种媒体的流动可以无所不包,从附加文字说明的电影,到能柔声读给你听的书籍,应有尽有。这种书甚至还会在你打呼噜的时候,把音量加大。"

虽然尼葛洛庞帝描述的还只是一种数字传播的理想,但是在比特世界里这并非远不可及。目前技术上可以实现的从运动视频数据中转换出静止图像数据,就是这种比特的重复使用和转换的一个简单例子。

2. 信息的结构化和数据库功能

在传统的图书中,创作者的思想或知识是以静态的顺序排列的,也就是所谓的"一页一页地翻书"。在影视表现中则注重通过流动的语言来表达主题。换言之,创作者的思想或知识是动态和非线性地排列的。创作者除了要保证其表达的思想内容外,更需要关注内容流动的形式以及不同内容片段的衔接和过渡,这就是所谓的"蒙太奇"。在数字媒体中,创作者的思想或知识往往是树状排列的。从物理的角度看,各种"零星的"知识间都是孤立的,并无强制性的联系。当读者阅读的时候,可以按照某种逻辑关系把一部分信息提取出来,主动地有针对性地阅读。这种信息的交互性要求信息本身是有结构的,是经过一定的格式化处理而组成的信息的集合,否则,零乱的信息无法被计算机程序有效地加以处理。

数字信息的结构化还体现在数据库的利用上。数字信息的设计制作能够按照读者的要求,对信息中的各个知识项进行抽取、排序、重新组织,因而使原先散见于各个篇章段落中的知识能够从逻辑上得到集中,提供从各种角度进行知识项聚集的功能。在互联网的信息海洋中可以瞬间查找出与某一关键词相关的网页。借助于数据库的结构和检索软件,数字信息可具有很强的计算机检索功能。在今天知识急剧增长、"信息爆炸"的状况下,这种自动检索的功能无疑对用户来说是非常宝贵的。

案例 1-2:google 搜索引擎

79%的互联网用户依靠搜索引擎获取信息,信息搜索成为仅次于电子邮件的互联网第二大应用。Google(www.google.com)成立于1997年,几年间迅速发展成为全球规模最大的搜索引擎,2005年 Google 每天处理的搜索请求已达2亿次。Google 数据库存有42.8亿个 Web 文件,属于全文搜索引擎,它提供常规及高级搜索功能,可以通过关键词、短语等搜索,并根据相关性和重要性将搜索到的网站列表显示。

目前 Google 允许以30余种语言文字进行搜索,包括英语、主要欧洲国家语言(含13种东欧语言)、日语、中文简繁体、朝语等。根据2006年4月最新的报道,Google 即将推出语音搜索引擎,它采用语言模块,语音字典和声学原理,根据用户的语音关键词或短语输入,将相关的信息反馈给用户。这个技术一旦成熟,可广泛用于上网手机,手机用户通过语言提出搜索请求,搜索的结果返回到手机屏幕上;也可以在汽车导航系统中嵌入该技术,通过语音搜索物理地址,完成实时导航。

3. 传播速度快,实时性强

数字信息的产生、编辑、存储和传播都是依靠计算机完成的,其数据结构化、数据库和检索功能都可在计算机程序控制下进行,故其修改、编辑、复制简单,可靠性高。数字信息既可以存储在光盘上,通过传统的发行方式进行传播;也可以存储在网络服务器的硬盘上向大众传播。网络传播是一种全新的方式,它不需要靠邮政传送和销售,而是通过因特网实现远距离高速传播。

网络传播的特点首先体现在其传播周期短,时效性强。新的或再版的网络信息装载到网络服务器系统之日,就是各地读者可以存取之时。这样,地理上的障碍和传播的延迟都不再存在。第二,网络服务器可以同时装载许多数字信息,读者或用户在使用网络信息时有广泛的选择余地。第三,由于数字信息的交互性和阅读的选择性,读者或用户在利用网络信息时,只需为实际的检索时间与获取的信息量付费,如获取自己感兴趣的一篇文章、甚至一幅图像,而不像购买传统图书和光盘出版物那样为整个出版物付费。显然,这种方式的传播发行对某些读者来说是经济合算的。网络传输方式是对传统信息传递方式的一次革命,它实现了信息和携带信息的载体在时空上的分离,降低了信息传播对信息载体的依赖性。

案例 1-3:英国广播公司 BBC 网站

BBC(British Broadcasting Corporation)是英国最大的新闻广播机构,它创建于 1922年,经过 80 多年的发展,已经从一个初始的单纯艺术娱乐传媒发展成一个集艺术、娱乐、时事新闻、谈话节目等集大成的广播电视媒体。BBC 不仅是英国最大的新闻广播机构,也是世界上最大的新闻广播机构之一。19 世纪 90 年代,随着数字技术的应用,BBC 也进入了一个新的纪元,BBC 网站(www.bbc.co.uk)不仅综合了原有传统广播电视媒体的功能,而且在数字化应用上也走在了前列。对于电视观众而言,BBC 网站提供了更多的数字视频频道和更频繁的互动功能;而对于电台听众而言,BBC 网站提供 CD 音质的音乐和灵活的服务。BBC 根据网络特点创建于 1990 年年初的在线服务,到 1999 年已成为欧洲领先的新闻网站。

BBC 网站的内容实时更新,不仅可以实时收听/收看音频/视频节目,而且还提供多种信息服务,如语言学习,针对不同用户需求的信息定制等。更重要的是,通过 BBC 网站,全球的观众都可以随时收听收看到 BBC 的新闻。

4. 受众变被动接受为主动参与

传统的大众传播是媒体组织机构控制着信源,所有的智慧都集中在信息的起始点,信息传播者决定一切。组织好的信息铺天盖地推(pushing)向受众,而后者一般只能被动接受。例如许多人都有整晚在电视机前不停地换频道的体验,只是为了找到其感兴趣的节目或信息。传统的大众传播的媒体信息都是由传播者或作者决定其结构,而且是线性结构。如书籍中的章、节、小节顺序排列;影视中的上、中、下集顺序播出。在铺天盖地推向受众的信息面前,不同的受众有不同的兴趣点,但传统的大众传播方式显然不够具备这样的条件:使受众能够按自己的需要有效地过滤、分拣和排列自己需要的信息。

数字世界的情况则完全不同。计算机内的信息还是可以铺天盖地,但不是一概推向每个受众。数字信息存放在公开的信息库(网络服务器)内,由受众去拉出(pulling)其需要的信息。这一功能的实现是由于数字化的超媒体可以为受众提供检索、导向和互动性功能。数字媒体可以完全不受三维空间的限制,要表达一个构想,可以通过一组多维指针采用超媒体方式来进一步引申或解释。受众可以选择激活某一构想的引申部分,也可以完全不予理睬。整个信息结构仿佛一个复杂的分子模型,大块信息可以被重新组合,句子可以扩张,词组可以随时引申和说明。这个模型的连接由传播者预先定义,但是受众在"拉"信息的时候实际上可以根据自己的需要重新定义。"拉"的过程就是根据自己的需要过滤、检索和组织排列"自己的"信息的过程。

　　所有的数字媒体都包含有互动的功能,在数字媒体传播世界里,智慧可以存在于信源和信宿两端。目前的技术还只能由受众自己与计算机互动,过滤、筛选出适合自己的信息。数字化的理想未来是开发出能为不同的受众自动过滤、分捡、排列和管理不同的信息的计算机,它能够按照受众的要求去获取和编辑信息。

　　案例 1-4:iVillage 网站

　　iVillage Inc.是美国一家媒体公司,其网站 1995 年创立,目前是全球最大的女性网站,主要受众是 25 到 54 岁的女性,网站内容几乎涉及与女性生活工作有关的所有话题。根据 2003 年 11 月份的统计数据,每个月 iVillage 的访问量约 1500 万,居美国网站访问量排名的第 28 位。

　　www.iVillage.com 网站通过建立论坛获得了用户大量的支持,论坛提供与女性生活工作有关的上千种不同的话题,很多版主都是资深的心理医生兼情感问题专家,供不同需求的女性在网上寻求问题的答案、交流观点以及发展人际关系。此外,网站本身还提供了大量的分类信息,并且信息可以免费定制。登录网站以后,首先在网站提供的分类信息中选择和定制所需的栏目,然后提供自己的有效邮件地址。这样,当网站内容更新时,定制的信息将通过邮件不定期发到定制者的邮箱。如果不再需要定制服务,邮件通知取消即可。

　　5. 趋于个人化的双向交流

　　传统的大众传播需要依赖于庞大的媒体组织机构。而在数字媒体世界里,信息发布者可能是个人。计算机和网络具有交互性和实时性,它可以使传播信息和接收信息之间相互进行实时的通信和交换,而不像电视、广播系统那样,受众只能被动地接收。数字媒体中这种实时的互动和交换功能首先使大众传播模式中的反馈信道变得轻而易举,同时每台计算机都可以是一个小电视台,信源和信宿的角色可以随时改变。

　　数字化传播中点对点和点对面传播模式的共存,一方面可以使大众传播的覆盖面越来越大,受众可以完全不受时空的限制选择网上的任何信息;另一方面可以使大众传播的覆盖面越来越小,可以针对特定的范围和很小的受众群体传播信息,这种方式也称为"窄播"。例如近年来流行的网络博客和播客,就是点对面传播的一个很好的例子;而针对特定读者群的专业杂志,则是窄播的例子。无论是哪种情况,信息的发布者都可能是个人(如博客作者)或媒体组织(如专业杂志的编委)。窄播的延伸就是个人化传播,多对一甚至是一对一的传播。传媒可以根据受众的需求传播信息,如根据特定个人的喜好推销产品;任何个人也可以作为信息传播者发布信息,如个人主页或者博客。

　　这种个人化的双向交流显然更适合人类的需求,它为人类提供了发挥自己创造力的环境,增强了人们的参与感。计算机对人来说,已不再是难以接近的,非常专业化的机器,而成为各行各业工作的辅助工具。它通过交互与反馈,促进人的思维,极大地调动人的积极性和主动性。人类使用和接受信息的方式将发生深刻的变化。

6. 技术与人文艺术的融合

信息技术与人文艺术、左脑与右脑之间都有着公认的明显差异,但是数字媒体传播却可以在这些领域之间架起桥梁。正如电视的发明是由于技术上的推动,然而电视发明以后其传播应用则主要由一群无论在价值观还是在知识结构、文化背景方面都与科学家截然不同的艺术工作者来完成。再比如,摄影师发明了摄影,改进摄影技术的人是为了艺术表达的目的而不断钻研和改进技术。

计算机的发展与普及已经使信息技术离开了纯粹技术的需要,数字媒体传播需要信息技术与人文艺术的融合。首先,技术的发展是技术应用的基础,目前数字媒体技术或信息技术还在不断完善与发展之中,而且这个过程还有一个相当长的时期。因此,掌握数字媒体技术的应用是传播的基础。此外,数字媒体具有图、文、声、像并茂的立体表现特点,因而能更有效、更直接地传播丰富、复杂的信息。但也正因为数字媒体表现的丰富性,常常带来信息的冗余及误解。如何使整体大于部分之和,如何利用多种媒体的各个表现方式并使之综合,有针对性地、最有效地传达信息,就日趋成为一个值得研究的课题。因此,数字媒体传播是一个文理融合的全新领域,需要不断研究才能达到良好的传播效果。

1.3.3 数字媒体的应用

目前数字媒体的传播除了电子出版应用之外,主要还包括如下几个方面:

1. 教育培训

数字媒体能够把电视所具有的视听合一功能与计算机的交互功能结合在一起,产生出一种新的图文并茂、丰富多彩的人机交互方式,而且可以立即反馈。这种交互方式对教学过程具有重要意义,它能有效地激发受众的学习兴趣。在这种学习环境中,用户可按自己的学习基础、兴趣来选择自己所需要学习的内容,可以选择适合自己水平的练习,这样就有了主动参与的可能,并产生强烈的学习欲望。

案例 1-5:个别指导式远程学习

Alfred Bork 是加利福尼亚大学的教授,他毕生都在致力于研究个别指导式学习模式,或者称计算机互动式学习。简单地说这种学习就如玩电脑游戏,学生与计算机有来有往;更进一步说就是用计算机取代老师,每一台计算机(一种教学软件)就是一个指导老师,他可以根据学生的不同背景和情况量身定制学习方案,并且可以是远程指导。因此,每一个学生都将拥有个别指导老师。

"这项新的学习模式将是高互动的,提供个性化帮助,迎合每个学生的需要,并且保持学生的学习兴趣。这实际上是模拟一个经验丰富的老师指导一个学生的学习环境。"他在其著作《个别指导式远程学习:教育体系的重构》一书中介绍说。因此,这种学习可以针对世界上每个角落的每一个不同的学生,提供个性化的学习。学习可以不再受时间、地点、校园的限制,甚至目前意义上的校园都可以不再存在。

以学外语为例,读者如果面对白纸黑字的教科书,既没有声音又没有应用背景,如果没有老师指导,也不知发音是否准确。这样的学习不免使许多学习者感到枯燥乏味。如果给这样的教科书配上发音、配上图解、配上应用背景,再加上根据学习者的基础提问题、让学习者回答问题、并测试答案的正确性,这样充分调动学习者的五官,让学习者身临其境,去感受、去体验,按自己的水平和能力去学习,就会使学习者充满信心,学习效果必然大不一样。这就是数字媒体的威力所在。数字媒体教育既能看得见,还能用手操作。这样通过多种感官互动刺激获得的信息量,比传统的单一教育方式强得多。

2. 电子商务

网络在国际贸易方面的应用被称为"无纸贸易",即将有关的合同和各种单证按照一定的国际通用标准,通过国际计算机网络进行传送,从而提高交易与合同执行的效率。过去这种网络都独立于 Internet 网络,由国际上的大型通信服务公司经营,如美国的通用电器公司等,价格相对比较昂贵。然而,随着 Internet 在全球迅速地发展,Internet 逐渐成为全球性的网络标准,许多业务已经转移到通过 Internet 的线路来进行。另外,通过 Internet 与全球的客商进行通信,可以大大降低成本,提高工作效率。

网络连进千家万户,也为商家提供了绝好的推销自己的机会。文、图、声、像并茂的广告更能打动和激发顾客的购买欲望。网络上信息传输的速度之快,覆盖面之广,决定了网络电子广告在未来广告业中的优势地位。它能够迅速地将信息传递给顾客,并利用多种媒体感受,加深顾客对公司和产品的印象。

案例 1-6:数字导游信息

在美国等发达国家,已经普遍在商业行销及旅游导游线上应用所谓的"信息站",它可遍及火车站、机场、球场、联销商店、博物馆等公开的场所,其功能包括可以提供商业交易、商业广告、商品介绍、信息收集等。在旅游导引上,它就如同一位和蔼可亲的导游人员,它可以交互式地提供地图浏览、基本旅游介绍、规划参观的路线等功能。如日本的电气火车(类似我国的地铁)四通八达,遍及全国各个角落。在日本上网可以随时查询乘坐电气火车从某一站到任意其他站的最佳路线、换乘站、各段车次、各段车行程时间、票价、所需时间等非常实用的信息。

目前国内的信息站多用于街区导游、风光介绍及产品介绍等方面,其功能也正日渐成熟。例如,图行天下 http://www.go2map.com/ 是目前国内最大的电子地图服务系统,用户可以互动地查询到全国各地的街道和地图信息,使用非常方便。

电子商务能够大大缩短销售周期,提高销售人员的工作效率,改善客户服务,降低上市、销售、管理和发货的费用,形成新的优势条件,因此必将成为未来社会一种重要的销售手段。可以说数字媒体传播已经成为周围生活环境的一部分了。

3. 信息发布

超文本链接提供了将信息在大范围内发布的有效手段。创建引人注目的主页,并在世界范围的网络上注册,能够使信息迅速地被受众接受,这种内容丰富的信息交流能够很快获得受众的认同。

案例 1-7:行业和个人信息发布

各公司、企业、学校、甚至政府部门都可以建立自己的信息网站,用大量的各种媒体资料详细地介绍本部门的历史、实力、成果、需求等信息,以进行自我展示并提供信息服务。如各信息行业公司都在网上提供最新产品介绍、定购,以及软件直接下载的功能。网络的广泛使用在提高公司声誉、推销产品、寻找合作伙伴等方面所具有的重大影响甚至要超过许多著名的报纸。高等院校一般都有各学科的专业介绍、研究成果、课程计划、导师信息等,并可以进行网上入学报名。

另一方面,信息的发布并不是大的组织机构的特权,每一个人都可以建立自己的信息主页或博客网站。只要提供的信息有足够的吸引力,任何人都可以成为有名的信源并拥有大批的受众。此外,网上众多的讨论区、BBS(Bulletin Board System)、QQ、博客、播客等都可以让任何人发布信息,实时交流讨论,为人类社会提供一个全新的交流和交友方式。

4. 娱乐

随着数据压缩技术的改进,数字电影从低质量 VCD 很快上升为高质量的 DVD。数字电视是计算机与电视的"杂交"产品,这一"杂交"优势使数字电视所向披靡,一通百通——不仅可以看电视、录像,而且微机、因特网、联网电话、电子信箱、电脑游戏、家居购物和理财都可以用。此外,数字照相机、数字摄像机、数字摄影机和 DVD 光碟的投放市场,是推动数字电视的又一股新势力。除了提供更高质量的视听享受,"数字一族"大放异彩——用数字照相机不需要洗照片、存相册,照了相直接存入计算机、或刻写在光盘中。这些照片通过计算机可以浏览、通过因特网可以送人、通过彩色打印机可以随心所欲地打印输出。

数字电视的到来,将使电视的概念也进一步拓展:不仅可以像以往一样收看节目,还可以自己点播,不受时间和内容的限制;未来的数字电视节目可能为你编辑特定的新闻,并在需要的时候送到你的计算机里;当观看一个实况转播时,你可以选择观看的位置、角度、镜头的远近等。也就是说,数字电视无非是可以实时互动的视频数据传送而已,其根本是比特的作用。

案例 1-8:手机电视

"手机电视"是指通过手机终端收看的视频节目,通过 WAP 门户网站,手机用户可以浏览在线直播或点播的流媒体音视频节目。2004 年全球媒体巨星新闻集团(News Corporation)推出了第一部专为手机屏幕制作的肥皂剧"Hotel Franklin",每集长度仅一分钟。澳大利亚一家公司也推出一部英语肥皂剧,名为"My Way",以年轻女性为消费诉求。而一部荷兰语手机肥皂剧吸引了 78000 名订户,其中 68% 为女性,平均年龄 18 岁。2005 年 2 月 6 日,上海移动与上海文广传媒集团推出中国第一部"手机短剧"——《新年星事》,每集 3 分钟,共 10 集。

随着技术的完善,手机视频的内容研究将成为下一个热点。目标受众的特征和手机浏览的特点是内容研究的基础。新闻集团(News Corporation)就一分钟手机肥皂剧"Hotel Franklin"发言说对手机浏览而言,他们认为"一分钟是再自然不过的长度。"这个长度不仅要满足手机短小灵活的特点,同时要足以发展故事情节,在结束前留下悬念并调起观众继续观看的胃口。

此外,计算机的出现给娱乐带来了一场翻天覆地的变化,计算机的虚拟世界为游戏创造了一个更加自由的娱乐空间。于是,在短短的几年里,电脑游戏风靡全球,游戏的普及也推动了游戏产业的迅猛发展。如果说计算机的出现是游戏的新革命,那么,因特网的发展则成为电脑游戏的革命。几乎随因特网起步的同时,一种更新、更开放、交互性更好、娱乐性更强的游戏模式——在线游戏或网络游戏也随之发展起来。

因特网的普及带动了在线游戏的繁荣,并逐渐演变为电脑游戏中最有活力的部分,并在有机会接触因特网的人群尤其是年轻人的生活中扮演越来越重要的角色。由这样的发展速度及趋势,我们可以预测到在未来的网络社会里,在线游戏极有可能成为与电视、电影鼎足而立的新娱乐方式之一。

5. 电子出版

由于信息高科技日新月异地发展,电子出版物也属于发展中的概念,尚无十分明确的定义。我国新闻出版署对电子出版物曾有过如下定界:"电子出版物系指以数字代码方式将图、文、声、像等信息存储在磁、光、电介质上,通过计算机或类似设备阅读使用,并可复制发行的大众传播媒体。"从目前最新的发展看,电子出版物可以说是利用计算机产生,以数字代码的形式将多种媒体信息存储于光、磁介质上,可通过信息高速公路进行传播,借助于计算机进行阅读,并可复制发行的大众传播媒体。

目前,电子出版物的形式、种类很多,但基本上可分为两大类:封装型的电子书刊和电子网络出版物。封装型的电子书刊是以光盘为主要载体。电子网络出版物则是以Internet 为基础,以计算机主机的硬盘为存储介质。网络出版物具有内容丰富、可实时交互、不受地理因素限制、可重复使用等特点。人们在阅读出版物的同时,还可以得到各种服务,如在线检索、在线字典查询等。由于采用交互式阅读方式,读者可以参与出版物的研讨,与作者和其他读者交流观点,及时向出版者反馈信息以使出版物更适应读者的要求。目前国内外许多报刊杂志都有与其相应的网络电子版。

但是,受传输速率的限制,网络还不能实时地有效传播大容量信息,如视频等。因此,网络出版物的信息媒体还只是以文本和图像为主,同时网络上电子出版物的发行管理方式还没有妥善解决,可以说网络出版是一个新的领域。但是,从发展的眼光看,光盘出版是网络传播率还不够理想时期的过渡产品,而网络出版具有更大的优势,是电子出版发展的趋势。表 1-2 列出了传统出版与电子出版的比较,由此可以较清楚地理解电子出版物的概念。

表 1-2　电子出版与传统出版的比较

	出版形式	内容	编辑制作	介质	发行方式	阅读方式
传统出版物	有纸印刷	文字,图片	电子照排	纸张	传统	传统
电子出版物	光盘出版	多媒体信息	数字制作	光盘	传统	计算机
电子出版物	网络出版	多媒体信息	数字制作	硬磁盘	Internet 网络	网络计算机

案例 1-9：手机字典

随着移动通信技术的发展,手机学习(mobile learning)成为新一轮的研究和应用热点。手机字典就是一个典型的案例。在欧洲,即使是最保守的出版商也开始介入手机这种媒体。Langenscheidt 开始提供一种专为手机大小设计的词典,大约 5 美元,能够收录600 左右短语的应用方法,还包括发音。公司手机业务负责人表示,其优点在于"如果游客到达一个外国城市的热闹酒吧,他的手机就能成为他浪漫邂逅的即时引路人。"

在日本,手机字典也相当火爆,2002 年成立的 The Pocket Eijiro site 提供日英、英日词典,现在每天有超过 10 万的点击率。该服务每月花费 1.53 美元。研究人员表示,人们之所以宁愿选择手机而不是因特网,是因为他们工作了一天回到家后已经没有了学习的动力。而有了手机,你可以自由选择学习的时间,在"有热情的时候"学习。

与网络学习或 e-learning 相比,手机学习除了具有类似的互动特征,还有新的特点如更灵活、方便、快捷。当然目前手机学习还有一些问题,比如选择容易,但大量文字输入就不如电脑方便;手机的存储量小,对资料的存储也有限制。此外,对于一种新的学习载体来说,学习者的适应性也是一个新的问题。

6. 虚拟现实

虚拟现实(Virtual Reality,简称 VR)是当今计算机科学中最激动人心的研究课题之一。虚拟现实综合集成了计算机图形学、人机交互技术、传感技术、人工智能等领域的最新成果,用以生成的一个具有逼真的三维视觉、听觉、触觉及嗅觉的模拟现实环境。受众可以用人的自然技能,通过适当装置,对这一虚拟的现实进行交互体验,而体验到的结果(该虚拟的现实反应)与在相应的真实现实中的体验结果相似或完全相同。虚拟现实主要有三方面的含义:

(1) 虚拟现实是利用计算机技术而生成的逼真的实体,人对该实体具有真实的三维视觉、立体听觉、质感的触觉和嗅觉。

(2) 人可通过自然技能与虚拟现实进行对话,即人的头、眼、四肢等的各种动作在虚拟现实中的反应具有真实感。通过人的头部转动、眼动、手势等其他人体的自然技能可以与这个环境进行交互。

(3) 虚拟现实技术往往要借助于一些三维传感设备来完成交互动作,如头盔式立体显示器、数据手套、数据衣服、三维操纵器等。

虚拟现实主要具有以下三个基本特征:沉浸(Immersion)、互动(Interaction)和构想(Imagination),即通常所说的"3I"。沉浸是指用户借助各类先进的传感器进入虚拟环境之后,由于他所看到的、听到的、感受到的一切内容非常逼真,因此,他相信这一切都是"真实"存在的,而且相信自己正处于所感受到的环境中。互动是指用户进入虚拟环境后,可以用自然的方式对虚拟环境中的物体进行操作,如搬动虚拟环境中的一个虚拟盒子,甚至还可以同时感受到盒子的重量。构想是由虚拟环境的逼真性与实时交互性而使用户产生更丰富的联想,它是获取沉浸感的一个必要条件。

使用虚拟现实的软硬件,可让人完全进入计算机创造的世界里遨游。当人在这个世界里走动时,显示屏就变化,给人正在房间里走动的幻觉;当人转动头时,显示屏显示房间的不同部分;人可以伸手触摸房间里的物体,可以移动它。

数字媒体技术是虚拟现实技术的基础,虚拟现实技术是数字媒体技术的重要发展和应用方向。虚拟现实技术虽然还处于初级阶段,但已在创造各种模拟的现实环境方面得到应用,如科学可视化、CAD、飞行器、汽车、外科手术等的操作模拟,它在航空航天、国防军事、生物医学、教育培训、娱乐游戏、旅游等领域也显示出广阔的应用前景。例如美国在训练航天飞行员时,总是让他们进入到一个特定的环境中,在那里完全模拟太空的状况,让飞行员接触太空环境的各种声音、景象,以便能够在遇到实际情况时能做出正确的判断。这样一个环境的建立,就需要同时有三维视觉、立体听觉、质感的触觉和嗅觉等多种媒体信息的相辅相成。

案例 1-10：嗅觉媒体与触觉媒体的开发

美国的电子香味公司(DigiScents Inc.)发明了一种香味打印机，它从外形上看很像是一对立体声音箱，其工作原理与打印机墨盒相似。与墨盒将墨打印到纸上不同，这种产品将香味散发到空气中。与色彩相加混合的原理类似，香味增强器可以把 128 种基础的香味按比例混合起来，形成你在生活中常遇到的数千种不同的香味。电子香味公司将把这些气味的构成记录在数据库中，用户有望在上网时闻到气味。

日本富士施乐公司开发的触觉鼠标装有小型二维电动机和传感器，它上面的直径约 3 厘米的力反馈按钮能根据计算机屏幕上的内容模拟出起伏、波动、振颤等触觉感受；而且能模拟出运动的力度。当你在计算机上"推动很重的物体"时，按动鼠标会变得很费力；出现凹凸起伏的画面时，力反馈按钮也会跟着左右移动。

以上两种技术似乎使我们可以进一步看到网上虚拟现实的未来：当你流连于网上植物园的时候，不仅花草的色彩随时可以完美地展现在你的眼前，还能不时地飘来一些鲜花的香气，你甚至可以像蜜蜂一样用腿上毛茸茸的传感器(鼠标)去感受一下花蕊轻抚手指的感觉。无疑，虚拟现实所提供的艺术享受远比现有的视听艺术要美妙很多，它将成为最新型的多感官综合艺术而进入人类的生活。虚拟现实是数字媒体技术发展的理想。数字媒体传播意味着我们将无时无刻不与计算机为伍。目前的计算机还很庞大，使用还不够简单。未来的计算机将是"可以穿戴的电脑"，并具有更高的智能化，这将是人类可以预见的理想。

思考题

1. 简述数字媒体，网络媒体，多媒体，手机媒体等不同概念的基本含义与区别。
2. 通过案例论述数字媒体的特点。
3. 数字媒体技术与传播应用有何区别和联系？
4. 信源与信宿在网络中的关系是什么？
5. 因特网有哪些主要功能？ 因特网，万维网 WWW 和 WAP 网的联系与区别是什么？
6. 数字媒体的传播模式与传统媒体的主要区别是什么？
7. 收集和讨论数字媒体的最新应用。
8. 试从电子出版物的分类分析其与传统出版物的异同。

练习 1　基本概念浅析

一、目的

1. 通过第 1 章的学习、自学和在线阅读，了解数字媒体的基本概念，数字媒体传播的基本内容、基本特点，数字媒体与传统媒体之间的异同，数字媒体新的发展趋势等方面的内容。

　　2. 通过对本课教学内容，教学方式及其课件的了解，初步掌握网络学习的特点和方法，为本课的学习确立自己的目标和计划。

二、要求

　　自设题目，作业字数无要求，要求列出主要参考和阅读的文献。

第 2 章

基于网站的媒体项目开发

数字媒体开发过程就是根据一定的传达主题和用户需求,选择、编辑表现主题的多种媒体数据,最后用某种软件把这些多媒体数据按一定的结构有机地组织在一起,并实现互动控制的过程。数字媒体是一种新的交叉领域,由于其目标是信息传播,因此具有传统媒体传达设计的一般共性,但同时它也是一种软件,具有软件开发的一般共性,当然还具有数字媒体自身传达设计的特点。

第 1 章介绍了网络的基本概念、主要特点和功能。因特网服务主要包括 E-mail,FTP,Telnet 和 Web 服务,而 Web 的信息服务最广,功能最强,实现了真正的大众传媒的作用。本章以网站为基础,介绍一般数字媒体信息组织与应用开发的基本过程。

2.1 万维网的基本概念

作为一种大众传播媒体,Web 就是我们讨论的狭义的网络媒体,而网站只是 Web 中一台服务器提供的信息系统。

2.1.1 万维网的定义

美国 IT 标准字典 ANSDIT (American National Standard Dictionary of Information Technology)将 World Wide Web 定义为"互联网的一个软件包,由此计算机可以通过 HTTP 的方式通信。World Wide Web 与 W3、Web、WWW 同义。"

而美国 ComputerUser.com 的高科技字典对 World Wide Web 的定义是:

一个基于超媒体,用于浏览互联网站的系统。由于它由许多网站互相链接而成,用户可以通过点击超链接从一个网站跳转到另一个网站,因此它被称为环球网(Web)。通过诸如 Mosaic、Netscape 或 Internet Explorer 的浏览器可以访问到站点上的文字、图像、声音和视频等信息。也可以通过文本浏览器,如 Lynx,访问站点上的文字信息。

中文对 World Wide Web 的翻译是全球信息网、环球网或万维网。把这两种定义综合起来,可以看到万维网的全貌。ANSDIT 的定义是技术上的简练概括,顾名思义"万维网"就是包罗万象的可存取信息的全球性网络。

万维网是互联网主要信息服务系统,但并不是互联网的全部。万维网作为一个全球性的信息存储平台,它可以包容多种信息资源,并供全球互联网用户访问。虽然万维网上的资源是存储在不同的计算机中的,但这些计算机连接在互联网上,通过万维网协议不同计算机中的资源就变成了一个总信息体的一部分。万维网是目前互联网上最先进的信息系统,并且在它的数据模型中包容了互联网的大多数早期信息系统如 FTP,Gopher,Usenet 等。

万维网是 1990 年由计算机科学家 Tim Berners-Lee 在位于日内瓦的欧洲粒子物理实验室 CERN(the European Particle Physics Laboratory)中开发的。其后由万维网联盟(World Wide Web Consortium,W3C)负责万维网的维护和技术标准的进一步开发,Tim Berners-Lee 任 W3C 的主席。Tim Berners-Lee 定义万维网是通过网络可访问的全球信息空间。要了解这个信息空间的工作原理,首先要理解其中的一些基本概念。

1. 网站

网站(website 或 Web Site)指一台 Web 服务器,它能够为万维网用户提供信息或其他资源的访问。客户机与 Web 服务器之间通过 HTTP 协议进行通信。Web 文件是以超文本的格式编写的,它可以含有许多相关文件的接口,这些相关文件可以分布在网络上任何一台计算机上,这样就把位于全球不同物理地点的相关数据有机地编织在一起形成一个全球信息网。Web 服务器一般通过一个主机名来命名,网络上一台计算机如果安装了Web 浏览器,如 Netscape 或 Internet Explorer 软件,理论上就可以访问到互联网上任何网站的信息。

2. 网页

网页(Web Page 或 Webpage)是网站中的一个页面文件。它一般用 HTML 语言构成,存储在某一个 Web 服务器中。一个网页通常包含有指向其他网页的链接,每一个网页都有自己的 URL 地址。

3. 全球资源定位器(URL)

URL(Universal Resource Locator)是互联网上的一个全球命名协定,它用于互联网资源的定位和访问。URL 的一般形式是:

```
scheme://<user>:<password>@<host_name>:<port>/<path>/file
```

其中,<scheme>:访问协议,如 http、ftp 等。

　　　　<user>:<password>:用户名和口令。这是可选项,一般不要求(默认)。

　　　　<host_name>:主机名,该项不可缺少。

　　　　<port>:端口号,默认表示系统的默认端口。

　　　　<path>:主机内可访问资源的文件路径,默认时表示根目录。

　　　　file:最终可访问的文件。

例如,"http://www.iso.ch"是国际标准化组织(ISO)总部的 Web 网站地址,这个网站位于瑞士的日内瓦。网站的域名为"www.iso.ch",这个域名的实际 IP 地址是"195.49.35.195",因此网站地址也可以表示为"http://195.49.35.195"。而"http://www.iso.ch/welcome.html"是该 ISO 网站上英文版主页文件的 URL 地址。

2.1.2　万维网的工作原理

简单地说,万维网(Web)是由遍及全球的许多网站(Web Site 或 Web 服务器)和客户端(Client)构成的。根据信息的相关性和信息的容量,可以把万维网划分为三个层次:万维网、网站(Web Site)和网页(Web Page)。若干信息相关(相互链接)的网页及其相应文件构成一个网站,互联网上众多相互链接或没有直接链接的网站共同构成了万维网。网站中的信息资源主要由一篇篇的 Web 文档,也就是网页为基本元素构成。其中的信息是以多种形式体现的,如文字、图像、声音、动画、影视等。

　　万维网的一个基本特征就是任何页面都有一个 URL 地址。Web 页面采用超文本的格式,即可以含有指向其他网页地址或其本身内部特定位置的超级链接,或简称链接。可以将链接理解为指向其他网页的“指针”。链接使得网页交织为网状,如果 Internet 上的网页、链接和网站非常多的话,显然就构成了一个巨大的环球信息网。

　　WWW 采用的是客户端/服务器结构,网页都存储在 Web 服务器中。服务器的作用是整理和储存各种 Web 页面和相关资源,并响应客户端提出的信息请求,把用户所需的资源传送到客户计算机系统中。用户通过客户机上的 Web 浏览器(如 Internet Explorer、Netscape Navigator 等)通过 URL 地址对某一台 Web 服务器提出请求,从该 Web 服务器中获得网页,并在自己的浏览器中显示出来,如图 2-1 所示。

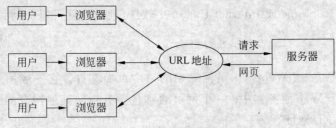

图 2-1　万维网的工作原理

　　当用户从 WWW 服务器取到一个文件后,用户需要在自己的屏幕上将它正确无误地显示出来。由于将文件放入 WWW 服务器的人并不知道将来阅读这个文件的人到底会使用哪一种类型的计算机或终端,要保证每个人在屏幕上都能读到正确显示的文件,必须以某种各类型的计算机或终端都能“看懂”的方式来描述文件,因此,Tim Berners-Lee 设计了 HTML(HyperText Markup Language,超文本标注语言),一种能够以所需速度实现超文本链接的新协议。HTML 对 Web 页的内容、格式及 Web 页中的超级链接进行描述,而 Web 浏览器的作用就在于读取 Web 网点上的 HTML 文档,再根据此类文档中的描述组织并显示相应的 Web 页面。

2.2　网站与软件的比较

　　以数字化为基础,能够较完整地表现和传达一定媒体信息的内容集,可称为一个数字媒体项目。如在网络媒介基础上,大到商务网站、教学数据库,小到个人主页等都属于这个范畴。这个概念包含两方面的含义,其一,是以数字化为基础,或者基于计算机,因此数字媒体项目的开发过程与计算机软件有许多共性的方面。其二,数字媒体是以信息为中心,信息的组织和传播效果是衡量一个项目成功与否的最终目标,因此,它又与传统媒体信息策划、组织和设计有许多相关的方面。将这两方面综合起来,就可以得到一个数字媒体项目的开发流程,而网站是数字媒体项目中的一个具体应用实例。通过比较软件与媒体项目的开发流程,可以分析出数字媒体与计算机软件以及传统媒体之间的异同。

2.2.1　软件开发流程

同任何事物一样,软件也有孕育、诞生、成长、成熟、衰亡的不同阶段,一般称其为计算机软件的生存期(Software Life Cycle)。计算机是按照设计者所预定的逻辑顺序工作的,因此程序的设计一般采用模块化设计思路,也就是分阶段、顺序地完成不同的任务。把软件开发的不同阶段展开,可以得到软件生存期模型,如图 2-2 所示,它主要包括制定计划、需求分析、设计、程序编制、测试及运行维护等 6 个阶段。

程序设计的目标是实现一定的功能,制定计划是确定待开发软件系统的总目标,如软件的功能和性能、实施方案、可利用的资源、成本、效益、开发进度等。需求分析是对开发软件提出的需求进行分析,并给出详细的说明,作为未来开发的具体指南。

软件设计是软件技术核心。设计人员首先要把各项需求转换成相应的体系结构,也就是软件的逻辑关系。结构中的每一组成部分都是意义明确的模块,每个模块都和某些需求相对应,并明确各模块之间的连接和数据交换关系。第二步要对每个模块要完成的工作进行具体的描述,研究实现各种功能的算法和方法,为源程序编写打下基础。所有设计中的考虑都应该以设计说明书的形式加以描述,以供后续工作使用。

程序编写是把软件设计转换成计算机可以接受的程序代码,即写成以某一种特定程序设计语言表示的"源程序清单",这一步工作也称为编码。自然,写出的程序应当是结构良好、清晰易读、且与设计相一致的。这一过程可能由多人分别完成某一模块的编程和调试,然后进行程序联调和测试。

测试是保证软件质量的重要手段,主要方式是在设计测试案例的基础上检验软件的各个组成部分。如果所有的测试都通过,软件便可提交使用。软件投入使用便进入了运行阶段,这一阶段可能持续若干年甚至几十年。软件在运行中可能由于多方面的原因,需要对它进行不断修改或维护。

2.2.2　网站的开发流程

网站作为数字媒体的一种形式,是基于计算机来传达信息的,因此它也是一种软件,可以用软件生存期的概念来说明网站的开发过程,如图 2-3 所示,它主要包括预备、开发制作、应用和维护三个阶段。网站也采用模块化思路和从上至下的开发设计过程,开发流程与传统软件工程有许多类似的地方。比较图 2-2 与 2-3 可知,在两类软件的开发过程中,有些环节是类似的,如结构化设计、编程和测试、产品提交等。由于网站的根本目的是信息传播,其设计开发过程中涉及的脚本编写、界面设计、媒体信息采集与编辑等环节基本上是传统程序开发中所涉及不到的,另一些环节如选题、策划与传统软件也有所不同。

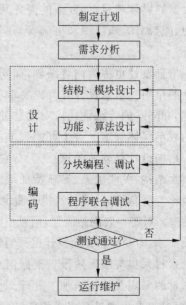

图 2-2　传统软件开发过程

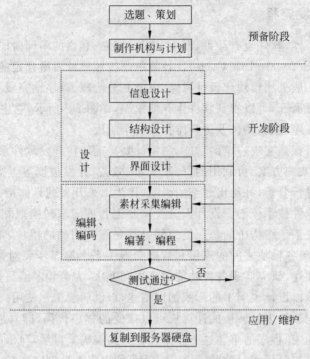

图 2-3　网站的开发过程

　　网站的选题策划与传统媒体类似,当然还要考虑其自身的特点,如网站的运行环境和受众的阅读环境。不同的应用环境对软件结构和内容有很大影响。制作机构与计划安排是根据选题策划的结果组成项目制作机构,确定开发硬件条件,并做好预期的进度安排。如果是一个小型的项目,如个人求职软件,只需一个具有综合能力的人员就能胜任;而对于大型的媒体项目,如复杂的商务网站,则需开发组成员的合作。在大中型选题的制作过程中,能否有效地组织和协调参与制作的人员,将直接影响选题的开发周期和最终产品的质量。

　　信息设计也称为内容编创,如同影视创作中的剧本或脚本编写,它对网站的成功起决定性的作用。信息设计者首先要求具有较高的创意才能,同时对数字媒体表述有深刻的理解。此外,内容编创还应对选题、读者定位等有很好的理解,只有这样才可能编写出优秀的数字媒体脚本。一个好的脚本可以大大减少后续制作阶段的工作量。

　　结构设计是软件的核心之一,它描述网站逻辑构成和互动性能。结构设计包括网站的层次结构、关联关系、导航特征及最终表现方式等,建构整个网站的总体框图。界面设计也称为屏幕设计,或计算机平面设计,它决定媒体项目的整体视觉风格,是视觉传达设计的关键。对于一般网站而言,信息主要是通过屏幕呈现给受众,因此界面设计关系重大。信息设计、结构设计和界面设计也称为数字媒体项目的蓝图设计,是后续工作的指南。

　　素材采集与编辑阶段是根据信息内容及结构要求,完成软件项目中所需要的全部原始素材的采集及计算机加工处理。目前一般网站用到的素材包括文、图、动画、视频、音效等,根据要求分别进行美术编创、视频编辑、动画处理、音效生成等。

编著与编程是要把设计处理好的各种媒体按照网站结构框架进行总体合成,调整页面跳转、链接和互动功能,最终完成网站系统。这个过程包括两个阶段:页面框架和内容编著。首先要完成网站的框架,它是设计蓝图中结构和主要界面模板合成的结果。通过这一步可以看到网站的整体形象和工作情况,并检测结构的实施效果以及导航特征的开发。框架完成以后,网站的功能和视觉效果基本上已经建构,但页面内容还是空的。内容编著是要在软件框架中填充信息内容,也就是根据脚本和结构流程完成所有的页面内容,最后完成网站的开发。如果网站涉及数据库管理,则一般需要用程序语言编程完成,不然通过普通的 HTML 语言编辑器也可完成网站页面的建构。

测试是项目制作的最后环节。首先要测试软件功能的正确性和稳定性,其次对合成以后的各种媒体效果进一步调整并修正细节,任何一个环节发现问题都要转回到该环节去重新处理。网站开发测试完毕,将软件复制到 Web 服务器硬盘中,受众就能通过网络浏览网站内容了。开发的最后要进行评估和总结,提交设计文档,用户使用手册等资料,以便后期的升级和维护。

网站一旦复制到服务器中,即开始了运行和维护周期,对于实际运行过程中出现的问题,需要进行必要的调整和修正,这实际上又回到了开发流程之中。网络发行可以随时升级修改,这也是网站的另一特点。

2.3　网站的主要开发过程分析

针对图 2-3 的模型,本节具体分析网站项目开发中的选题策划,结构设计,文档管理和运行环境,其他内容将在后续章节中详细分析。

2.3.1　选题策划与内容分析

选题,也称为选题策划或选题设计,是信息传达的第一步,也是决定性的一步。只有通过策划和需求分析,才能把网站想要传达的信息、软件功能和性能的总体概念描述为具体的可行性文档或策划文档,从而奠定开发的基础。

数字媒体项目一般有两种类型:一种是自己策划的选题,另一种是第二方(客户)委托的项目开发。第一种情况有较大的自由度,而第二种情况就需要根据客户的要求进行策划。无论哪种情况,选题策划都是创造性的思维活动,好的策划是设计成功的第一步。根据传统媒体策划的一般原理,可以将数字媒体项目的策划过程归纳为以下几个方面。

1. 目标策划

信息传达首先要确定其传达的目标。网站是用于商业演示、或桌面出版、或教育培训、或工商业广告? 传达的目标是什么? 是企业宣传,还是产品促销,或是教育培训,或是文化传播等。对于一个商业项目来说,明确商业目标是策划的基础。

其次要探讨项目设计开发的策略。如设计、开发和评测的周期为多长? 评估的质量标准是什么? 如上一节所分析的,网站开发不是一个一次性的项目,而是需要周期性地编辑管理和维护的系统工作。因此,维护工作也应该包括在初始策划之中。

第三,项目的背景和资源的可获取性。同类选题或竞争对手的状况,技术策略等也是考虑的因素之一。最后，项目特色、选题是否有新意也是在激烈竞争中取胜的基础。

2. 信息策划与受众定位

信息是传达的内容。信息策划主要包括信息内容、信息特点分析。网站在信息内容上已经涵盖了传统媒体的范围，除了确定欲传达的信息内容，还要分析这些信息在传统媒介表达中有何不足，如何发挥网络的优势，这样才能更好地运用数字媒体的特征。

受众，也称为用户，是信息传达的对象，媒体项目中受众分析是很重要的环节，数字媒体当然也不例外。只有了解谁将是未来的目标受众以及他们的需求，信息传达才能有效。受众定位首先要确定主要读者或者用户人群，他们的年龄段和状态情况。除了已有的受众群，还要了解是否还存在潜在的受众群，他们与已有受众群的区别等信息。例如，目标受众较广的如男性或女性，青年人、老年人或少儿，知识阶层或普通人士；目标受众比较专一的如初中生、时尚女性、男性白领、旅游爱好者、IT从业人员等。

由于数字媒体还是一个发展中的新行业，因此了解目标受众的数字化认知度也非常重要。例如，如果网站策划是一个校园内部网，目标受众是在校学生，那么他们对网站的预期访问率是多少，对信息和服务的需求是什么？显然，在校学生对这个网站的要求与偶尔访问该网站的网民要求可能相差很大，对学生来说，有关校园生活的内容以及大容量、高质量的多媒体信息可能是首选需求。

3. 环境策划

环境策划包括开发环境和阅读环境两方面。如用什么样的媒体或媒体的组合来传递选题信息？是否包括音频、动画或视频信息？软件的计算机平台是PC还是苹果机？是采用程序语言还是编著工具来完成软件的编制？这些问题不仅从一个方面确定了软件的定位，而且基本确定了软件制作机构的组成、软件制作人员的要求以及软件开发制作的硬件环境要求。

在选题策划阶段最主要的问题是要确定选题方向，什么信息内容能够满足目标受众的需求，用数字化方式来传播这种信息是否合适，选题是否具有可实现性和预见性等。

案例2-1：生物系学生节开场短片"生辉"

学生节是大学生才艺展示和交流的欢乐时光，每年一次，而且各院系都有自己的学生节。2005年清华大学生物系学生节用一只蝴蝶作为学生节的标志，同时也作为学生节开场短片的主角，特别具有专业特色。

打开光盘中"案例2-1"文件浏览短片，从8秒的倒计时开始，一只黑白线条的蛹幻化成蝴蝶，然后黑白线条的蝴蝶幻化成一只色彩鲜艳的蝴蝶，并从画纸上飞起。蝴蝶从学生寝室的书桌上飞起，飞出窗外，飞过学生公寓、生物系的各个馆场，然后飞向学生晚会所在的大礼堂。在这个飞翔的过程中，除了这只彩蝶，其他景物都是黑白铅笔画的效果图，在背景音乐的烘托下，衬托出了扑闪翅膀的彩色蝴蝶充满了生机与活力。

礼堂的门打开，蝴蝶飞到舞台上，屏幕上出现一本书，蝴蝶从书上飞过，如图2-4所示。书本逐页翻开，每一页都是往年学

图2-4 生物系学生节短片"生辉"

生节的节目片段,最后一页逐渐放大至屏幕大小,出现学生节宣传画,蝴蝶飞入画中,重又幻化成一幅静止的线条图,成为学生节的标识(logo)。

这个策划和创意,很好地体现了生物系的专业特点,蝴蝶的变化和飞舞,又象征了学生的成长和作为学生节主角的位置。短片的场景,都是主要观众(学生)所熟悉的环境。作为学生节的开场,短片受到了大家的热烈欢迎。

2.3.2　结构设计

结构设计是网站设计的重要组成部分,结构流程图是信息的逻辑和链接关系,也就是网站的超媒体结构。根据链接的类型,可以把网站分成顺序结构,树状结构和网状结构三种类型。

1. 顺序结构

顺序结构也就是线性结构,是传统的叙事方式,它是按照时间顺序或者以某种逻辑顺序组织信息内容。简单的顺序结构如图 2-5(a)所示,它采用一条支路将不同页面串连起来。电影和电视的播放流程也都是线性的,只有一条支路,从开始逐段演播直到结束。这是一种最简单的结构,受众只能被动地观看。复杂一点的顺序结构是有一条主线,但其中个别页面会有相关链接,组成另一个小的顺序结构,但最终还将返回到主线,如图 2-5(b)所示。

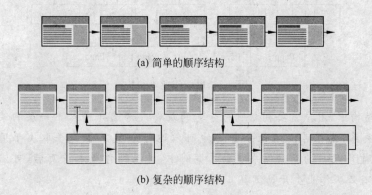

(a) 简单的顺序结构

(b) 复杂的顺序结构

图 2-5　顺序结构

2. 树状结构

树状结构也称为金字塔结构,这是一种清晰和简明的非线性结构,它从信息的起始点(根)开始,如树根一般向不同的方向线性发散,每个方向称为一条支路,如图 2-6 所示。网站的特点是可以发挥超媒体和互动性,因此一般网站的流程中都具有多个支路,这样将信息分成多层:第一层也称为一级栏目,第二层是由第一层发散而成的,称为二级栏目。如此,从金字塔的顶端向底层发散,每一条支路都至少包含从顶层开始的两层以上的页面。传统媒体,特别是新闻媒体,实际上也是采用金字塔式的结构来发布信息,如大标题,导读,最后才是正文。金字塔式的结构意味着把最重要的信息放在故事的最前端或者是顶端,然后才是具体细节和分析,也就是宏观把握在前,细节提供在后的方式。

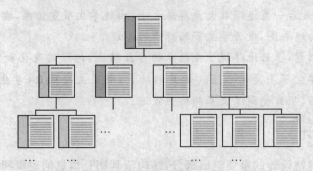

图 2-6　非线性的树状结构

案例 2-2：电子作业本主流程图

本教材中,建议所有的作业都按网页的格式依次完成,最后用一个首页将各次作业链接起来,就形成了一个简单的树状结构的小网站,如图 2-7 所示。对于简单的作业,也许一个页面足够;而对于复杂的作业,可能需要若干页,这样作业本就具有了至少 2~3 层的上下结构关系。

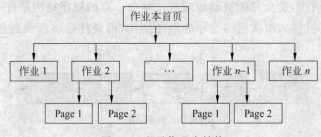

图 2-7　电子作业本结构

在树状结构中,用户需要判断进行分支的跳转或者选择进入下一层的某个支路。分支路是并列关系,流程可以运行分支 1,也可以运行分支 2,这完全取决于用户选择的结果,在软件中也即用户的互动结果。如本案例中,进入到作业本首页后,可以首先选择浏览作业 3,而不必从作业 1 开始浏览。

3. 网状结构

网状结构除了具有树状结构发散的平行支路外,同一层不同的支路间还具有超文本或超媒体链接,形成一个网状。Web 具有最大的网状结构,它通过超文本将不同的信息单元关联成一个全球网。所谓超文本和超媒体链接实际上有两层含义:其一,能够从一种媒体信息"链接"到另一种媒体信息,如文本中的某一单词或句子链接到一段视频序列或另一个信息单元,也可以是一幅静态图像链接到详细描述该图像主题的一系列图像;其二,信息单元或流程图中节点的链接不仅是顺序的单支路跳转,也可以是多支路的交叉跳转结构,如图 2-8 所示。

案例 2-3：《数字媒体传播基础》课件结构

网络课件《数字媒体传播基础》是互动的电子教材,它以树状结构为主,但通过"教学计划"和"教学主体"链接的课件主要内容又构成了一个网状结构,通过内容的相关性,将

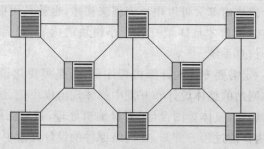

图 2-8　非线性的网状结构

"系统教材"中的"章节要点"与"实例演示"的"多媒体详解"链接起来,如图 2-9 所示。这样,读者既可以按照教材的逻辑循序渐进地学习,也可以根据需求和难易程度,有选择地阅读(参见《数字媒体学习辅导》光盘的"数字媒体设计案例")。

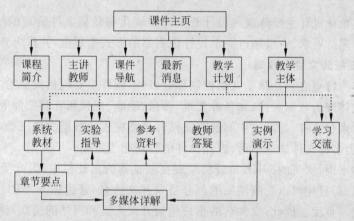

图 2-9　《数字媒体传播基础》的超媒体结构

　　顺序结构、树状结构和网状结构是数字媒体系统的基本结构,任何一个信息系统都可分解为其中一种或者多种结构的组合。顺序结构简单明了,导航容易,对用户的媒体认知能力要求低,但灵活性和互动性差。网状结构复杂,信息发散,互动灵活,但对用户的认知能力要求高,如设计不当用户很容易在网络中迷航,因此结构设计时特别要注意导航的清晰可用。树状结构介于这两者之间,它不但具有支路顺序结构的清晰性,又有不同支路间互动选择的可能,因此应用较广泛。

2.3.3　文件与文档管理

　　网页是由不同的文件构成的,文件与网站的结构相关联。同时,项目的设计文档是开发的指南,因此,文件与文档的管理是网站开发不可或缺的组成部分。

1. 模块化设计的概念

　　所谓软件的模块化设计,简单地说是将软件如搭积木一样建构起来,这也类似于现代建筑的构造过程:不是一块砖、一块砖地拼砌,而是整块墙面的搭建。首先要设计出软件的结构流程,也就是软件的模块,进一步要定义各个模块之间的链接关系,也就是接口。

对于一个大系统,一个模块内部又可以用小流程来描述,也就是用更小的模块来建构。有了这个完整的模块结构,然后才具体填充各个小模块的内容,最后把小模块集成为大模块,大模块集成为整个信息系统。

信息开发虽然不一定需要专业的计算机程序员,但是模块化设计思想仍然是成功的关键因素。实际上,在网站的整体设计和开发中都体现出模块化、结构化设计的原则。如选题策划、开发队伍的组建,整体蓝图设计、素材编辑处理,最后到组接编著,都是由大化小,再由小合大,集体协作的过程。例如,在网络课件的设计开发中,课件中的每一个页面采用统一的检索菜单。采用模块化和结构化设计思路,可以把菜单做成一个模块,各个不同的页面都来调用这个菜单模块。当菜单的内容需要修改时,只需要修改菜单模块,其他所有调用这个模块的页面可以很容易地更新调用的内容。反之,如果不采用模块化设计,每一个页面都要编制菜单功能,不仅工作量大,而且修改时还必须逐页修改,不仅效率低,还容易出错。

网站的模块化设计主要体现在设计开发的模块化和数据文件管理的结构化两方面。这种设计和管理的要求,一般通过一个设计说明书的方式来规范,并作为开发指南。

2. 用户友好的文件名原则

数字媒体的特点之一是除了互动控制部分以外,软件主要包括大量的多种媒体信息,在计算机上就体现为数据文件,如各种文本、图像、动画、视频和音频文件等。这些文件还可以分为原始素材文件、处理的中间过程文件和最终完成的数据文件三类,在最终产品提交之前,这三类多种文件缺一不可,因此文件的管理相当重要。

对于网站来说,网页的 URL 地址将呈现在浏览器的地址栏中,因此受众不仅可以看到网站的域名,而且还可以看到网站的部分目录和文件名,通过输入 URL 地址可以直接访问网站的某一页面。因此,文件名的用户包括开发人员和网站的受众,设计用户友好的文件名不仅可以提高网站的开发效率,而且有利于网站的信息传播。目录名和文件名必须具有合理性、唯一性和标准化。因此,综合这两方面因素,可以从如下几个方面考虑目录名和文件名的用户友好性。

(1) 采用英文小写

网站的开发一般是在微机环境下进行,而在微机操作系统如 Windows 系统下,文件名的大小写是不加以区分的,而且对于中国人来说,采用中文文件名更清晰、方便。但是,网站开发完毕后需要在服务器上运行,专业的服务器可能采用 UNIX 操作系统,而 UNIX 系统中文件名字母的大小写是完全区别对待的,同时中文文件名在服务器系统中也容易出现不兼容的问题。此外,对于客户机而言,英文小写的 URL 地址不仅具有最大的兼容性,而且用户输入时更方便。因此,对于专业的网站,一般都采用英文小写的文件名,并且文件名中间不用空格,这样就具有最大的兼容性。

(2) 简短明了

文件名必须是唯一的才能具有管理价值,同时也避免了计算机上由于同名对文件的覆盖和删除,造成不必要的损失。其次,文件名应尽可能简单明了,并能够表达数据的信息内容。这不仅有利于开发,对网站友好的 URL 也非常重要。一般网页 URL 地址会深入到网站的多层以下,因此简短的文件名将使 URL 地址的长度缩短。而且,文件名简单明了,不仅易于记忆、输入,还有利于必要时通过语言传达。

3. 文件目录的结构化

数字媒体软件的开发是多人协同工作的过程,一般都在局域网络环境下开发,文件也都是通过局域网进行传输和管理。几十个甚至上百个文件放置在同一个目录下,对使用、管理和查找显然都是不合理的。

在网站开发的初期,对文件及目录的管理就应该有统一的规划,如在公共硬盘上(一般为服务器硬盘)指定各种文件的目录和文件名的规定。如设计目录放置脚本、流程图和故事板(如果是计算机绘制);素材目录放置各种格式的素材文件等,这样有利于资源的共享和管理、开发的高效率。当然,在目录的管理中最重要的是网站最终的目录和文件。目录的结构和管理不仅有利于各种素材文件的集中,便于编著人员的使用,同时对媒体软件的编著也提供了一个模块之间相互链接的基本查找标准。目录管理的结构化可以从两方面着手:一是按文件类型划分子目录;二是按流程结构划分子目录。一般情况下这两方面可以结合起来考虑。

案例 2-4:电子作业本目录

根据案例 2-2 电子作业本的结构,可以设计其目录文件结构如图 2-10 所示。其中文件目录

digitmedia_works/frame

对应作业本整体设计的框架内容;目录

digitmedia_works/1
digitmedia_works/2

分别对应结构图中"作业 1"和"作业 2"。各次作业是并列关系,每次作业目录下,根据需要又可以包含不同的子目录,如目录

digitmedia_works/4/audio
digitmedia_works/4/pic

分别对应第 4 次作业中的音频文件和图像文件。

这样的文件目录结构清晰,文件名简单明了,意义也明确。不论对于开发者自己的设计和更新维护,或是对于其他用户的阅读了解都非常有利(目录参见《数字媒体学习辅导》光盘的"电子作业本")。

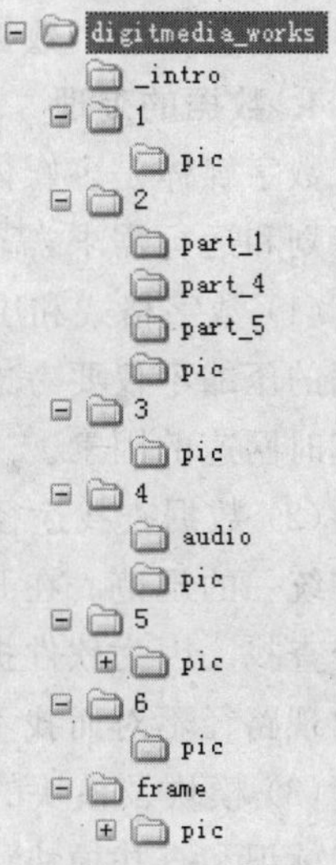

图 2-10　电子作业本目录

2.3.4　设计说明书

设计说明书将在技术指标上对媒体项目的整体指标进行规范,一般包括以下几个方面。

1. 浏览环境

根据网站选题策划时确定的使用平台和运行条件,制定统一的技术标准,主要包括下面两点。

(1)屏幕窗口大小:屏幕窗口指客户端计算机的最佳屏幕分辨率。在这种屏幕设置下浏览网站时,无须拖动浏览器的上下和左右滑杆,就能得到最佳的显示效果。按照计算机屏幕的标准设置,一般可选为800×600、1024×768或更大,而页面的长度,一般不要超过显示窗口长的3倍为佳。按照屏幕大小的设置,网站中所有页面的宽度都要一致。

(2)网速要求:如果网站内容包含视频等大容量的数据,则应把数据传输率的基本要求在网页上公布,同时这也成为网站开发时大容量数据压缩的一个指标。

2. 开发运行环境

根据网站的内容、规模和受众情况,需要预先设计网站的运行和开发环境:

(1)运行环境:包括未来服务器的硬件配置、硬盘空间大小、软件操作系统、软件Web服务器系统等。对于包含数据库的网站,还需要确定数据库支持软件,下一小节将专门讨论这个问题。

(2)开发环境:根据运行环境的要求,确定开发软件,如数据库软件、html编著软件、各种媒体素材的处理软件等,以便开发期间团队的分工与合作。

3. 数据库定义

对于大型的信息网站,需要数据库的支持来管理大量的数据信息。这种情况下数据库的定义和设计是一个关键的环节。数据库的定义包括数据库名称、用途、数据库二维表的定义和说明等。数据库的说明对于网站的后期维护和更新有着非常重要的作用。

4. 数据的处理

数字媒体是多媒体的组合,同时网站由众多的网页通过链接构成一个整体。因此,根据策划和运行需求,需要对数据进行统一的处理。

(1)数字格式和压缩率:数据的格式要以编著软件能支持(可导入)的为准,而媒体数据的压缩不仅要考虑整体视觉效果的统一,还要考虑对软件总数据量的要求,以及用户浏览时网速的因素。

(2)数据查找途径的统一:即对媒体软件中的数据文件、程序文件的名称和存放路径有统一的规范。在开发过程中特别需要注意的是,文件应该按照相对路径而不是绝对路径查找。因为软件提交后要在不同的用户环境中使用,如果按照绝对路径查找可能就会出现路径不对而找不到所需文件的问题。

(3)模块及模块的链接:模块按功能划分,每一模块都有唯一的名称,通过这个模块名来标识和查找模块。图标名、页面名、模块名不仅是对本身信息的一种注释,更是查找链接的标志。其功能和作用与文件名是类似的。

2.3.5　运行环境的支持

网站必须依托于计算机和网络的运行才能把信息传达给受众。网络运行环境包括服务器、互连网络和客户机。

1. 网络服务器硬件

网站内容是存储在网络上某一台万维网服务器中的。服务器是针对某些特殊应用加以优化了的计算机,其宗旨是要向人们提供某种信息服务,它由服务器硬件系统,系统软件、Web服务器软件,以及网站信息构成。

服务器和高性能微机有所不同。高性能计算机常常被当作服务器使用,但服务器不一定是高性能计算机。根据其性能的不同,服务器可分为微机服务器和工作站服务器两种。服务器的装配结构和常见的 PC 有些不同,它的结构更安全,散热性能更好。服务器一般具有硬件锁定(设置面板锁)和软件锁定的功能,在没有钥匙和密码的情况下,无法对服务器进行任何操作,以确保服务器的整体安全性。在机箱内部,支撑结构贯穿整个机箱,保证其对外力有足够的抗击能力。由于服务器需要 24 小时不间断地工作,随着对服务器数据吞吐能力的要求不断提高,对硬盘的工作要求也与日俱增,服务器的整机一般具有良好的散热性能,以保证硬盘的稳定工作。在选择服务器的配置时,主要需考虑如下因素。

(1) 服务器需容纳的用户(受众)数量。这常常用网站的每秒点击率表示。点击率越高,对服务器的运算性能和网络带宽要求越高。在运算性能要求较高的情况下,服务器常常采用多个 CPU 和多块网卡同时工作。

(2) 网站容量大小。这与网站信息、数据量、文件数的多少有关。网站容量越大,要求服务器硬盘的存储空间越大。

(3) 网站处理的数据和文件的类型。网页可以分为静态和动态的两种,静态网页通常由文本和图片组合而成,对服务器的要求较低;动态网页,如使用微软技术 ASP 构建的网页,需要更高的 CPU 处理能力。

一般而言,Web 服务器应当具有价格低廉、小巧、高性能的特点,通常一个或两个CPU 基本可以满足要求。

2. 网络服务器软件

服务器的系统软件包括操作系统和 Web 服务系统。不同的操作系统支持不同的数据库管理程序。目前常用的操作系统有 Windows,UNIX 和 Linux 操作系统。

(1) Windows 操作系统

Windows 操作系统的最大优点是拥有 Windows 视窗,操作简单方便,易学易用。Windows 2000 Server 是为服务器开发的多用途操作系统,可提供文件和打印、应用软件、Web 和通信等各种服务。Windows 2000 Server 集成的最重要的 Web 技术是互联网信息服务(Internet Information Services)IIS 5.0,它使 Windows 2000 Server 成为强大的用于互连网和企业内部网的 Web 应用程序服务器。IIS 5.0 提供最简捷方便的共享信息、建立并部署应用程序以及建立和管理 Web 上的网站。

(2) UNIX 操作系统

UNIX 操作系统从贝尔试验室诞生到现在已历经近三十年,它有各种不同的版面,到80 年代末期版本已超过 100 种,广泛应用于 PC 微型计算机、工作站和大型机。目前比较著名的 UNIX 系统如 IBM 公司的 AIX,SUN 公司的 Solaris 等产品。与 Windows 相比,UNIX 在可靠性、伸缩性、安全性、数据库支持能力以及成熟的应用软件数量等方面仍具有明显的优势,在 Internet 网络服务器中,UNIX 服务器占 80% 以上,占绝对优势。

(3) Linux 操作系统

Linux 是 UNIX 操作系统的一个改版,与其他 UNIX 改版如 SUN 公司的 Solaris 不同的是,Linux 是一个开放的免费系统。从 20 世纪 90 年代初芬兰大学生 Linux Torvalds的初始开发起,Linux 一直在全球程序员的强化与支持中不断发展,他们将开发出的程序代码通过电子邮件互相交流,评选出的优秀部分将作为新版本 Linux 核心的一部分。

Linux 如今在很多方面都超过商业性的 UNIX 系统,它支持多用户、多进程、多线程、实时性较好、功能强大而稳定,可以运行的硬件平台目前是最多的。Linux 最大的单项应用是 Internet 和 Intranet 服务器,涵盖了从防火墙到 Web 服务器的具体应用。

(4) Web 服务软件

目前最为流行的 Web 服务器软件是 Apache Software Foundation 发布的免费 Apache软件和 Microsoft 公司开发的 Web 服务器 IIS。Apache 和 IIS 都提供了丰富的内置式 Web 服务和管理功能,但两者对系统配置的要求不同。Apache 主要是在 UNIX, Linux,Windows 和 OS/2 操作系统下使用,而 IIS 只能够在 Windows 环境下运行。

案例 2-5:"数字媒体在线课堂"的 Web 服务器配置

"数字媒体在线课堂"(http://www.digitalmedia-TAD.com/index.php)是针对教学使用的一个网络教学和互动平台,提供 Web 和 FTP 服务,主要受众是选课学生。服务器的配置如下:

服务器硬件:Sun Microsystems 公司的小型工作站

服务器操作系统:Sun OS 5.7

Web 服务软件:Apache 1.3.12

数据库软件:Oracle 8.0.5

FTP 服务器软件:proftpd 1.2.6

论坛:phpBB 开源论坛

该教学平台可同时容纳 200 多人浏览、在线讨论、提交作业(包括音视频和动画等大容量文件),提交作业的方式可以使用 Web 或者 FTP 方式,非常方便使用。

3. 网络带宽与客户机

互联网接入是获得互联网服务的必要条件,造成上网速度慢有几方面的原因,其中包括接入速度、网络当时的交通量、当前访问的站点的交通量,以及网站自身设计的不合理、网站服务器的处理能力不够,甚至服务器的地理距离都会影响用户的速度。然而最重要的瓶颈制约是用户接入网络的带宽过窄。

(1) 网络带宽限制

我国上网用户目前接入方式主要采用专线、拨号、ISDN 和宽带 4 种。其中拨号上网速度最慢,占网络用户数的一半以上,因此中国网民仍处于窄带接入阶段。由于互联网在国内还处于成长期,用户的需求一般还停留在在线聊天、浏览网页、简单信息查询阶段,视频会议、VOD、在线多媒体游戏等对带宽要求高的服务还处于萌芽期,但是在发达地区和城市专线入户也已经开始普及。

因此,在策划一个网络媒体时,其目标受众的互联网接入状态也是必须考虑的问题之一。例如,如果一个网站的目标受众是专线接入用户,如教育网内的在校学生,那么网站信息的数据容量就不是主要问题;而一个网站的目标受众是窄带接入用户,那么网站内容应该以静态页面为主。

(2) 客户机类型

目前万维网的常用浏览器是微软公司的 IE 浏览器和 Netscape 公司的 Netscape 浏

览器。浏览器软件本身可以控制常规 HTML 页面的显示字体、字形、色彩等参数,而且同一个页面在不同的浏览器中显示的效果可能不尽相同。

此外,不同的显示器对网页的显示效果也有影响。几年前国内主流显示器为 15 英寸、常规分辨率为 800×600。在电脑普及较好的地区使用 17 和 19 英寸显示器,1024×768 的分辨率已经是流行的趋势。在不能兼顾所有机型和浏览器的情况下,一般要确定主流机型和主流分辨率,同时说明网页的最佳浏览设置。

2.4　HTML 语言基础

如本章第 1 节所介绍,HTML 是超文本标记语言(Hyperlink Text Markup Language)的缩写,它是 Web 的描述语言,由此构成基本的网页文件,并通过网页间的链接,建构具有较完整信息的网站。网页需要通过浏览器来呈现其中的信息,因此,HTML 语言的发展与浏览器是密不可分的。

2.4.1　HTML 的概念

1. 历史与发展

HTML 语言可以说是与 Web 同时诞生,它是一种用来制作超文本文档的简单标记语言。超文本传输协议规定了浏览器在运行 HTML 文档时所遵循的规则和进行的操作。HTTP 协议的制定使浏览器在运行超文本时有了统一的规则和标准。用 HTML 编写的超文本文档称为 HTML 文档,它能独立于各种操作系统平台,也就是说无论使用的是什么类型的计算机或浏览器都能解释网页内容。

由于当时的环境和认识的局限,HTML 初始的功能还十分有限。从 1991 年第一个 Web 浏览器 Gopher,到极大地促进了 Web 发展的 Mosaic,再到划时代的 Netscape Navigator,到目前的 Internet Explorer,浏览器经过了数次竞争和淘汰。各个浏览器为了自己能产生更好的网页效果不断地向 HTML 中添加新的标准,这虽然极大地丰富了 HTML 的内容,但是由于各个厂商间标准的不兼容,也给 HTML 带来了很大的混乱。

在这种情况下,互联网联盟 W3C 成为负责开发 Web 标准的世界公认机构,它主要负责更新 HTML 和 HTTP 标准以及与其相关的问题。W3C 有许多会员,其中包括 Microsoft、Netscape 和 SUN 等大公司。W3C 从会员处得到意见,并根据得到的信息调整标准,它既是一个开发者,也是一个协调者,会员的浏览器都必须遵守 W3C 的标准。经过了多次修改,从 1990 年至今,HTML 语言的版本不断升级,1999 年年底 W3C 发布了较完善的 4.01 版;2000 年年初发布扩展的 HTML,即 XHTML 1.0,它是一种在 HTML 4.0 基础上优化和改进的新语言,其中一个关键功能是让除传统桌面系统浏览器之外的其他设备,如掌上电脑等也能够读取互联网上的网页。

2. 超文本的概念

用 HTML 语言编写的网页(Page)是普通的文本文件(ASCII 文件),用 htm 或 html 作为文件名后缀,它不含任何与平台和程序相关的信息,它们可以被任何文本编辑器读取。所谓超文本,是因为这种 HTML 文本中可以加入或链接图片、声音、动画、影视,甚至其他 HTML 文件的信息,这些多媒体信息元素作为某种格式的文件,可能散落在同一台计算机的不同文件目录中,也可能位于互联网的任一台计算机中。

设计 HTML 语言的目的就是为了能把散落在不同目录、不同计算机中的多媒体数据文件方便地链接在一起,形成一个具有一定结构的网站。用户浏览时不用考虑具体信息是在当前计算机上还是在网络的其他电脑上。只要使用鼠标在某一网页中单击一个链接,Web 就会马上转到与此链接相关的内容上去,而这些信息可能存放在网络的另一端。

一个网页中的信息元素,可以通过多种方式呈现在屏幕上,而它作为文件的存在方式也多种多样,如表 2-1 所示。

表 2-1　网页中的主要信息元素及其存在方式

信息元素	存 在 方 式	存 放 位 置
文本	ASCII 码	本网页文件中
图像	各种图像格式文件,如 JPG,BMP,TIF 等	其他文件或目录中
声音和音乐	各种音频文件,如 WAV,MPG,MID 等	其他文件或目录中
动画与视频	各种动画与视频文件,如 SWF,AVI,MOV,RM 等	其他文件或目录中
其他网页	网页 HTML 文件	其他文件或目录中

因此,超文本的概念实际上是在一个网页文件中包含了其他信息文件的存放位置的信息,一般称为路径指针。当需要移动或者复制一个网页文件的时候,可能会导致其中信息元素的相对路径发生变化,这时必须把这些元素对应的文件一同移动或复制,并保持其相对位置不变,不然网页显示时可能会由于路径变化而不能正常显示其中的多媒体信息。

由此可知,HTML 文档仅包含两种信息:

(1) 页面内的文本

(2) 表示页面元素、结构、格式和其他超文本链接的 HTML 标签。

创建一个网站,需要预先准备好各种内容文件,如图像,声音,动画视频等,然后通过 HTML 文档将页面中不同的内容编排在一起,并建立起不同页面或文件之间的链接关系。

2.4.2　HTML 的标签及其属性

HTML 超文本标记语言,顾名思义它是一种用标记或标签(Tags)来描述超文本网页的语言,这种语言描述组成网页的信息元素及其属性,而不是元素具体的内容。事实上每一个 HTML 文档都是一种静态的网页文件,这个文件里面包含了 HTML 指令代码,也就是标记或标签,这些标签并不是一种程序语言,它只是一种网页中各种信息元素的排版结构和显示效果的约定。

HTML 的标签分单独标签和成对标签两种。成对标签是由首标签<标签名> 和尾标签</标签名>组成的,成对标签只作用于这对标签中的元素。单独标签的格式为<标签名>,单独标签在相应的位置插入标签即可。标签名为字符串,浏览器的功能是对标签中的字符串进行解释,但字符串本身并不会被浏览器显示出来。

案例 2-6：标签的作用

例如,将"数字媒体学习辅导光盘"中的"学习辅导"用粗体强调显示,可以用以下标记表示:

数字媒体\学习辅导\光盘

浏览器解释后将显示为:

数字媒体**学习辅导**光盘

其中"b"就是粗体的标签名。

由此可见,标签是区分网页文本各个组成部分的分界符,它把 HTML 文档划分成不同的逻辑部分(或结构),如段落、标题和表格等。标签描述了网页文档的结构,它向浏览器提供该网页的格式化信息,以传送网页的外观特征。

大多数标签都有自己的一些属性,属性是标签参数的选项,用于进一步改变显示的效果。属性要写在始标签内,是可选的,也可以省略而采用默认值。标签内各属性之间无先后次序,其格式如下:

\<标签名 属性 1 属性 2 属性 3…>内容\</标签名>

作为一般的原则,大多数属性值不用加双引号。但是包括空格、％号、♯号等特殊字符的属性值时必须加入双引号。为了形成好的习惯,提倡全部对属性值加双引号。如:

\<font color="♯ff00ff" face="宋体" size="30">学习辅导\</font>

该标签标注"学习辅导"采用宋体 30 号字,颜色为黄色(有关色彩值的概念将在后续章节介绍)。需要注意的是,始标签的"<"与标签名之间不要输入多余的空格,也不能在中文输入法状态下输入这些标签名及属性,否则浏览器将不能正确的识别括号中的标志命令,从而无法正确地显示网页中的信息。

2.4.3　HTML 文件的基本结构

一个 HTML 文件是由一系列的元素和标签组成。元素名不区分大小写,HTML 用标签来规定元素的属性和它在文件中的位置。

HTML 超文本文档分文档头和文档体两部分,文档头对这个文档进行了一些必要的定义和说明,文档体中才是要显示的各种信息。

案例 2-7：最简单的 HTML 文档及其效果

```
<HTML>                                              ;开始
<HEAD>                                              ;文档头
<TITLE>风行水上-首页</TITLE>                         ;标题
</HEAD>                                             ;文档头结束
<BODY>                                              ;文档体
<CENTER>                                            ;居中
<FONT SIZE=7 face="黑体" COLOR=red>数字媒体电子作业本</FONT>    ;文本属性
<BR>                                               ;插入换行
```

```
<FONT SIZE= 5 COLOR=blue><b>风行水上</b></FONT>
<FONT SIZE= 4 COLOR= green>2006 年 12 月</FONT>
<BR>
<HR>
</CENTER>                                              ;插入水平线
<FONT SIZE= 2>第一次尝试做最简单的网页。</FONT>
</BODY>
</HTML>
```

把这个文档保存为 first. htm,然后用 IE 浏览,可以看到显示效果如图 2-11 所示。

图 2-11　first. htm 网页显示效果

　　HTML 文件是由 HTML 标签和信息文本组成的描述性文本,HTML 标签可以说明信息元素,如文字、图形、动画、声音等,也可以说明控制元素,如表格、链接等。HTML 的结构包括头部(Head)、主体(Body)两大部分,其中头部描述浏览器所需的信息,而主体则包含所要说明的具体内容。

　　<HTML></HTML>在文档的最外层,文档中的所有文本和 HTML 标签都包含在其中,它表示该文档是以超文本标识语言编写的。目前常用的 Web 浏览器都可以自动识别 HTML 文档,并不要求有<HTML>标签,也不对该标签进行任何操作,但是从文档清晰和兼容性考虑,一般还是保留这对标签。

　　<HEAD></HEAD>是 HTML 文档的头部标签,在浏览器窗口中,头部信息是不被显示在正文中的,在此标签中可以插入其他标记,用以说明文件的标题和整个文件的一些公共属性。<title>和</title>是嵌套在<HEAD>头部标签中的,标签之间的文本是文档标题,它被显示在浏览器窗口的标题栏。<BODY> </BODY>标记一般不省略,标签之间的文本是正文,是在浏览器上要显示的页面内容。以上这几对标签在文档中都是唯一的,HEAD 标签和 BODY 标签是嵌套在 HTML 标签中的。

　　从这个简单的案例中可以看出,HTML 文件可读性非常强,看到一个好的网页,浏览其源文件代码,基本上就可以分析出其中各部分的代码构成。复制一段完整代码,并替换其中的媒体内容,就能形成一个具有相同形式不同内容的新页面。这是学习和制作网页的一种简单快捷的方法。

　　此外,HTML 文件只是一个纯文本文件。创建一个网页文档,只需要两个工具,一个是 HTML 编辑器,一个是 Web 浏览器。Web 浏览器是用来打开 Web 网页文件,提供给人们查看 Web 资源的客户端程序。HTML 编辑器是用于生成和保存 THML 文档的应用程序,最简单的如 Windows 的记事本,专业的应用程序如 Dreamweaver 等。

2.5　综合案例: 屏保艺术网站的策划开发

孜孜不倦地追求个性的现代人,从衣着、发型到自己的所有物,无不彰显着不同人的不同爱好和品味。作为现代生活的重要标志之一的个人计算机也不例外地烙上了"个性化"的印记,一台计算机的桌面和屏幕保护程序透露了计算机主人的与众不同。更甚者,由于屏保不仅充满全屏,而且具有更加丰富的表现力,可以集成图像、动画、音乐、视频等多媒体元素,因此商家和艺术家也看上了这片领地,生产了一批具有广告功能和艺术功能的屏保作品。

2.5.1　屏保的起源与发展

屏保是屏幕保护程序的简称,是用以保护计算机显示器屏幕的一种特殊程序。屏保程序产生于计算机技术尚不成熟的 20 世纪 60 年代,其产生与阴极射线管有着密切联系。一直以来,计算机的主要显示设备都是阴极射线显示器,其最主要的部件是"阴极射线管"(CRT),该设备通过电子枪发射 R(红)、G(绿)、B(蓝)三基色的电子束,利用磁场的偏向原理,轰击显像管前面的磷质屏幕发光而显像,如图 2-12 所示。如果屏幕上图象静止过久,电子束将持续轰击屏幕,这样会缩短显示器的寿命。屏保就是用来保护显示器屏幕的程序,它在计算机没有工作时,以动画或图片的变换来减少阴极射线停留在屏幕的某一位置上时间过长,从而保护屏幕不被电子束灼伤。

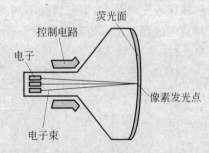

图 2-12　阴极射线管显示器的结构和原理图

屏幕保护程序是可执行文件,不过其后缀名是"＊.scr"而非"＊.exe"。在 Windows 中,"＊.scr"程序通常是存储在系统文件夹中,用户通过"控制面板"的"显示属性"中的"屏幕保护程序"标签栏可以选择屏保并设置其参数。

随着技术手段的进步,当今的显示设备与早期简单的显示设备相比,其功能已不可同日而语,屏幕图像即使长时间静止,显示设备也不会被射线灼伤。因此屏保从形式到功能都起了很大变化。形式上,从早期的主要以文字和简单线条图形为主的屏保逐渐发展成为形式丰富多样,集图像、动画、视频和音频为一体的多媒体艺术形式。功能上,从开始的防止显示设备灼伤发展到多样化的功能。

虽然屏保具有丰富的内容和表现形式,但是并没有人将它作为一种艺术形式展示给人们欣赏,因此开发一个从艺术欣赏的角度来展示屏保作品的网站,是一件富有挑战性和开创意义的事情。

2.5.2　项目策划与设计

屏幕保护程序其表现形式多样、内容丰富、制作方式灵活。然而,屏保程序却只能出现在人们对计算机置之不理的时候,独自偷偷地绽放自己的美丽。屏保网站的策划目标是汇集国内外优秀的屏保程序,将这一特殊的表现方式呈现给观众。"屏保艺术"网站的主要目的是让人们了解屏保知识、欣赏屏保,从艺术欣赏的角度出发,而并非单纯提供屏保程序的下载。因此,该网站除了提供屏保程序的下载之外,还对屏保的概念和制作方法进行了介绍,并对每一个精选的屏保进行了简单点评。

1. 栏目与结构

根据这个定位,网站策划设计四个一级栏目:

屏保概念:介绍屏保的历史以及相关知识;

屏保欣赏:优秀屏保作品艺术鉴赏。提供屏保预览、精彩点评和作品下载功能;

屏保自助:提供屏保制作软件的下载和使用教程;

好站推介:提供了优秀屏保站点的链接。

从栏目的设置可以看出,网站并不满足于单纯提供程序的下载,而是力求引导人们更深入地了解屏保,从而喜爱屏保。在四个栏目中,"屏保欣赏"内容最多,它荟萃了国内外优秀屏保 120 个左右,将其分成 10 个大类,有的大类里面还分成若干子类。根据这种策划,网站采用树状结构,将栏目分类,逻辑清晰地表述出来,如图 2-13 所示。网站第二级是精选屏保程序的分类;第三级是不同类别中的子类;最底层是屏保作品,每个作品都提供了高清晰的预览图和生动精辟的点评。

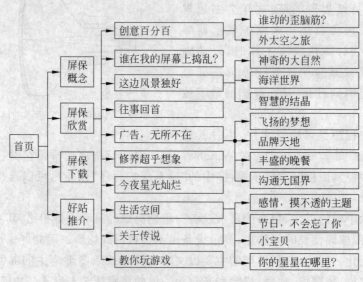

图 2-13　屏保网站结构图

这样的分类和展示形式新奇有趣,栏目名称与内容贴切,不仅体现设计的巧妙用心,而且对栏目内容有很好的引导作用。这种分类和结构,也使该网站与其他屏保主题网站区分开来。

2. 界面风格

由于屏保本身就是一种视听艺术,画面绚丽,内容丰富多彩,并且网站是从艺术欣赏的角度出发,因此页面风格要求清新素雅,有意蕴,能够恰到好处地衬托出屏保本身的特色。网站界面如图 2-14 所示,下级页面保持与首页类似的风格,但在色彩上有所变化。

图 2-14　屏保艺术网站首页

2.5.3　网站开发流程

确定选题之后,开发组成员便确定了合作方式,即远程交互为主,面对面交流为辅;同时确定了网站的设计方向,将网站定位为以普及和欣赏为目的的屏保艺术网站,此外,还初步制定了开发进度和成员分工。

除了确定选题之外,屏保欣赏网站的开发流程大致分为七个阶段,如图 2-15 所示。

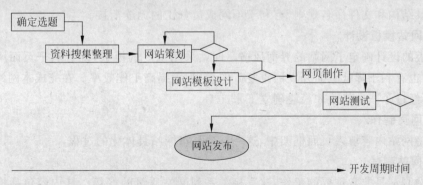

图 2-15　"屏保艺术"网站开发流程图

1. 资料搜集和整理

这是一切工作的基础,必须严格按照事前议定的标准实施。

(1) 屏保作品搜集整理:包括程序文件,预览图片,说明文档 readme.txt。其中说明文档也就是网站的信息脚本,它主要包括作品出处、作者、简介、评价、关键词(题材、表现方式、感受等)。

(2) 屏保制作软件:包括程序文件和软件使用教程。

(3) 相关网站:包括网址和网站简介。

(4) 屏保知识:包括文章全文、作者和出处。

2. 网站开发文档的撰写

开发文档包括网站结构设计方案以及开发组的管理与合作模式。

(1) 网站栏目与结构

结构设计如图 2-13 所示,网站文件目录设计如图 2-16 所示,其中目录与栏目的对应关系如下:

"\gn":屏保概念;

"\xs":屏保欣赏;

"\zz":屏保自助;

"\tj":好站推介。

目录名是采用拼音首字母方式对应四个一级栏目。

(2) 确定网站文档管理规范

除了栏目对应的目录,其他还包括:

"\img":图片文件目录;

"\Temp":网页模板;

"\make":屏保制作软件,与"\zz"目录是一一对应的关系;

图 2-16　"屏保艺术"网站的文件目录

"\scr":屏保程序目录,与"\xs"对应。

命名规则是所有文档和目录均以英文字母或数字命名,不能使用汉字。文档存放原则是页面文件存放于同等级目录下,其所需图片存放于页面所属目录下的\img 目录。清晰的目录结构和文件命名规则,有利于不同成员分工的无缝衔接。

3. 网站模板设计

模板的设计确定了网站的界面风格。网站采用统一的模板,既有利于页面风格的一致,同时也有利于降低页面开发的重复工作量,大大提高工作效率。在完成本网站的过程中,模板经过了三次修改才最终确立下来。

4. 网页制作

即将网站内容填入页面框架中,这一部分是将网站具体化的过程。

5. 网站测试

网站测试是非常重要的工作,这直接关系到网站质量的好坏。其内容包括检查页面的链接是否能够正常跳转、图片是否能够正常显示以及是否有格式错误甚至错别字等。

6. 网站修改与发布

根据测试结果,对网站进行进一步修改。网站修改和网站测试是两个可以相互循环的过程,修改后的网站仍然需要进行测试,如果测试不通过,则继续进行修改,直到最后通过测试为止。网站开发完毕之后,将其存放于 Web 服务器上,完成网站第一版开发。

这七个阶段按照开发的时间顺序排列,但同时也有重叠,例如搜集整理资料的同时也在进行网站的整体规划,搜集整理资料和策划网站的同时也对网站整体的界面风格进行构思。

思考题

1. 网站,网页,万维网之间的关系是什么?
2. URL 的功能是什么?
3. 总结网站开发的主要过程和步骤。
4. 数字媒体的主要结构都有哪些? 分析其不同结构的特点。
5. 总结网站开发与软件开发的异同。
6. 文档的作用和编写原则是什么?
7. 媒体软件的运行环境主要包括哪些方面?
8. HTML 语言的主要功能是什么?
9. 选择一个简单的 HTML 文件,分析其语言的主要构成,尝试修改其中的个别参数,并观察对应网页的不同效果。
10. 选择和浏览一个 WWW 网站。分析网站信息结构,所采用的表现手段、界面交互方式的特点等。

练习 2　电子作业本网站策划

一、目的

1. 通过本章学习,了解网站开发过程。
2. 策划和设计自己的数字媒体作业本网站,并通过课程的学习逐步完成网站的建设。

二、要求

1. 根据作业 1 设定的学习目标,策划自己的数字媒体作业本的内容、结构、风格。
2. 设计出作业本网站的栏目和树状结构关系,每一个栏目对应一次作业,绘制网站的流程图。参考案例 2-2。
3. 根据网站的结构,设计其目录文件结构,并定义主要文件的命名方式。
4. 建立作业本网站的站点,并与文件目录对应起来。要求:
(1) 每次作业的首页文件名必须是 index. htm
(2) 避免中文文件名,文件名一律采用小写
(3) 每次作业(网页)的版式要求包括:

作业名

作者、班号、学号

作业内容

参考资料

5. 将作业1用网页表现,作为作业网站的第一个栏目内容。

第 3 章

数字编创设备

计算机是获取数字媒体信息的中介,也是编辑和制作数字媒体软件的核心设备。除了计算机,数字化信息的编创设备包括还包括信息的输入、输出和传输等环节。本章从媒体信息处理的角度出发,介绍数字媒体涉及的基本设备及其应用。

3.1 数字媒体处理系统的构成

从信息处理的要求出发,数字媒体处理系统以计算机为中心,包括一些附加的输入输出设备等,共同完成处理多种媒体信息的输入、处理、存储、输出和传输功能。

3.1.1 计算机系统

计算机系统一般由硬件系统、操作系统、媒体处理系统和用户应用软件构成,如图 3-1 所示。硬件系统包括基本的计算机硬件,如主机、显示器、鼠标、键盘等,还包括媒体处理设备,如光存储设备 CD-ROM/DVD 驱动器、处理音频的声卡、处理视频的视频卡等。硬件系统主要分苹果 MAC 和个人计算机(Personal Computer)两种机型,中国大陆地区以后者使用更普遍。

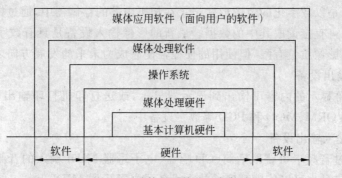

图 3-1 计算机系统的一般构成

操作系统也称为多媒体核心系统(Multimedia Kernel System),它具有实时任务调度、数据转换和同步控制、对媒体设备的驱动和控制以及图形用户界面管理等功能。PC 上的操作系统为微软公司推出的 Windows 系统。

媒体处理软件也称为媒体开发工具软件,是数字系统的重要组成部分,如处理图像的 Photoshop、编辑视频的 Premiere 软件等都属于这一类型。而媒体应用软件一般指根据一定的应用需求而开发的信息软件,用于信息的交流和传播,如一本电子书,一个信息网站等。

3.1.2　输入输出设备

由于数字媒体传播不仅涉及计算机技术,还与信息传播设计有关,因此应用系统的开发与研制在很大程度上是一个信息设计与创意活动。因此,除了计算机核心设备,根据不同的需要还可以配备不同的媒体输入、输出设备,如图 3-2 所示。

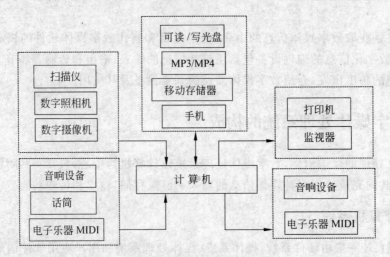

图 3-2　数字媒体系统的构成

(1) 影像输入设备

扫描是获取图像的最简单方式之一。扫描仪可以将各种照片、印刷图片、绘画作品等变换成单色或全彩色位图图像。数字照相机和数字摄像机所拍摄的自然影像不是存储在感光胶片上,而是以数字化的位图形式记录在相机内部的存储器中,通过标准接口与计算机相连,计算机可直接读取其中的数据。最新的影像输入设备是具有数字摄影摄像功能的手机,虽然其影像质量有限,但使用的便捷性使它成为未来的发展方向之一。

(2) 影像输出设备

计算机屏幕显示的内容可输出到显示器显示,或送打印机打印输出,或存储磁存储器、可写光盘 WORM、MOD 和 PCD 等数字设备中。

(3) 音频输入输出设备

计算机通过音频卡可获取话筒、CD 唱盘、电子乐器 MIDI 输入的音频信息。同时计算机上的音频信息也可以传输到音响放大设备或电子乐器 MIDI 上。

(4) 数据交换与存储设备

可读写的光盘、可移动的外接磁盘、各种采用 USB 接口的小容量存储器、MP3/MP4 播放器,甚至带 USB 或上网功能的手机都可以用来与计算机进行数据交换和备份。此外,通过数/模转换的图像卡,模拟视频设备如电视、摄像机等也可与计算机连接,实时传输数据。

3.1.3　网域构成

网络可以把不同地域的计算机联成一个整体。单机配上网卡,通过网线与集线器(Hub)相连。一个集线器一般有多个端口,每个端口可以连结一台单机,由此就可以构成一个局域网。集线器相当于局域网的总线,其数据率一般为 10Mbps,因此网间的数据交换比单机内部速度慢,同时一个集线器连接的单机越多,速度就越慢,因为所有的单机都共享 10Mbps 的传输率。除了集线器以外,还可以采用交换机(Switch Hub)来联结各个单机。集线器的所有端口都共享 10Mbps 的数据传输率,而交换机的每个端口都具有10Mbps 的数据率,有的还提供 100Mbps 的端口。显然采用交换机进行单机间的通信速度要快许多,当然其价格也贵许多。

实际中常根据数据传输流量的需要设计网域间的连接关系。服务器一般需要容纳多个客户机的同时访问,因此需要尽量保证其网络连接的带宽足够,如连接到交换机的100Mb 端口。交换机的各个 10Mb 端口可以分别连接到下面的 10Mb 集线器,最后集线器的各个端口才对应不同的单机,如图 3-3 所示。

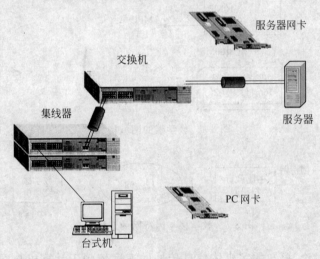

图 3-3　计算机网络中的数据通路连接关系示意图

案例 3-1：教学楼的网络连接

通过一个教学楼内的网络连接实例可以清楚地说明数字传播的硬件条件和构成关系。如图 3-4 所示,把一个多层教学楼的所有 PC 机连成一个局域网,并通过校园网与因特网连接,这个网络连接工作主要由交换机和其他集线器完成。这个教学楼中的传播学实验室、语言学实验室以及五层、六层的计算机都各自通过一个集线器连成各个小的局域网。每个小的局域网共享 10Mb 并连接到交换机上。交换机的 100Mb 端口连接一个Web 服务器,并通过另一个 10Mb 端口与校园网乃至因特网相连,如图 3-5 所示。显然,与接在交换机端口上的计算机相比,接在 Hub 上的计算机上网的速率要慢一些。此外,本楼内的计算机访问该楼服务器的速度比校园网内的其他计算机更快一些。

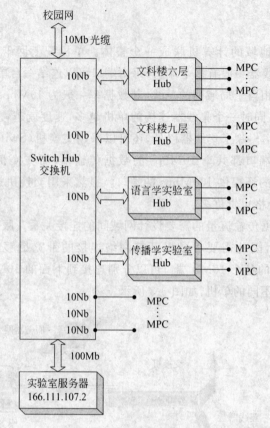

图 3-4　教学楼的网域构成

图 3-5　教学楼与因特网的连接示意

　　根据本节的讨论,可知数字媒体信息传播的速度依赖于计算机与网域环境(传输带宽)。当用户借助于计算机获取或传播数字媒体信息时,传播速度一般按如下顺序递减:

本地机→局域网→校园网→国内网域→国外网域

3.2　计算机的基本组成

　　从第一台计算机的诞生到现在,计算机已经走过了五十多年的发展历程。在这期间,计算机的系统结构不断变化,应用领域不断拓宽,衍生出不同的用途和不同的品牌,但是其基本的构成和功能都是相同的。虽然构造相同,但不同的应用导致不同的计算机性能要求。因此,了解计算机的构成和性能指标是应用的基础。

3.2.1　基本工作过程

1．计算机体系理论

美国科学家冯·诺依曼 1946 年提出了现代计算机体系结构思想，这就是后来著名的"冯·诺依曼"计算机理论。现在所使用的各种计算机都是根据"冯·诺依曼"计算机理论设计和制造的。这个理论有 3 个要点：

（1）计算机系统由运算器、控制器、存储器、输入和输出设备 5 个基本单元组成。

（2）计算机内部的运算指令和数据必须采用二进制数字表示。

（3）计算机在运行时必须先将事先编制好的程序和数据调入主存储器。

尽管在不到 30 年的时间内个人计算机已经从 20 世纪 70 年代的 8 位机发展到今天的 Pentium IV、雷鸟等主频超过 2GHz 的多媒体计算机，但计算机的研制指导思想至今为止还没有能突破"冯·诺依曼"计算机体系理论。

2．计算机的基本构造

计算机虽然有不同的品牌和技术规格，但其内部结构是基本相似的。目前计算机的两大品牌是 PC 和苹果公司的 Mac 机，国内以 PC 为主要市场，其基本结构如图 3-6 所示。计算机从其功能和硬件上可划分为主机板、外部存储器、输出显示设备、输入设备等。一般 PC 的主机内部硬件构造如图 3-7 所示。主板上包括 CPU（它由运算器和控制器组成）、内部存储器和各种接口、外部存储器、基本硬盘、光盘组成，早期的软盘现已基本淘汰。输入设备基本有键盘和鼠标；输出设备基本包括显示接口卡、显示器等，此外还可选择连接网络的网卡。

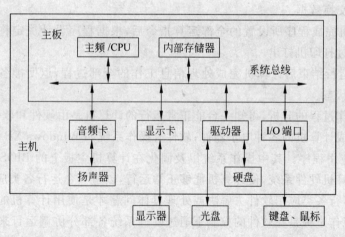

图 3-6　PC 基本结构

3．计算机的工作过程

如"冯·诺依曼"计算机理论所阐述的那样，计算机在处理具体信息时的实际工作过程如下：

（1）由专职程序员或其他业余人员编制处理具体信息的程序，一般可保存在光盘或软盘上提供给其他用户。

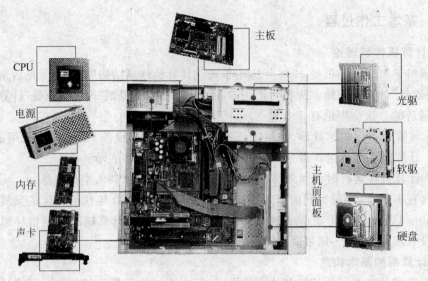

图 3-7　PC 内部构造

（2）用户通过光驱或软驱将程序安装在计算机硬盘上（如果程序可以直接在光盘或软盘上运行则可以不安装）。

（3）用户在计算机待命状态时通过键盘或鼠标发出运行某具体程序的指令。

（4）计算机将需要运行的程序和相应的数据从硬盘或光盘读入内存。

（5）CPU 根据程序指令逐步进行相应的各种运算，在运算过程中 CPU 将根据需要与内存或硬盘交换数据。

（6）计算机完成程序所设置的全部运算指令后，根据程序设计决定将最终结果输出到显示器或通过打印机打出。

（7）程序运行结束后计算机完成处理信息工作的全部过程，返回准备接受用户下一个指令的待命状态。

通过其工作过程的分析，得知一台能正常运行的计算机是由硬件和软件共同组成的。硬件就是组装成计算机的各种电子器件；软件有操作系统如 Windows XP 等，另外还有如 Word 等各种应用程序。其中操作系统以及固化在计算机主板上的 BIOS 的主要任务是组织和管理计算机硬件系统，使计算机能够正常运行，创造一个运行各类应用软件的正常环境，而通过运行各类应用软件去解决或处理具体问题才是使用计算机的根本目的。因此，计算机的工作过程是在软件的控制下通过硬件系统各部分协调运行来完成程序预定的工作目标，而软件的开发和安装、运行又必须在硬件系统性能允许的前提下进行，硬件和软件必须相互配合才能使计算机正常运行。所以说计算机的硬件和软件之间是相辅相成的关系。

由于多媒体信息的数据量及其处理的复杂性，相应的处理软件也非常庞大。因此，对 PC 的运算速度的要求当然是越快越好，否则，处理信息时工作效率很低，信息回放时也达不到应有的效果。高性能的计算机意味着高性能 CPU，足够的内存，快速的大容量存储设备，显示性能好而快的显示设备等，这种要求的结果是系统的价格昂贵。另一方面，如果不是专业领域的应用,比如普通上网浏览和基本文字处理,则对计算机性能要求和价格都会相应降低。

3.2.2　运算系统

计算机的核心部分包括主板(Main Board)、中央处理器 CPU(Central Processing Unit)、只读存储器(ROM)、随机存储器(RAM 或称之为内存)以及总线接口等。它完成对信息的控制和处理功能,也就是运算性能。这些部件是相互影响、相互支持的,PC 机的性能就是这些部件的综合性能的体现。

1. CPU 及主频

CPU 是计算机的心脏,其设计、制造技术的不断提高和更新换代,推动了计算机系统的迅猛发展。一台 Pentium Ⅳ 的 PC,实际上是指它的中央处理器 CPU 采用的是 Intel 公司的 Pentium 系列中的第四代 CPU。

主频是 PC 机振荡晶体的频率。早期主频以 MHz 为单位,现在随着 CPU 主频不断提升,已经以 GHz 为单位进行计算了。如 Pentium Ⅳ 3.0GHz,表示是 Intel 公司的 Pentium 第四代芯片,主频为 3.0GHz。振荡晶体产生出适当的振荡频率,使主板工作于某个速度上,振荡频率再乘以合适的倍频,就构成 CPU 的主频。

随着 CPU 主频的不断增长,单纯的主频提升已经遭遇瓶颈,目前的技术已能实现“双核”,也就是借助两颗“心脏”所具有的高性能和多任务优势,使计算机更加轻松地创建数字内容,进行多任务处理。例如,“双核”计算机可以做到在前台创建专业数字内容和撰写电子邮件,同时在后台运行防火墙软件或者从网上下载音频文件。

主板是 PC 组装的平台,绝大部分的配件都在主板平台上安装并实现与其他配件的通信和合作。主板上面通常有多个各种型号的接口和插槽,例如 CPU 接口、IDE 接口等。主板芯片是决定主板性能的关键部件,几乎所有的平台支持功能都是由主板芯片提供的,如 Intel 850 等。

2. 内存和高速缓存

内存是计算机用以暂时存储各种运算数据的介质,存储速度比硬盘高,但是容量小且不能永久保存,即切断电源后内存中的数据就不再保留了。内存 RAM 指的是动态存储器 DRAM(Dynamic Random Access Memory)和 SDRAM(Super Dynamic Random Access Memory),后者是当前内存的主流。软件越大,对内存容量的要求越高。动态或静态图像编辑软件的运行需要大量的内存,有的软件指定了基本的内存要求,如果内存不够,则程序运行时要利用虚拟内存和临时文件,也即占用一部分硬盘空间作为临时存储用。如程序越大、内存越小,则占用的硬盘空间越大、内存与硬盘之间的数据交换次数越多,因此程序运行的实际速度也就越慢。目前主流的内存容量为 512MB,有的高达 1GB。内存速度即数据读取时间。一般的内存数据读取时间有 10ns、7.5ns、6ns,这些都是相对于 SDRAM 内存条来说的。

高速缓存主要是为了提高各种存储器的运行速度而配备的。主板上外部静态存储器 SRAM(Static RAM)的速度比 DRAM 快两三倍,因此常称为外部高速缓存(Cache)。软件程序经常要循环地调用存储器中的某些数据,把这些数据暂存于高速缓存中可大大提高 CPU 读取数据的速率。Pentium Ⅲ 已做到了 512KB 的高速缓存,容量越大,运算性能提高越明显,这在图形、图像处理时特别有用。

3. 系统总线

总线(BUS)是构成计算机系统的骨架,是多个系统部件之间进行数据传送的公共通路。任何一个微处理器都要与一定数量的部件和外围设备连接,但如果将各部件和每一种外围设备都分别用一组线路与 CPU 直接连接,那么连线将会错综复杂,甚至难以实现。为了简化硬件电路设计、简化系统结构,常用一组线路,配置以适当的接口电路,与各部件和外围设备连接,这组共用的连接线路被称为总线。采用总线结构便于部件和设备的扩充,尤其制定了统一的总线标准则容易使不同设备间实现互连。

微型计算机中总线一般分为内部总线、系统总线和外部总线。内部总线是微机内部各外围芯片与处理器之间的总线,用于芯片一级的互连;而系统总线是计算机中各插件板与系统板之间的总线,用于插件板一级的互连;外部总线则是计算机和外部设备之间的总线,通过该总线和其他设备进行信息与数据交换,它用于设备一级的互连。

计算机各个部件的联系是通过系统总线来实现的,通过系统总线来协同工作,因此总线直接关系到系统的整体性能。总线的性能以总线的时钟、带宽及相应的总线数据传输率来衡量。

(1) 串行与并行通信

数据的传输方式基本分为两种:一种是只有一条线(有时为一对线)用来传送数据,这种方式称为串行传输。也就是说被传数据排成一串,前面的数据通过以后才能传输后面的数据。显然,串行的方式传输数据的速度比较慢,因此后来发展到同时用几根线路来传输数据,带宽就成为衡量并行通信速度的一个基本指标。

(2) 带宽

系统总线采用并行方式工作,总线带宽可以简单地比喻成公路的车道,车道越多交通容量越大。最早的总线结构是 8 位的 ISA(Industry Standard Architecture)总线,其最高数据传输率 2 MBps。随着计算机运算速度的提高,要求总线的带宽和数据传率越来越高,1993 年 Intel 公司发布了 PCI(Peripheral Component Interconnect)外围部件互连总线标准,PCI 总线支持 64 位带宽,数据传输率可高达 528Mbps,同时它具有良好的兼容性,适用于各种平台,支持多处理器和并发工作,可以满足大吞吐量的外设需求。因为它的输入/输出(I/O)速度远比 ISA 总线快,所以很快就替代了老式的 ISA 总线。一般的 PC 提供了好几个 PCI 总线插槽,基本上可以满足常见 PCI 适配器(如显示卡、声卡等)的安装。

3.2.3　硬盘存储

硬盘是计算机的主要存储设备,也是计算机软件及用户数据的主要存储空间,其作用是其他存储介质不可替代的。硬盘是一个非常精密的机械装置,由电机和磁盘组成。磁盘很光滑,外面涂有一层磁性材料。根据容量的大小,一个普通的转轴上串有若干个磁盘,每个盘的上、下两面各有一个读/写磁头。在读/写数据时,传动装置把磁头快速而准确地移到指定的磁道上。硬盘的体积小、容量大、速度快、可读写,使用方便。硬盘的用途主要是存储数据或程序以及用于数据的交换与暂存。

1. 硬盘的技术指标

对硬盘的要求首先是要容量足够大，以便存储大的应用程序和多媒体数据。其次是数据传输率足够高，以便数据的读取与交换。硬盘的性能指标主要是容量、寻址时间以及接口形式。

（1）容量

最早的 IBM AT 机硬盘只有 10MB，随着计算机技术的发展，硬盘的容量越来越大，20 世纪 90 年代中期硬盘容量为百兆，2000 年主流硬盘容量为 40GB，目前硬盘从 80GB 到 500GB 不等。硬盘的容量越大，其平均单价反而越低，这是硬盘本身固定成本部分决定的。因为硬盘容量加大，只是磁头、磁盘、线路设计上有所不同，而其包装、外壳、零件成本及线路主要设计等基本不变。笔记本硬盘因受体积的限制，一般都比较小，主流容量 40GB 左右，但 2007 年年初笔记本电脑的硬盘也可高达 160GB。

（2）数据传输率

硬盘的数据传输率是能否迅速查找到数据并传输到内存以供使用的一项重要指标。而这项指标又受到系统总线速度、硬盘寻址时间、接口类型以及磁头读写速度的影响。寻址时间越短，速度越快。硬盘的寻址时间为 8～16ms，不同的厂牌和容量的硬盘其寻址时间都有所不同。磁头的读写速度在很大程度上也影响硬盘的速度。磁头的读写速度取决于硬盘生产厂家采用的是何种磁头技术。另一种提高读写速度的方法是提高硬盘主轴的转速，即所谓高速硬盘。因为较高的转速可以缩短硬盘的平均寻道时间和实际读写时间。目前的转速可以从 3600rpm 到 7200rpm，甚至 10000rpm，为了支持稳定而越来越高的转速，硬盘的轴承技术已经得到了质的提高。硬盘中数据的传输率则与硬盘接口有关。

（3）接口

硬盘接口是硬盘与主机系统间的连接部件，作用是在硬盘缓存和主机内存之间传输数据。不同的硬盘接口决定着硬盘与计算机之间的连接速度，在整个系统中，硬盘接口的优劣直接影响着程序运行快慢和系统性能好坏。从整体的角度上，硬盘接口分为 IDE、SATA 和 SCSI 等几种。IDE（Integrated Drive Electronics）接口是 PC 硬盘的标准接口，它的特点是兼容性高，而且性能也不断改进和提高，如增强型 EIDE、ATA、DMA 接口等。

案例 3-2：希捷 320G/酷鱼 7200.10/16M/SATA 硬盘指标

希捷（Seagate）是全球主要的硬盘厂商之一，酷鱼（Barracuda）是其一类产品型号，该硬盘适用于台式机，硬盘内部如图 3-8 所示，具体指标如下：

总容量：320GB，这款硬盘使用了两张盘片，单碟容量达到了 160GB。

缓存容量：16MB。

转速：7200rpm。

平均寻道时间：4.16ms。

接口：SATA。

市场报价：2500 元（2006 年 7 月）

图 3-8　硬盘内部截图

具有 SATA(Serial ATA)接口的硬盘又称为串口硬盘,是未来 PC 硬盘的发展趋势。从广义上说,计算机通信方式可以分为并行通信和串行通信,相应的通信总线被称为并行总线和串行总线。并行通信速度快、实时性好,但由于占用的口线多,不适于小型化产品;而串行通信理论上速率虽低(一次只传送 1 位数据),但在数据通信吞吐量不是很大的微处理电路中则显得更加简易、方便、灵活。Serial ATA 采用串行连接方式,具备了更强的纠错能力,提高了数据传输的可靠性。同时串行接口还具有结构简单、支持热插拔的优点。Serial ATA 2.0 的数据传输率达到 300Mbps。

SCSI(Small Computer System Interface)接口是一种小型计算机系统接口,它的特点是数据传输率高、支持多任务、可带多个硬盘。随着 PC 性能的不断提高,SCSI 接口卡也可用于微机中。

2. 硬盘的使用和维护

在使用硬盘进行数据存储和数据交换时,计算机的工作效率与硬盘的数据传输率有直接关系。需要注意的是,硬盘速度是理想状态下的指标,如果硬盘中存储的数据量很满,而且数据块存储的实际位置很零散,则读取硬盘数据的速度要大打折扣。如 IDE 接口的硬盘,在盘较满的情况下其数据传输率可能低于 200Kbps。因此,硬盘的使用和整理与工作效率有很大关系,可以从如下几方面定期维护整理硬盘:

(1) 合理利用硬盘,有效地管理硬盘上的文件。

硬盘上的数据和文件都是以文件和目录的形式管理的。对硬盘进行有效的管理,首先必须要有一个条理清晰、层次分明的目录结构,把文件分门别类地存入不同的目录中。

(2) 减少硬盘中碎片,提高实际数据读取速度。

硬盘中每个文件的实际存储位置是按存入时间的先后依次写入到磁盘中的自由空间中的。以图 3-9 为例说明如下:

(a) 顺序写入三个文件 file1、file2、file3

(b) 删除文件 file2,再写入 file4

(c) 删除文件 file1、file3,再写入 file5、file6

图 3-9 磁盘上文件的存储位置及管理

假设开始时磁盘上都是自由空间,存入三个文件 file1、file2、file3,三个文件从磁盘的自由空间起始处开始依次写入,如图 3-9(a)所示。一段时间后,file2 无用被删除,再写入 file4 时要从删除 file2 后的自由空间处开始记录。如果该空间不够,则在后续的自由空间处继续记录,如图 3-9(b)所示。再下一次,删除了 file1、file3,而后又写入一个小文件 file5 和一个大文件 file6,则 file6 可能被分割成了三段,如图 3-9(c)所示。硬盘使用的时间越长、重写越频繁,则硬盘空间越零散、一个文件被分割后的存储段越多,显然读写文件时分段查找、定位的时间越长,读写速度自然下降。

（3）硬盘空间应留有一定的余量,以作为程序运行时的缓存空间。

硬盘的另一个功能是作为数据的暂存。特别是在处理大容量多媒体数据时,当内存不够用时,系统可以利用硬盘上的自由空间作为内存 RAM 的外部存储器,当常规的内存用完后,系统会将其中暂时不用的数据转移到硬盘上的“内存”中;当再次重新要用到这些数据时,系统将重新从磁盘上读取它们,即将他们重新移入内部存储器 RAM,而将另外暂时不用的其他数据移到硬盘上去。

由此可以看出,硬盘上的自由空间越多、自由空间越连续、硬盘的实际读写速度越快,整个系统的工作速度当然也越快。在硬件配置不是很高的计算机上处理大数据量的多媒体信息时,这一特点尤其明显。因此,硬盘的管理首先是用户文件的管理,应经常删除不必要的文件及临时文件,释放一定量的硬盘空间。同时,当硬盘上的自由空间很零散时,可用 SCANDISK 命令检查硬盘,并删除丢失的簇,再用 DEFRAG 命令整理硬盘,使数据连续存放,加快硬盘的读写速度。

3.2.4　显示系统

显示系统是计算机的基本输出部件,包括显示卡和显示器,它们共同决定了数字信息的视觉效果,特别是图形、图像、视频的效果。显示卡是随着显示器同步发展的,它是显示系统的核心,主要起控制作用。目前的显示器包括显像管,也称阴极射线管（cathode-ray tube,CRT）和液晶显示（Liquid Crystal Display,LCD）两种类型,它们虽然工作方式不同,但都是基于三原色相加混合的原理来达到色彩显示的目的。

1. 像素与屏幕分辨率

把一幅图或者显示屏分解成若干行、若干列,行列坐标上的一个点就称为一个像素（pixel）,屏幕上一个点也称为一个像素,各像素有其相应的颜色、亮度等属性。屏幕上像素的横向和纵向排列数目,称为屏幕的分辨率。例如,屏幕分辨率为 800×600,则表示屏幕上每行有 800 个点,每列有 600 个点。显然,屏幕上像素越多,分辨率越高,组成字符或图像的点的密度越高,显示的画面就越清晰。

2. 色彩显示原理

自然界常见的各种颜色光,都可由红（Red）、绿（Green）和蓝（Blue）三种颜色光按不同比例相配而成,同样绝大多数颜色光也可以分解成红、绿、蓝（简记为 R. G. B）三种色光,这就是色度学中最基本的原理——三基色原理。把三种基色光按不同比例相加称之为相加混色,由红、绿、蓝三基色进行相加混色的情况如下:

红色＋绿色＝黄色

红色＋蓝色＝品红（紫红）

绿色＋蓝色＝青色（蓝绿色）

红色＋绿色＋蓝色＝白色

显示器的基本工作原理是把 RGB 三种波长的光波以各种不同的相对强度混合或相加,以产生不同的显示色彩。如果一个像素的 RGB 分量的强度值分别用 8 bit,共 24 位来表示,则可混合出的颜色数为 $2^8 \times 2^8 \times 2^8 = 16777216 \approx 16M$,也就是 160 万种色彩,这也称为真彩色,它包括了人眼能分辨的所有色彩。

3. 显示卡与显示缓存

显示卡(Video Card)是显示系统必备的装置,它负责将 CPU 送来的数据处理成显示器可以了解的格式,并显示出来。显示卡上都有一块与屏幕显示位置对应的存储区,称为显示缓存 V-RAM,它用来存放当前屏幕显示的数据。也就是说,显示缓存中某一地址的数据,决定了当前屏幕上某一点的色彩属性。显然,显示缓存越大,对应的屏幕分辨率越高。

显示卡的性能主要取决于显示卡上使用的图形芯片,早期的图形芯片作用比较简单,每件事都由 CPU 去处理,它们只是起一个传递显示信息的作用。随着三维图像技术的发展,对显示速度的要求越来越高,于是出现了图形加速卡。现在大部分显示卡都有加速芯片,这些芯片有图形处理功能,以保证动态图像快速变化时的连续性。

4. 显示器

显像管 CRT 显示器历经了单色、4 色、16 色、256 色,最终才发展成支持百万种颜色。液晶显示器 LCD 的历史较短,与 CRT 显示器相比,它具有低压微功耗、平板性结构、体积小、无辐射无眩光、不刺激人眼、显示分辨率高等优点。当然液晶显示器的价格高,而且可视角度要小一些。例如,如果液晶显示器的可视角度为左右 80 度,则表示在位于屏幕垂线的左右 80 度的位置以内时可以清晰地看见屏幕图像。但是,由于人的视力范围不同,如果没有站在最佳的可视角度内,所看到的颜色和亮度将会有误差。

显示器尺寸一般以显示屏的对角线尺寸来计算,以英寸为单位,目前流行的如 14、15、17、19、21 和 22 英寸等。另一个衡量显示器的参数是点距(dot pitch),也就是物理像素点之间的最小距离。一般液晶显示器的点距更小一些,因此清晰度更高。

3.2.5　音频控制

音频卡,也称声卡,是计算机处理各种类型数字化声音信息的硬件,多以插件的形式安装在主板的扩展槽上,也有的与主板做在一起。音效芯片或芯片组是声卡的核心,它的功能是对数字化的声音信号进行各种处理。市场上音频卡的种类很多,较为流行的是 CREATIVE 公司的系列声霸卡,它带有自己的 CPU,具有较高的智能性和灵活性,支持 Windows 系统环境下的应用开发。

1. 主要功能

音频卡的关键技术包括数字音频、音乐合成、MIDI 与音效。以 CREATIVE 的 SB16 为例可以说明音频卡的一般功能和接口。

(1) 音频信号的播放

音频卡的主要技术指标之一是数字化立体声声道的多少。早期的音频卡是 8 位,SB16 支持 16 位立体声声道。可以播放 CD-DA 唱盘及回放数字音频 WAVE 文件。SB16 具有内置立体声功率放大器,由软件来控制音量。

(2) 录制生成 WAVE 和 MIDI 文件

音频卡配有话筒输入、线性输入、电子乐器 MIDI 输入接口。数字音频的音源可以是话筒、收录音机和 CD 唱盘等,可选择数字音频参数。在音频处理软件的控制下,通过音频卡对音源信号进行采集并形成数字音频文件,通过软件还可对音频文件进行进一步编辑和处理。

（3）声音信号的混合和处理

借助混音器可以混合和处理不同音源发出的声音信号,混合数字音频和来自 MIDI 设备、CD 音频、线性输入、话筒及 PC 扬声器等的各种声音。录音时可选择输入来源或各种音源的混合,控制音源的音量、音调。

2. 接口和使用

以如图 3-10 所示 SB16 为例可以说明音频卡通过后面板后的接口与其他设备相连的使用情况。

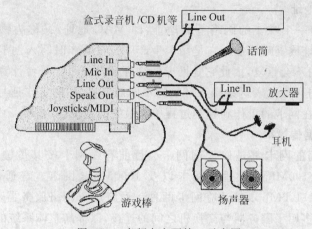

图 3-10　音频卡主要接口示意图

（1）线性输入插口（Line In Jack）：可与盒式录音机、唱机等相连,进行播放或录音。

（2）话筒输入插口（Mic In Jack）：可与话筒相连,进行语音的录入。

（3）线性输出插口（Line out Jack）：可跳过音频卡的内置放大器,而连接一个有源扬声器或外接放大器进行音频的输出。

（4）扬声器输出插口（Speaker Out Jack）：从音频卡内置功率放大器连接扬声器进行信号输出,输出功率一般为 $2\sim4W$。

（5）游戏棒/MIDI 接口（Joystick/MIDI Connect）：可将游戏棒或 MIDI 设备如 MIDI 键盘连接到音频卡上。

3.2.6　网络连接

网卡也叫网络适配器（Network Interface Card,NIC）,是局域网中最基本的部件之一,也是连接计算机与网络的硬件设备。网卡的主要工作是整理计算机上发往网线上的数据,并将数据分解为适当大小的数据包之后向网络上发送出去,或者根据计算机的指令,将网上的数据包接受并分解成计算机能识别的数据。

已知数据在计算机总线中按并行方式传输,而在网络的物理缆线中数据以串行的比特流方式传输,因此网卡承担串行数据和并行数据间的转换。网卡在发送数据前要同接收网卡进行对话以确定最大可发送数据的大小、发送的数据量的大小、两次发送数据间的间隔、等待确认的时间、每个网卡在溢出前所能承受的最大数据量、数据传输的速度等,这样才能实现数据传输的同步。网卡中最重要元件是网卡的控制芯片,它是网卡的控制中心,有如电脑的 CPU,控制着整个网卡的工作,负责数据的传送和连接时的信号侦测。

普通网卡有一个 RJ-45 接口,通过双绞线在物理上连接网络。伴随着无线技术的成熟,无线网络凭借着其方便、高速、低维护成本等优点被越来越普及。无线网卡是通过无线信道代替物理电缆,同时它还支持漫游,当用户在楼房或公司部门之间移动时,允许在访问点之间进行无缝连接。因此,无线网卡特别受到笔记本电脑的欢迎。有线或无线网卡都具备一些类似的技术指标。

1. 网卡物理地址

每块网卡都有一个唯一的网络节点地址,即 MAC 地址,又称为物理地址(Physical Address)、硬件地址或链路地址。它是网卡生产厂家在生产时写入网卡的只读存储芯片 ROM 中的,且绝对不会重复,因此它是网卡的物理身份证号。每台计算机上网时都有一个 IP 地址,IP 地址可以随着网络接入环境的不同而变更,如同工作证号。因此物理地址一般是不变的,它在网卡的工作和控制过程中起最终的定位作用。

2. 带宽和数据传输率

人们日常使用的网卡都是以太网网卡。目前有线网卡按其传输速度来分可分为 10Mbps 网卡、10/100Mbps 自适应网卡以及 1000Mbps 网卡。普通计算机一般使用 10Mbps 网卡和 10/100Mbps 自适应网卡两种。而应用于网络服务器,就要选择千兆级的网卡,这种网卡多用于服务器与交换机之间的连接,以提高整体系统的响应速率。

有线网卡采用数据传输率的指标,目前基本上有 11Mbps、54Mbps 和增强功率后达到的 108Mbps 等三种不同规格的产品。无线网卡具有自动速率选择功能,可根据信号的质量及与网桥接入点的距离自动为每个传输路径选择最佳的传输速率,该功能还可以根据用户的不同应用环境设置成不同的固定应用速率。除了传输速率,发射功率是无线网卡的另一项主要指标。功率越高,能传输的距离就越远,一般在室内可达到 150m 左右。

3. 接口

按照与计算机接口的不同,网卡主要又可分为 PCMCIA 接口、PCI 接口和 USB 接口三种。其中,PCMCIA 网卡属于笔记本电脑专用;PCI 接口用于台式机,它采用 32bit 的总线频宽,可以直接插在台式机主板的 PCI 插槽中;而 USB 接口无线网卡则既可以用于笔记本电脑,又可以用于台式机,具有即插即用、携带方便、使用灵活等特点。

USB(Universal Serial Bus)是一种通用串行总线接口,其主要特点是速度快,连接简单快捷,而且无须外接电源,因为 USB 电源能向低压设备提供 5V 的电源。目前已经有打印机、数码相机、数字音箱、扫描仪、键盘、鼠标、移动存储器等很多 USB 外设问世。

3.3　其他存储设备

数字媒体的发展对信息载体的要求是大容量、高密度、数字化。由于网络的连接和传输速度还没有达到比较理想的程度,不同计算机之间数据的传输以及数据的备份和保存就必须借助其他的存储设备。因此,光盘技术的发展正迎合了信息社会的这一要求,此外,除了本机硬盘,移动存储器由于其移动的便捷性也得到广泛应用。

3.3.1　光存储器

CD(Compact Disc)意为高密盘,人们称之为光盘,它通过光学方式来记录和读取二进制信息。20 世纪 70 年代初,人们发现激光经聚焦后可获得直径小于 1 微米($1\mu m=10^{-6}m$)的光束。利用这一特性,Philips 公司开始了激光记录和重放信息的研究,到 19 世纪 80 年代初,开发成功数字光盘音响系统,从此光盘工业迅速地发展起来。光盘存储技术是磁盘存储以来最重要的新型数据存储技术,它以其标准化、容量大、寿命长、工作稳定可靠、体积小、单位价格低及应用多样化等特点成为消费性电子产品和计算机数据的重要载体。

1. 光盘的物理构造

CD 光盘采用聚碳酸酯(Polycarbonate)制成,这种材料寿命很长而且不易损坏。在光盘的生产过程中,压盘机通过激光在聚碳酸酯空盘上以环绕方式刻出无数条等宽度的轨道,称之为"光道",如图 3-11 所示。光道从盘的中心开始直到盘的边缘结束,二进制数据以微观的凹凸痕形式记录在光道上,从而记录"0"和"1"的信息。然后覆上一层薄铝反射层,最后再覆上一层透明胶膜保护层,并在保护层的一面印上标记,如图 3-12 所示,通常称光盘的两面分别为数据面和标记面。目前通常用的光盘直径为 12cm,厚度约为 1mm,中心孔直径为 15mm,重约 14～18g。

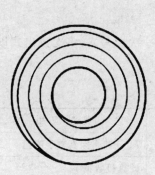

图 3-11　"光道"示意图

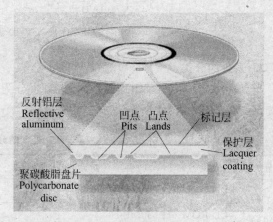

反射铝层 Reflective aluminum　凹点 Pits　凸点 Lands　标记层　保护层 Lacquer coating　聚碳酸脂盘片 Polycarbonate disc

图 3-12　光盘截面示意图

光道上布满了高低不同的凹进和凸起,记录着"0"和"1"的信息。数据是依靠"凹""凸"以及"凹""凸"间的变化来记录的。也就是说光道上凹凸交界的跳变沿均代表数字"1",两个边缘之间代表数字"0"。"0"的个数是由边缘之间的长度决定的,如图 3-13 所示。普通光盘凹痕宽约 $0.5\mu m$,凹痕最小长度约 $0.83\mu m$,光道间距约 $1.6\mu m$,如图 3-14 所示,这种光盘容量约 650MB。

普通光盘可以记录各种多媒体数据,包括 74 分钟 MPEG-1 标准的视频,称为 VCD (Video CD)。随着光盘技术的发展以及对存储大容量视频文件的要求,后来又发展了更

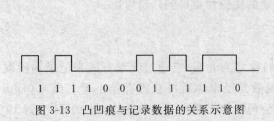

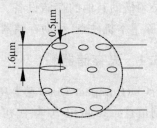

1 1 1 1 0 0 0 1 1 1 1 1 0

图 3-13　凸凹痕与记录数据的关系示意图　　　　图 3-14　光道上凹痕示意图

大容量的数字电视光盘 DVD(Digital Video Disc，或 Digital Versatile Disc)。DVD 盘与 VCD 的外形尺寸和材料完全一致，但不同的是 DVD 盘光道之间的间距由原来的 $1.6\mu m$ 缩小至 $0.74\mu m$，而记录信息最小凹凸坑长度由原来的 $0.83\mu m$ 缩小到 $0.4\mu m$，如图 3-15 所示，这样 DVD 的容量就可以大大提高，单面单层的容量就高达 4.7GB，可以存放高质量的 MPEG-2 标准的视频文件。

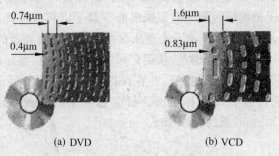

(a) DVD　　　　　　　　　(b) VCD

图 3-15　DVD 盘与 VCD 盘的结构比较

2. 光盘的分类

光盘存储器按其记录原理的不同，大致可分为只读式、一次性写入，多次读出式以及可读写式三类，如表 3-1 所示。

表 3-1　光盘的分类

分类	光盘名称	容　量	说　　明	典型应用
只读	CD-DA	650MB		74 分钟高保真数字唱盘
	CD-ROM	650MB		计算机数据
	VCD	650MB		74 分钟 MPEG-1 数字视频
	DVD	4.7MB～17GB	单面单层-双面双层	MPEG-2 数字视频，计算机数据
一次写入	CD-R	650MB～700MB		计算机数据、数字唱盘、MPEG-1 视频
	DVD+R	4.7GB～8.5GB	单面单层～单面双层	计算机数据、MPEG-2 视频
可重写	CD-RW	650MB		计算机数据、数字唱盘、MPEG-1 视频
	DVD+RW	4.7GB～9.4GB	单面-双面	计算机数据

（1）只读式光盘

只读式光盘中的数据只能读取而不能修改或写入，它一般由专业化工厂规模生产，特别适于廉价、大批量地发行同一种信息。在光盘家族的发展过程中，唱盘 CD-DA（Compact Disc-Digital Audio）是第一个标准，它可以记录 74 分钟高保真的音轨信息，最早应用于 CD 唱盘的发行，通过专门的唱片机播放。

数字唱盘的成功，表明了只读光盘不仅可以用来记录数字音频信号，也可用于存储计算机数据，因此 CD-ROM（Compact Disk-Read Only Memory），即只读型的高密度盘的标准随后推出并在计算机领域得到广泛应用，它用于发行计算机软件，更重要的是推动了以光盘为载体的电子出版物的发展。

VCD（Video CD）也称为小影碟，是一种采用 CD-ROM 来记录数字视频数据的特殊光盘。VCD 上的数据文件具有 MPEG-1 的格式，它广泛用于视频光盘的发行，可以由专门的 VCD 播放机播放，当然也可以通过计算机播放。随着更高密度盘的研制成功，DVD 首先用于存储和发行高质量 MPEG-2 格式的视频，当然也可以存储其他计算机数据。

（2）一次性写入，多次读出式

只读式光盘主要用于大批量复制发行，而可写光盘的发展则极大地方便了普通的计算机用户，它既可用于小批量复制发行，也能用于数据备份。可写光盘 CD-R（Recordable）的结构与 CD-ROM 相似，但不同的是其光道上的数据可通过计算机一次性写入。常见的 CD-R 盘片的容量为 650MB，性能更好的可以达到 700MB。光盘上的数据可以分多次写入，已写入的数据空间不能改写。

相对而言，DVD 是一种新产品。目前一次性写入的 DVD 标准还没有统一，现有的规格包括 DVD－R 和 DVD＋R，它们是由不同的标准组织制定的标准，所以相互之间并不兼容。相比之下，DVD＋R 具有容量比较大、兼容性比较好、能无损链接而且完全获得微软公司支持等特点，因此 DVD＋R 是目前应用最广泛的一次性刻录 DVD 盘片标准，绝大多数 DVD 机都能够读取和播放 DVD＋R 盘。

（3）可读写式

可读写光盘 CD-RW（CD-ReWritable）是允许用户在同一张光盘上反复进行数据擦写操作的光盘。CD-R 光盘所记录的资料是永久性的，刻成就无法改变，若刻录中途出错，则既浪费时间又浪费光盘。而 CD-RW 一旦遭遇刻录失败或需重写，可立即通过软件下达清除数据的指令，令 CD-RW 光盘重获"新生"，又可重新写入数据。总之，可读写式光盘由于其具有硬盘的大容量、软盘的抽取方便的特点，未来的远景十分看好。

同样地，可读写的 DVD 盘的标准还在发展中，并没有建立起统一的规格。在目前三种互不兼容的 DVD 刻录格式（DVD＋R/＋RW、DVD－R/－RW、DVD－ROM）的竞争中，由飞利浦公司研发的 DVD＋R/＋RW 格式由于具有兼容性强、使用简单方便、具备视频内容保护技术等优点，其全球市场的份额正在不断扩大。DVD＋RW 是目前唯一与现有的 DVD 播放器、DVD 驱动器全部兼容，也就是在计算机和娱乐应用领域的实时视频刻录和随即数据存储方面完全兼容的可重写格式。

3. 光盘驱动器

不同的光盘需要对应的光盘驱动器进行读写。光盘驱动器与计算机相连，其作用是通过控制器控制光盘的转速,控制激光束的定位、聚焦以及检测和读取光盘上携带的数据并送到主机进一步处理。对应不同的光盘规格,驱动器也分为 CD-ROM、CD-RW、DVD-ROM 和 DVD-RW 等不同种类,但是一般它们从高到低向下兼容。

光盘驱动器读写速度是它的主要技术指标之一。读写速度也就是数据传输速率,它是指光盘上的数据起始位置找到后,把数据从盘上读出的速度,定义为每秒钟内可以传输的数据量。这里要注意的是该速率指的是连续的数据传输速率而不是突发的数据传输速率。传输速率直接影响阅读光盘的效果,如果速率较慢,则有可能出现读盘时间长、声音间断、视频图像不连续等现象。单速光驱的数据传输速率为每秒 150 KB,它能保证通过缓冲区的数据流连续,目前的 CD-ROM 光驱读取数率理论上可达 40 倍速以上,即6MBps。一般来说,写入的速度要低于读取的速度,读取/写入 DVD 的速度要低于CD-ROM 的速度。

根据与计算机的连接关系不同,光盘驱动器还分成内置和外置两种类型。内置光盘一般采用标准的 EIDE 接口,外置光驱多采用 USB 接口。

3.3.2　移动存储器

移动存储器主要包括移动硬盘和 U 盘。台式机硬盘容量大,性能高,但体积也大,因此移动硬盘主要从笔记本硬盘改进而来。

1. 笔记本硬盘

顾名思义,笔记本硬盘就是应用于笔记本电脑的存储设备。笔记本强调的是便携性和移动性,因此笔记本硬盘必须在体积、稳定性、功耗上达到很高的要求,而且防震性能要好。

从产品结构和工作原理看,笔记本硬盘和台式机硬盘并没有本质的区别。笔记本硬盘最大的特点就是体积小巧,目前标准产品的重量约 100 克,直径仅为 2.5 英寸,厚度8.5~12.5mm,远低于 3.5 英寸的台式机硬盘,堪称小巧玲珑。由于笔记本电脑内部空间狭小、散热不便,且电池能量有限,再加上移动中难以避免的磕碰,对其部件的体积、功耗和坚固性等提出了很高的要求。因此笔记本硬盘本身就设计了比台式机硬盘更好的防震功能,在遇到震动时能够暂时停止转动保护硬盘。

笔记本硬盘由于受到盘片直径小、功耗限制、防震等制约因素,在性能上相对要落后于台式机硬盘。3.2.3 节中已介绍过,台式机硬盘的主流转速为 7200 转,而笔记本硬盘还是以 4200 转为主。这主要是因为笔记本硬盘空间狭小,转速高必然要求更大的功耗和发热量。

2. 移动硬盘

移动硬盘以硬盘为存储介质,并强调便携性,因此目前市场上绝大多数的移动硬盘都是以标准笔记本硬盘为基础,是笔记本硬盘与移动硬盘盒的组合。移动硬盘盒起保护硬盘的作用,并为硬盘提供稳定的工作电源。此外,移动硬盘多采用 USB 等传输速度较快的接口,可以较高的速度与计算机进行数据传输。另外,移动硬盘盒还包括一块磁盘控制芯片,它将硬盘的标准接口信号转换为 USB 接口信号,从而使得标准 IDE 接口的硬盘转换为 USB 接口的移动硬盘。USB 接口有 1.1 和 2.0 两种标准,后者传输速度更快。因此，如果移动硬盘与计算机 USB 接口标准不匹配或者 USB 延长线过长，都可能导致移动硬盘由于供电不足而无法正常工作。

另外，移动硬盘是用来临时交换或存储数据的，不是一个本地硬盘，相比于内置硬盘会时刻都工作在恶劣的环境下，应该尽量缩短工作时间，最好不要插在计算机上长期工作。

3. U 盘

U 盘也称优盘、闪盘，是一种可移动的数据存储工具，具有容量大、读写速度快、体积小、携带方便、使用安全可靠等特点。U 盘采用 USB 接口，可以直接插在计算机的 USB 接口上，如图 3-16 所示。U 盘容量早期一般在 32～256MB 之间，目前已有 2～4GB 的产品，能够在各种主流操作系统及硬件平台之间进行较大容量数据存储及交换。

图 3-16　U 盘及其 USB 接口

U 盘的结构基本上由五部分组成：USB 端口、主控芯片、FLASH（闪存）芯片、PCB 底板和外壳封装。USB 端口负责连接计算机，是数据输入或输出的通道。主控芯片负责各部件的协调管理和下达各项动作指令，并使计算机将 U 盘识别为"可移动磁盘"，是 U 盘的控制中心。U 盘是采用 Flash Memory 芯片存储的，故也称为"闪盘"。

Flash 芯片与计算机中内存条的原理基本相同，是保存数据的实体，不同的是内存采用动态存储器 DRAM 或 SDRAM，断电后数据不再保留。而 Flash 芯片采用一种新型的电可擦除、可编程、只读存储 EEPROM，通过程序的控制进行读写操作，通电以后可改变状态，不通电就处于固定状态，因此断电后数据不会丢失，能长期保存。Flash 芯片的擦写次数在 10 万次以上，它具有可重复读写且读写速度快、单位体积内可储存的数据量大以及低功耗特性等优点。

U 盘的性能稳定，数据传输高速高效，此外，它还具备了防磁、防震、防潮的诸多特性，增强了数据的安全性，且价格适中，容量和速度也远胜于过去的软磁盘，因此已成为软盘的替代品。

3.4　扩展的输入输出设备

从大众传媒的角度分析，数字化的传播载体除了计算机和网络，它与传统媒体之间也可以相互转换和共享信息，如通过扫描和打印与平面媒体的共享，通过摄影摄像与影视媒体的共享，通过 MP3 和手机与更新的媒体平台共享等。对于计算机来说，这些都属于扩展的输入输出设备，它们丰富和完善了数字媒体的应用。

3.4.1　打印机

屏幕显示可以说是数字信息输出的默认方式，另一种方式是借助打印机，将计算机屏幕上的文字或图像转换成清晰的硬拷贝。按照工作原理，打印机基本上可分为针式、喷墨式和激光式三类，其中针式打印机已经淘汰。按照色彩效果，打印机又可分为黑白和彩色打印两类。

1. 喷墨式和激光式

喷墨打印机是使墨水通过极细的喷嘴射出,并用电场控制墨滴的飞行方向,以描绘出图像。喷嘴数目越多,打印速度越快。喷墨打印纸可用普通纸和具有特殊吸墨特性的喷墨纸。喷墨纸经过特殊表面加工后,能在厚度方向迅速吸收作为溶剂的水分,而在横方向上扩散很小。

彩色喷墨打印机是将 4 种基本的油墨色彩(青绿、紫红、黄、黑)盒喷出油墨进行混合,产生不同的色彩点阵,达到彩色画面效果。对于彩色打印来说,颜色的质量和打印分辨率是同样重要的。不同的打印机其色彩的质量相差很多。现在的彩色喷墨打印机通过专用的打印相纸,可以输出彩色照片级的打印质量。

激光打印机是利用激光的定向性和能量密集性,结合电子照相技术的高灵敏度和快速存取性而开发出来的一种高速打印设备,性能比喷墨打印机更好。激光打印机可以输出各种字体、图表和图像,具有高分辨率、高速、输出效果好的特点,但价格比喷墨打印机贵。

2. 打印分辨率

打印机的分辨率是衡量打印机质量的一个重要技术指标。打印机实际上是把数字信息转换成模拟信息,打印纸上呈现的图像或文字是由许多行列点阵构成的。这些点的大小、形状和角度在视觉上能产生连续过渡的效果。点与点之间的最小距离取决于打印机的分辨率,它一般用每英寸点数(dot per inch)表示,如惠普 LaserJet 1020 打印机的分辨率为 600×600 dip,表示打印纸横向和纵向的最高分辨率为每英寸 600 点。实际打印时,输出分辨率可以通过软件调整。显然,打印机使用的分辨率越高,输出的点密度越高,打印质量越好。

3. 其他性能

无论是哪种类型的打印,其基本技术指标都包括打印分辨率、打印速度、打印幅面和接口等几方面。普通打印机都支持 A4 幅面的打印。过去计算机都配备标准的打印机接口,打印机通过一根并行电缆与计算机相连,近年来随着 USB 接口及其设备的普及,新的打印机都采用标准 USB 接口与计算机相连。

打印机不仅可以作为单机设备使用,还可以作为一种硬件资源在局域网中共享。当需要共享一台打印机时,可以把该机安装在一台服务器上,并共享出来。几乎所有的Windows 应用程序的"文件(File)"菜单中都有"打印(Print)"和"打印机设置(Print Setup)"命令。用 Print Setup 命令可以选择和改变默认的打印机及改变打印机参数的设置等。

3.4.2　扫描仪

扫描仪是获取平面图像的最简单的方法,因此自 20 世纪 80 年代诞生之后得到广泛的应用。从最直接的图片、照片、胶片到各类图纸图形以及文稿资料都可以用扫描仪输入到计算机中,进而实现对这些图像信息的处理、管理、使用、存储或输出。

根据扫描的幅面和质量,扫描仪基本可分为手持式,平板式和滚筒式等几类。手持式扫描仪是拿在手上使用的,扫描宽度与其本身相当,一般比较窄,性能比较简单。小滚筒式扫描是将扫描镜头固定,而移动要扫描的物件,使其通过镜头来扫描,因此被扫描的物体不可以太厚。大幅面滚筒式扫描仪一般用于专业级的扫描和广告出版业。

平板式扫描仪,又称平台式扫描仪,其优点如同使用复印机一样,只要把扫描仪的上盖打开,不管是书本、报纸、杂志、照片底片都可以放上去扫描,使用方便、效果好,因此是普通应用和市场上的主流产品。平板扫描仪可达到 A4 或者 A3 以上的扫描幅面。图 3-17 所示为惠普公司生产的平板扫描仪 HP ScanJet G3010 的外形。

图 3-17　HP ScanJet G3010 扫描仪

1. 工作原理

平板扫描仪在很多方面像复印机。把要扫描的图片放置在扫描仪的玻璃板上,扫描仪提供光源给图片,通过光条和镜头将图片曝光,光线从图片上反射进扫描仪的光学系统,在此系统中不同层次的光得以处理,以数字的形式重新组合后送计算机屏幕显示,并可以图像文件的形式保存在磁盘上。

常见的平板式扫描仪一般由光源、光学透镜、扫描模组、模拟数字转换电路加塑料外壳构成。它利用光电元件将检测到的光信号转换成电信号,再将电信号通过模拟数字转换器转化为数字信号传输到计算机中处理。目前常用扫描仪的感光器件主要有电荷耦合器件 CCD(Charge Couple Device)和接触式感光元件 CIS 两种。

当扫描一幅图像的时候,光源照射到图像上的一个像素后反射光穿过透镜会聚到扫描模组上,由扫描模组把光信号转换成模拟数字信号,同时确定这个像素的灰暗程度。也就是说,转换成的电压高低与接受到的光的强度有关。然后,模拟-数字转换电路把模拟电压转换成数字讯号,传送到计算机。

早期的扫描仪一般都采用 SCSI 接口。近年来随着 USB 接口的应用,普通的扫描仪都采用了 USB 接口,USB 接口的优点是无需接口卡,只要把扫描仪的 USB 端口与计算机的 USB 接口相连即可,即插即用。此外,计算机能够通过 USB 接口给扫描仪提供低压电源,因此,采用 USB 接口的扫描仪可以不用外接电源。但是较专业的高速扫描仪一般还是采用 SCSI 接口,这样可以获取更高的扫描速度。

2. 光分辨率和最大分辨率

扫描仪的技术指标除了感光器件、接口、扫描幅面等参数以外,最重要的就是扫描仪的光分辨率。光学分辨率也称为光清晰度,以每英寸点数(dot per inch)计算,它是扫描仪的光学部件在每平方英寸面积内所能捕捉到的实际的光点数,是指扫描仪光电器件的物理分辨率,也是扫描仪的真实分辨率。光分辨率反映了扫描仪解析细节的能力,分辨率越高,数字图像中可见细节越多,越能反映原始图像的内容。

在光学扫描的基础上,经过计算机软硬件对数据的处理后,输出的图像可以显得更逼真,分辨率会更高。这个扩充部分的分辨率由扫描仪硬件和软件联合生成,这个过程是通过计算机对图像进行分析和插值处理产生的,也称为最大分辨率。当然最为关键的还是光学分辨率。如图 3-17 所示 HP Scanjet G3010 的光学分辨率为 4800 dpi,而最大分辨率为 4800×9600dpi。

扫描仪一般都配有相应的扫描应用软件,用户通过软件来选择扫描时的工作参数,包括实际扫描所用分辨率,由此控制扫描仪的工作。扫描软件还可以对图像作一些预处理,生成的数字图像可按不同的文件格式存储下来。

3.4.3　数码相机

数码相机也称为数字照相机(Digital Camera),最早的数字影像技术应用于卫星从太空向地面传送照片。1981 年,美国开始了第一代数字相机的研制,1988 年这批数字相机商品化之后进入市场。日本的数字相机的研制工作开始于 1985 年,1992 年实现了商品化。目前数字相机已经进入了普及阶段,有各种档次和质量的设备可供选择。高端数码相机已经非常接近传统相机,而低端产品在提供了必要的性能以外,价格也为普通大众所接受。数码相机的实时拍摄以及能迅速与计算机连接、实现信息存取的特点是传统的光学照相机所无法比拟的,因此在数字媒体领域得到广泛应用。

1. 基本原理

自第一台相机诞生,在一个多世纪的发展历程中照相机的技术性能经历了一次又一次的革新,品种和规格也多种多样。但是在数码相机出现以前,普通相机都是将被摄物体发射或反射的光线通过镜头在聚焦平面上形成影像,并通过物理和化学方法将影像记录于卤化银感光胶片上。拍摄后的胶卷要经过冲洗才能得到照片,刚完成拍摄时,操作者无法知道照片拍摄效果的好坏,也不能对拍摄得不好的照片进行删除。一般情况下,通过暗房加工出来的照片的效果是不能再改变的。普通相机通常是在拍完整卷胶卷后再送去冲洗,其中不满意的照片只能废掉。但是普通光学相机的技术已经达到了非常成熟的阶段,可以拍摄出清晰度和视觉效果都极佳的照片。

数码照相机实质上是传统相机和电子计算机相融合的产物,其整机结构如图 3-18 所示,它由光学系统、光电转换系统、电路处理系统、存储系统和显示输出系统组成。

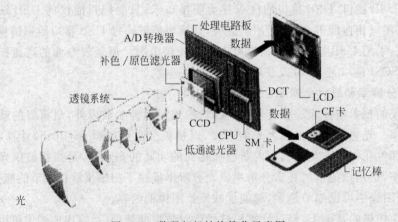

图 3-18　数码相机结构简化示意图

光学系统包括透镜系统、低通滤光器、补色/原色滤光器等构成。数码相机的光学镜头、电子快门、电子测光及操作方法与普通相机没有大的差别。光电转换系统的主要构件是电荷耦合器 CCD(Charge Coupled Device)，它作为"胶卷"，是数码相机的核心，因此也就成了衡量数码相机好坏的一个重要指标。当按下快门时，感光成像器件 CCD 感受不同的光的强度，耦合出不同的电荷，从而记录被摄物体上反射的光，并按照红、绿、蓝三原色通过译码电路来形成不同的电流。

数字相机的"心脏"是一个高精密度的图像处理系统，实际上就是一部微型的电子计算机。计算机处理系统也称为电路处理系统，CPU 主控芯片控制相机的整体工作，它将进入镜头的光影图像先经过光电转换、变成电信号，然后进行数字化处理，并把处理好的图像数据储存在磁介质中。

存储系统是指各种类型的存储卡，它用来记录拍摄到的数字图像。显示系统主要由取景器和液晶显示系统 LCD 构成，通过液晶显示屏不仅可以完成取景拍摄的过程，还能用来浏览存储系统中记录的已拍摄的图像。由于拍摄的影像马上就转换成了数字图像数据存储在相机的磁介质中，而磁介质是可以反复读写的，因此拍摄的影像可以立即在显示屏上重现出来，效果不理想可以立即删除，释放磁介质的存储空间。

数码相机上有标准计算机接口和电视接口，数字图像可传送到计算机中进一步处理，或传送到电视屏幕上显示。因此，数码相机的最大优势在于信息数字化，由于数字信息可以借助遍及全球的数字通信网即时传送，因此可以实现实景图像的实时传播。而且，数码相机还可以直接将照片或图样翻拍下来，起到扫描仪的作用。由此可见，数码相机不仅是"数字化"的照相机，它还是计算机捕捉影像的一只"眼睛"。

2. 分辨率与成像器件

分辨率是相机拍摄记录景物细节能力的度量。一般情况下，当解像力达到每英寸 100 线，或分辨率达到 100dpi 时，印刷图像看上去才能清晰锐利；当分辨率提高到 150dpi 后还能察觉到图像清晰度的改进；而分辨率达到 200dpi 以后，肉眼已无法察觉清晰度的改进了。由此推算，一张 10×8 英寸的图像，需要至少 1000×800 的分辨率，最好能接近 1500×1200，相当于 180 万像素。普通相机利用镜头和胶卷成像，胶卷的好坏将直接影响照片质量。由于构成胶片的卤化银颗粒几乎可以记录无限范围的连续色调和色彩，因此普通相机的镜头和 135 彩色胶片拍出的照片清晰度可达 2500 线/英寸以上。35mm 的底片理论上可达约 3400 万像素的分辨率，实际至少也有 1000 万以上。

数码相机采用电荷耦合器 CCD(Charge Coupled Device)作为"胶卷"，因此它的分辨率或像素数常被用作划分数码相机档次的主要依据。CCD 由众多微小的光敏元件和电荷组成。光敏元件在 CCD 电荷耦合器表面成矩阵排列，就像一行行、一列列整齐排列放置的"小桶"，光线进入数码相机后像雨滴一样洒入各个"小桶"中，每个"小桶"代表一个像素。快门开启到关闭的拍摄过程，就是光敏元件感应光信号的过程。在光线作用下，CCD 可将光线强度转化为电荷的积累，再通过电路转换成数字信号。因此，CCD 的像素越多，分辨率越高，数码相机的档次就越高。

分辨率和像素数一直是数码相机行业追求的技术指标之一。1995 年，轻便数码相机的最高像素水平只有 40 万，2007 年已达 1000 万。数码相机分辨率的高低，既决定了所拍摄影像的清晰度高低，又决定了所拍摄影像文件的容量大小，还决定了该图像在计算机屏幕上显示画面的大小和高质量打印输出画面的大小。此外，传统相机所拍摄照片的色彩是受胶卷和现场光线等综合因素所决定的，而数码相机所拍摄照片的色彩是由现场光线单独决定的。由于 CCD 本身质量的不同，它对现场光线的"适应"过程的时间长短就各不相同，拍摄照片的色彩感也就不同。

3. 图像存储器

对应于传统相机的胶卷，数码相机采用图像存储器来存储拍摄的照片。最初数码相机的存储器是固化在机内的，它容量有限且不能更换。现在绝大多数数码相机都使用了可更换的存储卡，其容量也越来越大，而且它们不但可以存储数码相机所拍摄的图像，更可作为计算机的移动存储器使用，如通过 USB 和计算机相连，就成了一个移动硬盘。

外置式存储器的种类很多，如闪存 CF（CompactFlash）卡、SD（Secure Digital）卡、xD（Extreme Digital）卡、记忆棒（Memory Stick）、小硬盘（MICRODRIVE）等，其中以 CF 闪存卡应用最广。CF 卡采用 Flash Memory 芯片，它性能稳定、容量大，主流产品容量已有512MB 和 1GB 的标准。大部分数码相机，特别是专业的数码相机均使用 CF 卡，如图 3-19（a）所示。xD 卡是较为新型的闪存卡，是目前世界上最为轻便、体积最小的数字闪存卡，理论最大容量可达 8GB，具有很大的扩展空间。Memory Stick 记忆棒由 Sony 公司开发，如图 3-19（b）所示，它兼容性高，适用于各类数字器材。各大数码相机厂商有自己的品牌存储卡，不同品牌存储卡与数码相机之间也存在一定的不兼容性。

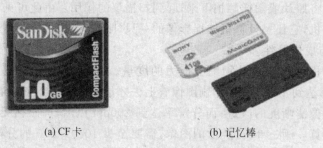

(a) CF 卡　　　　　　　　(b) 记忆棒

图 3-19　数码相机的存储卡

4. 光学系统

数码相机光学系统的组成，从镜头前面看去依次是：镜头保护玻璃、透镜部件、光学低通滤光器、红外截止滤光器以及 CCD 保护玻璃和 CCD 影像传感器等。如图 3-20所示。

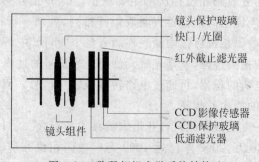

图 3-20　数码相机光学系统结构

镜头系统是数码相机唯一保留的传统相机的结构,但由于数码相机的 CCD 比传统相机的胶片要小得多,所以数码相机标准镜头的体积和焦距都比 35mm 胶片照相机要小得多。传统相机的快门具有遮挡光线的作用,因此只有在按下快门释放钮时快门才会打开,为放置在快门后面的化学感光胶片曝光,而平时为了防止胶片感光,快门始终是关闭的。数码相机是通过光学转换器件进行光学影像向数码影像的转化,所以对镜头入射的光线无须遮挡,所形成的照片一直在取景器的观察下。数码相机的快门相当于一个存储的电子开关,当按动快门时,数码相机的存储装置即开始存储照片。

数码相机按下快门以后,一般需要等待数秒钟,待相机把前一张照片处理并存储好,才能进行下一张照片的拍摄。照片的分辨率越高,所需处理的时间就越长。因此,一般的数码相机不能快速连拍。但是一些新型的数码相机采用超高速 DSP 芯片,也可以实现高速连拍的功能。

3.4.4 MP3 与 MP4 播放器

MP3 具有软件和硬件两重涵义,软件的涵义是指一种音频压缩技术或音频文件格式,硬件的涵义是指播放 MP3 音频文件的设备。MP3(MPEG Audio Layer 3)是采用国际标准 MPEG 中的第三层音频压缩模式,对声音信号进行压缩的一种技术,它可以将 CD 音质的数字音频以 1∶10 甚至 1∶12 的压缩率,压缩成容量较小的文件,而且还非常好地保持原来的音质,因此 MP3 也是一种数字音频文件的格式。MP3 文件格式由于其体积小、音质高的特点已成为网上音乐的代名词。

1. MP3 的基本组成和原理

MP3 播放器是独立于计算机的便携式音频播放设备,它可以与计算机连接,互相传输文件,更主要的是能够在脱离 PC 的情况下进行 MP3 音频的播放和录制。大部分 MP3 产品具有内录或者外录功能,录制好的音频文件可以通过软件很方便地上传至计算机。因此,MP3 不仅是便携式的音频娱乐设备,而且还可以作为计算机的便携式音频采集设备,以及计算机的移动存储器使用。

MP3 播放器外部主要由液晶显示屏、播放控制键、输入输出接口、电源等组成,内部包括微处理器、数字信号处理器 DSP(Digital Signal Processor)芯片、存储器以及控制和放大器等,如图 3-21 所示。

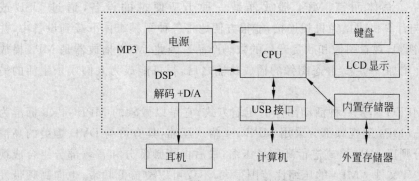

图 3-21 MP3 的基本组成

　　微处理器是播放器的控制中心,当用户通过键盘选择播放一首乐曲时,微处理器先将存储器中需要播放的文件调出来,将歌曲信息显示在液晶显示屏上,然后向数字信号处理芯片发出指令,使其准确地处理该音频文件的信息。数字信号处理器 DSP 先将文件解压,接着用数字/模拟(D/A)转换器将数字音频信息转换成波形信息,然后由放大器将信号放大并送到音频端口,最后用户就可以通过接在音频端口的耳机听到乐曲了。

　　MP3 一般采用 USB 接口与计算机连接,可以将计算机或网上的 MP3 文件下载到 MP3 播放器中,也可以将 MP3 录制的音频文件传到计算机中进一步处理。

2. MP3 的主要性能

　　MP3 的存储器用来存储数字音频文件,因此其容量大小是 MP3 播放器的关键指标之一,除了内置的存储器,有的还可以接外置存储器,以扩大容量。与计算机的移动存储原理类似,目前 MP3 的存储介质分为三类:内存、微硬盘以及硬盘。闪存体积小,且理论上讲可以做成各种形状,因此作为娱乐式移动设备,市场上闪存 MP3 的外观可以说是应有尽有,这是其他任何形式的 MP3 所无法比拟的。闪存 MP3 的容量现在做到了 1GB,可以存储上百首歌曲或其他音乐,而且还可以当成 U 盘使用,成为计算机的移动存储设备。相比之下,硬盘 MP3 容量在 10GB 以上,相对而言拥有海量存储空间,但是体积较大,价格也较高。

　　除了 MP3 格式的音频文件,MP3 播放器一般还支持 WMA 和 WAV 格式的音频文件,其中 WAV 是 PC 通用的音频格式,WMA(Windows Media Audio)是微软力推的数字音频格式。微软称 WMA 格式的可保护性极强,甚至可以限定播放机器、播放时间及播放次数,具有相当的版权保护能力。因此,对应于 MP3 格式在版权保护方面的弱点,WMA 将受到唱片公司的支持。除了版权保护外,WMA 还在压缩比上进行了深化,它的目标是在相同音质条件下文件体积可以变得更小。其他虽然还有众多的音频格式,但从压缩质量和容量以及通用性看,MP3 播放器是否支持都意义不大。有关各种音频格式将在后续章节进一步介绍。

3. MP4 与未来发展

　　MP3 是便携式音频的播放设备,其发展方向是便携式视频播放器 MP4。关于 MP4 播放器的概念目前还没有完全统一,有的称之为个人视频播放器 PVP(Personal Video Player),也有人称之为便携式媒体播放器 PMP(Portable Media Player),目前市场上已有很多类似产品。总体而言,MP4 播放器是一种小巧便携的设备,通过 USB 或 IEEE 1394 接口与计算机或摄像机相连接,能很方便地将各种视频媒体下载到设备中,并可以流畅地播放视频,观看图像和欣赏音乐的数码产品。因此,MP4 播放器是 MP3 播放器的发展方向,在增加了动态/静态图像的播放功能之后,很可能成为人们娱乐生活的另一种终端。

　　MP4 或称 MPEG-4,是一种活动图像的压缩方式,它是以微软的 MPEG4 v3 标准为原型发展而来的。MP4 的视频部分采用 MPEG-4 格式压缩,具有可与 DVD 媲美的高清晰画质,音频部分则以 MP3 格式进行高质量压缩,最后由视频部分和音频部分组合成视听效果很好的 AVI 文件。MP4 的压缩比范围很大,不仅可以覆盖低频带,也向高频带发展,因此是目前最流行的视频文件格式之一。

MP4 播放器除了可以观看活动的视频外,一般还可以观看图片,甚至有的 MP4 播放器还带有读卡器,可以直接观看存储卡中的图片,起到数码相机伴侣的作用。

MP4 的基本构成与 MP3 类似,但由于其视频显示的要求,与 MP3 相比,MP4 播放器的显示屏尺寸是一个重要指标,目前常见的 MP4 播放器的显示屏尺寸从 1.5 英寸到 7.0 英寸不等,当然屏幕越大,显示效果越好。此外,视频文件的大容量也要求 MP4 的存储介质容量要更大。

案例 3-3:MP3 与 MP4 的比较

通过 MP3 和 MP4 播放器的实例比较,可以清楚地看出其各自的特点。魅族 E3 MP3 播放器如图 3-22 所示,2007 年年初市场报价 400 元左右。它具有单蓝色 OLED 屏,屏幕分辨率为 128×64,可播放 MP3、WAV 和 WMA 格式的数字音频,并具有高保真的数字录音功能,采用闪存存储,容量为 1GB,采用 USB 2.0 接口与计算机连接。

纽曼影音王 M958 MP4 播放器如图 3-23 所示,2007 年年初市场报价 600 元左右。它的音频功能与 MP3 类似,支持 MP3、WMA 的音频格式播放,WAV 格式的音频录制。不同的是,它的屏幕尺寸为 2.5 英寸,屏幕分辨率 480×234,26 万种色彩,这样就具备了基本的彩色图像和视频显示。它支持 ASF 格式的 MPEG-4 视频格式,也可以通过随机转换软件将 VCD/DVD 等格式转换成 ASF 格式播放。此外,还具有 JPEG 格式图片浏览功能,以及 200 万像素 DV 摄影功能。这款 MP4 的闪存容量 2GB,可外接扩展存储卡,但采用 USB 1.1 的接口。

图 3-22　MP3(魅族 E3)

图 3-23　MP4(纽曼影音王 M958)

3.4.5　手机与移动设备

手机,也称为移动电话(Mobile Phone),它的初始目标是使人们在移动的过程中能够通话。1983 年 Motorola 公司推出第一代(1G)手机,它是模拟移动通信系统,采用频分多址(FDMA,Frequency Division Multiple Access)技术。20 世纪 90 年代,第二代移动通信技术以数字语音传输技术为核心,其代表性的通信标准为全球移动通信系统 GSM(Global System for Mobile Communications)和窄带 CDMA(即 CDMA One),前者是基于时分多址数据传输技术(Time Division Multiple Access,TDMA),目前多数手机支持 GSM;未来的第三代,也称为 3G(3rd Generation)手机,是指将无线通信与互联网等多媒体通信结合的新一代宽频移动通信系统。第三代手机与前两代的主要区别是在传输速率的提升,同时它能够处理图像、音乐、视频流等媒体形式,因而能实现网页浏览、电话会议、电子商务等多种信息服务。3G移动通信的目标,是将手机与互联网融合成一体,使人类的沟通达到随时随地包罗万象(any time,any where and anything)的境界。

目前国际上最具代表性的3G技术有三种,分别为TD-SCDMA、WCDMA和CDMA2000,其中TD-SCDMA是由中国提出的3G技术标准。目前移动通信技术处于2G到3G的过渡阶段,即2.5代(2.5G),由于3G是个相当浩大的工程,所牵扯的层面多且复杂,要从目前的2G迈向3G不可能一下就衔接得上,因此出现了介于2G和3G之间的2.5G。GPRS、HSCSD、WAP、EDGE、蓝牙(Bluetooth)、EPOC等技术都是2.5G技术。

1. GSM与CDMA移动通信原理

手机是无线的双向通信工具,对讲机可以说是一种简单的无线双向通信设备,但它的信号只能传输1英里左右。在手机移动通信过程中,首先手机将声音转换为数字信号发射到手机基站,再由基站转到对方的手机上,由对方的手机把数字信号转换成声音,由此实现通话。一个基站发射的微波信号有一定的地域覆盖范围。为了扩大移动通信范围,GSM系统通过众多的基站来构成一个数字蜂窝网络,以实现全球信号的传输与转接。

例如,将一个城市分割成连续的区域或蜂窝,每个蜂窝的中心都有一个基站,基站中有发射塔和一个安装了无线电设备的小型建筑物,众多基站就形成了一个好似蜂窝状的网络,如图3-24所示。一般大城市可能有数百个基站,当手机用户横穿整个城市并保持通话时,由基站发射的微波始终跟踪着手机,当用户从一区域过渡到另一区域时,手机自动进行切换。也就是说,手机始终在基站的监控之中,如同处在雷达监视中的飞机一样。

图3-24　蜂窝网络示意图

基站只是起着发射信号的作用,而数据处理和转换工作则是蜂窝网络的移动交换中心(Mobile Switching Centre,MSC)的计算机来完成的。基站与中心时刻保持联系,将用户的信息和数据及时传给中心,由交换中心进行处理和中转。因此,不难发现手机用户、基站、交换中心之间的关系,如图3-25所示。

图3-25　手机与基站的通信关系

GSM是世界上主要的蜂窝系统之一,它是一种起源于欧洲的第二代移动通信技术,目前世界上约75%的手机使用GSM标准。GSM系统采用分时的原理,它允许多个呼叫通过一个信道传送,不同的呼叫以数字编码并且被分割成"时间片",当系统不停循环处理各个呼叫时,每个呼叫的"时间片"总是使用相同的时隙。GSM 数字移动电话系统具有容量大、国际国内漫游、通话质量好、抗干扰能力强、保密性能好等显著特点,能够提供非话业务及全面的语音、文字和数据业务能力,并提供一些智能增值业务,如短信、语音信箱、呼叫转移、多方通话、传真存储转发及数据通信等。

新一代(2.5G)移动通信技术称为 CDMA(Code Division Multiple Access,码分多址)分组数据传输技术。与 GSM 以时间分割呼叫不同,CDMA 是以分组的形式广播通话,所有通话均在同一信道上传递,CDMA 给每个呼叫分配一个代码,用不同的代码来区分不同的对话。当用户使用 CDMA 电话时,系统实际上接收了所在网络的所有电话,但是它只将那些带有该用户代码的通话挑出来,将其从分组的数据状态转换为语音。

CDMA 手机具有话音清晰、不易掉话、发射功率低和保密性强等特点,发射功率只有 GSM 手机发射功率的 1/60,被称为"绿色手机",而且这种基于宽带技术的 CDMA 更容易实现移动通信中视频数据的传输和应用。

GSM 和 CDMA 属于两种不同的手机网络制式,因此不同制式的手机只能申请对应的手机网络服务,而实际信息服务的内容和功能,则依赖于手机网络运营商。

2. GSM 手机基本构成和扩展功能

GSM 手机的基本构成包括无线收发单元、CPU 控制处理单元、SIM 卡、键盘、屏幕显示器、话筒等几部分。GSM 手机的核心是采用 GSM 标准,通过 CUP 实现对手机系统的控制,包括协议处理、信号编码解码、射频电路控制、键盘输入、显示器输出、SIM 卡接口及数据接口等功能。

SIM (Subscriber Identification Module)是客户识别模块的缩写,SIM 卡中有一微型电路芯片,存储了手机号码、目前使用的移动网络信息、用户注册信息以及系统用来加密的一些信息。SIM 卡中还有部分空间留给用户,可以用来存储通讯录信息以及短信信息等。SIM 卡可供 GSM 网络对客户身份进行鉴别,并对客户通话时的语音信息进行加密。因此,SIM 卡也称为智能卡、用户身份识别卡。GSM 手机必须装上此卡才能使用,SIM 卡在 GSM 系统中的应用,使得卡和手机分离,一张 SIM 卡唯一标识一个客户。一张 SIM 卡可以插入任何一部 GSM 手机中使用,而使用手机所产生的通信费用则自动记录在该 SIM 卡所唯一标识的客户账户上。

除了基本的移动通信功能,数字手机可以集成其他的数字设备,如 MP3、数码照相、摄像等,因此,集成了这些扩展功能的手机还包含一个存储器和 USB 接口,用于存储相应的数字文件,并与计算机通信,如图 3-26 所示。这些功能与前述的 MP3,数码摄影等完全一样,只是限于手机的便携性,体积要小,摄影摄像功能相对简单一些。

因此,这类智能也完全能成为计算机的一种外设:通过手机采集多媒体信息,

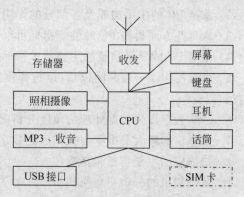

图 3-26　GSM 手机的基本构成和扩展功能

然后送计算机进一步处理。新一代手机如果具备上网功能而且网络带宽足够,则手机实际上就是一台集通话、视频音频采集和播放以及网络互动的移动电脑,这也就是3G手机的未来发展方向。

目前,WAP应用已推动了新一轮的网站开发与建设热潮。WAP网站的开发设计,其目标受众就是具有WAP接入功能的手机用户。WAP网站的内容研究,将成为下一轮媒体研究的焦点。

案例3-4:苹果 iPhone(4G)手机

这款由苹果公司推出的手机于2007年6月上市。苹果公司不仅以人性化设计著称,从这款手机的主要性能上也可以看出苹果的特色以及数字设备的发展。

手机采用GSM制式,网络连接兼容GPRS和EDGE两种方式。3.5英寸的屏幕,分辨率480×320像素,26万种色彩,对于手机而言这种屏幕的显示效果应该说相当好了,如图3-27所示。

图 3-27　iPhone(4G)手机

苹果手机采用苹果的Mac OS X操作,支持WAP和Web浏览器,并提供触摸屏输入方式,完全使用手指操作,无需触控笔,可以很方便地把图片和网页放大、缩小;把电话列表上下拉;把图片左右拉等。在网页上,只要点到可以输入的框,软键盘就会跳出。而且浏览网页时由于可以自由缩放,阅读基本没有问题。

手机扩展功能包括内置MP3播放;内置200万像素的摄像头,并采用CMOS的镜头,摄影摄像功能完全能满足一般电脑和网络应用的需求。为了支持多媒体的数据存储,更提供了高达4GB的存储空间。

思考题

1. 数字媒体主要包括哪些媒体类型,各有什么特点?
2. 总结PC的主要构成及各部分的作用。
3. 从哪些方面提高PC的性能指标可以提高其多媒体数据的处理速度?
4. 总结PC的显示系统的主要技术指标及其作用。
5. 微机使用了一段时间以后,运行速度突然变得很慢,可能的原因是什么?应如何检查和调整?
6. 请从数字媒体数据处理的角度分析PC的构成特点。
7. 扫描仪的最大分辨率与扫描后的数字图像分辨率有何关系?
8. 扫描仪的主要指标包括哪些?
9. 数码相机的分辨率与所拍摄照片的关系如何?
10. 数码相机的分辨率、存储卡容量与拍摄的照片数量之间有什么联系?
11. 请列举USB接口的数字设备。

12. 分析 MP3、手机、数码相机的共同点和不同点。

练习 3　模拟选购数码产品

一、目的

今天,各种数码产品已经进入了普通人的生活中。从传统的台式 PC 到便于携带的笔记本电脑,再到数码相机、MP3 随身听、数码摄像机,甚至集成了各种娱乐功能的智能移动电话,这些产品都有一个共同的特点,那就是可以将各种信号和信息方便快捷地转换为可以编辑的数字信息。

市场总是反映着数码产品的最新发展动态。通过广告、店面招贴、宣传彩页甚至网站,可以了解许许多多有关数码产品的术语、性能、用途。再结合反复的询价、对比,能够帮助我们增强对一些关键术语的理解和掌握,以便尽快了解在下一步作业中可能要用到的创作工具。

二、内容

任选以下 6 种数码产品中的一种完成本次作业,注意记录所选产品的技术参数,并比较同类产品的一些重要指标,说明选择理由。

1. 台式计算机 DIY 组装
2. 笔记本电脑选购
3. 数码相机选购
4. MP3 播放器选购
5. 数码摄像机选购
6. 手机选购

三、要求

建议通过网络讨论的方式完成本次练习,以便信息的交流与共享:

1. 从满足自身的需要出发选择一种数码产品为选购对象,并给出自己的理由和预算。

2. 根据自己对产品的大致功能要求和预算,选择 2～3 种合适的产品进行列表比较(台式机组装除外),在比较的基础上选择出一款最适合自己的产品。台式机的组装则需要简要说明每一个配件的选择理由和价格。

3. 总结整个选购过程,并谈一谈自己对相应产品市场的看法以及对产品的实际使用感受。

第2篇

基础媒体处理与应用

第 4 章　色彩构成与数字图像基础

第 5 章　平面设计与图像编辑

第 6 章　计算机动画原理

第 7 章　数字音频与合成音乐

第 4 章

色彩构成与数字图像基础

图形图像是人类最容易接受的信息。一幅图画可以形象、生动、直观地表现大量的信息，具有文字不可比拟的优点。人类绘制图画已有几千年的历史，我们的祖先很早就用颜料、墨水、彩笔绘制各种彩色图画，把它们画在布上、纸上或刻在石头上。18 世纪人类发明了摄影技术，能够把现实摄取的景物洗印在像纸上。多少年来图像和计算机一直没有太多的联系，直到 20 世纪 70 年代，计算机图形学的发展使数字图像和图形成为可能。计算机图像处理是将客观世界中原来存在的物体映射成数字化图像，然后用数学的方法在计算机中进行处理、存储和显示的科学。19 世纪 80 年代末图像的处理和应用进入了实用性阶段，传统的色彩应用和平面设计原理与计算机图像处理技术结合起来，开创了图像传达的新领域。

本章将结合图像处理软件 Photoshop 的应用案例，介绍平面设计中有关色彩和构图、数字图像及其输入输出的基本概念以及在数字媒体中的应用。同时，通过案例的学习，对 Photoshop 的运用有一个感性的认识。

4.1 数字图像的基本概念

光信号是一种连续变化的模拟信号，因此人眼能识别的自然景象或图像原也是一种模拟信号，为了使计算机能够记录和处理色彩和图像，必须首先使其数字化。数字化后的图像/图形称为数字图像/图形，一般也简称为图像/图形。图像/图形是数字媒体中除了文字以外最常用的信息表现方式。

4.1.1 图形与图像

计算机中的图形/图像主要有两种采集和记录方式：一种是由计算机以指令的方式"画"出来的，这种图称为矢量图（vector-based image），一般也称为图形；另一种是借助于数字设备，如扫描仪、数码相机等，捕获现实世界中的模拟影像，并转换成数字图像以点阵的方式记录下来，这种图称为位图（bit-mapped image），一般也称为图像。

1. 矢量图

矢量图是用一系列计算机指令来描述和记录一幅图，这幅图可分解为一系列子图如点、线、面等。因此，矢量图一般也称作矢量图形或简称图形。矢量图的描述方法很多。例如，用两点坐标及颜色参数来表示一条直线，用圆心坐标、半径、颜色值等来表示一个圆面等。这种方式实际上是用数学的方式来描述一幅图形，在处理图形时根据各个子图对应的数学表达式编辑和处理,也就是说需要专门的软件来解释对应的图形指令。编辑这种矢量图形的软件通常称为绘图软件,如 Adobe 公司的 Illustrator 软件,它主要用于绘制和编辑矢量图。每种绘图程序都有与其相应的图形描述或指令方式,编辑图形时将图形指令转变成屏幕上所显示的形状和颜色,显示时也往往能看到绘图的过程。例如根据直线方程逐点算出该直线的起点与终点间各个中间点的坐标并在屏幕上逐点绘制出来。绘图软件可以分别产生和编辑矢量图形的各个子图或称之为对象,子图可任意移动、缩小、放大、旋转和扭曲各个部分,即使互相覆盖或重叠,也依然保持各自的特性。因此,矢量图主要用于几何线形的图画、美术字、工程制图等。对于一幅复杂的彩色照片,恐怕就很难用数学的方式来描述,用矢量图来表示了,而往往用位图的方法来表示。

2. 位图

位图是数字媒体中更常用到的图像类型,而且适用性很广。首先介绍与位图有关的名词及基本概念。

(1) 像素点(pixel)

图像的像素点与计算机屏幕像素点类似。把一幅图分解成若干行、若干列,行列坐标上的一个点就称为一个像素。每个像素有其相应的颜色、亮度等属性。实际上,显示一幅图像时,屏幕上的一个像素也就对应于图像中的某一个点。

(2) 图像深度

也称为像素深度,或彩色深度。它表示用来记录图像中每个像素点的色彩等属性的位(bit)长度。如真彩色图需要 24bit 才能表示百万种不同的色彩,因此真彩色图的图像深度为 24。

(3) 位图(bit-mapped image)

位图是用像素点来描述或映射的图,也即位映射图。位图在内存中是由一组计算机内存地址位(bit)组成,这些位定义图像中每个像素点的颜色和亮度。位图一般也称为图像。根据定义可知,位图能够表示任何图,特别适合表现比较细腻、层次较多、色彩较丰富、包含大量细节的图像。

(4) 图像分辨率(resolution)

把一幅现实中的模拟图转换成数字位图时的像素精度,用每英寸点数 dpi(dots per inch)表示。分辨率是组成一幅图像的像素密度的度量方法,它实际上是图像数字化时的采样间隔,由它确立组成一幅图像的像素数目。对同样大小的一幅原图,如果数字化时图像分辨率越高,则组成该图的像素点数目越多,看起来就越逼真。反之,图像就显得越粗糙。

(5) 图像数据和图像文件

一幅位图是由许多描述每个像素的数据组成的,这些数据通常称为图像数据,而把这些数据作为一个文件来存储,这种文件称为图像文件。编辑位图的程序一般称为图像编辑软件,如 Adobe 公司的 Photoshop 软件,它可以按像素点的精度来处理一幅图像。

显然用位图的方式绘制一幅复杂的图像是很困难的。一般采用扫描或拍摄的方式将现实中的画面转换成数字位图。扫描仪和数码相机、数码摄像机等都是采用位图的方式记录影像。因此,位图有两个基本的指标参数:与采样间隔有关的图像分辨率,与量化等级有关的图像深度。

3. 位图与矢量图的比较

从编辑处理和应用的角度出发,位图与矢量图在文件容量、编辑处理方式和应用上都各有侧重。

(1) 容量

矢量图是利用数学函数来记录和表示图形线条、颜色,尺寸、坐标等属性,与分辨率无关,矢量图数据量的大小主要取决于图的复杂程度,因此文件容量一般比较小。而位图文件记录的是图像数据,占用的空间比矢量图大得多。影响位图文件大小的因素主要有两个:图像分辨率和图像深度。分辨率越高,就是组成一幅图的像素越多,则图像文件越大;图像深度越深,就是表达单个像素的颜色和亮度的位数越多,图像文件也就越大。因此,位图的数据量大小完全取决于图像的大小和所能表示的颜色数量,而与画面的内容及复杂程度无关。

(2) 编辑处理过程

位图是由点阵构成图像,因此它表现力丰富,但是当图像放大时,细小的像素点面积扩大,此时将会出现马赛克现象,如图 4-1(a)所示。由于计算机采用实时“绘制”的方式显示一副矢量图,当图形放大或缩小时,其永远保持光滑的线条和边缘,不会影响显示质量,如图 4-1(b)所示,也不会改变文件的容量。

(a) 位图放大后产生的马赛克现象　　(b) 矢量图放大之后不影响图形质量

图 4-1　位图与矢量图的比较

由此可见矢量图容易编辑。任意子图的移动、缩放、旋转、复制、属性的改变(如线条的宽窄、颜色等),通过算法很容易做到。相同或类似的子图可以当作基本图块,并存入图库中。这样不仅可以加速图的生成,而且可以减少矢量图文件的大小。然而,当图形变得很复杂时,若用矢量图来表示,计算机就要花费很长的时间去执行绘图指令才能把一幅图显示出来,如复杂的三维矢量图的模型和渲染过程。在这种情况下,通常可以用矢量图形的方式创建和编辑一幅复杂的图形,然后在应用程序中将其转化为位图的方式。

一般说来,显示一幅复杂的位图文件比显示一幅复杂的矢量图文件要快。因为显示位图时只是把图像文件中的像素点映射到屏幕上,而显示一幅复杂的矢量图时需要大量的数学运算和变换。

(3) 应用

矢量图对子图或对象的编辑方便,因此侧重于“绘制”和“创建”。位图的表现力强但创建较困难,因此侧重于“获取”和“复制”。随着计算机技术的发展和图形图像技术的成熟,图形、图像的内涵已越来越接近,以至于在某些情况下图形、图像已无法区分。如图像编辑软件 Photoshop 也有简单的绘图功能,但最终记录成图像文件时绘制的几何图形都转换成像素点信息记录在文件中。而绘图软件 Illustrator 也支持并可包容图像文件,只是它的绘图功能比 Photoshop 强很多。

4.1.2　认识图像软件 Photoshop

位图或图像是按照点阵的方式来记录画面的内容,其优势之一就是能很方便地用计算机软件来编辑和处理图像。Photoshop 诞生于 20 世纪 80 年代末期,经过十几年的发展,Adobe Photoshop 已经成为最优秀的平面图像编辑软件之一,它集设计、图像处理、图像输出于一体,可以制作适用于打印、Web 页面、视频播放和其他任何用途的图像,被广泛应用于影像合成、图片扫描与调整、照片处理、艺术创作、插图制作、背景制作、Web 图像创建等诸多方面。

Photoshop 的界面如图 4-2 所示,它主要由菜单栏、工具箱、图像编辑窗口、各种控制面板和状态栏组成。

图 4-2　Photoshop 操作界面

其中图像编辑窗显示已经打开或当前编辑的图像内容,可以同时打开多个图像文件,并随时选择其中之一为当前编辑窗口(标题栏高亮显示)。工具箱、各种控制板以及状态栏都有显现和隐藏两种状态,通过 Windows 菜单来切换其状态。状态栏显示当前图像的各种参数值和状态。利用各种工具并配合菜单和控制板的操作,可对编辑窗中的图像进行不同的编辑和绘图处理。

Photoshop 的菜单项按其功能可分为对图像的操作、对图层的操作、特技处理、对编辑视图控制及帮助信息五大类。

工具箱罗列出常用的编辑工具,点击工具箱中的工具可选择其成为当前工具;如果工具图标右下角有一个小三角,用鼠标按住并保持一会儿,则可进一步弹出一个下拉菜单,可在其中选择其他同类工具。当鼠标处于工具箱中某工具按钮处不动时,系统会自动提示该工具的功能简介。每种工具可有不同的可调参数,单击工具图标,在操作界面的上方会出现相应的工具属性栏,可以调整工具的参数。

控制板的作用是显示和控制各种编辑状态和工具的参数,帮助用户监视和修改图像。控制板分为五组,分别由不同的控制板组合而成。每个控制板都可以分别控制和调整。点击控制板右上角的三角图标,可控制弹出式菜单,选择对当前栏目的编辑;控制板下方排列有不同的编辑按钮,可对当前栏目进行快捷编辑。

在本章中,将通过有关案例的学习,对 Photoshop 的使用建立起初步的感性认识。

4.2　数字色彩的构成

色彩能激发人的感情,可以产生对比效果,使一幅黯淡的图像明亮绚丽,使一幅毫无生气的图像充满活力。对于图像的设计与处理,认识色彩是创建完美图像的基础。如果色彩运用不正确,表达的概念可能就不完整,图像可能就不能成功地传递其要携带的信息。从许多方面说,在计算机上使用颜色没有什么特殊之处,只不过它有一套特定的记录和处理色彩的技术。因此,要理解图像处理软件中所出现的各种有关色彩的术语,首先要具备基本的色彩理论和应用知识。

4.2.1　色彩的来源

物体由于内部物质的不同,受光线照射后,产生光的分解现象,一部分光线被吸收,其余的被反射或投射出来,成为人们所见的物体的色彩。所以,色彩和光有密切关系,同时还与被光照射的物体有关,并与观察者有关。当黑夜或在暗室里,没有光线照射,人们看不见物体的形状,也就看不见物体的色彩。

色彩是通过光被人们所感知的,而光实际上是一种按波长辐射的电磁波。太阳是标准发光体,它辐射的电磁波有 γ 射线、χ 射线、紫外线、可见光、红外线、无线电波等。电磁波以每秒 30 万公里($3 \times 10^8 \text{m/s}$)的速率传播,不同的波段对应电磁波不同的波长(波长＝波速×周期),如图 4-3(a)所示。在电磁波谱中,紫外线、可见光、红外线统称为光波,波长超过约 750nm($1 \text{nm} = 10^{-9} \text{m}$)为红外线,波长约 350nm 以下的称为紫外线,波长约 350～750nm 的光波能被人眼所接收,故称为可见光。由此可知人眼可分辨的色光只是电磁波谱中极小的一部分。太阳发射的可见光是由各种色光组合而成的白光,通过三棱镜可以看见白光分解为红、橙、黄、绿、蓝、紫六个标准色光谱,在六种标准色之间又有其相应的中间色。不同的色光实际也对应于不同波长的光波,如图 4-3(b)所示。

这里主要讨论与色彩有关的可见光。日常所见的色彩现象,如雨后天晴天空出现的彩色虹和霓,肥皂泡上显现的各种色彩,油浮在水面呈现的各种色彩,都是由太阳的白光分解出来的,由此也证明太阳的白光是由各种色光组合而成的。

物理学家已经证明了,白光是由红、绿、蓝三种波长的光混合而成的。人们看到某个物体呈现某种颜色,是因为该物体反射这种颜色的光波,而吸收了其他波长的色光。例如,当观看阳光下的一只红苹果时,红色光波从苹果的表面发射到我们的眼睛里,而蓝、绿

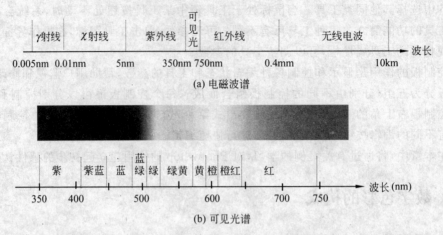

图 4-3　电磁波谱及可见光谱示意图

色光则被苹果表面所吸收。人眼视网膜吸收光线后,视神经把视觉的信息输送到大脑,该信息由人脑解释为红色。除了个别的人由于多种因素对色彩的感觉不健全而成为色盲以外,多数人对色彩的感觉是基本一致的。另一个苹果可能吸收更多的蓝光和绿光,因此它的颜色就显得更红。如果在阴天观看同一只苹果,则其颜色要显得黯淡一些。人对这只苹果的感觉还取决于自身的生理条件、对苹果的以往经验等。对色彩描述的基本概念可从色调、亮度和饱和度等方面来讨论。

4.2.2　色彩三要素

　　光的物理性质是由光波的物理特征即波长和幅度决定的。在人的视网膜上分布着无数光敏细胞,这些细胞主要分为两类:一类是锥状细胞,一类是杆状细胞。锥状细胞不仅可以感觉到光的强度,还能分辨出不同的色光,而杆状细胞则只能感觉到光的强弱,不能分辨颜色,但是它对光强的灵敏度要比锥状细胞高得多。当这两种细胞感光以后,即发生化学变化,把光波转化为一种能够刺激视网膜神经组织的能量。在这种能量的作用下,视网膜的神经组织就兴奋起来,将信号传递给大脑皮层的相应部位,大脑皮层就会产生与此相应的视感。从人的视觉系统看,色彩可用色调、饱和度和亮度来描述。人眼看到的任一彩色光都是这三个特性的综合效果,这三个特性可以说是色彩的三要素,其中色调与光波的波长有直接关系,而亮度和饱和度则与光波的幅度有关。

　　1. 色调与色相

　　当人眼看到一种或多种波长的光时所产生的色彩感觉,称之为色调或色相。当说颜色这个词时色调是最能直接说明色彩这个概念的。某一物体的色调,是指该物体在日光照射下所反射的各光谱成分作用于人眼的综合效果,对于透射物体则是透过该物体的光谱成分综合作用的结果。色调指光呈现的颜色,或者说是光谱中波长的一定范围值,它反映颜色的种类或属性。太阳光带中的六种标准色是六种色调的差别。在六种标准色之间还可确定六个中间色,即红橙、黄橙、黄绿、蓝绿(青)、蓝紫、红紫(品红),合称十二色相或色调。讲色彩的感觉,用十二色相就可以说明色彩的基本差别。把不同的色调按红橙黄绿蓝紫的顺序衔接起来,就形成了一个色调连续变化过渡的圆环,称作为色环,如图 4-4所示。

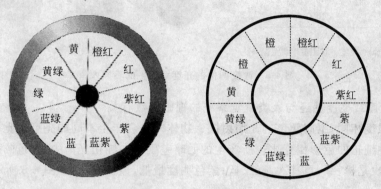

图 4-4　色环示意图

　　色环与可见光谱(如图 4-3(b)所示)的区别是色环中有紫红色而可见光谱中没有。人所感知的色彩种类大约在二万到八万种之间。人的视觉所见各部分色彩有某种共同的因素,就构成统一的色调。一幅画如果没有统一的色调,色彩杂乱无章,就难以表现画面的情调和主题。各种色彩和不同分量的白色混合,统称为明调,和不同分量的黑色混合,统称为暗调。也可以某一色为主,形成某一色调。如早晨日出时的景色以橙色为主,形成橙色的统一色调。

　　2. 亮度与明度

　　光波的振幅代表光的能量、振幅的差别给人以明暗的区别。亮度或明度是光作用于人眼时所引起的明亮程度的感觉,是指色彩明暗深浅的程度,也可称为色阶。明度包括两层含义:

　　(1) 一个物体呈现的色彩与该物体反射光的强度有关

　　由于其强度不同,表现出的明度不同。例如一片绿叶,受到阳光直接照射的亮面反射光较强,表现为较明快的浅绿;未被阳光直接照射的阴面反射光较弱,表现为较深暗的绿色,这两种绿色的明度就有所不同。这是同一物体因受光不同而产生的明度上的变化。显然,如果色彩光的强度降到使人看不到的程度,在亮度标尺上它应与黑色对应。同样,如果其强度变得很大,则亮度等级应与白色对应。可以说,亮度是非色彩属性。彩色图像中的亮度对应于黑白图像中的灰度。灰度定义为从黑到白之间等间隔的亮度层次。对同一物体照射的光越强,反射光也越强,看起来就越亮;对于不同的物体在相同强度光照射情况下,反射越强者看起来越亮。

　　案例 4-1:图像亮度不同所呈现的色感不同

　　在图像处理软件如 Photoshop 中,通过调整和改变图像的亮度,可以模拟出不同的光照效果。运行 Photoshop 并打开一幅图像,选择菜单"图像/调整/亮度对比度",弹出的对话框如图 4-5(a)所示,左右拖动其亮度滑块,可以看到与初始图相比,图像将呈现较暗和较亮的感觉,如图 4-5(b)所示。

(a) "亮度/对比度"调整框　　　　　　　(b) 亮度调整效果

图 4-5　改变图像的亮度而产生的不同效果

（2）明度或亮度感还与人类视觉系统的视敏函数有关

即便强度相同,不同颜色的光照射同一物体时也会产生不同的亮度感觉。可以说,明度是指各种纯正的色彩相互比较所产生的明暗差别。在纯正光谱中,黄色的明度最高,显得最亮;其次是橙、绿;再其次是红、蓝;紫色明度最低,显得最暗,如图 4-6 所示。

图 4-6　不同的色光产生的不同亮度感

根据人的视觉特性,人眼对亮度或灰度的感觉要比对色度感觉灵敏得多。例如一幅黑白条纹图和一幅彩色条纹图,当条纹的宽度减小到一定程度,彩色条纹图已分辨不出条纹,而黑白条纹还能清晰可辨。实验证明人眼对亮度细节的极限分辨能力比色度细节几乎高六倍。在计算机对色彩进行处理时往往可以利用人眼视觉的这一特性来压缩数据。另外,人眼对亮度的适应性非常大,这主要是靠人眼瞳孔的调节和视觉细胞本身的调节作用来达到的。在不同的亮度环境下,对相同亮度引起的主观感觉也不同。例如,在白天和夜晚对同一室内光源(电灯)的亮度感觉是不同的,白天感觉光源弱,夜晚感觉光源强。因此,一幅画面的绝对亮度对视觉来说并不太重要,重要的是画面的相对亮度,一般用对比度(Contrast)来衡量,其定义为最大亮度与最小亮度之比。案例 4-1 中,调节图 4-5(a)中的对比度调节滑块,可以观察到图像(苹果)的对比度变化。

3. 饱和度与纯度

饱和度是色彩的另一个属性,它指色彩纯粹的程度。以太阳光带为准,愈接近标准色,纯度愈高。如果一种标准色彩中掺杂了别的颜色或加入白色或黑色,其饱和度就会降低。对于同一色调的彩色光,饱和度越大,颜色越鲜明或者说越纯,掺入白、黑或其他色光越少;相反则越淡,掺入其他色光越多。例如,当红色加进白光之后冲淡为粉红色,其基本色调还是红色,但饱和度降低,如图 4-7 所示。换句话说,淡色的饱和度比浓色要低一些。饱和度还和亮度有关,因为若在饱和的彩色光中增加白光的成分,相当于增加了光能,因而变得更亮了,但是它的饱和度却降低了。若在饱和的彩色光中增加黑色光的成分,相当

加白　←　纯红　→　加黑

图 4-7　饱和度示意图

于降低了光能,因而变得更暗,其饱和度也降低了。如果在某色调的彩色光中,掺入别的彩色光,则还会引起色调的变化,只有摄入白光或黑光时仅引起饱和度的变化。

饱和度越高,色彩越艳丽,越鲜明突出,越能发挥其色彩的固有特性。当色彩的饱和度降低时,其固有的色彩特性也被降低和发生变化。例如,红色与绿色配置在一起时,往往具有一种对比效果,但只有当红色与绿色都呈现饱和状态时,其对比效果才比较强烈。如果红色与绿色的饱和度都降低,红色变成浅红或暗红,绿色变成浅绿或深绿,再把它们配置在一起时相互的对比特征就会减弱,而趋于和谐。另外,饱和度高的色彩容易让人感到单调刺眼;饱和度低,色感比较柔和协调,但混色太杂则容易让人感觉浑浊,色调显得灰暗。

4.2.3　色彩的混合与互补

自然界常见的各种颜色光,都可由红(Red)、绿(Green)和蓝(Blue)三种颜色光按不同比例相配而成,同样绝大多数颜色光也可以分解成红、绿、蓝三种色光,这就是色度学中最基本的原理——三原色或三基色原理。当然三原色的选择不是唯一的,也可以选择其他三种颜色为原色,但是,这三种颜色必须是相互独立的,即任何一种颜色都不能由其他两种颜色合成。由于人眼对红、绿、蓝三种色光最敏感,因此由这三种颜色相配所得的彩色范围也最广,所以一般都选这三种颜色作为原色或基色,简记为 R、G、B。计算机和电视机屏幕就是采用 RGB 混合原理实现千变万化的色彩效果。

三原色以不同的比例相混合,可成为各种色光,但原色却不能由其他色光混合而成。色光的混合是光量的增加,所以三原色相混合而成白光,蓝、绿两色光合成为青色(蓝绿)色光,红、蓝两色光合成品红(紫红)色光。注意色光混合的特殊现象:红、绿两色光合成黄色光,黄、蓝两色光合成白光,如图 4-8 所示。所有的基色混合便得到白色,对此现象的理解可从光波考虑:色光的混合是光线的增加,当把光的波长加到一起的时候,得到的是更明亮的颜色。因此,当看到一张白纸时,所有的红、蓝、绿波光都反射到了人眼里;当看到黑色时,所有的色光都被观测物体所吸收,没有任何光线反射到人眼。

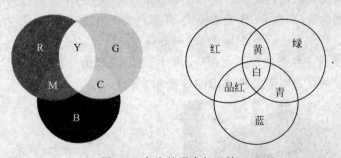

图 4-8　色光的混合与互补

自然界天空色彩的形成,很多是色光的混合现象。比如,太阳初升或将落时,阳光的一部分色光被较厚的空气层反射到天空,一部分色光照射到太阳周围的云层,又因云层的厚薄和位置不同,有时可见透射的色光,有时可见某部分透射的色光和其他部分反射的色光相混合,因而天空出现了美丽复杂的色彩。在室内、夜晚的街道或舞台上,各种不同的色光交错照射,色光的混合现象也是十分丰富多样的。

凡是两种色光相混合而成白光,这两种色光互为补色(Complementary Colors)。互补色是彼此最不一样的颜色。如图 4-8 所示的黄和蓝,红和青,绿和品红都是补色关系,这就是人眼能看到除了基色之外其他色的原因。了解色光的补色关系对观察色彩现象很有帮助。光线由于空间微尘或小水滴的阻隔,绿、青、紫一类色光被阻而向后反射,红、橙、黄一类色光可通过空间微粒而透射过来。反射的色光和透射的色光互为补色。又比如,在雾中对着太阳方向看,可见透射的黄色光,因而所见到的景色带黄色调。如果背着太阳看景物,可见反射的蓝色光,景色带蓝色调。黄色光和蓝色光是补色关系。

4.2.4　色彩模式

在信息传达过程中,不同的载体采用不同的度量和组合方式来呈现色彩,称之为色彩的空间,或色彩模式。如计算机显示采用 RGB 色彩模式,彩色平面印刷时采用 CMY 色彩,彩色电视信号采用 YUV 色彩,其他还有适合人的视觉系统的 HSL 色彩等。同一种色彩属性可以采用不同的色彩模式来表达,这取决于不同的应用场合需求,不同的色彩模式只是同一物理量的不同表示法,因而它们之间存在着转换关系,而借助于计算机的运算和处理,色彩模式的转换可以做得非常精确。

1. RGB 色彩模式

计算机的显示器与彩色电视机一样,都是采用 R、G、B 相加混色的原理,通过发射出三种不同强度的电子束,使屏幕内侧覆盖的红、绿、蓝磷光材料发光而产生色彩。这种色彩的表示方法称为 RGB 色彩模式表示法。因为计算机屏幕的输入需要 RGB 三个色彩分量,通过三个分量的不同比例,在显示屏幕上合成所需要的任意颜色,所以不管系统中间过程采用什么形式的色彩模式表示,最后的输出一定要转换成 RGB 色彩模式。在计算机系统中,最常用的就是 RGB 色彩模式。

根据三基色原理,色彩实际上也是物理量,对物理量人们就可以进行计算和度量。物理的三基色是指波长一定的红、绿、蓝三种单色光。实际应用中要进行光电转换。用基色光单位来表示光的量,则在 RGB 色彩模式,任意色光 F,其配色方程可写成:

$$F = r[R] + g[G] + b[B] \tag{4-1}$$

其中,r、g、b 为三色系数,r[R]、g[G]、b[B] 为 F 色光的三色分量。RGB 色彩模式还可以用一个三维的立方体来描述,如图 4-9 所示。

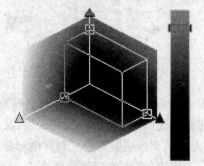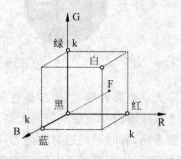

图 4-9　RGB 色彩模式(参见彩页)

图 4-9 中,R、G、B 三个分量分别为三维空间的三个坐标轴,每个分量的变化范围都在 0 与 k 之间,其中 k 为基色光单位。由公式(4-1)及图 4-9,可知自然界中任何一种色光都可由 R、G、B 三基色按不同的比例相加混合而成:当三基色分量都为 0(最弱)时混合为黑色光;当三基色分量都为 k(最强)时混合为白色光。任一色彩 F 是这个立方体坐标中的一点,调整三色系数 r、g、b 中的任一系数都会改变 F 的坐标值,也即改变了 F 的色值。

RGB 色彩模式采用物理三基色表示,因而物理意义很清楚,适合彩色显像管工作。然而这一体制并不适合人的视觉特点。因而,产生了其他不同的色彩模式表示法。

2. HSI 色彩模式

HSI 色彩模式是从人的视觉系统出发,用色调(Hue)、色饱和度(Saturation 或 Chrome)和亮度(Intensity,或 Brightness、Luminance)来描述色彩,因此 HSI 也称为 HSB,HSL 空间。HSI 色彩模式可以用一个圆锥空间模型来描述,如图 4-10(a)所示。其中亮度 I 为纵轴,色调 H 为绕着圆锥截面度量的色环。色饱和度为穿过中心的半径横轴。亮度值是沿着圆锥的轴线度量的,沿着圆锥轴线上的点表示完全不饱和的颜色,按照不同的灰度等级,最亮点为纯白色,最暗点为纯黑色。圆锥截面的圆周一圈上的颜色为完全饱和的纯颜色。

图 4-10(b)为图 4-10(a)坐标的纵剖半平面图,由此可以较清楚地描述同一色调的不同亮度和饱和度的关系。饱和度由完全饱和过渡到完全不饱和,用色彩的形容词表述则是由鲜艳过渡到暗淡。在完全不饱和的亮度轴上,亮度的变化由白逐渐减弱到浅灰、位于中点的灰色、到深灰、直至全黑。如果加强纯色的亮度(加入白光)则饱和度降低,色彩由鲜艳逐渐变亮、变浅、极浅,最后变成纯白。如果降低纯色的亮度则饱和度也降低,色彩由鲜艳变得较暗、较深、极深,直至变成全黑。用这种描述 HSI 色彩模式的圆锥模型相当复杂,但能把色调、亮度和饱和度的变化情形表现得很清楚。

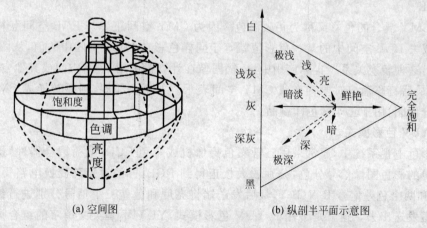

(a) 空间图　　　　　　　　　(b) 纵剖半平面示意图

图 4-10　HSI 色彩模式

通常把色调和饱和度通称为色度,用来表示颜色的类别与深浅程度。由于人的视觉系统对色彩色度的感觉和对亮度的感觉不同,人的视觉对亮度的敏感程度远强于对颜色浓淡的敏感程度,当图像亮度有变化时视觉反映明显,而当颜色浓淡有变化时视觉往往没有反应。为了便于色彩处理和识别,人的视觉系统经常采用 HSI 色彩模式,它比 RGB 色彩模式更符合人的视觉特性。

电视机和计算机显示器的面板上大多都有亮度及对比度的调整旋钮。这种调整就是以 HSI 色彩模式为基础的。亮度调整是直接增减 HSI 中的亮度值,也即调整所有显示画面的强度,在调整时,所有显示画面均加强或减弱。黑白对比度调整则是加大或减小亮度的相互差值,调整时以高亮度画面为基准,屏幕上高亮度的画面部分不变,其余的画面部分则随之改变。

由于 HSI 色彩模式更接近人对色彩的认识和解释,因此采用 HSI 模式能够减少彩色图像处理的复杂性,从而提高处理速度。在图像处理中常用的算术操作或算法,例如边缘检测或边缘增强等,只要对 HSI 色彩模式的亮度信号进行操作就可获得良好效果,而在 RGB 色彩模式要作上述处理就很不方便。在图像处理和计算机视觉中大量算法都可在 HSI 色彩模式中方便地使用,它们可以分开处理而且是相互独立的。因此,用 HSI 色彩模式可以大大简化图像分析和处理的工作量。

3. CMY 色彩模式

在 RGB 色彩模式中,不同颜色的光是通过相加混合实现的。由于彩色印刷或彩色打印的纸张是不能发射光线的,因而印刷机或彩色打印机就不能用 RGB 颜色来印刷或打印,它只能使用一些能够吸收特定的光波而反射其他光波的油墨或颜料。油墨或颜料的三基色是青(Cyan)、品红(Magenta)和黄(Yellow),简称为 CMY。青色对应蓝绿色,品红对应紫红色。理论上说,任何一种由颜料表现的色彩都可以用这三种基色按不同的比例混合而成,这种色彩表示方法称 CMY 色彩模式表示法。彩色打印机和彩色印刷系统都采用 CMY 色彩模式。由于彩色墨水和颜料的化学特性,用等量的 CMY 三基色得到的黑色不是真正的黑色,因此在印刷术中常加一种真正的黑色(black ink),所以 CMY 又写成 CMYK。

由 CMY 混合的色彩又称为相减混色。因为 CMY 空间正好与 RGB 空间互补,也即用白色减去 RGB 空间中的某一色彩值就等于同样色彩在 CMY 空间中的值,从图 4-6 就可以看出这种转换关系。实际应用中,一幅图像在计算机中用 RGB 空间或其他空间表示并处理,最后打印输出时要转换成 CMY 空间表示。如果要印刷,则要转换成 CMYK 四幅印刷分色图,用于套印彩色印刷品。

4. YUV 色彩模式

在彩色电视系统中,通常采用三管彩色摄像机或彩色 CCD(电荷耦合器件)摄像机,它把摄得的彩色图像信号分色,分别放大校正得到 RGB,再经过矩阵变换电路得到亮度信号 Y 和两个色差信号 R-Y、B-Y,最后发送端将亮度和色差三个信号分别进行编码,用同一信道发送出去。这就是常用的 YUV 色彩模式,YUV 不是英文单字的组合词,只是定义的符号。

采用 YUV 色彩模式的重要性是它的亮度信号 Y 和色度信号 U、V 是分离的。所谓分离,就是如果只有 Y 信号分量而没有 U、V 分量,那么这样表示的图就是黑白灰度图。U、V 信号构成另外两幅单色图。由于 Y、U、V 是独立的,所以可对这些单色图分别进行编码。彩色电视采用 YUV 空间正是为了用亮度信号 Y 解决彩色电视机与黑白电视机的兼容问题,使黑白电视机也能接收彩色信号。YUV 色彩模式的另一个优点是可以利用人眼的特点来降低数字彩色图像的存储容量。当然,YUV 与 RGB 空间也能相互转换。

　　案例 4-2:色彩的选取与色空间关系

　　使用计算机绘画工具时,首先要确定所用的色彩。通过 Photoshop 的拾色器可以清楚地看出不同的色彩模式和色彩值之间的关系。单击工具箱中的"前景色/背景色"工具,如图 4-11(a)所示,弹出"拾色器"对话框,如图 4-11(b)所示。

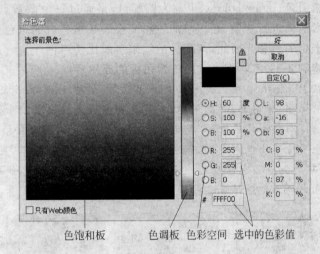

　　　　(a) 前景/背景色彩交换工具　　　　　　　　(b) "拾色器" 对话框

图 4-11　色彩的选取与空间转换关系

　　在"拾色器"窗口内,可以选择采用不同的色彩模式表示,其中 Lab 是类似于 YUV 的一种色彩模式。色彩模式坐标分别用方形和细长条色板平面表示,根据选择不同的色彩模式,这两个色板平面的空间含义不同。默认空间为最适合人眼工作的 HSB 空间,如图 4-11(b)所示。此时拾色器中间的细长色调条为色调调整区,它对应图 4-10(a)的色环;左边色板为色饱和调整区,对应于图 4-10(b)。选色时用鼠标单击色调条,确定大致的色调,然后单击色饱和板中的一点,选定色彩。也可以直接输入十六进制色彩值或色彩分量值,如输入 R=G=255,则自动混合成纯黄色,其他空间的值也发生相应的变化。

4.2.5　色彩深度与效果

　　色彩深度也称图像深度,它是指位图中每个像素点记录颜色所占的位数(bit),它决定了彩色图像中可出现的最多颜色数,或者灰度图像中的最大灰度等级数。如一幅图像的图像深度为 8 位,则该图像的最多颜色数或灰度数为 $2^8 = 256$ 种。显然,表示一个像素颜色的位数越多,它能表达的颜色数或灰度等级就越多,而其深度就越深。计算机采用 RGB 色彩模式,其图像深度与色彩的映射关系主要有三类:真彩色、伪彩色和调配色。

　　真彩色(true-color)是指图像中的每个像素值都分成 R、G、B 三个基色分量,每个基色分量直接决定其基色的强度,这样产生的色彩称为真彩色。例如图像深度为 24,用 R:G:B=8:8:8 来表示色彩,则 R、G、B 各占用 8 位来表示各自基色分量的强度,每个基色分量的强度等级为 $2^8 = 256$ 种。图像可容纳 $2^{24} = 16$ M 种色彩。这样得到的色彩可以反映原图的真实色彩,故称真彩色。

伪彩色(pseudo-color)一般用于 $2^{1K} = 65K$ 色以下的显示方式中,它是采用一种调色板来匹配图像的色彩。调色板容量一般有限,通常有 16 色,256 色和 65K 色等不同的标准,因此采用伪彩色的图像没有真彩色那么丰富的彩色变化。伪彩色图像文件中包含了所用调色板的数据,而每个像素值都是调色板的一个索引代码,由此可以查找到对应的色彩。

索引色(index-color),也称为调配色,是通过每个像素点的 R、G、B 分量分别作为单独的索引值进行变换,经相应的色彩变换表找出各自的基色强度,用变换后的 R、G、B 强度值产生的色彩。因此,调配色的效果一般比伪彩色好。

案例 4-3：色彩模式转换与调色板的应用

在 Photoshop 中打开一幅真彩色照片,如图 4-12(a)所示。选择菜单"图像/模式/索引色",弹出"索引颜色"对话框,可将真彩色模式转换成 256 种索引色,如图 4-12(d)所示。如果选择与该图像匹配的"局部(可感知)"调色板,那么转换后的 256 色图像与真彩图像相比几乎看不出色彩失真,如图 4-12(b)所示。打开菜单"图像/模式/颜色表"存储的调色板,可看到它最大限度地组合了图像中所用到的色彩。如果选择"平均"调色板,也即在真彩色中均匀地选择 256 种颜色,则 256 色图出现色彩失真,如图 4-12(c)所示。

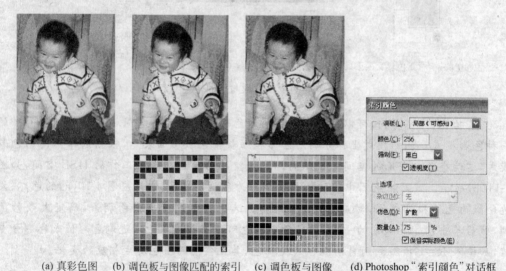

(a) 真彩色图　　(b) 调色板与图像匹配的索引　　(c) 调色板与图像　　(d) Photoshop "索引颜色"对话框
色图　　　　　　　　　不匹配的索引色图

图 4-12　不同的调色板对图像效果的影响(参见彩页)

显然,伪彩色或索引色图像比相同幅面的真彩色图像文件要小,而且如果调色板选择不合适,它不一定反映原图的色彩。标准的调色板是在 256K 色谱中按色调均匀地选取 16 种或 256 种色彩。实际应用中,一幅图像往往偏向于某一种或几种色调,此时如果采用标准调色板,则色彩失真较多。因此,一般较好的图像处理软件都可以为不同的图像创建不同的调色板,以最大限度地满足该图像的色彩要求。这种以图像色彩为中心的调色板一般称为图像调色板或局部调色板。因此不同的图像可以有不同的调色板,改变图像的调色板可能导致图像色彩的失真。

　　一般说来,图像深度用来表示像素的色彩属性,但有时图像深度中还有一位(bit)或几位用来表示像素点的其他属性。例如,图像深度为 16 bit ,其中 RGB 各占 5 bit(R：G：B=5：5：5),剩下 1 bit 作为属性位。目前图像深度最大用到 32 位,其中 24 位用来表示真彩的色彩信息,另 8 位记录其他属性如叠加特性、透明度特性等,又称为“α 通道”。透明色的应用在动画处理中十分重要。假设定义黑色为透明色,两幅图像叠加,其中的一幅图中间有一个彩色(非黑色)的物体图像,四周底色是黑色,两幅图像叠加后得到了平常所见到的透明胶片的叠加效果,彩色物体叠加在另一幅图像中,边界之外是被叠加图像内容。如果使用半透明叠加,叠加物体是一片云,透明度的调整可控制云彩逐步变淡,这样用在动画中好像云彩慢慢散去。为分析简单起见,一般讨论图像深度只表示色彩属性的情况。

4.2.6　色彩的对比与调和

　　色彩是造型艺术的重要要素之一,远看色彩近看花,故色彩起着先声夺人的作用。数字媒体传达中,色彩能产生一种氛围和情绪,引导受众的阅读。色彩还具有造型性,通过色彩对比,能突出主体,强调要传达的信息,并形成界面的风格。色彩往往是图像给人的第一印象。一幅图像一般只有一个信息主体,色彩也是如此。因此,五彩缤纷的画面需要通过对比和调和,使图像产生协调的色彩感,突出和传达主题信息。

　　主体色调就是一个画面中使用最多的色调,它可以是在一个色彩基础上变化而成。人们说一幅画是红色调的,就是指给人的色彩感觉是偏红色的。这并不是说画面上只有红色没有其他色彩,而是画面上红色使用最多,其他色彩使用较少,处于色彩的辅助地位。一般来说,一个界面、一个网站都有一个主色调以及与主色协调的其他辅色构成一个色系。色彩的表现力可以通过色彩的基调、色彩的对比和色彩的调和来实现。

1. 色彩基调

　　色彩心理学的研究表明,人对色彩的偏爱与生俱来,基本不受后天的影响。人的五官感觉具有差异性,不同的个体对相同的气味、声音、味觉、颜色等都会有不同的感觉。因此,在不同的环境下,对每种颜色的理解是根据每个人的文化、语言、年龄、性别、环境、历史等经验相关。不同的人很难对单一的颜色有相同的理解,对光线的敏感度也不同。但是,综合看来人类对颜色有一些共性的解析,可分为暖色、冷色、中间色、中性色和黑白等几大类。采用不同类别的色彩作为图像的主色,就构成了图像不同的色彩基调,如冷调、暖调、中性调、灰色系等。如同任何事物都具有二重性,对于同一种色彩,在不同的环境下也会产生积极的和消极的两种不同的心理感觉。

　　暖调主要由红、橙、黄三色构成,它们具有扩张与前进的效应,给人以光明,辉煌的印象,是容易引人注目的色彩。然而,强饱和的暖色很容易造成视觉疲劳。蓝色是冷色的极端,属于收缩、渐远的颜色。它沉静、清澈,如苍天、大海的印象,往往具有理智、探索、智慧的特点。蓝色的亮度偏低,如果与一些重色相配合,有时也具中庸的特点,产生宁静、沉思、抑郁、神秘的感觉。

　　绿色和紫色属于冷暖中间色。绿色光感属中庸,它既有蓝色的沉静,又具有黄色的明朗,这两种感觉的融合形成绿色的稳静与柔和,容易被人接受。作为生命的绿也具有自然万物的诞生、发育、成长、成熟、衰老到死亡的阶段变化,因此黄绿到墨绿的逐渐变化就象征青春、健壮、收获和终结。

中性调指灰色、土色等中庸色彩构成的画面色调感。土色是指土红、土黄、土绿等一类的混合色彩,包括咖啡色、蓝灰色、石绿、淡棕色、古铜色等。它们给人以土地、岩石、坚果、动物皮毛的色泽感,因此具有深厚、沉稳、柔顺、朴素等效应。中性色彩属于中等明度,中、低饱和度的色彩。它们既不眩目,也不暗淡,对眼睛的刺激适中,也最不易使眼睛感觉疲劳。因此,在计算机界面中,中性色彩特别是灰色,是使用最为广泛的背景色或桌面色。中性色彩具有的平和、优雅、空寂、精致、含蓄的特点,非常适合现代人在高度紧张的社会与心理条件下产生的"中性主义"欣赏心理。

案例 4-4:网络教学中的色彩应用

网络教学中,同学需要长时间通过计算机界面进行阅读和互动学习,因此界面色彩的应用适于采用中性色调,以减少对眼睛的刺激,避免视觉疲劳。图 4-13 为网络教学平台数字媒体"在线课堂"(www. digitalmedia-TAD. com/index. php)的一个页面,这个系统界面主要采用浅蓝灰色调,既不刺眼,也不暗淡,适于静心阅读。

图 4-13　网络教学中的色彩应用

2. 色彩对比

色彩对比是两种以上色相位于同一界面上产生的相互影响和感觉。主色调确定后,必须考虑其他色彩与主色的关系,要表现的内容及效果等,这样才能增强其表现力。根据色彩的三个基本属性,色彩对比可分为色相对比、明度对比和饱和度对比三类。

(1)色相对比

色相对比是基于两种以上色相之间的差别形成的对比。观察图 4-4 所示色环,可以将色相对比分为 RGB 基色对比、色环上相邻的两个邻色的对比和互补色对比三种。基色色彩鲜艳、醒目,因此基色中两种色彩的对比色跳感非常强。邻色对比将产生色彩的相互影响,相同的成分被调和而相异部分被增强。

案例 4-5:相邻色对比

通过一个实际案例来分析相邻色对比的效果。

① 在 Photoshop 中新建一幅白色背景的新图。

② 通过案例 4-2 所示选色步骤设定前景色为橘黄。用工具箱的"矩形选框工具" ▫

在画布上分别拉出两个矩形框。

③ 用工具箱的"油漆桶工具" 分别在两个矩形框中填入橘黄色。

④ 重复以上步骤,在两个矩形小框外分别拉出两个更大的矩形框,分别填入红色和黄色,如图 4-14 所示。

从这个实例中可以看出,相同的橙色分别放在红色和黄色上,则红色上的橙色偏黄,而黄色上的橙色偏红。这是由于橙色为红色与黄色混合而成,邻色对比,相同的成分被调和而相异部分被增强。

案例 4-6：互补色对比

一种颜色在与它的互补色或不完全互补色对比时,其颜色会更艳丽、强烈、醒目。互补的色彩往往具有冷暖的不同性质,因此会产生一种戏剧效果,具有很大的视觉冲击力。图 4-15 是一张微距拍摄的照片,在一片明黄的旱水仙中,蓝紫色的小花串异常艳丽夺目。

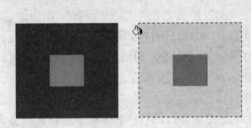

图 4-14　相邻色的比较(参见彩页)　　　　图 4-15　互补色对比效果(参见彩页)

（2）明度对比

明暗的对比效果非常强烈明显,对配色效果影响很大。明度对比大,感觉强烈、不安;明度对比小,感觉柔和、平稳。

案例 4-7：通过对比度调整明度效果

数码相机拍摄的照片往往对比度不够。采用案例 4-1 所示方式,通过 Photoshop 调整数码照片的对比度,往往能达到更清晰明朗的色彩效果,如图 4-16 所示。

图 4-16　对比度调整前后效果比较(参见彩页)

（3）饱和度对比

饱和度对比也称彩度对比。对比色的明度直接影响色彩的饱和度。对同一色相而言,明度适中时,饱和度最大,明度或大或小都会相应减小饱和度。饱和度高的色彩比饱和度低的色彩更容易吸引人的视觉注意力。某色相与另一饱和度高的色相并列时,会觉得本身彩度变低,而与饱和度低的色相比较时,会觉得本身彩度变高。将两个色彩强弱不同的色彩放在一起,若要得到对比均衡的效果,必须以不同的面积大小来调整。弱色占大面积,强色占小面积,而色彩的强弱是以其明度和彩度来判断。

3. 色彩调和

通过两种或以上的色彩的合理搭配,产生统一和谐的效果,称为色彩调和。界面设计中,色彩的对比调和是指将两种或以上元素放在同一界面内进行色相、明度和彩度之间的调和,这包括无彩色与彩色之间的各种对比,主体与其他元素间亮度对比、色度对比、清晰度对比、色彩冷暖对比等,达到突出主体,协调界面各个元素与整体色彩的关系的目的。色彩调和的基本方法包括同种色调和、类似色调和与对比色的调和三种。

(1) 同种色调和

同种色调和是一种简单的色彩调和方式,它采用相同色相、不同明度和纯度的色彩进行调和。这种调和方式是在色环上选择一种主色相,并使之产生循序的渐进,在明度、纯度的变化上形成强弱、高低的对比,以弥补同色调的单调感。自然界中常常可以看到这种调和景象,如红彤彤的日出和日落、一望无际的绿色森林、蓝天碧海等。图像中如采用同种色调和,需要注意色彩的对比不能太弱,否则容易产生浑浊不清之感。

案例 4-8:用渐变填充实现同种色调和

一张简单的插花照片,通过 Photoshop 软件的处理,可以产生奇妙的背景和色彩协调感,如图 4-17 所示。这是通过渐变填充和波浪扭曲滤镜产生一个新背景,使之取代原背景,达到在色彩调和以及构图上与插花作品更协调的效果。具体步骤如下:

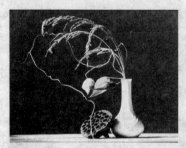

图 4-17　同种色调和(参见彩页)

① 在 Photoshop 中打开原图,首先综合运用工具箱中的"魔棒" 、"套索" 等选择工具,将图像中前景插花作品复制成一个新图层。

② 另建一个图层,选择"渐变填充工具" ,则工具属性栏将出现五种渐变方式按钮,单击"线性渐变",弹出"渐变编辑器"。根据图像前景(插花作品)的基色,在编辑器中选择深浅不同的棕色,自定义一种渐变色组合,如图 4-18(a)所示。用自定义的线性渐变填充该图层。

③ 选择菜单"滤镜/扭曲/波浪",弹出的对话框如图 4-18(b)所示。调整波浪的各种

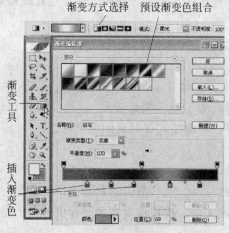

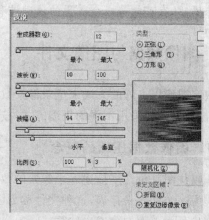

(a) 渐变填充编辑　　　　　　　　　　　(b) 波浪调整与预览

图 4-18　波浪感渐变背景的编辑

参数,使原渐变色彩产生运动和变化感。

　　为了达到理想的效果,可以重复第 2,3 步并反复调试,用多层的半透明叠加产生最后的背景图。此外,新背景的幅面扩大,并在左边(运动方向)留有较大的空间,这样使整体构图更加协调。

　　(2) 类似色的调和

　　以色环中相邻的两种色彩,如红与橙、蓝与紫等进行对比调和,称为类似色的调和。它主要靠类似色之间的共性色来产生作用,如红与橙具有共同的"红"色属性;蓝与紫共有"蓝"色属性。因此,类似色的调和比较容易达到协调的效果。

　　(3) 对比色的调和

　　以色相相对或色性相对的两种色彩,如红与绿、黄与紫、蓝与橙的调和。由于对比色具有互斥的性质,在调和的时候要注意通过减少互斥达到平衡。例如将一种对比色的纯度提高,或降低另一种对比色的纯度,通过对比纯度不同来调和。另一种调和的方式是在对比色之间插入分割色,如金、银、黑、白、灰等,由此产生过渡减少互斥。第三种方式是通过双方面积大小不同来达到调和。

　　案例 4-9：对比色的调和

　　塞班岛的海滩,骄阳下碧海蓝与明黄色的遮阳伞和救护棚形成强烈的色彩对比,如图 4-19 所示。但是这幅照片通过对比色面积的不同,高亮度的黄色面积小,而蓝色面积大,并且用暗绿色的棕榈叶来分割两种色彩,不仅达到色彩的调和同时平衡构图。此外,色彩间还有冷暖、进退、胀缩、厚薄等感知方面的对比。而且,色彩还具有从视

图 4-19　对比色的调和(参见彩页)

觉到感知、触觉、听觉甚至到嗅觉等传递感应对比作用。有时这一过程可能在极短的时间循环完毕，也有可能是一个缓慢的流动过程。

4.3　图像数据与图像文件

　　数字图像以点阵的方式来记录像素数据。为了减少数据容量，以提高传输和处理速度，图像数据往往采用不同的压缩方式，按照一定的格式存储成图像文件。

4.3.1　图像数据压缩的概念

　　一幅位图是由许多描述每个像素的数据组成的，这些数据通常称为图像数据，而这些数据作为一个文件来存储，这种文件称为图像文件。按照像素点及其深度映射的图像，其数据容量可用下面的公式来估算：

$$图像数据量 = 图像的总像素 \times 图像深度 /8　（Byte）\qquad(4\text{-}2)$$

　　其中图像的总像素为图像的水平方向像素数乘以垂直方向像素数。根据这个公式，可以计算出一幅 1024×768 的真彩色图像文件大小约为：

$$1024 \times 768 \times 24/8 \approx 2.4\text{MByte}$$

　　显然，图像数据所需的存储空间较大，这对数据的存储和网络传输都造成比较大的压力，因此数据的压缩就成为图像处理的重要内容之一。

　　图像的压缩编码，也即采用不同的方法以尽可能小的容量获取和记录数字图像，以解决图像的存储和传输问题。数字图像数据之所以可实现压缩，主要是基于两点：首先是因为原始信号存在着很大的冗余度，数据之间存在着相关性，如相邻像素之间色彩的相关性等。其次，人的视觉生理具有对于边缘急剧变化不敏感，并且对图像的亮度敏感、对颜色分辨能力弱的特点。根据图像的以上两种特性，发展出数据压缩的两类基本方法：一种是将相同的或相似的数据或数据特征归类，使用较少的数据量描述原始数据，达到减少数据量的目的，这种压缩一般为无损压缩。第二类方法是利用人眼的视觉特性有针对性地简化不重要的数据，以减少总的数据量，这种压缩一般为有损压缩，只要损失的数据不太影响人眼主观接收的效果，就可采用。

　　图像压缩的主要参数之一是图像压缩比。图像压缩比的定义与音频数据压缩比的定义类似，即为压缩前的图像数据量与压缩后的图像数据量之比，如公式（4-3）所示。

$$图像数据压缩比 = \frac{压缩后的图像数据量}{压缩前的图像数据量}\qquad(4\text{-}3)$$

　　显然，压缩比越小，压缩后的图像文件数据量越小，图像质量有可能损失越多。但压缩比并不是一个绝对的指标，压缩的效果还与压缩前的图像效果及压缩方法有关。

　　案例 4-10：简单的图像压缩

　　以案例 4-3 所示图像为例，假设图 4-12(a)的数据量为 A，将图(a)所示真彩图像转变为 256 色图像(b)。由于真彩色图像深度为 24 位，256 色图像深度为 8 位，根据公式（4-2），可知图(b)的数据量减少了约 3 倍，压缩比为 1∶3。

　　当然这时产生了色彩失真，但人眼一般都还能接受。如果把图像深度从 8 位再压缩到 4 位,也即从 256 色再压缩到 16 色,虽然数据量只减少了两倍,压缩比为 1∶2,但这时人眼所看到的色彩失真比第一次大得多,效果很差。

利用不同的色彩模式也能压缩图像数据。由于人眼对色彩细节的分辨能力远比对亮度细节的分辨能力低,若把人眼刚能分辨的黑白相间的条纹换成不同颜色的彩色条纹,那么眼睛就不再能分辨出条纹来。根据这个原理,可以保持亮度分量的分辨率而把彩色分量的分辨率降低,这样并不会明显降低图像的质量。实际中可以把几个相邻像素的色彩值当作相同的色彩值来处理,也即用"大面积着色原理",从而减少所需的存储容量。

当然,除了通过图像深度的改变来压缩图像数据,其他图像压缩的算法也非常多,其目标就是在不降低图像视觉效果的前提下减少数据容量。

4.3.2　图像文件和格式

数据压缩技术或称为编码技术可以说是一种很复杂的数学运算过程,从 1948 年 Oliver 提出 PCM 编码理论开始,至今已有 40 多年的历史。随着数字通信技术和计算机科学的发展,编码技术日渐成熟,应用范围越加广泛。基于不同的信号源、不同的应用场合产生了不同的思路和技术的编码方法。

数字图像在计算机中都是以文件的方式存储和记录的。由于图像编码的方法很多,采用不同的编码方法得到的数据格式是完全不同的。世界范围内有许多大公司从事图像技术的研究和开发工作,他们在推出图像处理软件的同时,各自采用适当的图像编码方式以及记录格式,因此,形成了许多图像文件格式。

图像文件的主要内容是图像数据。为了让图像处理软件能够识别这些数据,图像文件中还必须包含一些控制数据以解释图像数据的格式和特征。这样,图像处理软件才能对该图像数据进行识别、解码、编辑、显示等处理。一般的图像文件结构如图 4-20 所示。

一般的图像文件主要都包含有文件头、文件体和文件尾等三部分。文件头的主要内容包括产生或编辑该图像文件的软件的信息以及图像本身的参数。所用软件信息包括软件 ID 及版本号等。软件 ID 一般是特定厂家的文件标志,是固定的。图像参数主要有图像分辨率、图像尺寸、图像深度、色彩类型、所用编码方式、压缩算法等。这些参数必须完整地描述图像数据的所有特征,因此是图像文件中的关键数据。当然,根据不同的文件,有的参数是可选的,如压缩算法,有的文件无压缩而有的文件可选择多种方法压缩。文件体主要包括图像数据以及色彩变换查找表或调色板数据。这部分是文件的主体,对文件容量的大小起决定作用。如果是真彩色图像,则无色彩变换查找表或调色板数据;对于 256 色的调色板,每种颜色值用 24bit 表示,则调色板

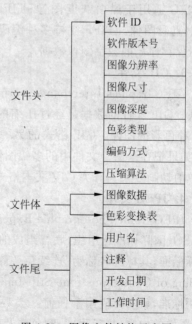

图 4-20　图像文件结构示意图

的数据长度为 256×3(Byte)。文件尾可包含一些用户信息如用户名、用户注释、开发日期、工作时间等。文件尾是可选项,有的文件格式不包括这部分内容。由于文件体数据量比文件头与文件尾要大得多,而文件体中色彩变换表或调色板所占用的空间一般又比图像数据小得多,因此图像文件的容量一般能表示图像数据的容量。

图 4-20 只是一个大概的图像文件结构说明,根据不同的格式,实际结构中的条目要细得多,结构也复杂得多,各个条目所占空间及条目间的排列顺序也大不相同。目前还没有非常统一的图像文件格式。但大多数图像处理软件都与数种图像文件格式相兼容,也即可读取多种不同格式的图像文件。这样,不同的图像格式间可以相互转换。当然,还有专门的图像格式转换软件,用于各种图像格式间的转换。

几乎所有的图像文件都采用各自简化的文件格式名作为图像文件的扩展名。从扩展名就可以知道这幅图像是按什么格式存储的,应该用什么样的软件去读/写。下面简单介绍几种常用的图像文件格式的特点。

1. BMP 文件

BMP 文件以 BMP 为文件后缀,它是一种与硬件设备无关的图像文件格式。BMP 文件是 Windows 软件推荐使用的一种图像格式,随着 Windows 系统的普及,BMP 格式的应用已越来越广,几乎所有 Windows 环境下的图像处理软件都支持 BMP 格式。BMP 文件的图像深度可选 1 bit、4 bit、8 bit 及 24 bit,也即图像有黑白、16 色、256 色和真彩色之分。除了图像深度可选以外,BMP 一般不采用其他任何压缩技术,因此文件所占用的空间很大。

2. TIFF 文件

TIFF(Tag Image File Format)文件以 tif 为后缀,它是由 Aldus 和 Microsoft 公司为扫描仪和桌上出版系统研制开发的一种较为通用的图像文件格式,一经推出就得到了广泛的应用。TIFF 格式灵活易变,它又定义了四类不同的格式:TIFF-B 适用于二值图像;TIFF-G 适用于黑白灰度图像;TIFF-P 适用于带调色板的彩色图像;TIFF-R 适用于 RGB 真彩图像。TIFF 支持多种编码方法,主要以 RGB 无压缩编码应用最广,适用于扫描时保存原始的数字图像数据。

3. GIF 文件

GIF(Graphics Interchange Format)是 CompuServe 公司在 1987 年开发的图像文件格式。GIF 文件的数据是经过压缩的,其图像深度从 1 bit 到 8 bit,也即 GIF 最多支持 256 种色彩的图像。GIF 格式的另一个特点是其在一个 GIF 文件中可以存多幅彩色图像,如果把存于一个文件中的多幅图像数据逐幅读出并显示到屏幕上,就可以构成一种最简单的动画效果。有关 GIF 文本格式将在后续章节进一步介绍。

4. JPEG 文件

JPEG(Joint Photographic Experts Group)是由 CCITT(国际电报电话咨询委员会)和 ISO(国际标准化组织)联合组成的一个图像专家组制定的第一个压缩静态数字图像的国际标准,其标准名称为"连续色调静态图像的数字压缩和编码(Digital Compression and Coding of Continuous-tone Still Image)",简称为 JPEG 算法。这是一个适用范围很广的通用标准,可实际应用于任何一类数字图像源,如对图像的大小、色彩模式、像素的长宽比、图像的内容、复杂程度、颜色数及统计特性等都不加限制。

JPEG 在图像压缩率和压缩效果方面是当前的最高水平,JPEG 图像的压缩比在较宽的压缩范围里内可调,从 1∶5 至 1∶50,甚至更高。可以达到"很好"、"优秀"甚至与原图像"不能区别"的压缩效果。在一般的图像处理软件中,对一幅图像按 JPEG 格式保存时,用户可以选择压缩品质因子(Quality Factor),不同的压缩因子有相应的压缩比。

5. PSD 文件

PSD 是 Photoshop 特有的格式,包括各种编辑的中间状态和信息,因此文件的容量很大,而且一般的图像软件也不支持这种格式。在图像编辑的过程中,系统会自动把图像格式转换成 PSD 格式,并按该格式保存。如果要转换格式,必须用"文件/另存为"命令,把图像存成其他通用的格式。

4.3.3　图像格式的转换

任何一幅图像的参数基本都包括图像分辨率、图像尺寸、像素深度(色彩模式)和文件格式等。在 Photoshop 中如果创建一幅新的图像,需要指定图像的各种参数,还包括图像的背景颜色等。而打开一幅已有的图像文件时,软件会自动识别这些参数,并在预览窗口显示出该图像小样及文件容量来。Photoshop 支持的图像文件格式有许多,除了其专用的 PSD 和 PDD 格式以外,还包括 BMP、GIF、JPEG、PCX、TIFF 等标准格式和其他一些图像格式,共二十多种。

Photoshop 能利用很多色彩模式来显示、存储和打印图像,通常分为灰度、调配色、色彩空间和多通道四种系列。值得注意的是,图像深度越深,所包含的信息量越多,因而文件容量也相应较大。当图像深度深的图像向浅的深度转换时,无论采用什么方式都会丢失一些信息。反之,当图像深度浅的图像向深的深度转换时,虽然图像的文件容量增加,但是所包含的信息量没增加。因此,一幅 RGB 图像转换为索引颜色或灰度模式时,显示效果较好,而一幅灰度图像转换为 RGB 时,却得不到任何色彩信息。当一幅图像的色彩模式转换后,相应的"颜色","色板"控制板中显示的颜色信息也会随之改变。

案例 4-11:图像格式转换与压缩效果比较

在 Photoshop 分别打开两幅真彩色无压缩 BMP 格式的图文件,一幅画面内容复杂,另一幅简单。分别裁剪成大小相同的图 A、图 B,将其另存为 JPG 格式图,则弹出"JPEG 选项"对话框,如图 4-21 所示。

从该窗口可看出,Photoshop 将 JPEG 图像品质(Q)分为 0～12 个等级,压缩效果从低到高划分为 4 个档次,随着图像品质从低到高的变化,文件容量也相应从小到大变化,反之亦然。采用高品质压缩参数时,未受训练的人眼无法察觉到变化。在低质量压缩率下,大部分的数据被剔除,而眼睛对之敏感的信息内容则几乎全部保留下来。

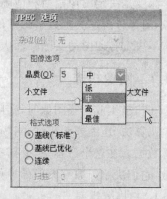

图 4-21　JPEG 参数调整

采用相同的图像品质分别压缩图 A 和图 B,通过计算可知得到的压缩比和压缩效果不相同,如图 4-22 所示,这与原图的复杂程度、色块分布有很大关系。图 A 和图 B 具有相同的图像尺寸,但图 A 比较复杂,而图 B 有相当面积的相同色。因此,采用相同的品质因子,得到的压缩比并不一样。实际应用时需根据要求及实际效果而选定压缩因子。

压缩效果	品质 Q	图A		图A	
		效果	压缩比	效果	压缩比
最佳	10	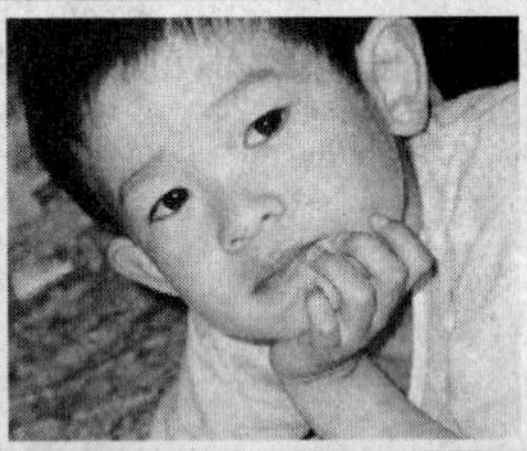	1:3.7	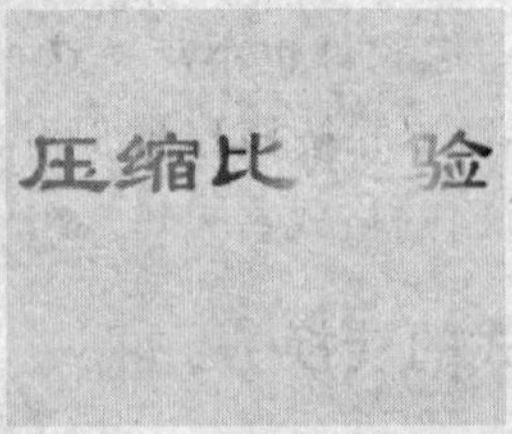	1:7.6
低	0	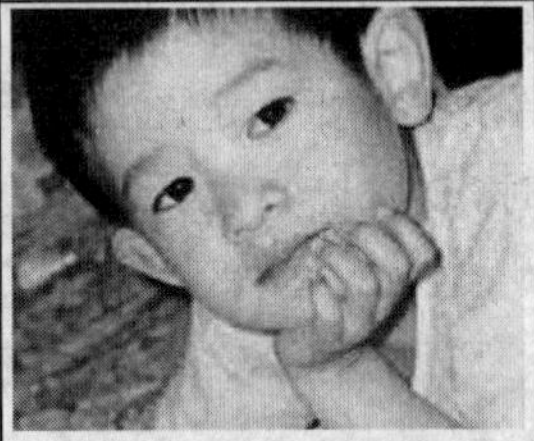	1:8.8	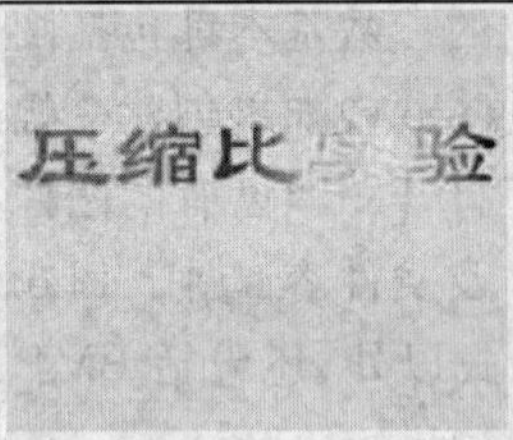	1:13.3

图 4-22　相同的压缩因子对不同的图像有不同的压缩效果(参见彩页)

4.4　图像的获取与打印

与其他数据的处理类似,图像的处理包括获取输入、编辑处理和输出应用。借助于扫描仪、数码相机等设备,可以获取平面印刷图像和自然的任何影像,而通过打印机又可以将数字图像输出到纸质媒体。在这个模拟图像与数字图像的转换过程中,图像分辨率和色彩深度是决定图像幅面和清晰效果的重要因素。如将一幅平面印刷图扫描成一幅数字图像,图像分辨率决定数字图像的大小和清晰细节;而将一幅数字图像打印输出,则图像分辨率决定打印图的实际幅面大小。

4.4.1　图像扫描

在扫描生成一幅图像时,实际上就是按一定的图像分辨率、一定的图像深度以及一定的编码算法(压缩或无压缩)对模拟图片或照片进行采样、量化、编码,从而生成一组数字图像数据。在这个过程中,分辨率和色彩深度或色彩类型是图像扫描时需要选择的重要参数,它们决定了数字图像的原始效果。

1. 扫描分辨率

实际扫描时可以根据需要选择不同的分辨率。当扫描分辨率提高,也就是说每英寸的点数增加时,数字图像的幅面也将增加,清晰效果更好。如果要增大数字图像,则可以选择较高的分辨率来扫描,当然,最好的扫描效果是不损失原图的清晰和色彩效果。如果原图清晰效果和尺寸都有限,则当扫描分辨率达到一定的临界值时,更多的分辨率不会增加更多的细节,只能增加数字图像的尺寸和占用的存储空间。

案例 4-12:分辨率与图像大小调整

用真彩色模式扫描一张彩色照片,选定扫描区域约 2×2.5 英寸,分别用 200 dpi 和 50dpi 的分辨率扫描,并存储为未压缩的文件 A.tif 和 B.tif。

在 Photoshop 中打开文件 A.tif 和 B.tif,可知两幅图的点阵分别为 400×500 像素和 100×125 像素,图 B 只有图 A 的四分之一大小,如图 4-23(a)、(b)所示。选中图 B,选择菜单"图像/图像大小",弹出"图像大小"对话框,如图 4-24 所示。

(a) 图 A:200dpi扫描　　　(b) 图 B:50dpi扫描　　　(c) 将图 B 放大四倍

图 4-23　不同分辨率的图像效果(参见彩页)

对话框中显示了图像的点阵大小以及在该分辨率下的原图或图像打印输出后的幅面尺寸。将图 B 点阵的百分比放大 4 倍,则可以看到放大后的图 B 与图 A 面积相同,但清晰度相差很多,如图 4-23(c)所示。

对话框下方有几个选项。选中"约束比例"复选框,则高、宽按原比例变化;若不选中,则可单独调整高或宽。另一个重要参数是"重定图像像素",选中该复选框,则改变点阵数会引起文档尺寸变化,反之亦然。这相当于通过 Photoshop 软件对图像重扫描采用。如果不选中该选项,则可以在不改变点阵数的情况下,只改变分辨率,由此可以确定该图像打印输出后的大小。

2. 扫描过程

不同的扫描仪带有不同的扫描软件,但是这些软件的功能和使用方法基本上都是相同的。以 HP scanjet 7400c 扫描软件为例,可以说明一般的扫描过程。

(1)扫描预览和扫描区域选择

当将原图面朝下放置在扫描仪的玻璃板上,并关上扫描盖后,单击"开始新扫描"即可生成扫描预览图。点按鼠标左键弹出扫描区域选择框,并拖动鼠标选定要扫描的区域。如果区域太小不易观察,可点按放大图标键放大扫描区域。在右半部分的扫描区域,鼠标显"十"字形状,此时可以拖动鼠标,选定要扫描的区域。如果对区域选择不满意,可以通过移动区域上的 8 个控制点(小黑点)来调整,如图 4-25 所示。确定扫描区域的另一种方式是单击"工具"菜单中的"重设尺寸",将弹出一对话窗口,在该窗口内可以精确地设置扫描区域的大小和输出图像的尺寸。

图 4-24　改变数字图像大小

图 4-25　HP PrecisionScan Pro 扫描软件界面

（2）选择输出色彩类型

根据所要扫描对象的不同，可以选择真彩色、256 种彩色、点状色彩（16 色）、灰度图、黑白位图等多种图片输出类型。进行新扫描后，软件一般识别为"真彩色"或者"黑白位图"两种类型，用户可以根据所要扫描的图片特征进行选择。

（3）调整图像分辨率

扫描软件一般都有一个默认的分辨率设置。选择"工具"菜单中的"更改分辨率"，可以设置扫描图像的分辨率，该分辨率将关系到图像的清晰程度。

（4）调整色彩和曝光

确定扫描区域后，选择"高级"菜单中的"调整色彩"、"调整曝光"，将可以设置图像的色彩和曝光。此两项均有"自动"选择，可以由系统根据所扫描的图像进行自动调整而获得最优化效果，此外用户可以自己进行调整。

（5）图像处理与保存

扫描软件也提供一些简单的图像处理功能，这些功能在一般的图像处理软件如 Photoshop 中都可以进行。但是，一些特殊处理，如清除网纹功能（选择"高级"菜单中的"清除网纹"）可用来清除报纸或印刷品等粗糙的纸制质地上的纹理。为了便于计算机对图像进一步处理，最好将扫描图按 tif 或高质量的 jpg 格式文件保存。

4.4.2　图像拍摄

数码相机是从现实影像获取数字图像的最方便的工具，它甚至可以作为扫描仪使用，将平面印刷内容拍摄然后输入到计算机中。

1. 数字拍摄的基本过程

现在的数码相机款式很多，不同相机的外观、按钮的位置以及菜单功能都有很大的不同，但大多数数码相机的工作原理基本相同，因此其基本操作过程也大同小异，只是按键的位置不同罢了。

（1）数字参数设置

数字参数主要包括图像的分辨率和文件压缩效果。数字相机的分辨率用一次拍摄画面的像素总数，或横向和纵向的点阵数来表示。与扫描仪的使用类似，实际拍摄中并不一定总需要用最大的分辨率，分辨率和压缩比的选择与图像的应用有关。图像画质与分辨率、图像尺寸有直接的关系，一般的数码相机都会有几种档次的压缩格式和图像尺寸供摄影者选择。

（2）取景和构图

数码相机的取景构图与传统相机完全一样。一般的高档数码相机都带有平视光学取景器和液晶取景器。平视光学取景器会有很大的视差，而液晶显示屏则没有视差，通常在彩色液晶取景器中，图像的构图、色彩、亮度等，都与最终的成像效果几乎一样。因此，一般情况下，应该选用液晶取景器进行取景。但由于液晶屏的耗电量较大，所以比较好的折衷方法是用平视取景器取景，用液晶取景器构图确认。而在黑暗环境下进行拍摄时，液晶显示器不能正常显示，此时应该选用光学取景器。

基本的构图方式要使画面均衡稳定，对于风景拍摄而言，简单的方式是使地平线或一条水平线作为其他景物的参照，当然，数字照片的优点之一是拍摄过程中的失误往往可能通过后期软件处理来弥补，下一章将进一步介绍。此外，数字相机内部的程序可在其液晶屏上对已有的图像进行各种显示和简单编辑，如改变色度、亮度、删除图像等操作。

（3）拍摄

一般在按动数码相机的快门时，如果太突然，成像可能会模糊，最好先将快门保持在一半的位置，启动相机的对焦和测光系统，一般只要快门键保持在轻轻压下的状态，就能锁住焦点。然后再将快门按到底，随即释放快门键，完成了一张照片的拍摄。

许多数码相机都具有全景拍摄的功能，它能将连续的场景边缘相叠，并按照相同的曝光和速度拍摄，这样在后期制作时可以将连续的场景图像衔接成一幅很宽的图，产生惊人的广角效果。有关案例将在下一章介绍。

（4）浏览和编辑、删除

照片完成拍摄后，可以在液晶显示屏上进行浏览，拍摄者可将不满意的照片删除，以释放存储空间。如果有些细节看不清楚，可以在液晶屏上对其进行放大，仔细观看，然后再决定是否删除。

（5）照片的输出

一般数码相机有计算机输出和视频输出两种方式。将数码相机通过专用连线与计算机的 USB 接口相连，则数码相机相当于计算机的移动存储器，能很方便地将数码相机存储卡中的图像文件复制到计算机硬盘中。此外，如果要在电视上观看照片，只要用视频线将数码相机与电视机的视频输入端相连就可以观看。

2. 数字参数设置

尽管存储卡的容量越来越大，但其容量值是一定的，因此存储的照片数量也是一定的，这个数量要视图像的画质和图像尺寸而定。画质高，数据量就大，因此存储的照片张数就少。同样，图像尺寸越大，记忆卡能存储的照片就越少。因此，一般的数码相机都能够根据拍摄图像的质量和大小的需要随时调整图像的大小和质量参数,也就是改变图像的存储设置。

　　为了能在有限的存储空间内尽可能多地储存照片,数码相机对每张照片的数据都进行一定程度的压缩。在存储卡容量一定的情况下,压缩比越大,数码相机所能拍摄的照片的张数就越多,这就容易造成一个错觉:数码相机的压缩比越高越好。其实不然,数码相机采用压缩技术是不得已而为之的补救措施,这种压缩手段是在牺牲数码影像质量的前提下进行的。因此,为了保证图像质量,不宜一味追求高比例的压缩方式。目前数码相机主要采用了JPEG和TIFF两种格式,有的数码相机还具备RAW格式,也就是完全不压缩的原始数据,以最大限度地保存原始的画面质量。

　　数码相机画质的好坏和图像压缩值有一定的关系。一般来说,图像的压缩值越大,图像画质的细节损失就越大。但是图像的画质是一个很复杂的指数,不仅决定于图像的压缩值,还和图像输出在打印机和计算机屏幕上的图像尺寸及拍摄物类型有关系。

案例4-13:分辨率、压缩比与存储卡容量的关系

　　以早期的尼康COOLPIX995数码相机为例,说明其分辨率与图像存储卡的容量以及存储设置之间的关系。尼康COOLPIX995的主要性能指标包括:1/1.8高密度CCD,像素总数334万,4×变焦—NIKKOR镜头,数字存储无压缩TIFF格式或压缩JPEG格式,采用16MB/32MB闪存卡。这款数码相机可以设定的画面尺寸与应用的关系见表4-1所示。

表4-1　COOLPIX995可设定的图像尺寸与应用的关系

设定	尺寸(像素)	应用
FULL	2048×1536	高画质输出最大至A4大小
UXGA	1600×1200	输出大约是A5或大型相片簿大小
SXGA	1280×960	输出大约是明信片大小
XGA	1024×768	17寸屏幕显示,或小型输出大小
VGA	640×480	13寸屏幕显示,或在网页上展示
3:2	2048×1360	35mm底片比例,影像大小比例为3:2

　　从表4-1中可以看出,如果采用16MB的CF闪存卡存储拍摄图像,这款数码相机可以拍摄的最大图像的尺寸是FULL:2048×1536＝315万像素,这也就是该数码相机的实际最大分辨率。在不同图像尺寸设定下,其图像质量与能存储的图像数量之间的关系如表4-2所示。

表4-2　16MB闪存卡可存储的图像数量与图像尺寸和质量的关系

图像质量 / 图像尺寸	HI	FINE	NORMAL	BASIC
2048×1536	1	10	19	37
1600×1200	不适用	11	31	59
1280×960	不适用	24	47	86

当采用 2048×1536 的点阵拍摄时,如果设定图像质量为 HI,也就是无压缩的 TIFF 图像格式,这时拍摄一张影像(RGB 真彩色)理论上需要的存储空间为:2048×1536×24(bit)＝9MByte

因此,一个 16MB 的闪存卡实际上只能存储一张 FULL 尺寸、HI 质量的照片。当采用 UXGA 尺寸、FILE 的质量(约 1/4 的压缩比)时,拍摄一张影像理论上需要的存储空间大约为:1600×1200×24×1/4(bit)＝1.44MByte。这种设置下一个 16MB 的闪存卡实际上能够存储 11 张 UXGA 尺寸、FILE 质量的照片。

4.4.3　图像打印

扫描是图像从模拟到数字的转换过程,而数字图像的打印输出则是其逆过程。除了打印机本身的质量特征,图像的分辨率对输出图像的清晰度起着重要的作用。当数字图像打印输出时,可以设定和改变图像的分辨率,而不改变数字图像的幅面,这样就可以控制打印输出的图像幅面大小。

几乎所有的 Windows 应用程序的"文件(File)"菜单中都有"打印(Print)"和"打印机设置(Print Setup)"命令。用 Print Setup 命令可以选择和改变默认的打印机及改变打印机参数的设置等。在打印输出图像时,打印机的参数中分辨率的设置很重要,在打印机最高分辨率的范围内,每次打印输出的分辨率可以设定成几个固定的值,也可以设定成自动识别,按图像的分辨率输出。

如果打印机按图像的分辨率输出,则打印图像的大小取决于数字图像的点阵数和分辨率。图像的处理过程可包括扫描输入、数字图像编辑处理、打印输出三个环节。在这个过程中可以根据需要按如下步骤改变图像的尺寸。

(1) 扫描输入

原图尺寸为 A×B(inch),设扫描分辨率为 P(dpi),则数字图像点阵为(A×P)×(B×P),分辨率为 P。

(2) 图像编辑时点阵和分辨率可做多种变化

如改变图像点阵为 $A_2×B_2$,保持分辨率不变;或图像点阵不变,改变分辨率为 P_2;或图像点阵和分辨率都改变。

(3) 打印输出

设编辑后数字图像的点阵为 A_2、B_2,分辨率为 P_2,则输出图像尺寸为 $(A_2/P_2)×(B_2/P_2)$

如果在计算机中创建一幅新的图像而且最终的目的是为了打印输出,则其分辨率的设定应完全从打印输出的角度考虑。专业出版印刷的图像分辨率一般要达到 300dpi以上,普通的彩色激光打印机输出也要在 150dpi 左右才能达到较清晰的效果。因此,根据输出图像尺寸的要求可以反推出数字图像的点阵数,或者扫描图的分辨率和点阵数。

案例 4-14:不同分辨率的叠加效果

设计一张小集体纪念册的彩色封面,可将集体照片与一幅风景数字图像组合在一起,并加上适当的问题标题,然后通过彩色打印机输出到 A4 幅面的打印纸上。要得到较好的打印效果,打印分辨率要设为200～300dip,这就要求编辑完成的数字图像具有足够大的点阵。本案例中背景图是一张分辨率很高的数字图像,而照片是扫描获得的。如照片扫描的分辨率选择不够大,则人物群像叠到风景图上时,必须将人物放大才能得到比较好的整体构图效果。这样,按照较高的分辨率(200dpi以上)将图像打印输出,则可能造成背景清晰度高、层次细腻,而前景人像清晰度不够、层次粗糙。如图4-26所示。

图4-26　不同分辨率的图像叠加效果(参见彩页)

思考题

1. 图形与图像的区别是什么?

2. 什么是色彩的三要素,它们与光的关系是什么?

3. 色彩的混合与互补是什么关系?

4. 常用的色彩模式有几种? 各有什么特点?

5. 色彩深度与效果以及图像文件容量的关系是什么?

6. 色彩对比和色彩调和的基本方式有哪些?

7. 图像文件的作用是什么? 什么是图像文件中的关键数据? 它们在文件总量中的比例和作用如何? 如果这些关键数据丢失或损坏,对图像文件有什么影响?

8. 总结不同的文件格式和其特点。

9. 扫描仪的最大分辨率与扫描后的数字图像分辨率有何关系?

10. 扫描一张图像时,应选择哪些扫描参数? 如何选择?

11. 数码相机的分辨率与所拍摄照片的关系如何?

12. 数码相机的分辨率、存储卡容量与拍摄的照片数量之间有什么联系?

13. 总结USB接口在计算机与扫描仪、数码相机之间数据传输中的作用。

14. 一张2×2英寸的照片,经过扫描、计算机处理和打印输出后变成6×6英寸,试分析其幅面变化的可能方式。

练习4　色彩与数字图像获取

一、目的

1. 熟悉和掌握数字图像的基本概念和技术指标,掌握色彩模式、图像分辨率、图像深度、图像文件格式与图像的显示效果、文件容量的关系。

2. 了解和掌握数字图像压缩的概念,观察不同的压缩比对图像的影响。

3. 了解和掌握图像中色彩的确定及选取方法,掌握前景色与背景色的概念及调整方法,掌握色彩填充的基本概念及应用。

4. 了解数码相机的基本原理和使用方法,并通过镜头获取数字图像素材。

5. 熟练掌握扫描仪的使用。

二、内容

1. 图像的基本变换

(1) 自选一幅不小于 400×400 点阵的彩色数字图像,在 Photoshop 中打开该图像,记录其技术参数:文件格式、文件容量、图像尺寸(pixel 和 cm)、分辨率、色彩模式等。

(2) 对该图像重采样,要求采样后的图像分辨率为 150dpi,图像尺寸为 250×250pixel。色彩模式分别变换成灰度、Indexed 和 RGB 模式,按(Windows)BMP 格式分别保存成不同名称的图像文件,重新打开并观察变换后的显示效果,并记录各个文件的容量。

(3) 把重采样后所保存的 RGB 模式图像按 JPEG 格式保存,设置压缩因子分别为 0、3、6、8,记录压缩后文件的容量,并观察压缩后图像显示效果。

2. 色彩感觉练习

从下面几组不同的事物或情境中选择一组,用四组 3×3 的方块填充不同的色彩或图案效果,表达对这组事物或情境的不同感觉。

(1) 春、夏、秋、冬

(2) 矿泉水、果汁、咖啡、红酒

(3) 儿童、青年、壮年、老年

(4) 其他创意

3. 扫描练习

选择一幅冲洗出来的照片、杂志的封面或者插图,将它扫描到计算机中,尽量减少色彩偏差。

(1) 分别用 72dpi、150dpi 和 300dpi 扫描,获得三个图像文件并保存为 JPEG 格式,保存时选择最好的质量,对比三个文件的图像差异。

(2) 将 150dpi 的文件分别选择中、低两个不同的压缩比,另存为不同文件名的 JPEG 格式,对比这两个文件与原图像的差异。

4. 数码摄影练习

(1) 认识数码相机的基本设置

选择一个固定的室外拍摄场景,记录当时的天气和时间,调整以下参数的设置,用不同的设置分别拍摄一张照片,每项参数至少拍摄三张照片:图像质量、白平衡、ISO 感光度、光圈、快门、曝光补偿。

提示:不同的相机,具体参数的名称可能不同,练习前注意阅读相机的说明书。各项参数之间只需要分别对比,不必进行组合对比,如测试图像质量时,其他参数保持一致。如果拍摄时没有记清文件的设置参数,可以在计算机里通过一些图像浏览工具查看照片的 EXIF 信息,里面有详细的记录。

(2) 用影像来记录和表现

自己设定一个主题,用不超过五幅的一组照片将它表现出来。根据需要可以适当配文,可以进行适当的编辑处理。可参考选择的主题,也可自设主题。

① 介绍一个静物,如我的电脑,一辆车,一台仪器,一座建筑等;

② 介绍一个场景,如食堂,自习教室,图书馆,球场,宿舍,水房,街道等;

③ 介绍一个人物;

④ 表现今天的天气和季节;

⑤ 一个投篮动作的基本过程和要领。

三、要求

1. 色彩感觉练习要求:

(1) 方块的尺寸 60×60 像素,间隔 10 像素

(2) 每组的间隔 30 像素

(3) 背景白色

(4) 简单介绍色彩表达的创意

2. 扫描练习要求:

(1) 简要说明所用扫描仪的技术指标。

(2) 摄影作品简介,约 100×100 示意图(JPG 格式)链接扫描图。

3. 数码摄影练习要求:

(1) 拍摄参数调整:用表格的方式比较不同的参数下的拍摄效果,表中放上小幅面的示意图并链接到原图上。

(2) 创意拍摄:选择的主题尽量短小精练,表现思路清楚明了,主次分明,重点突出。

第 5 章

平面设计与图像编辑

平面设计(Graphic Design)的概念起源于19世纪20年代,它通常指通过复制手段而大量传播的图形和图像,如平面广告、招贴、书籍装帧、摄影,甚至包装设计等。在数字媒体时代,平面设计的概念进一步扩展,它不仅意味着用数字化的方式设计传统的印刷平面,而且媒体软件界面如网页的界面设计,也成为了一个新的设计领域。

根据上一章的介绍,根据计算机的不同处理方式,数字图像可以分为位图(图像)和矢量图(图形)两大类。位图便于复制拼接和效果编辑,主要工具软件以 Adobe 公司的 Photoshop 为代表;矢量图适于绘制,主要工具软件以 Adobe 公司的 Illustrator 为代表。本章将以这两个软件为例,通过案例介绍数字平面构成与设计的基本概念和方法。

5.1 平面视觉要素与设计原则

平面是一个二维的空间,广义地看,平面设计是把有关的信息传达给眼睛从而进行造型性、表现性设计,是"给人看的设计,告知的设计"。

无论是新技术的应用,还是设计范围的不断扩展,平面设计或视觉传达设计的内涵都没有变,那就是根据一定的目的,将各种视觉元素有效地组织在一起,通过二维平面来呈现内容,将信息清晰明了地传达给目标受众。

5.1.1 平面视觉要素

根据视觉认知原理,人的眼睛会对四种视觉刺激有反应,然后在大脑中将其转化成相应的信息。当视觉触及到任何物体,都会产生颜色、形状、纵深和运动等四种感应,这也称为视觉的四要素。上一章已经介绍了有关色彩构成、对比协调原理和应用,下面主要介绍其他三个要素。

1. 形状

形状是平面属性,它由基本的点、线、面组合而成。点具有大小、面积、形状与色彩的属性,它往往用于视觉中心的形成。线是点移动的轨迹,由此决定了线的特性,如直线简洁;曲线延缓;粗线有力、前进;细线锐利、后退等,因此线具有非常强的造型功能,起到引导、起承、转接、分割、立体等作用。面是线移动的轨迹,面受线的规限,是体的外表。面与空白的组合,又能形成"虚面",也称为"留白",平面上不同形状的组合与对比,可以非常方便地形成视觉注目区域。

案例 5-1：点、线、面的应用

如图 5-1 所示是日本平面设计师松井桂三为印刷公司设计的宣传招贴画（1996 年）。他采用了非常简洁的现代手法来表现古典美的意境。画面左侧竖排的两行文字是日本古典的短歌，类似于中国的格律诗，其大意是：

秋风萧瑟

三室山上

红叶缤纷

如龙田川的锦缎

随风飘荡

由此可以分析出该平面的设计创意：从不同形状的三个曲面叠成的"山"上，柔美的线条如"风"一般飘吹满天的红叶（"点"），缤纷的红叶如锦缎般构成了底部的另一个基面。

画面不仅构图简洁巧妙，而且色彩艳丽，上下对比强烈，但通过曲线的穿插，在色彩上也达到了很和谐的效果。

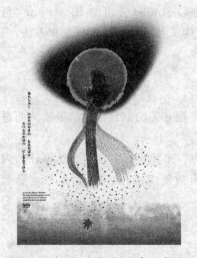

图 5-1　点、线、面的应用(参见彩页)

图 5-2　构图上的前后景关系(参见彩页)

2. 纵深

所谓纵深是在二维的平面上产生三维的立体感，空间、大小、色彩、光影、质感、透视、前后关系和时间变化等都能影响界面的纵深感。通过平面上不同元素的合理布局，能产生视觉上的前景和背景、主体和副体，使平面构成上主次分明，重点突出。

案例 5-2：平面上纵深感的形成

摄影构图时，通过前后景的选取能有效地形成画面的纵深感，如图 5-2 所示。在这幅画面上，前景右上角延伸下来的白色花朵，与远景房子的白墙以及房前的同种树木上的白花在色彩上也形成呼应和协调。

3. 运动

运动的物体更能引起视觉的注意。平面图像是静态的，但通过合理编排平面上的不同元素,通过色、形和纵深的不同组合,能产生一种内在的韵律和脉动感。

案例 5-3:通过后期处理形成运动感

借助 Photoshop 对图像进行后期处理,可以使原本静止的画面产生韵律感或运动感。第 4 章案例 4-8 就是一个需要将原图前景从背景中细致地"抠图",然后再重新设计背景的实例。图 5-3 是利用 Photoshop 的"动感模糊"滤镜产生动感的另一种方式,步骤如下:

(1)首先综合运用工具箱中的"魔棒","套索" 等选择工具,将图像中的汽车复制成一个新图层,注意车轮不包括在内。

(2)选择菜单"滤镜/模糊/动感模糊",在弹出的对话框中调整运动角度和距离,使原图产生运动感。

(3)新图层与原图在原位叠加,即可产生汽车与其他景物相对运动的效果。

这种动感效果的产生不仅使画面更生动,而且由于背景的模糊,也有效地突出了画面的主体——伦敦的特色出租车。

图 5-3　动感模糊滤镜的应用

5.1.2　平面设计的目标和原则

从史前时期起,人类就开始探索用各种方法赋予自己的想法和情感以视觉形式,并以此储存和传达信息。从远古的结绳记事,到文字的产生,到印刷媒体,直至数字媒体的运用,平面设计越来越显示出强烈渗透和广泛扩张的影响力。但是,平面传达设计最为根本的一点并没有改变,这就是将所欲传达的信息和情感诉诸于人的视觉。信息的释放是平面设计的客观要求。

通过视觉元素的合理构成,平面上的信息合成为一个整体,这个整体的视觉中心可称为主体,而其他元素称为副体,作为对主体的补充和协调。

案例 5-4:通过裁剪突出主题

在数码拍摄或平面构图过程中,图像的主题需要鲜明和突出,这样就需要减少其他不必要或者非主体的元素。图 5-4(a)是一张数码摄影图片,威尼斯的嘉年华节,一群人正拍摄两个化妆面具者。混乱的人群,倾斜的建筑以及半截灯柱都使得画面的主题不够鲜明。借助 Photoshop 可以进行必要的裁切处理。

选择"裁剪工具",用鼠标左键在原图上画出一个矩形框,如图 5-4(b)所示。调整选框的位置和大小,使之包容需要的画面内容,确认后即可得到图 5-4(c)所示的效果。

(a) 原摄影图

(b) 裁剪过程

(c) 最终效果

图 5-4　嘉年华节的摄影者(参见彩页)

　　显然裁切后图像清晰准确地突出了"嘉年华节的摄影者"的主题。还是这两个戴面具者,图 5-5 所示的图像主题则是"嘉年华节戴面具者"。当然,这幅图不能通过图 5-4(a)裁剪而得,必须在拍摄时预先设计好主题,调整好镜头的位置,使被拍摄者的面部凸现出来。

　　平面设计与构图就是通过某种方式协调主体与副体的关系,达到有效传达主体信息的目的。有效地传达图像的主题,也就是说通过有限的平面空间来讲一个故事,传递一种信息。故事或者说创意是平面设计和图像处理的第一步,也是最重要的方面。在数字媒体时代,图像元素可以很方便地任意组合,色彩可以自由选取,计算机技术提供了便捷的手段,能较轻松地完成传统设计领域复杂的问题。但是,需要注意传达信息是根本,一切的技术和手段都是为此服务的工具。

图 5-5　戴面具者(参见彩页)

5.2　平面构成原理与应用

　　平面构成也即形状(点、线、面)与色彩的构成。平面构成需遵从一定的美学规律,把平面上的基本元素有机地组合到一起,以达到传播信息并形成视觉冲击的效果。平面设计经过了多年的发展,其基本的构成原理已经非常成熟,对数字媒体同样适用,这些基本原理主要包括比例、平衡、对比、和谐与统一。

5.2.1　分割与均衡

从古希腊开始,人类就认识到了矩形之美,而称为"黄金矩形"的最佳比例约为 3∶5,数学上计算出来的黄金分隔比例为 0.616∶1,也就是 3.09∶5。与四平八稳的正方形相比,长方形的比例可以在黄金分割原理的基础上根据实际需要千变万化,如 2∶3、3∶5、5∶8 等。

平面设计中常常用"井"字构图法或"九宫格"构图法来分割画面。用横纵两条直线,或用一个"井"将设计平面平均分割,四个交叉点大致就是从不同角度看的黄金分割点。显然,如果把主体元素放置在平面的黄金分割点处,最容易引起观者的初始注意。如电视新闻中当一个主持人播报时,他/她一般都居于屏幕左右的三分之一位置。一个界面上往往除了主体之外还有许多副体,因此就需要用均衡的原理来协调各个元素。

案例 5-5:井字构图法

用一个"井"字或"九宫格"均匀地分割图 5-6 所示的画面,可看出作为画面主体的人位于画面左右约 1/3 处;人物的前方用宽阔的水面和水中的两个木桶来达到左右的平衡;远景的吊桥位于上下约 1/3 处,将朦胧的远山与近处的河面以及左右两岸衔接起来,构成一个稳定均衡的画面。

图 5-6　井字构图法(参见彩页)

均衡构图的另一个简单方式是使画面中的参照线或地平线与视线平行,然后再协调其他元素。

案例 5-6:通过旋转平衡画面

图 5-7(a)所示数码照片由于透视角度的关系,画面上的地平线倾斜,导致画面构图的不平稳。通过 Photoshop 的旋转和裁剪,可以调整摄影时的不足。

(1) 打开原图,选择菜单"编辑/变换/旋转",鼠标指针变成双箭头,用鼠标左键可任意旋转图像到需要的角度,如图 5-7(b)所示。

(2) 选择"裁剪工具",用鼠标左键在旋转好的图上画出一个矩形框,调整好选框的大小和位置,确认后即可得到处理后构图平稳的最终效果,如图 5-7(c)所示。

如果画面中不是采用直线分割方式,则需要采用其他的对称或不对称平衡法实现构图的均衡。

5.2.2　对称与非对称平衡

当界面上有多个元素时,要使各个元素之间看起来平衡稳定。平衡又可以分为对称平衡和不对称平衡两种。对称平衡看起来四平八稳,具有庄严的气魄;而不对称平衡则灵活轻巧。无论是哪种平衡,都是以画面主体为杠杆,通过主体与副体的大小、色调、形状等轻重比例的不同,通过不同的摆放位置来达到一种动态平衡。

(a) 原图　　　　　　　　　　　　　　　(b) 旋转与裁剪过程

(c) 处理后的效果

图 5-7　均衡构图

案例 5-7：对称与不对称平衡的比较

　　英国剑桥大学国王学院的古老石质建筑,在夕阳下呈现出较明亮的土黄色,而剑河中映射的深蓝色天空和沉稳的土黄色建筑倒影,构成了一幅雄浑大气而又沉稳平和的景象,如图 5-8(a)所示。这副摄影图以基本居中的水平线为分割,景物与水中的倒影达到对称

(a) 对称平衡构图

(b) 不对称平衡构图

图 5-8　对称与不对称构图比较(参见彩页)

平衡。相同的拍摄地点,如果镜头往下移,以水中倒影和岸边的小木舟为对象,正好微风吹过,倒影波动,使不对称的构图更增添了灵动浪漫之感,如图 5-8(b)所示。

两张照片地点相同,都采用中性色调,但相比之下,图(a)平稳大气,交代了场景的环境;而图(b)灵动活泼,体现了一种情调。此外,这两张图片都是采用数码全景多幅拍摄,后期通过 Photoshop 拼接而成的宽幅照片,具体方法在后面小节介绍。

5.2.3 对比原理应用

如果平面上只有一个元素,其特征将不明显,而两种以上的不同属性和特征的元素放置在同一界面内,就会因比较和对立产生不同的视觉效果。上一章已介绍了色彩的对比关系,其他对比主要还包括以下几点。

1. 形体对比

形体对比如大小、曲直、粗细、疏密等的对比。大的形体容易引起人们的注意,把主体元素设计得大一些,副体元素等陪衬物应小一些,以小衬大。如果将形体大小一样、形状相同的元素都放置在同一界面上,就很难分出主宾了。

大小对比是"面"的比较,大的醒目、量重,小的精巧、轻柔。两者之间的主从关系与界面整体和局部的对比都能影响界面的造型。曲直对比是"线"的比较,曲的温柔、抒情、活泼,直的刚强、平缓、沉稳,曲中有直、直中见曲,都能直观地传达出悦目的美感,引起心灵的共鸣。

2. 动静对比

在二维平面中通过律动对比可以表现出生命和运动感。律动频率高,就可形成动态;律动频率低,就形成静态。律动是赋予界面上各种元素生命的主要手法之一。有生命力的或运动的事物若与静止的事物、形象组合在一起,就能形成一种自然的对比。

3. 心理感觉的对比

心理感觉如刚强与柔弱、积极与消极、混乱与安宁、粗犷与细腻等的对比。心理感觉的对比可以源自色彩对比,也可以来源于平面上不同元素的质感对比。如果各个元素的视觉效果都一样,画面看起来就非常单调和沉闷;而利用平面上多个元素之间产生的对比效果,可使强者更强,弱者更弱,在视觉和心理上形成主从、均衡、运动、情感等效果。实际应用中不同的对比手法还可以结合起来使用。利用对比原理可以有效地突出主体元素,引导受众首先注意最重要的信息,使画面宾主分明,尤其是在图文混合方面的运用更是突出。

案例 5-8:对比原理应用

图 5-9 为两幅摄影作品。图 5-9(a)采用完全对称的构图方式,通过近处的石质拱门与远处高耸的石质教堂呼应,坚硬的石头与修剪整齐的绿色草坪以及通透的蓝天白云形成质感对比,给人以庄严肃穆之感。

图 5-9(b)虽然还是表现石质建筑,但构图上的非对称已减少了画面的严肃感。整齐排列的石柱,形成画面上的竖线条,同样整齐排列的窗栏光影,形成画面上的横向线条。这两种线条的对比稳定了构图,同时形成画面的透视关系。此外光影与静止的建筑也产生动静对比关系,使空旷的建筑内产生一种运动和变化感。

(a) 对称构图，远近与质感对比　　　　(b) 不对称构图，动静与光影对比

图 5-9　构图与对比原理应用（参见彩页）

5.2.4　协调与律动原理

一个平面中应该只有一个视觉主体，这个主体要传达最重要的核心信息，其他元素都是副体。主体和各个副体元素之间要形成一个统一的构图版式，才能传达一致的信息。如果各个元素间相互冲突，则会产生喧闹和嘈杂的视觉效果，扰乱受众的注意，甚至主次不分。

所谓律动是规则或不规则的反复和交替，或是周期性的现象，因此律动与时间有关。平面上的各个元素并不是分离和静止地放置在二维空间上，而要形成一种律动的活力。律动原理的运用能使平面产生一种隐性的运动感，如一个平面上相同点、线的重复运用；或者相关联的不同平面上相同元素的重复，都能产生协调和律动感。

网页设计中常运用律动原理，如翻页图标的一致和重复，页头页尾装饰的一致等。通过这种类似元素的律动，可以使页面产生一种韵律，形成网站界面的整体一致和协调性。

案例 5-9：网页界面设计的综合应用

图 5-10 为新闻与传播学院的网站（www.tsjc.tsinghua.edu.cn）设计示意图。学院主要包括报刊新闻，影视媒体和新媒体等三个研究方向，学院网站以宣传学院形象，提供有关信息为目标。首页必要元素包括学院标识 logo、学院名称、栏目名称，以及版权信息等。因此，网页的设计以突出专业特色为创意，构图简洁大方，具有现代气息，体现现代传媒特点。

除了必须的元素如标题和标识，创意设计将纸张、胶片、数字化的意象融合于一个平面中，用线条和矩形构图，体现简洁明快的风格。创意元素包括象征胶片的横向点线；象征数字化的竖线条，其间隔以 2 的幂次方变化；横向与纵向穿插象征纸张的虚面和实面，如图 5-10(a)所示。

在色彩应用上，以学院标识色（绿色）为主色，所属清华大学标识色（紫色）为配色，实际首页如图 5-10(b)所示。首页上将学院标识的核心部分"CJ"抽取出来称为页面的静态重心，院馆建筑一角作为页面若隐若现的背景，而完整的标识则与版权行一起，成为平衡不对称构图的必要元素。最后设计一个 flash 动画，使纸张（虚实面）飞入并变换成反映

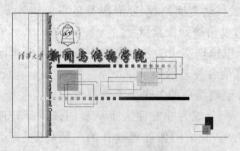

(a) 初始设计方案　　　　　　　　　　　　(b) 最终首页效果

(c) 一级页面效果

图 5-10　新闻与传播学院网站设计示意图

学院面貌的动态影像,并推出文字,传达学院理念。

在下面的一级页面中,首页上的几个设计元素,如标识、象征影视的点线、象征数字化的 2 幂次间隔线,以及学院名称和一张随栏目变化的小图像等,都会以不同的组合构图方式出现,这样就形成了不同页面间的韵律和协调,如图 5-10(c)所示。

5.3　图像编辑技巧

前面已经用 Photoshop 编辑处理过多个案例中的图像,对 Photoshop 的功能和使用有了初步的认识。在此基础上系统归纳和认识 Photoshop 的各种功能,能更有效地应用于图像创意和设计中。

5.3.1　基本编辑过程

图像或者说位图编辑处理的软件很多,如 Corel systems 公司的 Photo Paint,Aldus 公司的 Photo styler,Adobe 公司的 Photoshop 等。这些图像软件在技术概念和功能上都具有一定的共性。

1. 图像编辑的功能

不同的图像处理软件其基本功能是类似的,不同点主要在于功能的多少、实现功能的算法以及窗口界面的使用等。图像处理的基本功能主要包括以下几个方面。

(1) 支持多种图像数据格式,具有图像色彩模式变换、幅面大小、角度调整、格式转换等功能。

（2）对图像某个局部区域进行裁剪、复制、移动变换位置、变形以及色彩调整等操作。这个局部区域以点阵来度量，因此位图编辑可以精确到像素点。

（3）软件内建了一系列特效处理功能，以模拟现实中的各种艺术手法，使编辑画面出现各种扭曲、杂色、模糊、渲染、素描、纹理及其他各种艺术效果。

（4）具有一定的绘图功能，可编辑文字及绘制简单的矢量图。

图像软件可以大大提高图像处理的工作效率，成为非专业人士从事图像设计处理工作的有效工具。本书是以 Photoshop CS 版为例，介绍图像处理软件的一般功能、特点及一般使用方法。

简单地理解，Photoshop 就如剪刀和胶水，它可以把不同的图像内容裁剪拼接成一幅新的图像。进一步，Photoshop 还能改变图像元素的形态，模拟出各种不同的色彩效果。总之，基于位图的特点，Photoshop 适合编辑已有图像，而不适于绘制图像。

2．图像的分解

为了编辑处理图像的各个细节和局部，可以将图像在技术上从整体到局部，从复杂到简单地分成图像、图层、编辑区和像素点等不同层次。

（1）图像

表示整个图像文件，Photoshop 中"图像"菜单中包含的各种操作，都是针对整个图像而进行的，如图像的"裁剪"表示对整个画布的裁剪。

（2）图层

一个图像可以分解为不同的图像单元或对象，对象可大可小，形状任意，每个对象占据一个图层。因此，图层可以理解为文件夹，除了其包含的图像单元，其他部分是透明度可调的。因此，一幅图像就可分解为一系列图层，各层之间按不同的透明度和前后顺序叠在一起。

每个层可以独立编辑处理，而决不会影响到其他图层的信息。图层可以随时创建，也可以相互关联。多图层的图像在保存时，若想保存各图层及全部信息，必须存为 PSD 格式，否则按标准图像格式保存，所有图层自动叠加成一层，也就是最终的图像效果。Photoshop 软件对图层的操作可用"图层"菜单和图层控制板进行控制。

（3）编辑区

编辑区也称为选择区，它的作用是在当前编辑的图层上圈定一个局部区域作为一个对象，使之成为一个新的图层或单独处理，而区域外的数据将不会受到影响，这相当于将一个图层又分为两个部分，可以精确地处理图层中任意局部对象。同样，编辑区信息只能保存在 PSD 文件中。

（4）像素点

像素是位图可编辑的最小单元，它记录的就是色彩属性。因此，编辑图像时放大显示，可以精确地控制和改变像素点的色彩。

由此可知这几个概念的相互关系：像素构成编辑区；编辑区位于一个图层平面内；多个图层纵向合并叠加，就构成了最终图像的内容。

案例 5-10：图层的控制与操作

一个 PSD 文件包含三个图层，如图 5-11(a)所示。用 Photoshop 打开该文件，图层控制板内会自动列出所有图层,如图 5-11(b)所示。通过图层控制板,单击控制板上的各种按钮或可调整对应的参数,主要参数介绍如下:

(1) 图层不透明度:默认 100% 为不透明,这样上面的图层会遮挡下面的图层。透明度越小,下层图像越能透过来。

(2) 图层名及图样:用鼠标按住图层名,可以拖动和改变该层的上下位置。双击图层名可修改图层名、图层透明度和显示模式。如图层名为"背景层",需改变其名称才能被编辑。

(3) 图层显示图标:"眼睛"图标控制图层的显示。只有显示出来的图层才能对其像素进行编辑,因此用这种方式也可以保护无需修改的图层数据。最底层往往是背景层。

(4) 当前图层和图层的关联:高亮显示的"当前层"处于可编辑状态,如图 5-11(b)中的"图层 1",它用一支笔来标志。其他图层与当前层可以建立起关联关系,用层链接标识表示并控制,如图 5-11(a)中"文字图层"和"图层 1"是相关联的。相关联的图层可以被同时移动。

(5) 图层功能按钮:单击控制板下方的各种功能按钮,可以对当前层进行各种编辑,如删除、新建图层、添加和改变图层式样、添加图层蒙版(可单独编辑的遮挡板)、调整图层色彩等。

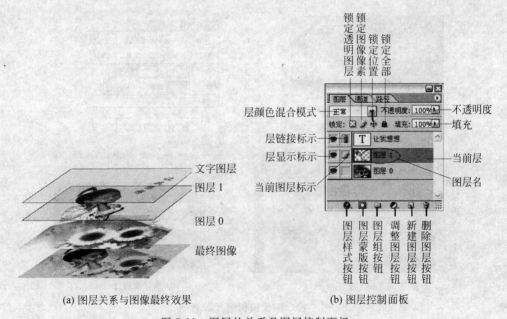

(a) 图层关系与图像最终效果　　　　　(b) 图层控制面板

图 5-11　图层的关系及图层控制面板

下面通过一个具体的案例,介绍图像处理的一般过程。以 Photoshop CS 自带的两幅图为素材,将其裁剪组合成一幅新的图像并题上文字,加上适当的效果处理。

案例 5-11:图像处理的基本过程

在图 5-12 所示的实例中,将编辑图(a)所示的两幅素材,生成图(b)的最终效果,即创建鸭子游于水中,激起水波的效果,最后标上主题文字。

(1) 打开素材图像

选择菜单"文件/打开",找到 Photoshop 安装路径"...Adobe\Photoshop CS\样本"

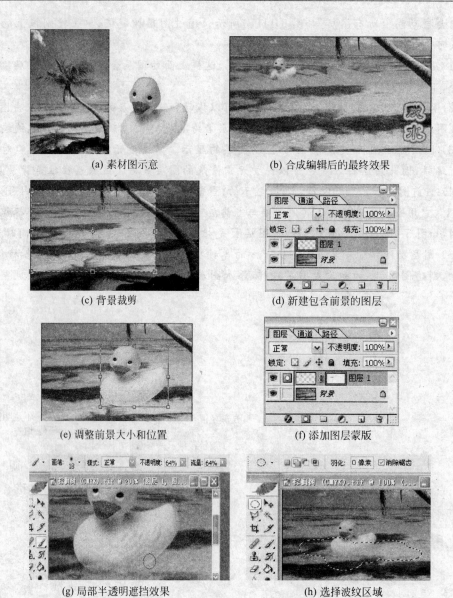

(a) 素材图示意　　　　　　　　(b) 合成编辑后的最终效果

(c) 背景裁剪　　　　　　　　(d) 新建包含前景的图层

(e) 调整前景大小和位置　　　　　　(f) 添加图层蒙版

(g) 局部半透明遮挡效果　　　　　　(h) 选择波纹区域

图 5-12　图像编辑过程示意图

中的"小鸭"和"棕榈树"两个图片,如图(a)所示。

(2) 背景裁剪

单击"裁剪工具"☐,在"棕榈树"图中按住鼠标左键,拖出一个方框,如图(c)所示,按 Enter 键确认得到裁剪好的背景图。

(3) 选取前景编辑区

单击鸭子,使之作为当前编辑图。选择魔术棒工具☐,单击"小鸭"图像外围的白色部分,然后单击菜单"选择/反向",就勾画出了鸭子的轮廓(虚线)。也可以选磁性套索工具☐,用此画出鸭子的轮廓,达到同样的效果。

（4）将编辑区复制成前景图层

将鸭子圈定为编辑区后，将其复制到已裁剪好的背景图中，这样就自动建立了一个包含鸭子的新图层，如（d）图层控制板所示。

（5）调整前景大小和位置

显然鸭子的比例与背景大小不符。选择菜单"编辑/变换/缩放"，调整鸭子的大小，如图（e）所示。然后用移动工具 ，调整到适当的位置。

（6）透明和遮挡效果调整

为了使鸭子的下半身融入水中，达到更逼真的效果，可以添加鸭子图层的蒙版，并使鸭子下半身处半透明。

选中鸭子图层，单击图层控制面板右下角"添加矢量蒙版"按钮 ，初始蒙版为白色，完全不透明，因此鸭子后面的水面被完全遮挡。单击鸭子层的蒙版，使其处于编辑状态，如图（f）所示。选择画笔工具，选择合适的画笔大小，不透明度和流量，前景色用黑色，对小鸭的下部涂抹，使其产生没入水中的感觉，如图（g）所示。

（7）产生水波纹效果

双击背景层，在弹出的对话框中改变其图层名，使之变为可编辑层。用椭圆选框工具 ，以添加到选区的方式 在鸭子周围画出如图（h）所示的选区。

选择菜单"滤镜/扭曲/波纹"，弹出"波纹"对话框，将数量设为-85%，大小设为"大"，确认后即可产生鸭子的水波纹效果，如图（b）所示。

（8）添加文字

选中工具箱中的纵向文字工具 ，单击画面，图层窗口会自动生成一个新的图层，打上文字"戏水"。

（9）添加文字效果

单击图层控制面板右下方的"添加图层样式"按钮，在弹出的菜单中选择样式 ，得到最终的效果如图（b）所示。

在这个案例中，采用了 Photoshop 工具箱中的套索工具、移动工具、魔术棒工具、文字工具，并应用图像调整中的变换大小和变形功能以及滤镜功能，还进行了图层操作，其中包括对蒙版的操作。一般说来，利用这些功能就可以完成简单的图像处理了。

5.3.2　局部裁剪

图像的局部裁剪是图像处理的最基本手段，首先圈定或选定图层上的一个局部区域作为预编辑区域，编辑区也称为选择区，这个过程也称为"抠图"。

编辑区的最简单使用方式是将该区域复制成一个新的图层，因此，所有对图层的操作处理都能应用于编辑区。编辑区最复杂的部分是区域的定义，它可以精确到像素级，因此一般图像处理软件提供多种方式选定或圈定编辑区，如 Photoshop 的几何区选框、套索和魔棒工具等，如图 5-13 所示。几何工

图 5-13　编辑区选取工具

具适于选取规则的几何区域;套索工具适于选取色调和边界都不规则的区域,而磁性套索工具是一种可以识别边缘的套索工具;魔棒工具适合选取颜色相同或相近的整片区域。用魔棒点击某一像素点,则以该点的色彩为中心确定了色彩的容限范围,与中心点相邻的像素如果落在色彩容限范围之内,则为选择区内的点。案例5-11的小鸭素材图,由于背景是纯白色的,因此用魔棒工具选择白色区域,然后反向将小鸭圈住非常快捷。

　　综合使用工具箱中的选择工具以及"选择"菜单,可以圈定任意形状的待编辑区,它用一个闪动的黑白线条区域表示。单击一种选择工具,其工具属性栏一般都有各种选项,可以控制编辑区的扩大或缩小,还可以对所选区域的边界进行平滑处理或羽化处理,使边界产生一个柔和的过渡段。

案例5-12:选区色彩与边缘的融合

　　在图5-14中,将一个孩子的照片与一个花卉背景组合成一张新图,如图(a)所示。为表现小女孩与花儿柔和的效果,需调整色彩与选区的边界。

(a) 背景图与最终效果图　　　　　　　　　(b) 色彩调整曲线与调整前后效果

(c) 磁性套索勾勒轮廓　　　　　　　　　(d) 前景复制成新图层

图5-14　选区色彩与边缘的融合

（1）前景色彩调整

综合运用菜单"图像/调整/自动色阶"、"图像/调整/自动对比度"以及"图像/调整/自动颜色"，对小女孩素材图的色彩效果进行调整，以达到柔和清晰的效果。

也可以选择菜单"图像/调整/曲线"，弹出一个对话框，调整其中的曲线，观察图像效果直至满意为止，如图（b）所示。

（2）抠图

观察调整好色彩的小女孩图，其下半部分与背景区别不大，用魔棒工具显然比较困难。因此，选用磁性套索工具 ，很容易地勾勒出孩子的轮廓，如图（c）所示。

（3）边缘柔化

选择菜单"选择/羽化"，在弹出的对话框中将"羽化半径"设为 10，这样选区轮廓将产生一个渐变的柔和效果。

（4）编辑区移动

选择移动工具 ，将勾勒出的选择区拖到图（a）的花儿图中，复制成为该图文件的一个新图层。观察图像，可以看出经过羽化的人物轮廓有渐变的半透明效果，与背景图更好地融为一体。

（5）前景大小调整

选择菜单"编辑/变换/缩放"，调整新图层的大小，得到效果如图（d）所示。

（6）整体色彩调整

为了使前景与背景的色彩和谐。双击背景图层，使其变为图层 0，选择菜单项"图像/调整/色阶"进行调整，得到图（a）的最终效果。

对于边界复杂的区域，需要根据图像的具体情况，耐心细致地综合应用各种选框工具、套索工具和魔棒工具等。第 4 章案例 4-8 就是一个需要细致"抠图"的实例。

除此以外，还可以借助"抽出"滤镜来定义编辑区。"抽出"滤镜可用来精确裁剪出需要的编辑区，即使预选对象的边缘细微、复杂或无法确定，也无需太多的操作就可以将其从背景中选定并裁剪出来。这个方法在人像头部的抠取中经常用到。

案例 5-13：编辑对象的精确选取

通过图 5-15 所示案例说明。

（1）将图（a）素材作为当前编辑图像。选择菜单"滤镜/抽出"。

(a) 素材示意图　　　　　(b) 抽出滤镜　　　　　(c) 合成结果

图 5-15　抽出滤镜的应用

（2）在对话框中定义合适的画笔大小（因图而异），选择"边缘高光器工具" ✐，沿人物的边缘描绘，如图(b)所示。注意覆盖复杂的人物边缘，并确保高光部分形成完全封闭图。

（3）在对话框中选择填充工具 ✎，在图像的内部点按以填充图像的内部，如图(b)所示。

（4）单击"预览"按钮可以看到图像抽出后的效果，如果满意，则确认。

（5）对抽出得到的图像利用橡皮擦工具 ✐ 稍加修饰，涂抹掉局部的毛刺，便能得到从背景中抽取出的前景对象。

（6）抽出的对象外围是一种色彩，因此很容易用选择工具选定为编辑区，然后裁剪并与另一背景图合成，得最终效果图(c)。

5.3.3　修饰与修补

Photoshop是位图编辑软件，其工具箱中提供了一系列修补或修饰工具，可以对图像的局部像素进行修饰。

如模糊 △、锐化 △ 和涂抹 ✎ 工具，都可用来处理局部的像素点的清晰程度；减淡 ✎、加深 ✎ 和海绵 ◉ 工具则可用来调整局部像素点的色感；橡皮擦工具 ✐ 使局部区域显示出背景色或变透明；图章工具 ♨ 可把图像的局部内容复制到该图像的其他地方。修复画笔 ✐、修补 ◯ 和颜色替换 ✎ 工具都是使局部像素点与周围区域更融合，其中颜色替换工具 ✎ 能够简化图像中特定颜色的替换，可用来校正闪光灯拍照导致的人物红眼。实际运用中，需要根据图像的具体情况灵活使用各种手段。

案例5-14：用图章修复图像局部

拍照时远景的干扰（吊车臂）避免不了，如图5-16(a)所示，通过后期处理则可以还原静谧优雅的环境，如图5-16(c)所示，步骤如下：

(a) 取景拍照时避免不了的干扰

(b) 用图章修复

(c) 修复后的图片

图5-16　图章工具的应用

（1）选择仿制图章工具 🖳，根据吊车臂的宽度，在工具属性栏中选择边缘柔和的笔刷，并选择"对齐的"方式。

（2）按住 Alt 键的同时用鼠标单击吊车臂近旁的天空，则按笔刷大小复制了该局部图像。

（3）把鼠标平移到吊车臂上，单击鼠标即可把上一步复制出的局部天空粘贴出来，如图（b）所示。

（4）顺着吊车往下单击，则相当于重复了上面两步，按照笔刷大小将附近平行天空的点阵内容覆盖到需要修补的位置上。

这样修补后的天空基本上没有痕迹，如图（c）所示。

案例 5-15：构图与局部色彩调整

图 5-17 是把连续拍摄的几张数码照片组合编辑成一个理想作品的过程。图（a）孩子的表情很好，但是在构图上左边稍显不平衡。拍摄过程中来了一只狗，连拍后其中一张狗的位置和表情都不错，如图（b）所示，但孩子的表情很不自然。因此，需要将图（b）的狗移植到图（a）中。

图 5-17　构图与局部色彩调整（参见彩页）

图（b）中狗耳朵投影到了孩子的脚背上。因此，将狗从图（b）"抠"出并复制到图（a）中后，需要"补画"一个狗耳朵的影子。

用选择工具按狗耳朵投影的形状圈起一块地面，然后选取加深工具 🖉，设置适当的大小，在圈定的编辑区直接涂抹，加深这个区域的颜色，即可模拟出狗耳朵的投影，如图（c）所示。

最后完成的作品如图（d）所示，由于两张照片几乎是同一时间和地点拍摄的，因此组合出来的效果可以乱真。

5.3.4　遮挡与衔接

上一章介绍过有的数码相机具有全景拍摄功能,它能按照同样的曝光和速度,连续错位拍摄一系列图片,通过图片的后期处理能达到广角甚至180°全景的效果,这也称为"接片",如图5-8所示两幅图。拼接后的全景或广角图要求看不出拼接的痕迹,通过图层蒙版的使用可以使两张图的衔接处局部遮挡,形成平滑过渡。

1. 蒙版的作用

蒙版是浮在图层之上的一块挡板,它本身不包含图像数据,只是对图层的部分数据起遮挡作用,当对图层进行操作处理时,被遮挡的数据将不会受影响。Photoshop 的蒙版类似一个 8 位灰度等级的图层,该层上的点阵本身没有色彩,但有三种状态:不透明(完全遮挡)、透明(完全不遮挡)和不同程度的半透明。蒙版可以被保存、编辑和加载到某一图层上,因此可用来记录和再利用复杂费时的选择区,并对图像进行高级编辑处理,如产生一种渐变透明效果等。在 Photoshop 中,有三种方式来创建和保存蒙版:图层蒙版、快速蒙版和 Alpha 通道方式。

案例 5-16:图层蒙版的简单应用

本章案例 5-11 中曾介绍过小鸭没入水中的效果是通过图层蒙版实现的。如图 5-18所示,通过蒙版可以遮挡小鸭的下部,使其产生没入水中的效果。

蒙版编辑标志　　　图层蒙版

图 5-18　蒙版的应用实例

(1) 选择图层 1 为编辑层。在图层控制板中单击"添加矢量蒙版"按钮，为小鸭建立一个完全透明的图层蒙版,相应的控制板上出现该图层蒙版标识和小样,如图所示。此时该蒙版处于编辑状态。蒙版默认黑色为不透明,白色为全透明,灰色为半透明。

(2) 选择画笔工具,设置其透明度和流量,用黑色涂抹小鸭下半部。此时实际上是涂抹图层蒙版上的相应位置,使其变成半透明,这样底层的蓝色海水能透过来一些,产生小鸭没入水中的效果。从图层控制板上可以看出,被涂抹后的蒙版已不是全白,灰色图块部分就是半透明部分。

图层蒙版是为某一层创建的,可用来控制该层图像的各部分透明效果。只要编辑和改变图层蒙版,就可以使该图层产生不同的显示效果,而图层数据并不改变。图层蒙版的效果可以转换成该层数据的永久效果,也可以删除图层蒙版,恢复图层数据的本来面目。

在图层控制板中可以控制图层蒙版的各种状态。

　　蒙版的编辑与图层完全一样,在图像编辑窗口进行蒙版的编辑处理。在蒙版上可以定义选择区,使用各种绘图工具,采用各种特技等。只不过编辑时选取的色彩将自动转换成灰度系列色,编辑的结果是使得该图层数据的显示效果(透明效果)发生了变化。增加蒙版上的黑色,即增加了遮蔽部分;而增加白色,则增加显露部分。

案例 5-17:利用图层蒙版拼接全景图

　　将三张按全景方式拍摄的图片拼接成一张全景,如图 5-19 所示,基本步骤如下:

图 5-19　利用蒙版拼接的全景图

　　(1)打开第 1 张素材图,双击图层名将其改为"图层 0",成为可编辑层。选择菜单"图像/画布大小",在弹出的对话框中将画布宽度扩大为原来的 3 倍。

　　(2)打开第 2、3 张素材图,拖动到前一张图中,按照拍摄的顺序移动到合适的位置,使图层 0 和图层 1 交界的部分尽可能对齐,并裁掉多余的部分。可以明显看到,两图交界处有明显的错位痕迹,如图 5-20(a)所示,这是由于拍摄时透视比例的关系不可能完全对齐。

 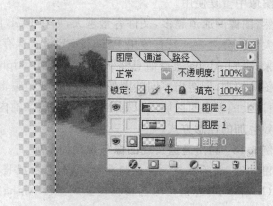

(a)原交界处的错位痕迹　　　　　　(b)渐变填充蒙版的选择区

图 5-20　利用蒙版和渐变工具拼接全景图

　　(3)选图层 0 为编辑层,在图层控制板中单击"添加矢量蒙版"按钮 ▣ ,编辑该蒙版。

　　(4)单击图层 1 的"眼睛",使之关闭。用"矩形选框工具"在图层 0 的边缘圈一窄条,如图 5-20(b)所示。

　　(5)选择"线性渐变填充" ▬ 工具,调整渐变色从"黑"变到"白"(参见第 4 章图 4-18),然后在图层 0 的编辑区内水平画一直线,产生的渐变效果如图 5-20(b)所示。注意此时编辑的是图层 0 的蒙版,渐变填充使蒙版编辑区从白(完全透明)渐变到黑(不透明),它的效果是改变了该图这部分的透明效果。

(6) 用同样的方法编辑图层1与图层2之间的交界处,便可得最后衔接自然的全景图效果,如图5-19所示。

2. 通道及其应用

在Photoshop中打开一幅图像时会自动产生默认的色彩通道。色彩通道的功能是存储图像中的色彩元素。图像的默认通道数取决于该图像的色彩模式,如CMYK色彩模式的图像有四个通道,分别存储图像中的C、M、Y、K色彩信息。可以把通道想象成彩色套印时的分色板,每块板对应一种颜色。黑白、灰度、半色调和调配色图只有一个色彩通道;RGB、Lab图有三个色彩通道,另有一个复合色彩通道用于图像的编辑。

除了默认的基本通道以外,在图像中还可以创建Alpha通道。Alpha通道是非彩色通道,它最基本的用途是保存编辑区范围,而不会影响图像的显示和印刷效果。Alpha通道具有如下特性:

(1) 一幅图像可有多达24个通道,包括彩色通道在内。

(2) 所有的通道都是8位图像,可以显示256级灰度。

(3) Alpha通道可以被创建和删除。

(4) 可以设定每个通道的名称、色彩、蒙版选项和透明度。

(5) 所有的新通道都具有与原图相同的点阵数。

(6) Alpha通道可用绘图和编辑工具来处理。

(7) 选择区可以存储到Alpha通道中成为永久性蒙版,永久性蒙版可以在同一幅或不同的图像中重复使用。

显然,图像的通道越多,文件容量越大,如在RGB图像中复制一个彩色通道将使文件容量扩大约三分之一。只有使用PSD、TIFF格式保存时图像中的alpha通道信息才能被保留下来,否则Alpha通道信息将被丢失。利用Alpha通道可以存储和编辑蒙版,以便于高级图像编辑,创造出不同的图像效果。在视频编辑软件中,Alpha通道也称为透明通道,该通道上的不透明区域可以完全遮挡下面图像的内容。因此,利用它可以编辑完成图像与视频叠加的任意方式。

案例5-18：利用通道实现图像与视频的叠加

如图5-21(a)所示与一段视频叠加时,如果希望将其外围编辑成一个渐变的圆形,如图5-21(b)所示,将外围的绿色挡板设置成直接Alpha通道,并保存为TIFF格式的文件,则在后续的视频编辑过程中即可完成遮挡。

(1) 打开图(a)的通道控制板,它的使用与图层控制板类似。当前图像的彩色通道会自动显示在通道控制板上。

(2) 选择椭圆选框工具,调整其羽化参数为20~30像素,在图上圈一个圆。单击通道控制板下方的"将选区存储为通道"按钮,生成通道Alpha1,如图(c)所示。默认通道的透明度是50%,选区内是100%,因此观察图像可看出遮挡的效果。

(3) 将Alpha1选中为编辑通道,如图(c)所示。单击通道控制面板右上角的弹出式菜单三角按钮,选择"通道选项",可调整通道名称、遮挡色彩(默认为红色)和透明度(默认值为50%)。调整通道色彩和透明度时在图像编辑窗口中可观察出该蒙版的效果。通道

alpha通道中创建和编辑的蒙版

(a) 原图　　　　　　　(b) 通道遮挡效果　　　　　　(c) 通道控制面板

图 5-21　利用通道来保存和编辑蒙版

的透明度会影响蒙版的遮挡效果，但对图像数据不会有影响，因此 Alpha 通道也称为透明通道。与层蒙版不同的是 Alpha 通道中定义的蒙版对所有层都起作用。

（4）按 TIFF 格式保存图像，即可保存通道信息。

5.3.5　特效编辑与设计

计算机图像特殊效果或特技是通过计算机的运算来模拟摄影时使用的偏光镜、柔焦镜及暗房中的曝光和镜头旋转等技术，并加入美学艺术创作的效果而发展起来的。在 Photoshop 中通过滤镜可以实现油画、雕刻、柔光、虚化等各种不同的效果。

特技处理对图像深度要求较高，否则难以达到理想的效果。在 Photoshop 中，滤镜不能应用于位图模式、索引颜色和 16 位通道图像，还有一些滤镜只能应用于 RGB 图像模式，部分滤镜需要调入外部图像，图像格式为 PSD。尽管各种特技处理的效果各不相同，但其基本使用都是类似的。

（1）确定要处理的图层上的选择区，否则将对整个图层进行处理。

（2）选择"滤镜"菜单中的某种滤镜工具。

（3）绝大多数滤镜都有一个对话框出现，便于滤镜参数的调整和处理效果的预览。滤镜参数通过对话框内的拉杆或是数值的方式调整。几乎所有的对话框中均有"预览"选项，可以在调整参数的同时，观察到调整后的效果。对于复杂的处理和幅面较大的图像，特技处理可能需要较长的处理时间，因此利用预览功能可以提高工作效率。

案例 5-19：阳光的舞蹈

图 5-22 是利用"动感模糊"滤镜的前后效果。原图是普通数码相机微距拍摄的，因此远景不够虚化，用选择工具将前景的叶片复制成一个新图层，对原背景图运用"模糊/动感模糊"滤镜，调整运动角度和距离，两图层合并后便可产生阳光下叶片栩栩如生的效果。

案例 5-20：静月思

一张插花作品图，有很好的光影效果，只是背景全黑。通过图像处理可以创造一个新的月光背景，烘托原图的光影效果，如图 5-23 所示。

（1）用选择工具将前景仔细地裁剪成一个新图层，注意保留作品的投影。

（2）新建图层，设前景色为黄色。用边缘羽化的椭圆选框工具画一个圆，选择菜单

图 5-22　动感模糊滤镜的应用(参见彩页)

图 5-23　综合背景设计(参见彩页)

"编辑/填充",即可得到一个黄月亮,调整图层的透明度为 30％左右。

（3）新建图层,用深浅不同的蓝黑色渐变填充,然后选择菜单"滤镜/扭曲/波浪",调整波浪的参数,观察效果,产生云层的变化感。

（4）调整各层的位置关系,并适当缩小前景插花图,使画面有更多的留白,构图更协调。

案例 5-21：背景与前景的关系处理

图 5-24 是为一个会议宣传页（A4 幅面）设计的页头,它的背景素材是一张摄影图,先采用"滤镜/风格化/查找边缘"处理,然后调整该图层的透明度或者对比度,使之产生柔和的素描效果,作为背景突出了文字主题并与前景的实景风光小图形成对比。

图 5-24　背景与前景的关系处理

5.4　文字编排与处理

　　文字是最基本的信息媒体,文字编排包括两个方面的内容:正文的编排和标题文字的设计。正文一般采用文本方式,如网页上的正文,而标题常采用图像方式,因此标题的设计往往成为图像设计的一部分。除了文本信息含义,文字的字体、字形、编排方式、色彩效果等还可以烘托视觉气氛,强化平面的主体信息。

5.4.1　文字式样与特征

　　文字的形状称为字形或者式样,一般通过字体、字号、间距、权重(斜体,加粗等)来表现。字号是文字的大小,而字体是指文字的各种不同的形态,也可以说是笔画姿态。

1. 字体

　　通常汉字可分为基本印刷字体、扩充字体和美术字体。印刷体是平面设计中最常用和最常见的字体,它的规范、整齐、韵律、效率等都是其他字形字体所不能企及的。在汉字的印刷字体中,最常用的基本字体有宋体、仿宋体、楷体和黑体四种。扩充字体与基本印刷字体有较大的变化,如较常见的线体、圆体、琥珀体等一些加粗和变细笔画的字体,具有一定的美术效果,如图 5-25 所示。

宋体横平竖直,形态方正,适用于正文
黑体端正古朴,浑厚有力,通用于标题
楷体粗细均匀,流畅自然,通用性较强
行楷飘逸洒脱,刚劲舒展,书法韵味浓
隶书浑厚饱满,古朴典雅,装饰性较强
圆体秀逸婉转,匀称美观,显端庄秀丽

图 5-25　不同字体及其特征

2. 字号与间距

　　印刷媒体中不同的字体最终都是通过点(point,pt,也称为磅)来表示其大小,称为字号。英文字体用纵向点,以 pt 或磅为单位来表示字号,一般纸质媒体的正文采用 9pt～12pt 的字号印刷。汉字字号直接用数字,如五号、小四号等来表示,一般纸质媒体采用五号或小四号字印刷。

　　除了字号,字间距与行间距也是字型的度量单位。行距是从一行文字的底部到下一行文字顶部的距离,它决定段落中各行文本间的垂直距离。字距是一个文字与下一个文字之间的距离。

3. 文字编排的可读性

　　文字根据其作用可以划分为简短的标题、短语和大段的正文。文字的编排是选择合适的字体、字号,按照一定的版式,如边框、色彩、插图等,将文字排列在一个平面空间上。文字首先是为了让读者通过阅读获取其中的信息,"可读"是文字编排的最基本的原则。为了达到文字的可读,不仅要注意字体、字号的选择,间距、边缘留白、版式等都有规律可寻,此外文字与背景的对比、图文混排时其他媒体的干扰等都是影响文字可读性的因素。如在中文计算机编排和显示中,楷体虽然笔画变化丰富,自然流畅,但当屏幕分辨率有限而字号不够大时,其过多的笔画变化反而使其显得清晰度不够,而笔画粗细相对变化较小的宋体则表现得更清晰一些。因此,中文的正文编排一般采用宋体。

4. 形式与内容的统一

文字的形式不仅要满足可读的要求,同时要加强信息的有效传达。也就是说,字型的选择要与文字传达的内容相符。如果文字内容传达的是一种严肃的信息,字型的设计也需要体现凝重的气氛;如果是欢快的信息,字型也要有助于轻松气氛的营造,如图 5-26 所示。

图 5-26　中英文字型的不同形式感

5.4.2　正文编排

正文是以文字作为信息主体,一般具有信息传达准确、精练但文字量较多时容易造成视觉疲劳的特点。正文编排的原则是可读性要高,同时还要考虑正文在整体页面构图中的作用,做到形式与内容的统一。在图文混排的情况下,文本信息视觉表现力最弱,因此在以文字为信息主体的情况下,在设计编排上应采用标准字体并突出文本,削弱其他媒体的表现。

1. 字型与间距

正文一般采用文本方式,文字编排时首先要确定字体、字号、间距和对齐方式,以保证正文的可读性。正文应选择标准的印刷字体,中文一般采用宋体,英文一般采用罗马体。一般情况下,字体小间距也小,字体大间距也要相应地大一些;文字段落长则行间距也相应地稍大一些,因为是同比例变化的。

案例 5-22：不同正文编排的效果比较

式样		式样参数	编排效果
1	宋体		一次在东郊椰林看小山山放焰火。海潮退得很低，正在往回涨。四周静极了，只有海潮轻柔地摇着背后高高的椰树，一浪一浪执着地追着孩子的脚面涌向海滩。小儿子真的就踏着海浪（鞋是不能湿的），一支又一支地点放手中的小小焰火。只听"吱"的一声，一粒小小的亮光像一颗流星划过海面，越过椰林，冲向上空，转眼融入黑夜。
	字号	8pt	
	行距	12pt	
	字距	1pt	
2	宋体		一次在东郊椰林看小山山放焰火。海潮退得很低，正在往回涨。四周静极了，只有海潮轻柔地摇着背后高高的椰树，一浪一浪执着地追着孩子的脚面涌向海滩。小儿子真的就踏着海浪（鞋是不能湿的），一支又一支地点放手中的小小焰火。只听"吱"的一声，一粒小小的亮光像一颗流星划过海面，越过椰林，冲向上空，转眼融入黑夜。
	字号	8pt	
	行距	10pt	
	字距	1pt	
3	宋体		一 次 在 东 郊 椰 林 看 小 山 山 放 焰 火 。 海 潮 退 得 很 低 ， 正 在 往 回 涨 。 四 周 静 极 了 ， 只 有 海 潮 轻 柔 地 摇 着 背 后 高 高 的 椰 树 ， 一 浪 一 浪 执 着 地 追 着 孩 子 的 脚 面 涌 向 海 滩 。 小 儿 子 真 的 就 踏 着 海 浪 （ 鞋 是 不 能 湿 的 ） ， 一 支 又 一 支 地 点 放 手 中 的 小 小 焰 火 。
	字号	8pt	
	行距	10pt	
	字距	3pt	
4	宋体		一次在东郊椰林看小山山放焰火。海潮退得很低，正在往回涨。四周静极了，只有海潮轻柔地摇着背后高高的椰树，一浪一浪执着地追着孩子的脚面涌向海滩。小儿子真的就踏着海浪（鞋是不能湿的），一支又一支地点放手中的小小焰火。只听"吱"的一声，一粒小小的亮光像一颗流星划过海面，越过椰林，冲向上空，转眼融入黑夜。
	字号	8pt	
	行距	12pt	
	字距	1pt	
	斜体		

以式样 1 为基准，其字体、字号和行间距都较为合适。式样 2 行间较小，在大段文字的情况下不易阅读。式样 3 字距过大，行距不够，看起来如竖排效果。式样 4 采用斜体字，与式样 1 相比不易辨认。

2. 分栏与边距

分栏和留白是要在页面上创造出文字段落或者文字块的整体装帧，使文字的视觉效果更具吸引力，更易阅读。分栏是将页面纵向划分为多个编排区域，以控制段落的宽度；留白是文字段落四周的空白空间，以页边距为主，并综合段落之间的距离和图文混合编排时留白的运用。

阅读太宽的文字段落时，眼光需要从上一行扫到下一行，这样容易串行，造成阅读困难和视觉疲劳。这无疑将挫伤读者的阅读兴趣。因此，正文编排中常采用分栏的方式。一般来说，栏宽应该与字号成正比，字号越小栏宽越窄。

3. 背景与色彩对比

文字的背景首先要使前景文字更清晰可读，而且尽量减少对读者的视觉刺激，以免造成疲劳。因此，在色彩上文字与背景具有较大的对比度，保证文字具有可读性的简单方式。正文的背景一般采用单色背景，即使采用图案或图像作背景，也要将背景色彩和图案尽量弱化，否则很容易喧宾夺主，对阅读造成干扰。

5.4.3　图文混排与标题设计

图文混排或设计文字标题,一般都采用图像处理软件来完成,最后将文字与图层叠加在一张图上。因此,一般图像处理软件都具有文字编辑功能。

案例 5-23:文字工具应用

单击 Photoshop 文字工具组,可看到它包括横排、直排、横排蒙版和直排文字蒙版四种,如图 5-27(a)所示。

(1) 选择"横排文字工具",在其属性栏中改变字型、字号、颜色等参数。用鼠标在图层上单击,即可输入文字"数字媒体:技术.应用.设计",并自动生成新的文字图层。

(2) 单击工具属性栏中的 ⏋ 图标,选择"突起"的文字变形方式(默认为不变形)。

(3) 单击图层控制板下方的"添加图层样式"按钮 ƒ,在出现的图层样式快捷菜单中选择"混合选项",弹出"图层样式"对话框,如图 5-27(b)所示。或双击图层控制面板中选中的图层,也会出现"图层样式"对话框。

(4) 选择"投影"和"外发光"样式,并适当调整其参数,可见到文字效果如图 5-27(c)所示,对应的图层控制面板如图 5-27(d)所示。

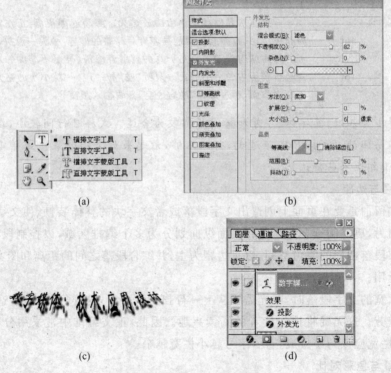

图 5-27　文字工具的使用

另外,Photoshop 也提供像 Word 一样的文本框功能。单击文字工具,在要输入文本处用鼠标拉出文本框,即可输入文字。输入完成后,单击除文字工具以外的任何工具,文字就会生成一个新的文字图层。

选择文字蒙版，将按输入文字的轮廓生成选择区，可以作为一般选区进行编辑，但不会生成新的图层。如果能够有效地使用蒙版，则将获得高级艺术字效果，简单的如空心字、渐变字等。

案例 5-24：网站文字设计

本章案例 5-9 介绍了新闻与传播学院网站（www.tsjc.tsinghua.edu.cn）的设计创意和实施效果，其中标题文字都是采用图文混排的方式。主标题"新闻与传播学院"采用行楷、加阴影和立体效果处理；一级栏目标题均采用黑体、加阴影但无立体效果，这样两级标题主次分明。在色彩的应用上，首页标题（学院名称）采用学院色（绿）；一级页面学院名称改用校色（紫）并与绿色的学院 Logo 配合，字号也较主页上的标题字小一些，如图 5-10 所示。一级栏目的标题均采用统一的字体、字号和效果，只是在构图上配合装饰图有不同的变化，对比图 5-10(c) 与图 5-28 所示。整个网站栏目的链接文字和正文均采用标准宋体，整个网站页面在统一的风格中又各不相同，体现出新的学院活力。

图 5-28　标题文字设计与应用

5.5　矢量图形绘制

Photoshop 虽提供了绘图工具，如画笔 ✎，喷枪 ✍，铅笔 ✐ 等，用以产生不同效果的手绘线条，但这些工具都是直接改变像素点的色彩或属性，因此很难精确控制和调整。从上一小节有关文字工具的使用中可以看出，文字图层是按矢量方式记录的，因此文字可以随意缩放和调整，而不会影响其清晰效果。但文字层转换成普通图层后，就与其他位图一样。除了文字以外，Photoshop 也提供了路径工具，用以绘制矢量图形，但是它的功能比较弱。而 Adobe 的另一款软件 Illustrator，则是一个专门的矢量绘制软件，它的操作界面与 Photoshop 有很多相似之处，可以快速精确地创建和编辑失量图，设计出各种图形或特殊文字，同时也有基本的位图编辑功能。因此，Photoshop 软件是以位图编辑为重点，而 Illustrator 是以矢量图绘制为重点，这两款软件可以配合起来一起使用。与 PSD 格式类似，Illustrator 默认的文件格式为 AI，它可以记录矢量编辑过程。

5.5.1　矢量图及编辑的基本概念

矢量图，也称为图形，它由可随意拉伸变形的点、线构成，这些点线也称为路径。路径可以是一个点、一条直线、或一条曲线、或一系列连续直线和曲线段的组合，这个组合也称为图形或形状。与位图的像素线条或几何图形不同，路径是一种不包含点阵的矢量对象，因此独立于图像数据之外，也不会被打印输出。由于路径采用矢量的方式记录线段组合，可以很容易地重新整形和修正路径。

　　在 Photoshop 中,路径可以用来选取和剪裁复杂的形体轮廓,它提供了一个精确定义选择区的一种方式。此外,路径也可以用来直接创建图像。一旦建立了一个路径,可把它保存到路径控制板中,也可以转换成选择区域,还可以用前景色绘制路径曲线,或填充路径包围的区域。选择区也可以转换成路径。由于路径比基于像素的数据更节省空间,因此它可以用来保存蒙版。路径可以随图像文件一起保存和打开,PSD、JPEG、TIFF 等图像格式都支持路径方式。

　　在 Photoshop 图层控制中,由路径构成的几何图形层称为形状层,也即矢量图层。可以对形状进行选择、移动、缩放等基本操作,也可以改变其外部轮廓(路径),改变其属性参数如线宽、填充色等,还可以通过形状来确定选择区。此外,用户定义的形状还可以保存下来以便再次利用。同样,形状与点阵无关,无论是对其进行缩放、打印,还是输出到其他矢量图软件中,形状都保持着光滑的外部轮廓。

　　而 Illustrator 是专门针对矢量图形绘制的软件,因此使用更方便。打开 Illustrator,观察其工具箱构成,如图 5-29 所示,可以看到其主要功能包括以下几项。

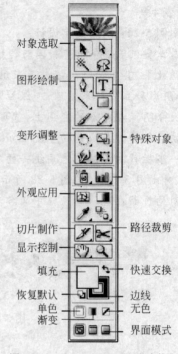

图 5-29　Illustrator 工具及功能组

1. 图形绘制

　　通过多种方式创建路径,包括自由线条和规则图形的工具。自由线条如钢笔、铅笔、画笔 等,与 Photoshop 不同的是,这里铅笔和画笔绘制的也是沿拖动轨迹创建的自由路径,也即矢量图。规则图形包括各种线形工具 ,以及各种几何图形工具 。选择一种绘图工具后,可调整其基本属性,包括轮廓(路径)的宽度(以点阵计)和颜色,内部填充的色彩或效果、透明度等,这些也成为图形的外观。

2. 对象及其选取

　　与位图的点阵不同,Illustrator 是一个面向对象的软件,它打开的位图,创建的路径、文字等以对象的形式相互独立存在。因此绘制的图形作为对象存在,通过对象选取工具使之成为当前编辑的对象。选择 和直接选择工具 与 Photoshop 中功能相同,是使用最频繁的选择工具。群组选择工具 用于选取成组对象中的单个对象;魔棒工具 用于选取具有相同或相似属性的对象,可通过魔棒的选项设置相似属性和相似度;索套工具 可以通过自由拖曳的方式形成选区,选取区域内的多个对象、锚点或路径片段。

3. 图形的变形调整

　　由于矢量图不受分辨率的限制,使得同一个对象可以被反复修改和复制,经过重组、变换、修饰,便可以获得一幅截然不同的作品。因此,矢量的变形调整是 Illustrator 的另一重要功能。选择一个矢量对象,便可以对它进行旋转 、比例缩放 、镜像 、倾斜

$\Box$、改变形状 $\searrow$ 和自由变形 $\boxtimes$ 等操作。

4．特殊对象编辑

文字、图标和各种符号是 Illustrator 中的特殊矢量对象。通过"对象/图表"菜单下的子菜单项，或使用工具箱中的图表工具，可以在 Illustrator 文件中创建和编辑图表。

Illustrator 具有比 Photoshop 强大的文本处理功能，除了能在工作页面任何位置生成横排或竖排的区域文本，还能生成沿任意路径排列的路径文本，另外还可以将文本排进各种规则和不规则的对象，还可将各文本块链接，以实现分栏和复杂版面的编排。结合强大的绘图功能和图形处理功能，文本与矢量或位图的混排更方便。

5．滤镜

除了工具箱提供的矢量绘制和编辑功能，Illustrator 也包含丰富的滤镜和效果处理功能，其作用和 Photoshop 中的滤镜类似，但有些滤镜和效果只能应用于像素图。需要对 Illustrator 中创建的矢量对象应用像素滤镜和效果功能时，可先通过执行"效果/栅格化"命令或"对象/栅格化"命令将矢量对象转变为像素图像。两者的区别在于，"对象/栅格化"命令将对象完全转换成了像素图，而"效果/栅格化"命令只是应用于对象的外观属性，对象的实际架构仍保留矢量特性。

5.5.2　绘制简单矢量图

下面通过案例来说明矢量图的基本绘制和编辑方法。

案例 5-25：简单人形的制作

图 5-30 是使用几种常用的变形工具，由一个圆形路径为基础创建一个简单的人形的过程。

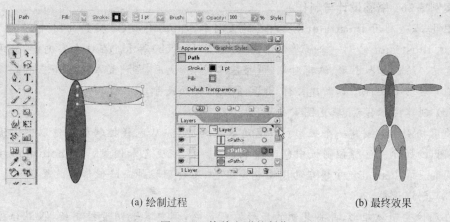

(a) 绘制过程　　　　　　　　　　(b) 最终效果

图 5-30　简单人形的制作

（1）单击椭圆工具，改变工具属性栏的填充色，在画布上拖出一个圆形。

（2）单击选择工具 $\blacktriangleright$，选中创建的圆，进行复制、粘贴和移动。将鼠标移至圆周围的 8 个控制点，拖放鼠标调整形状，拉长椭圆形成身体，在工具属性栏选取不同的填充色。

（3）重复上面步骤，生成手臂，并调整颜色。观察图层控制面板，将手臂移至身体层的下方，如图(a)所示。

(4) 重复复制和移动,大腿部分选择旋转 ⟳ 改变椭圆的方向。

(5) 最后完成人形如图(b)所示,保存为 AI 格式文件,可作为后续动画的素材。

Illustrator 本身可以输出 SWF 的逐帧动画,但其基本没有动画编辑能力,通常用于为其他软件制作动画素材。大部分矢量动画软件都能支持 Illustrator 默认的 AI 格式文件。

5.5.3　矢量图与位图的综合应用

在平面设计中,需要考虑图像的组成元素以及图像的未来应用,综合地选择编辑软件,采用矢量绘制软件如 Illustrator,或是像素图像软件如 Photoshop,或两者结合起来使用。

Illustrator 是一个基于矢量的软件,它能很方便地制作路径图案。一般来说,如果需要用清晰的线条创建艺术作品或文字,使之在任何放大级别上都显示良好,就应该用 Illustrator。同时,Illustrator 在处理文字及重新选择、移动和改变图像时,具有更多的灵活性,可以方便地进行设计布局。

Illustrator 中也可以创建和编辑像素图像,但它的像素编辑工具相当有限。而 Photoshop 是一个基于像素的软件,它在位图编辑方面的许多功能远远超过 Illustrator,适于对图片进行精细处理,如进行像素编辑、颜色校正及添加其他特殊效果等修改时,使用 Photoshop 更为方便。

通常在 Illustrator 中导入 Photoshop 图像,是为了进行轮廓的描摹,如从较为杂乱的草稿中提取线条,完成基于矢量的图像;或者是为了添加文本内容和完成作品布局规划。而在 Photoshop 中导入 Illustrator 图像则主要是为了给图像添加更为丰富细腻的效果。

案例 5-26:书签设计与制作

图 5-31 是利用 Illustrator CS 内置的素材和 Photoshop CS 提供的图片,如图(a)所示,通过 Illustrator 绘制一个简单的书签的过程,如图(b)所示。在这个实例中,应用到的操作包括:绘制基本图形、编辑对象、调整基本外观、使用符号、置入位图和应用蒙版等。

(1) 启动 Illustrator,新建文件,设置合适的页面尺寸

(2) 创建主体背景、填充图案并调色

使用矩形工具创建一个矩形。设置边线色为无色;从色样控制板中选取图案进行填充,如图(c)所示。色样控制板中包括印刷色、专色、渐变色和图案,与 Photoshop 填充图案不同的是,Illustrator 中填充的图案也是矢量,不会因拉伸而降低清晰效果。

(3) 色调调整

在原位复制该矩形,并将复制的矩形填充蓝色,调整其透明度控制板,将混合模式选为色相,如图(d)所示,则混合后色调变为蓝色。

(4) 创建透明渐变

绘制两个矩形,分别填充黑白渐变色和圆柱渐变色,使用渐变工具调整渐变效果。选择这两个矩形,单击"透明度控制板"右上角的按钮,在弹出的菜单中选择"创建不透明蒙版",创建透明效果,如图(e)所示。

(5) 用相同方法制作书签上半部分的背景。

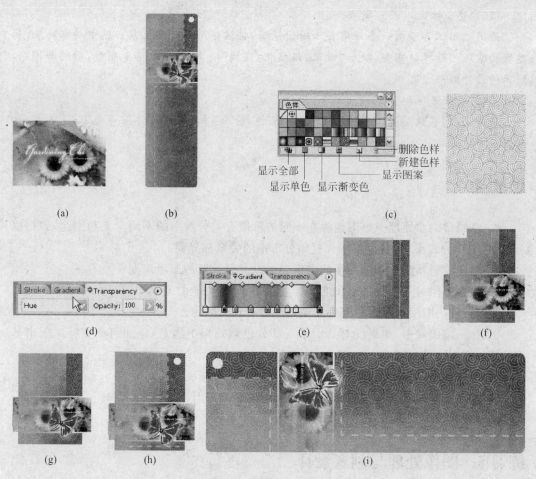

图 5-31 书签的设计与制作过程

（6）置入并编辑位图

执行菜单"文件/置入"，打开"．．Adobe/Photoshop CS/样本"中的"鲜花"图像，缩放到合适大小并置于两个背景矩形之间。原位复制并对其中一个图像执行"滤镜/颜色/转换为灰度"命令。

（7）使用剪切蒙版

创建一个矩形用于裁剪位图图像。选择矩形和图像，执行菜单"对象/剪切蒙版/创建"命令创建裁剪效果。用同样方法对另一图像进行裁剪。使用"群组选择工具"选择作为蒙版的矩形，修改其边线色和宽度。效果如图（f）所示。

（8）应用符号和效果

拖动符号控制面板中所需的符号（蝴蝶）至页面内，旋转并移至合适的位置。执行"效果/外发光"命令，设置发光效果，如图（g）所示。

（9）添加修饰

使用钢笔工具绘制两条折线，在轮廓控制面板中调整宽度和样式，在透明度控制面板中调节透明度。使用椭圆工具绘制白色圆孔。效果如图（h）所示。

（10）整合输出

使用矩形工具绘制一个矩形表示输出范围,将该矩形置于最上层。选中所有对象,创建剪切蒙版。选择该矩形,执行"效果/风格化/圆角"将其转变为圆角矩形,得到如图(i)所示的最终效果。

（11）文件保存和输出

保存文件,默认为 AI 格式;执行菜单"文件/输出"命令,将文件保存为 PSD 格式,在对话框中设置栅格化分辨率。

思考题

1. 总结归纳在处理一幅图像时在不同的阶段有关分辨率的不同含义和用途,如扫描分辨率、图像分辨率、显示分辨率和打印分辨率的关系和异同。

2. 怎样控制和调整一幅图像的图像深度以及显示器的显示深度?

3. 如果图像的显示效果与预期的相差很多,分析可能的原因和调整方式。

4. 选择区、图层有什么不同? 在使用上各有什么特点?

5. 在一幅图像中,如果仅对其中某一部分色调效果不满意,应如何调整? 试列出基本步骤。

6. 怎样选择图像中的某种色彩作为当前的填充色彩?

7. 在什么时候选择用蒙版、通道和路径? 它们各有什么特点?

8. 归纳和总结 Photoshop CS 软件的主要功能和使用方法。

练习5　图像处理与创意设计

一、目的

1. 了解和掌握图像处理软件 Photoshop 的基本功能和基本使用方法,熟练掌握图层与选择区的基本使用方法。

2. 通过创造性的构图和对布局及色彩等的巧妙处理,一幅好的图画可以将一个主题以含蓄而又深刻的方式予以揭示,并往往具有比单纯的语言文字更强的表现力。在掌握图像处理基本概念和 Photoshop 基本使用方法的基础上,对已有的数字图像作一些基本的创意设计和编辑处理。

二、内容

1. 自选一张数字图像,进行图像处理练习。

（1）选择区的应用与图层的生成:利用选取范围的工具定义所选图像的前景(对象),重新定义一张白色图纸,尺寸为 250×250 像素(或根据选择的图像大小定),将已选取的图像前景作为一个新图层保存在新图纸内,存为 abc.psd。根据需要,调整前景对象的效果。

（2）文字的应用：选择一种绘图色，观察所选用色彩的 RGB、CMY、HSB 或 Lab 分量数。用选定的色彩，设计标题文字，作为一个新图层保存在图像文件内。

（3）背景填充：自定义填充模式、类型和色彩等，改变图像 abc.psd 的背景，将背景作为新图层保存。根据新背景的情况，调整前景对象及背景的显示效果。

2. 图像编辑技巧：

自选一张基本素材，通过一种或多种处理或特技的应用产生不同的处理效果。如油漆桶、渐变、画笔、喷枪、涂抹、色调、直线、蒙版、路径、通道、各种特技的综合使用等，要求：

（1）素材图像，按 JPG 格式保存；

（2）生成的技法使用效果图，图像尺寸自定，按 JPG 和 PSD 格式保存。

3. 图像创意设计：

自选一个主题，通过图像来表达主题的内涵。要求作品表意清晰，画面美观，尽量做到视角独特和处理新颖，鼓励原创。

（1）用文字简单叙述主题及其图像创意思想。

（2）根据主题收集素材。

（3）图像处理要求：

① 用 Photoshop 制作 1024×760 或 800×600 像素、24 位全彩色图像。

② 至少具有 8 个图像层，一个文字层。

③ 使用至少两种以上滤镜效果。

三、要求

1. 图像编辑技巧，要求简单说明处理方式，并提供素材 JPG 文件以及处理后的 JPG 文件和 PSD 文件。

2. 图像创意设计：

（1）简述创意思想；

（2）用表格方式列出创作计划、过程以及各部分所花费的时间和总时间。

（3）说明所采用的主要技术，提交主要素材的 JPG 文件，以及完成的图像设计作品的 PSD 和 JPG 两种格式文件。

注意：设计所用素材请自己暂时保存，以备在教师指导下进一步修改设计。

3. 总结：

（1）根据实验体会，总结图像处理和设计的基本流程。

（2）总结自己在实验中所遇到的问题及解决的方法。

第 6 章

计算机动画原理

计算机动画(Animation)是在传统动画的基础上,使用计算机图形图像技术而迅速发展起来的一门高新技术。它的出现,一方面丰富了多媒体信息的表现手法,另一方面不仅使传统的动画进入计算机,而且缩短了传统动画的制作周期,并能产生传统动画所不能比拟的视觉效果。从广义的角度看,在数字媒体应用领域,凡是用计算机产生的图形图像的运动效果都可以称作动画。因此,计算机动画可以很简单,也可以很复杂,其简单和复杂的程度完全取决于用来产生动画的计算机硬、软件平台。动画使得信息更加生动,富于表现力,同时通过计算机可以很容易地实现简单动画。

6.1 动画的原理与发展

动画的发明早于电影。从 1820 年英国人发明的第一个动画装置,到 20 世纪 30 年代 Walt Disney 电影制片厂生产的著名的米老鼠(Michey Mouse)和唐老鸭(Donad Duck),动画技术从幼稚走向了成熟。成功的动画形象可以深深地吸引广大观众。卡通(Cartoon)的意思就是漫画和夸张,动画采用夸张、拟人的手法将一个个可爱的卡通形象搬上银幕,因而动画片也称为卡通片。

6.1.1 动画的视觉原理

当人们观看电影或电视时,画面中的人物和场景是连续、流畅和自然的。但当人们仔细观看一段电影胶片时,看到的画面却一点也不连续。

案例 6-1:动画的瞬间画面是静态图像

观看光盘中“案例 6-1”的一段 8 秒钟的动画片段,两个小动物在门口喧闹打斗,从其中大约 1 秒钟的动画中截取 8 个瞬间画面如图 6-1 所示,每个画面都是一幅静态图像。把动画中一个瞬间画面称为一帧,如图 6-2 为一个太阳升起过程的首尾和中间某一帧。

图 6-1 动画片的瞬间截图

以一定的速率把动作相关的静态帧画面投影到银幕上,就能产生运动的视觉效果。这种现象是由视觉残留(persistence of vision)造成的,在生理上,反射到人眼的光影要在

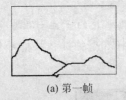 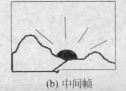 

(a) 第一帧　　　　　　　(b) 中间帧　　　　　　(c) 结束帧

图 6-2　动画中帧的示意

视觉中保留一段短暂的时间才会消失。

案例 6-2：视觉残留实验

两盏小灯相距 1~2 米远,放置在一个黑暗的房间内,让这两盏小灯以 25~40 毫秒的时间间隔交替点亮和熄灭。观察者看到的是一盏小灯在两个位置之间跳来跳去,而不是两盏小灯分别点亮和熄灭。这是由于一盏灯点亮时在人的视觉中保留短暂的时间,还未消失时另一盏灯又点亮,观察者在视觉上将两盏灯混合为一盏灯,感觉到只有一盏灯跳来跳去。这就是视觉残留的现象。打开光盘中文件"案例 6-2：视觉残留实验",也可以从屏幕上模拟观察到这个效果。

动画和电影利用的正是人眼这一视觉残留特性。实验证明,如果动画或电影的画面刷新率为每秒 24 帧左右,也即每秒放映 24 幅画面,则人眼看到的是连续的画面效果。但是,每秒 24 帧的刷新率仍会使人眼感到画面的闪烁,要消除闪烁感画面刷新率还要提高一倍。因此,每秒 24 帧的速率是电影放映的标准,它能最有效地使运动的画面连续流畅。但是,在电影的放映过程中有一个不透明的遮挡板每秒遮挡 24 次,每秒 24 帧加上每秒24 次遮挡,电影画面的刷新率实际上是每秒 48 次。这样就能有效地消除闪烁,同时又节省了一半的胶片。

6.1.2　动画的概念和发展

动画与运动是分不开的。世界上著名的动画艺术家曾指出:"运动是动画的本质",也有人说:"动画是运动的艺术"。从传统意义上说,动画是一门通过在连续多格的胶片上拍摄一系列单个画面,从而产生动态视觉的技术和艺术,这种视觉是通过将胶片以一定的速率放映的形式体现出来的。一般说来,动画是一种动态生成一系列相关画面的处理方法,其中的每一幅与前一幅略有不同。

1. 传统动画片的生产过程

传统动画片的生产过程主要包括编剧、设计关键帧、绘制中间帧、拍摄合成等方面。

(1) 脚本及动画设计。如同电影、电视的剧本一样,动画片通常需要有叙述一个故事的文字提要及详细的文学剧本,根据该剧本设计出反映动画片大致概貌的各个片断,也即分镜头剧本。然后,对动画片中出现的各种角色的造型、动作、色彩等进行设计,并根据分镜头剧本将场景的前景和背景统一考虑,设计出手稿图及相应的对话和声音。

(2) 关键帧的设计。关键帧也称为原画,它一般表达某动作的极限位置、一个角色的特征或其他的重要内容。这是动画的创作过程,一般由经验丰富的动画设计者完成。

案例 6-3：传统动画片的概念

　　光盘文件"案例 6-3_传统动画"为一个简单的传统动画片的产生过程。动画内容为迈步的小人，设计 8 个关键帧动作画面，如图 6-3 所示。将 8 个关键帧按顺序依次记录并播放，就看到了这个小人的迈步动作。

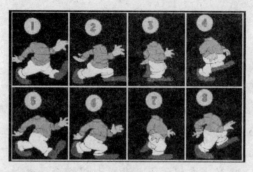

图 6-3　关键帧及其顺序关系

　　（3）中间画生成。一旦关键帧确定以后，就可以画出中间画。中间画是位于关键帧之间的过渡画，不只有一张，可能有若干张。中间画一般由美工或辅助的动画设计者完成。在关键帧之间可能还会插入一些更详细的动作幅度较小的关键帧，称为小原画，以便于中间画的生成。有了中间画，动作就流畅自然多了。

　　（4）描线上色。动画初稿通常都是铅笔稿图，将这些稿图进行测试检查以后就要用手工将其轮廓描在透明胶片上，并仔细地描上墨、涂上颜料。动画片中的每一帧画面通常都是由许多张透明胶片叠合而成的，每张胶片上都有一些不同对象或对象的某一部分，相当于一张静态图像中的不同图层。

　　（5）检查、拍摄。在拍摄前将各镜头的动作质量再检查一遍，然后动画摄影师把动画系列依次拍摄记录到电影胶片上。十分钟的电影动画片，大约需要一万张图画。

　　（6）后期制作。有了拍摄好的动画胶片以后，还要对其进行编辑、剪接、配音、字幕等后期制作，才能最后完成一部动画片。

　　由此可以看出，传统动画的设计制作过程相当复杂。从设计规划开始，经过设计具体场景、设计关键帧、制作关键帧之间的中间画、复制到透明胶片上、上墨涂色、检查编辑，最后到逐帧拍摄，其消耗的人力、物力、财力以及时间都是巨大的。因此，当计算机技术发展起来以后，人们开始尝试用计算机进行动画创作。

2. 计算机动画的发展

　　计算机动画是采用连续播放静止图像的方法产生景物运动的效果，也即使用计算机产生图形、图像运动的技术。计算机动画的原理与传统动画基本相同，只是在传统动画的基础上把计算机技术用于动画的处理和应用，并可以达到传统动画所达不到的效果。计算机生成的动画不仅可记录在胶片上，而且还可记录在磁带、磁盘和光盘上；放映时不仅能使用灯光投影到银幕的方法显示，而且可以使用电视屏幕、计算机显示器、投影仪等进行显示；动画的内容不仅实体在运动，而且色调、纹理、光影效果也可以不断改变。

　　随着计算机图形技术的迅速发展,早在 20 世纪 60 年代,美国的 Bell 实验室和一些研究机构就开始研究用计算机实现动画片中间画面的制作和自动上色。这些早期的计算机动画系统基本上是二维辅助动画系统(computer assisted animation),也称为二维动画。到 20 世纪 70—80 年代,计算机图形、图像技术的软、硬件都取得了显著的发展,使计算机动画技术日趋成熟,三维辅助动画系统也开始研制并投入使用。三维动画也称为计算机生成动画(computer generated animation),其动画的对象不是简单地由外部输入,而是根据三维数据在计算机内部生成。目前,计算机动画已经发展成一个多种学科和技术的综合领域,它以计算机图形学,特别是实体造型和真实感显示技术(消隐、光照模型、表面质感等)为基础,涉及到图像处理技术、运动控制原理、视频技术、艺术甚至于视觉心理学、生物学、机器人学、人工智能等领域,它以其自身的特点而逐渐成为一门独立的学科。

　　从应用及广义的角度看,计算机动画并不只是用计算机辅助实现电影、电视动画片的制作。计算机动画区别于计算机图形、图像的重要标志可以说是:动画使静态图形、图像产生了运动。因此,可以从广义的角度来定义计算机动画,而且其应用相当广泛,小到一个多媒体应用软件中某个对象、物体或字幕的运动,大到多媒体应用软件中一段动画演示、光盘出版物片头片尾的设计制作,甚至到电视片的片头片尾、电视广告,直至计算机动画片如"狮子王(Lion King)"、"侏罗纪公园(Jurassic Park)"等。从制作的角度看,计算机动画可能相对较简单,如一行字幕从屏幕的左边移入,然后从屏幕的右边移出,这一功能通过简单的编程就能实现。计算机动画也可能相当复杂,如"侏罗纪公园"。

案例 6-4:侏罗纪公园

　　1993 年公映的《侏罗纪公园》可以说是斯皮尔伯格的又一巅峰作品,他引进当时最先进的计算机动画技术,让 14000 万年前的恐龙复活,并同现代人的情景组合在一起,构成了活生生的童话般的画面,如图 6-4 所示。在这部影片里,出现了七种不同的恐龙,这些恐龙一部分是用模型、一部分是用三维动画制作而成的,动画实现了传统传感模型和其他技术所难以达到的效果,当然,其动画的制作成本也相当高。这部电影中最激动人心的镜头是 6 分钟的动画,为制作这 6 分钟的动画,制作公司使用了多台图形工作站以及多种动画制作软件。如用一种软件建立恐龙的线框模型,用另一种软件将恐龙的线框模型以适当的姿态动作起来,再用一种软件为恐龙的框架模型蒙上表皮、打上灯光、制作阴影等,并插入镜头中。

图 6-4　侏罗纪公园

　　总之,计算机动画制作是一种高技术、高智力和高艺术的创造性工作。在技术上,它涉及到计算机软、硬件的各个方面。虽然制作的复杂程度不同,但动画的基本原理是一致的。另一方面,动画的创作本身是一种艺术实践,动画的编剧、角色造型、构图、色彩等的设计也需要高素质的美术专业人员才能较好地完成。所以说计算机动画需要高素质的综合性能力。

6.2　计算机动画的基本原理

对运动生成技术的分类方法很多,如关键帧方法、过程控制的运动生成方法、物理仿真方法和智能运动生成方法等。根据运动的控制方式可将计算机动画分为实时(real-time)动画和逐帧动画(frame-by-frame)两种。实时动画是用算法来实现物体的运动;逐帧动画也称为帧动画或关键帧动画,它是在传统动画基础上引申而来的,也即通过一帧一帧显示动画的图像序列而实现运动的效果。根据视觉空间的不同,计算机动画又可分为二维动画和三维动画。

6.2.1　实时动画与矢量动画

1. 什么是实时动画

实时动画也称为算法动画,它是采用各种算法来实现运动物体的运动控制。采用的算法有运动学算法、动力学算法、反向运动学算法、反向动力学算法、随机运动算法等。在实时动画中,计算机对输入的数据进行快速处理,并在人眼察觉不到的时间内将结果随时显示出来。实时动画的响应时间与许多因素有关,如计算机的运算速度是慢或快,图形的计算是使用软件或硬件,所描述的景物是简单或复杂,动画图像的尺寸是小或大等。实时动画一般不必记录在磁带或胶片上,观看时可在显示器上直接实时显示出来。

电子游戏机的运动画面一般都是实时动画。在操作游戏机时,人与机器之间的作用完全是实时快速的。目前,对计算机动画的运动控制方法已作了较深入的研究,技术日趋成熟,而使运动控制自动化的技术仍然在不断的探索之中。如何采用一种简便的运动控制途径,使用户界面更加友好,以提高系统的性能仍是十分重要的问题。

2. 对象的移动

在实时动画中,一种最简单的运动形式是对象的移动,它是指屏幕上一个局部图像或对象在二维平面上沿着某一固定轨迹作步进运动。运动的对象或物体本身在运动时的大小、形状、色彩等效果是不变的。计算机运算处理的过程是这样的:先把对象"画"在背景上运动起点处,间隔一段时间后擦除起点处的对象、恢复背景,然后根据运动轨迹计算出第二步的位置并把对象重现("画")在第二点处。如此反复,该对象就在背景上运动起来了,如图 6-5 所示。显然,步进的步长越短,擦除和重现对象所需的时间越短,运动的视觉效果越好。反之,对象看起来就在屏幕上跳动。用这种方式可以实现背景上前景的运动,该前景可以是一个物体,也可以是一段或几个文字。

　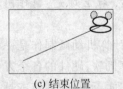

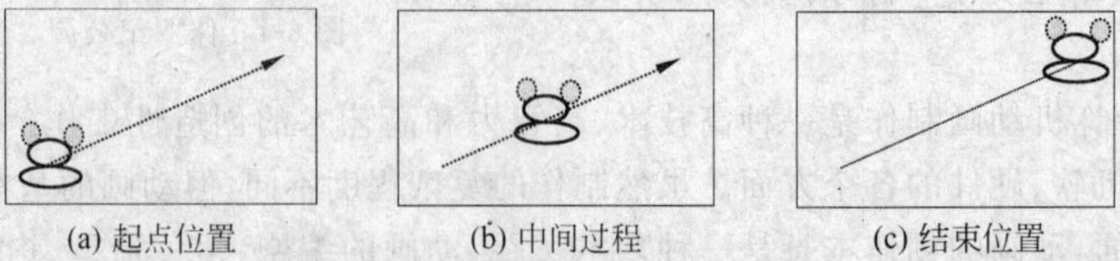

(a) 起点位置　　　　　　(b) 中间过程　　　　　　(c) 结束位置

图 6-5　对象的移动示意

具有对象移动功能的软件有很多,大部分的编著软件(如 Authorware Professional, Flash 等)都具有这种功能,这种功能也被称作多种数据媒体的综合显示。要实现对象的移动,必须预先准备好背景图像以及对象图,这些静态图的编辑可以由图像编辑软件来完成。在定义对象的移动时,先显示背景图像,再将前景图像或对象粘贴到运动的起点,运动的轨迹可以是直线,也可以是曲线,运动方式和运动的速度一般都可以调整,也即可以调整运动的效果。

需要注意的是在对象的移动运动中图像数据——对象或前景的内容没有任何变化,运动效果是在程序的控制下不断变换前景的显示位置而形成的。一般这种对象的移动没有统一的格式,也不形成动画文件,每种具有这种动画功能的软件(如 Authorware, Frontpage,PowerPoint 等)都按自己的算法和格式来定义和播放动画,也即只有在该软件环境下可以形成并播放该对象的移动。有的软件还可以控制运动的执行方式,如起动(播放)一个对象的移动以后,程序可以执行下一个操作,如果下一个操作是播放另一个对象的移动,那么屏幕上显示的效果就将是多个对象的同时移动,也即多个前景的运动。

对象的移动因为相对简单且容易实现,又无需生成动画文件,所以在多媒体应用中经常采用。如果在文字、图形、图像、声音的基础上增加对象的移动,比如跳出文字等,以达到简单动画功能,则能大大丰富视觉效果。但是,对于中间没有停顿的复杂动画效果最好使用二维帧动画预先将数据处理和保存好,然后通过播放软件进行动画播放。这是因为微机,特别是低档微机的处理速度有限,实时处理和显示可能会使处理跟不上显示要求而有损于动画显示效果,甚至影响其他媒体数据如声音的播放。

3. 矢量动画

在第 4 章中分别介绍了两种数字化图像:矢量图和位图,并比较了两者的不同特点。矢量图是用一系列计算机指令来描述和记录一幅图的内容,如,用两点坐标及颜色参数来表示一条直线;用圆心坐标、半径、颜色值等来表示一个圆面等。位图是用点阵的方式来记录一幅图像的实际数据。因此,矢量图的特点是文件容量小、容易创建和编辑,如通过改变指令参数来改变图形的形状、大小和颜色等,但是矢量图主要适合于描述能用数学公式表达的几何图形。相比之下,位图文件容量大、不易创建和编辑,一般通过扫描图片和数码相机拍摄得到,但是位图能够真实地描述任何现实图景。

根据矢量图和位图的不同特征,衍生出对应的两种动画形式:矢量动画和帧动画。所谓矢量动画就是通过计算机的处理,使矢量图产生运动效果形成的动画。对象的移动实际上就是最简单的矢量动画。例如,在图 6-5 中,运动物体实际上可以用四个椭圆来描述,改变椭圆的参数就可以改变椭圆的形状、大小和颜色,但是画面的质量不会有任何影响。如果使该物体沿着某一轨迹运动的同时改变该物体的参数,就会得到不同的运动效果,如图 6-6 所示。

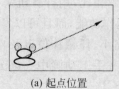
(a) 起点位置

(b) 中间过程

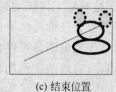
(c) 结束位置

图 6-6　矢量动画示意

案例 6-5：64KB Demo

矢量动画研究中最奇幻的是所谓 64KB Demo 的小程序，这种程序是一个可执行的 .exe 文件，只有64KB 容量（案例下载：http://www.playes.net/Blog/104.asp），在电子音乐背景下屏幕上将产生奇幻的三维影像，如图 6-7 所示。

这些影像的模型、纹理、运动、色彩等都是用数学函数计算形成的，没有任何图像数据，但运行过程中需要占用较大的 CPU 资源。虽然这种矢量动画的探讨还局限在发掘技术的可能性，但未来的发展显然是不可估量的。

图 6-7　矢量动画 64KB Demo

计算机游戏大多采用矢量动画的方式。实时动画的响应时间与许多因素有关，如计算机的运算速度；图形的计算是使用软件或硬件；所描述的景物是复杂或简单；动画图像的幅面等。高档的显示卡具有硬件加速功能，能够使实时动画效果更连贯；而运算速度较低的计算机在玩电脑游戏时相应时间往往会受到影响。

6.2.2　二维帧动画

所谓帧动画就是通过计算机来处理传统动画，也就是说，画面是通过逐帧图像的更替造成运动效果。显然，帧动画文件容量大，能够反映任何现实图景，但是动画文件不易编辑。例如，图 6-6 所示动画主体如果用位图来表达当然也可以，但是位图放大到一定程度必然会导致马赛克现象，图像变得不够清晰。按照计算机处理动画的方式，帧动画又分为二维动画和三维动画。二维与三维动画的区别主要在于采用不同的方法获得动画中的景物运动效果。

1. 二维动画

二维画面是平面上的画面。纸张、照片或计算机屏幕显示，无论画面的立体感有多强，终究只是在二维空间上模拟真实的三维空间效果。一个真正的三维画面，画中的景物有正面，也有侧面和反面，调整三维空间的视点，能够看到不同的内容。二维画面则不然，它是在一个平面上构建的运动效果。

在传统的卡通动画中，许多重复的动作可以借助计算机来完成。如果给出关键帧之间的插值规则，计算机就能进行中间画的计算。例如将事先手工制作的原动画逐帧输入计算机，由计算机帮助完成描线上色的工作，并且用计算机控制完成记录工作。这就是通常说的计算机辅助动画。

二维动画是对手工传统动画的一个改进。与手工动画相比，用计算机来描线上色非常方便，操作简单。二维动画不仅具有模拟传统动画的制作功能，而且可以发挥计算机所特有的功能，如生成的图像可以复制、粘贴、翻转、放大、缩小、任意移位以及自动计算、背景移动等。但是，目前的二维动画还只能起辅助作用，代替手工动画中一部分重复性强、劳动量大的工作，但代替不了人的创造性劳动。

2．二维动画的关键技术

在二维动画中，计算机起辅助作用，其中包括：输入和编辑关键帧，计算和生成中间帧，定义和显示运动路径，交互式给画面上色，产生一些特技效果，实现画面与声音的同步，控制运动系列的记录等。二维动画处理的关键是动画生成处理。传统的动画创作，由美术师绘制关键的画面，再由美工使用关键画面描绘中间画面，最后逐一画面地拍照形成动画影片。二维动画处理软件可以采用自动或半自动的中间画面生成处理，大大提高了创作工作效率，也大大节省了人力和物力。

在计算机动画处理中，图像技术可用于绘制关键帧，多重画面叠加，数据生成；图形技术可用于自动或半自动的中间画面生成。图像有利于绘制实际景物，图形则有利于处理线条组成的画面。二维动画处理利用了它们各自的处理优势，两者配合，取长补短。从处理过程上看，动画处理有两个基本步骤，第一个是屏幕绘画，第二个是动画生成。完成屏幕绘画的主要是静态图像处理软件，但是为了准备自动或半自动地生成动画，有时需要采用图形方法来描述画面。动画生成用屏幕绘画的结果作为关键帧并以此为基础进行生成处理，最终完成动画创作，得到动画数据文件。

3．动画数据与动画文件

在计算机动画中帧的大小并不是固定的，一帧可能是一屏，也可能是屏幕上的一个局部窗口。帧动画的数据是一帧帧静止图像的有序排列组成的，帧动画采用连续播放静止图像序列的方法，产生景物运动的效果。这种运动在一帧帧相关的画面上通常都表现为帧与帧局部内容的不同。在一个表现连续运动过程的动画中，相邻帧之间的变化越少，动画的效果越连续。由于帧动画实际上是活动的图像数据，因此播放效果越连续的动画其数据量越大。从另一个角度看，动画的帧与帧不同的局部范围可能很小，因此人工和自动绘画都可充分利用这一特点来简化处理。

帧动画数据记录在一定格式的动画文件中。由于原始的动画数据量很大，不仅对存储造成压力，同时要连续读出每一帧画面需花费太长的时间，这不利于动画的实时播放。因此，有的动画格式采用一定的压缩方式记录数据。二维动画软件 Animator 推出的FLI、FLC 动画格式就采用了一种压缩的方法，每次只记录和读取相邻帧之间的差异，这样不仅使动画文件减小，而且提高读取速度，播放时只需构筑画面的一部分。

6.2.3　帧动画的主要形式

Animator 是 Autodesk 公司推出的是一个应用广泛的二维动画创作软件，具备较强的二维动画处理能力。后续章节将要介绍的 Flash 软件，主要是一个矢量动画软件，但也有一定的帧动画功能。不同的软件虽各有侧重，但动画处理方式主要包括以下几种类型。

1．逐帧处理

这是传统的动画制作方式在计算机处理中的延伸，需要逐帧制作一系列的动画图像。但是，使用二维动画处理，帧画面的制作不仅可以通过扫描仪输入纸上画画，而且可直接在屏幕上作画。Gif 动画就是这种类型，后续小节将专门介绍。

2．相对运动

这类似于对象的移动。先显示出背景图像，再将前景图像粘贴到运动的起点；而后，控制前景图像按上下左右方向步进运动,并保持背景不动。每步进一次自动生成一帧前景粘贴于背景上的叠加画面。处理完成后,播放动画,前景的图像就会在背景上做位置相对移动运动。叠加处理如果指定了屏蔽色,那么叠加只对非屏蔽色有效,此时前景图像表现为一个不包含屏蔽色的局部图像,这种处理相当于使用透明胶片作前景。

这种技术也能用于两个以上的运动景物。多个运动景物的动画处理可由多次进行两个景物运动图像的叠加获得。如果使用两个活动图像分别作为背景和前景,此时图像自身有运动,那么最后得到的动画效果是既有前景和背景的相对运动,又有景物的自身运动。

案例 6-6:TITANIC 屏保动画

第2章2.5节介绍了有关屏幕保护程序的概念,屏保程序的种类非常丰富,动画是其中的一类,Titanic 就是其中的一例。这个屏保是根据同名电影的画面设计制作的一个动画(下载地址:http://www.softsea.net/soft/118252.htm),注意播放过程中不要动鼠标,否则程序自动中断,这是屏保程序的功能特点。观察动画,可以看出它包含了大小 22 幅从电影中截取的图像画面,如图 6-8 所示。通过各种图像的渐变色彩处理、渐现、移动、图像部分叠加等处理和显示达到一种动态效果。

整个动画时间为 2 分钟,文件容量 3.8MB,这基本上就是所有图像文件的容量,因为程序部分的数据量是非常小的。与视频文件相比,显然这种通过图像的相对运动形成的文件容量要小得多。

图 6-8　Titanic 屏保动画

3. 旋转与变形

旋转是在背景上前景运动的环境下对每一帧的叠加,先将前景图像转动一个角度,生成的动画效果中可增加景物的自转运动。变形是一种较复杂的动画处理;需要二维图形技术的支持,在后续小节将作较详细的介绍。

4. 色彩变化

对图像的调色板中的颜色分量作连续的变化处理而保持灰度分量不变,其效果如同反光运动,或者水在流动的效果。如果再加上一些高光点的闪光运动,效果更好。许多广告画面和片头文字处理都采用了这种动画处理技术。

5. 文字动画

对一段动画中的文字,可能的显示选择有字体、字号、字间距/行距以及文字显示版面格式等。可能的运动方式有上、下、左、右滚动,单字跳出等,运动速度可调。文字动画可以叠加到图像动画上,也可以自成一段动画。

案例 6-7:Flash 的二维运动效果

光盘案例 6-7 是一个介绍 Flash 文字动画功能的 Flash 文件,它用文字介绍 Flash 的各种动画功能,同时展示了相应的运动效果,设计非常简洁和巧妙,如图 6-9 所示。

图 6-9　Flash 的二维运动效果

6.2.4　三维动画

如果说二维动画对应于传统卡通片的话，三维动画则对应于木偶动画。如同木偶动画中要首先制作木偶、道具和景物一样，三维动画首先要建立角色、实物和景物的三维数据模型。模型建立好了以后，给各个模型"贴上"材料，相当于各个模型有了外观。模型可以在计算机的控制下在三维空间里运动，或远或近，或旋转或移动，或变形或变色等。然后，在计算机内部"架上"虚拟的摄像机，调整好镜头，"打上"灯光，最后形成一系列栩栩如生的画面。

案例 6-8：旋转的地球

观看光盘案例 6-8，绘有地图的空心圆柱旋转而出，这是在影视中常见的三维动画场景。如果采用二维处理技术，需要一帧一帧地绘制球面变化画面，这样的处理难以自动进行。在三维处理中，则可以先建立一个圆柱模型并把地图贴满柱面，然后使模型步进旋转，每次步进自动生成一帧动画画面。连续播放就看到连贯的旋转动作，当然最后得到的仍然是二维的图像帧数据，如图 6-10 所示，但是以一定速率播放就能产生三维的运动感。

图 6-10　三维动画帧

三维动画之所以被称作计算机生成动画，是因为参加动画的对象不是简单地由外部输入的，而是根据三维数据在计算机内部生成的，运动轨迹和动作的设计也是在三维空间中考虑的。

计算机生成动画开始于 20 世纪 70 年代初期，三维动画的出现使计算机动画真正具有了生命力。三维动画并不是仅看起来具有立体感的动画，二维动画也可以看起来具有立体感；计算机生成的三维物体画面也并不是真实物体的写照，事实上它的每一帧也是基于二维的像素点阵，只不过看起来像三维。二维动画与三维动画的区别不仅在于其生成的方式不同，而且在于三维动画的"虚拟真实性"，也即处于似与不似和像与不像之间。下面从几个方面来讨论三维动画所涉及的主要概念及基本的技术问题。

1. 造型

形体指存在的物体的真实形状和不存在的物体的设计形状。造型也即建立物体的形体模型。三维图形是三维动画的重要基础，其基本目的是在三维空间中用数字模型完整地描述形体构造。

日常生活中可以做一个木质模型来描述大楼,即用木模型描述大楼的形体;对盖大楼而言需要更为精确的描述,即工程图纸,一套完备的工程图可准确地描述大楼的全部特征,工程图纸是图纸模型。三维图形采用数字模型来描述形体。计算机动画中各种物体对象可能很简单,也可能是极为复杂的非规则几何形体如花草树木、飞禽走兽等。首先要对画面上出现的每个物体进行造型,也即"搭骨架"。造型就是在计算机内生成一个具有一定形体的几何模型。在计算机中大致有以下三种形式来记录一个物体的模型。

(1)线框模型

用线条框架来描述一个形体,一般包括顶点和棱边。例如用八条边线来描述一个立方体。在形体的图像显示时,如果采用线框模型,形体表达只使用线框,因此效果差,对复杂的形体更是难以分辨其内容。但是线框模型简单,显示处理速度快,易于观察。因此,这种模型通常在交互操作时用来表示物体的形状与构成,并在预览动作时观察运动路径、速度变化、节奏快慢等动态变化过程。

(2)表面模型

用面的组合来描述形体,如用六个面来描述一个立方体。这种模型基本上有以下几种描述方式:通过若干多边形描述,通过代数曲面描述以及通过曲面片来描述。使用多边形表面模型描述一个球体需要用细小的平面块来模拟球面,所以在一些三维曲面图像上常常会看到小方块。高级的三维图像处理系统使用曲面处理技术,因此显示效果非常好。计算机动画系统根据物体上各个表面的数据进行计算和处理,从而生成逼真的图形。因此,表面模型是动画系统中最主要的物体模型。

(3)实体模型

任何一个物体都可以分解为若干基本形体的组合,如一个多边立方体可以分解为各种基本形体的组合。这种用基本形体组合物体的模型就是实体模型。基本形体包括球体、长方体、圆柱体、锥体等。组合的方式通常采用几何变换或集合运算(与、或、非等)来实现。实体模型用于物体的造型,在具体的操作、修改、预览、着色时,要转换成另外两种模型才能处理。

三维动画处理需要综合使用上述的三个模型。一般情况下,用线框模型进行概念设计,再将线框模型处理成为表面模型以方便显示,使用实体模型进行动画处理。同一形体的三个模型往往可以相互转换。

造型的主要技术是如何在计算机内完整地、方便地表示一个物体,也即如何把现实生活或人们头脑里的三维物体映射到一维的串行的计算机存储介质中。

2. 着色

实际物体在不同的环境下呈现不同的光色效果。对物体着色是产生真实感图形图像的重要过程,它涉及到物体的材质、纹理以及照射光源的设计等方面。

案例6-9:麦克的新车

光盘案例6-9是一部由Pete Docter和Roger Gould导演,Pixar公司制作的4分钟动画短片"麦克的新车"(Mike's New Car)片段(www.pixar.com/shorts/mnc/index.html),该片获得2002年奥斯卡最佳动画短片奖提名。短片人物造型新颖可爱,一只大眼的 Mike 和浑身蓝色毛发的可爱的"怪物"James,如图 6-11 所示。故事讲述 Mike 买了一辆 6 轮驱动的新车给 James 看而发生的有意思的故事。短片采用了当时最新的三维动画技术,产生出不同光源特别是逆光光源下 James 蓝色毛发的真实感。

图 6-11　麦克的新车

（1）材质

描述任何物体除了造型以外,还必须有一定的附加特征,也称为属性,来指明它的外在特性。物体的外在特性在很大程度上取决于构成它的材料。一般把材料的性质简称为材质。要得到物体理想的质感,必须对物体的造型赋以材质。不同的材质表现出的质感是不相同的,如毛线的质感和金属的质感是完全不同的。

材质的大部分内容用来说明物体对入射光线作出的反应。一般说来,光线或者被反射、吸收,或者被透射、折射。反射的色光正是该物体呈现的颜色,而透射、折射产生的色光与材质有很大关系。

（2）纹理

纹理是物体表面细节,大多数物体的表面具有纹理。有了纹理可以改变物体的外观,甚至改变其形状。物体的纹理一般分为两种:一种是颜色纹理,如墙面贴纸,陶器上的图案等。颜色纹理取决于物体表面的光学性质。另一种是几何纹理,如人的皮肤,橘子的褶皱表皮等。几何纹理与物体表面的微观几何形状有关。

纹理的表现可采用纹理贴图技术,它可将任何二维的图形和图像覆盖到物体表面上,从而在物体表面形成真实的彩色纹理。

（3）光源

给一个场景着色时必须知道有关光源的特性:光源的位置、颜色、亮度、方向等,这些信息要由用户通过照明模型设定。决定光照射到物体表面并形成颜色的方法称为浓淡处理。浓淡处理要用到物体表面的几何和材质信息,并对入射光进行考察,从而找出表面反射的色光。在进行浓淡处理时,一般对每个物体表面的每一个点分别进行处理,而且仅考虑来自光源的光照效果,而不考虑来自其他物体发出的光的影响。

3. 运动控制

动画的本质是运动。三维动画处理的基本目的是控制形体模型运动,获得运动显示效果。其处理过程中自然涉及建立线框模型,表面模型和实体模型。此外,一个好的三维动画应用系统能够将形体置于指定的灯光环境中,使形体的色彩在灯光下生成光线反映和阴影效果。在三维图形中能够选择视点和视角,即确定观看的位置,可以从正面或背面看,甚至进入内部看(但必须要有内部形体设计)。三维动画的特殊点是能够控制形体运动并将运动过程的视觉效果显示出来。

动画控制也称为运动模拟,首先;计算机要确定每个物体的位置和相互关系,建立其运动轨迹和速度,选择运动形式(平移、旋转、扭曲等)。然后,需确定物体形体的变形方式和变异速度。如果光源确定好了以后,调整“摄像机”镜头的位置、方向、运动轨迹及速度,就可以显示观看画面效果。

三维动画的运动都是在三维空间中进行的。沿用二维动画技术,三维动画也可以采用关键帧技术。利用物理学中的运动学和动力学原理和方法可以实现算法动画。

(1) 关键帧动画

在二维中,输入计算机的是二维画面;在三维中,输入计算机的不是二维画面,而是三维模型和数据。三维关键帧动画与二维关键帧动画类似。动画设计者提供一系列的关键帧,用来描述各个物体的各个时刻的位置、结构以及其他属性参数,然后由计算机自动生成中间各帧。生成中间帧的一种方式是采用对关键帧三维形状进行插值而得到中间各帧,称为基于形状的关键帧动画或形状插值动画;另一种方式是对物体本身模型中的参数进行计算,称为参数关键帧动画或关键帧变换动画。关键帧动画的效果取决于关键帧的数量,在生成中间帧时可能需要人工干预。

(2) 算法动画

算法动画中的运动是用算法来描述的,用物理规律对各种参数施加作用。对于算法动画来说,动画中的角色是一个由一系列变换进行定义的运动物体,这些变换如平移、旋转、比例等。每一种变换都由参数来定义,这些参数根据一种物理规律在运动期间作相应改变。算法动画的效果取决于所用的算法,一般较费机时。

案例 6-10:互动式三维动画

运行光盘中的案例 6-10,可以看到 Jan Horn 设计制作的一个互动式三维动画(http://www.sulaco.co.za),这个动画采用了真实的空间摄影图片对三维空间模型进行着色,用户可以借助鼠标控制其模型的运动,使之向任意方向旋转,近距离地体会三维动画的过程和效果,如图 6-12 所示。

图 6-12　互动式三维动画

　　这个动画是一个 1.5MB 的可执行程序,显然用户动画的生成是实时的,由用户的鼠标控制执行,并没有存储更多的动画数据。因此,程序的运行对计算机的运算有一定要求。

4. 动画生成

　　三维动画最终还是要生成一幅幅二维画面,并按一定格式记录下来,这个过程称为动画生成。动画生成需要大量机时,机时量与画面中出现的物体多少、色彩质感特性有很大关系。特别是对有透明、反射、折射、阴影等特性的物体,需要计算的时间更长。

　　动画生成以后,可以在屏幕上播放,也可以录制在录像带上,也就是把计算机经过一段时间计算后产生的一幅幅图像数据经过视频输出口录制到视频磁带上,加上配音和音效,就完成了最后的产品。

　　计算机动画系统是一个用于动画制作的由计算机软、硬件构成的系统。计算机动画软件的功能越多、越强,制作出的动画效果越好;计算机的处理速度越快、提供的工具越多,制作效率就越高。由于其设计和图像制作的复杂性,与其他各种媒体制作相比,计算机动画的制作也许是最为昂贵的。现实中,一段几十秒的广告动画可能前后需要制作几个月,花费几万元甚至几十万元。

　　较好的动画制作硬件为工作站,如美国 SGI 工作站,它有专用硬件支持图形功能。工作站动画系统生成图形速度快,动画画面质量高,但是价格昂贵。因此,随着微机性能和处理速度的不断提高,以微机为主机的动画系统也得到很快发展。在微机动画系统中,显示系统是很重要的设备之一,因为它的性能直接影响动画的效果。在三维动画软件中,目前在微机上较为流行的是美国 Autodesk 公司生产的 3D Studio 软件。

案例 6-11:如何建造人

　　如何建造人(How to Build a Human)是 Richard Morris(www.jackals-forge.com)2002 年为英国广播公司 BBC 的科学频道制作的一个视频节目。他的创意是通过计算机动画和视频的结合,表现科学片中的感性,更多戏剧化的构思,更多的视觉自由,更有趣的画面效果。观众能体会全新的神秘的细胞世界,丰富的视觉效果和纯美学的快感。

　　观看光盘中的影片“案例 6-11”,短片中所有细胞图像都是计算机图像 CG(Computer Graphic)的结果,共包括十几万种不同细胞、微管、蛋白质等的场景文件。经过计算机的处理,产生了丰富多彩的三维运动和变化效果,如图 6-13 所示。片长约 3 分钟,生成的视频文件约 68MB。

图 6-13　CG 图像与三维动画

6.3　二维帧动画构成

这一节通过 GIF 格式文件来进一步学习二维帧动画的构成。GIF 格式(Graphics Interchange Format)是 CompuServe 公司在 1987 年为了制定彩色图像传输协议而开发的图像文件格式,其主要特点是在一个 GIF 文件中可以存储多幅彩色图像,如果把存储于一个文件中的多幅图像逐帧显示,就可构成一种最简单的帧动画。

最早的 GIF 编辑软件如 GIF Construction Set,它由 Alchemy Mindworks 公司开发,能够创建包含多帧图像的 GIF 文件,并能灵活地控制各个帧的显示位置、显示时间、透明色等,很方便地达到各种简单动画的效果。需要注意的是该软件本身并没有编辑处理图像的功能,因此创建一个包含多帧图像的 GIF 文件时要首先准备好各帧图像素材,然后通过 GIFCon 按一定的控制方式把各帧集成在一起。其他如 Flash 也具有帧动画的编辑功能,并生成 GIF 文件,这将在后续章节介绍。此外,Adobe 公司的 ImageReady 也是编辑 GIF 动画的软件,它的特点是能与 Photoshop 配合,适于快速生成由相同幅面图像帧构成的 GIF 动画,本节将重点介绍。

具有多帧的 GIF 文件需用支持 GIF 动画的软件浏览才能看到动画效果,这类软件包括专门的 GIF 浏览器,IE 浏览器,大多数图像浏览器以及 PowerPoint 软件等。

6.3.1　GIF 文件结构

GIF 是一种图像文件格式,它采用了可变长度的压缩编码和其他一些有效的压缩算法,按行扫描迅速解码,且与硬件无关。该图像格式仅支持 256 种颜色的彩色图像,并且在一个 GIF 文件中可以记录多帧图像,每帧的幅面可以不相同。可含有多帧图像是 GIF 格式的一个显著特点,正是根据这一特性,用 GIF 文件可以构造出简单的帧动画。第 4 章曾介绍过一般图像文件的格式都包括文件头、文件体和文件尾三大部分。然而,GIF 可包含多帧图像以及相应附加信息,如图 6-14 所示,分析 GIF 文件的结构,有助于了解帧动画的构成和控制方式。

1. 文件头

文件头包含了动画窗口大小和公共调色板信息。

(1) GIF 窗口大小:由横向和纵向的点阵构成,由此决定了动画的最大幅面。如果包含的帧图像大于该窗口,则超出的部分将

图 6-14　GIF 文件格式示意

显示不出来。

（2）背景色：背景色是当文件中帧图像的尺寸小于显示窗口时，图像以外的部分所填充的颜色。背景色是从公共调色板中选择出来的，显然，当公共调色板变换时背景色也会随着变化。

（3）公共调色板：由于 GIF 格式仅支持 256 色，文件中包含调色板信息。文件头中定义的公共调色板适合于文件中所有的帧图像和文本。此外，每帧图像也已定义自己的调色板，称为本地调色板或局部调色板。公共调色板是可选项，主要在非真彩色显示系统的情况下工作，而在真彩色显示系统中，每帧图像定义自己的局部调色板，色彩效果将更好。

2．注释

注释块（Comment Block）由文本组成，它可以包括有关文件、图像的各种信息，比如创建者、版权或其他任何用户想输入的信息。注释块的作用只是一种用户记录，其内容不会在显示 GIF 图像时显示出来。注释块是可选项，它实际上相当于一般文件格式中文件尾的作用。

3．循环控制

GIF 格式可包含多帧图像，并按顺序显示。如果需要循环显示，可在所有帧图像之前插入一个循环块选项来指定循环次数。在循环的情况下显示完最后一帧后紧接着显示第一帧。

4．帧控制

帧控制的作用是对帧图像或文本的各种显示方式和参数进行控制和设定，因此，它与其后的帧数据或文本数据总是成对出现的，而且可以重复多次出现。通过帧控制可以设定帧图像的透明色，这样就能实现不同幅面帧的叠加效果。延时是帧图像的显示时间。需要注意的是实际的显示延时时间与所用的 GIF 浏览器有关。如相同的延时参数，在GIFCon 中浏览的延时效果要比在 IE 中慢很多。

用户输入标志是可选项，它将等待用户的输入后才继续后面帧的动作，只有 GIF 专用浏览器支持该功能。消隐方式是帧图像消隐的各种效果，可选不消隐，也就是该帧作为动画的背景图，或者由 GIF 背景色取代等。

5．帧数据

由于帧的幅面可以各不相同，因此可以定义帧的位移，也即帧图像与 GIF 窗口左上角的位移量，以像素点计。在多帧图像的 GIF 文件中，由于各帧图像的大小、位移、扫描显示方式都可以不同，因此利用 GIF 图像格式不仅可以构造简单帧动画，而且可以构造出类似对象的移动，动态显示一幅底图上各个不同前景的过程等动画效果。

GIF 格式是按行扫描组织的，扫描行的顺序与显示行顺序对应。GIF 有两种数据存储方式：逐行存储和交错行存储。在此交错行是按 8 行交错而不是通常的隔行交错，也就是说在交错扫描的方式下显示一幅 GIF 图像时要从上至下扫描 8 次才能完成整幅显示。对应处理速度或显示速度较慢的计算机，或者图像数据是一边通过远程传输一边显示的情况下，显示一幅较大的 GIF 图像需要较长的时间。采用交错方式存储和显示，就可以使用户或读者在图像显示完成之前初步看到这幅图像的概貌，而不觉得显示时间过长。同时,交错扫描显示也可以丰富图像的显示过程,达到显示多样化、灵活的特点。

本地调色板或局部调色板是与公共调色板或全局调色板相对应的。公共调色板适用于 GIF 文件中所有的图像和文本,而本地调色板仅适用于本图像块。由于集成在 GIF 文件中的多幅图像都是预先在别的图像处理环境中生成和处理的,因此,其各自的调色板可能都不一样。在真彩色显示系统中,多幅图像可以分别采用各自的调色板工作,以达到最好的色彩效果。在非真彩色显示系统中,最好采用公共调色板工作,在这种情况下,一般要采用一些手段将本幅图像的色彩与公共调色板的色彩靠近。

帧图像数据的结构、格式、参数、存储方式等已在前面控制块和文本块中作了详细的记录,当然,文件的容量主要体现在图像数据上。一个 GIF 文件所包含的帧越多,容量越大,总容量基本上是单个图像容量(也按 GIF 格式保存)之和。从这个角度分析,GIF 格式适用于简单动画,否则,数据量相当大。

6. 文本与附加信息

可在 GIF 底图上或帧图像上叠加文字,用户可自行定义文本的内容、显示位置和颜色等参数。附加选项用来记录其他一些用户定义的数据。该项在 GIF Con 软件中不能被编辑或产生,但对已有的内容也不会破坏或改变。

6.3.2　简单帧动画的制作

了解了 GIF 文件的格式,很容易理解各种 GIF 编辑软件或工具无非是调整和设置 GIF 文件中的各种参数。以 ImageReady 编辑 GIF 文件为例,它的特点是与 PhotoShop 配合,两个软件具有一致的界面,相同的基本功能和使用方法,用户能随时在两个软件中切换。

一般制作一个 GIF 动画,首先要通过 Photoshop 完成动画素材的编辑,然后导入到 ImageReady 中进行动画合成,两个软件的配合能很方便地完成从编辑静态帧到动画形成的全过程。这是一种最简单的帧动画构成方式,动画中的每一帧都具有相同的幅面,把一系列逻辑相关的图像块顺序排列并显示,就可以构成动画。

一个简单的动画步骤是:在 Photoshop 中用一个图像文件的不同层对应 GIF 动画中的不同帧,将各个图层都编辑处理好以后,直接把该图像导入到 ImageReady 中,并将该图像中的不同层对应成 GIF 文件中的不同帧。下面通过案例具体介绍。

案例 6-12:苹果落叶

借助图 6-15,以一张苹果的位图作为关键帧,如图(a),用它来生成苹果上的叶子飘落下来的动画。

(1) 在 Photoshop 中打开关键帧,将 RGB 色彩模式转换成 256 索引色模式,并选择最匹配的调色板。

(2) 将关键帧复制成 5 个图层,每层保持苹果的位置不变,编辑叶子,使之逐步位移淡出画面。编辑叶子可用魔棒工具选中白色背景,选择菜单项"选择/反选",即可选中苹果和叶子。改用矩形选框工具,按住"Alt"键同时用鼠标将苹果部分从选区中删除,然后将叶子位移,淡化,如图(b)所示。

(3) 鼠标单击工具箱最下方的转 ImageReady 按钮，系统自动打开 ImageReady

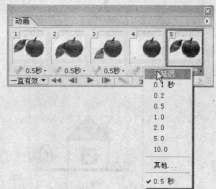

(a) 关键帧　　　(b) 通过关键帧生成中间帧　　　　　(c) 运动参数设置

图 6-15　苹果落叶动画制作过程

软件,并在动画窗口中按图层顺序排列各帧。

(4) 单击动画窗口中各帧图标下方的延时控制,调整每帧的显示时间为 0.5 秒,并改变动画循环次数为"一直有效",如图(c)所示。

(5) 单击动画窗口下的播放按钮,可以在图像窗口浏览动画效果。用鼠标拖动帧,可改变其顺序位置。

(6) 调整延时时间,或单击工具箱最下方的转 Photoshop 按钮,进一步修改帧画面细节,直到满意的动画效果。

(7) 选择菜单"文件/将优化结果存储为",保存 GIF 格式文件。

本案例每帧的幅面相同,而且没有透明色。实际上,在 ImageReady 中,所有没有调整的参数都采用 GIF 文件的默认值。

当然,这只是动画处理的方法之一,如果能够灵活运用 ImageReady 的功能,可以产生丰富多彩的动画效果。并且,ImageReady 的窗口、菜单、工具栏等都与 PhotoShop 类似,并且在 ImageReady 中也能很容易地对图像进行编辑处理。

6.3.3　GIF 动画的应用

用 GIF 建构的帧动画由于简单方便,文件容量也可以控制得比较小,因此广泛用于网络媒体中。一种最常见的应用是网络上各种指示性小图标,用非常小的幅面,2～3 帧就能设计出生动的动画图标。此外,GIF 文件的另一特点是可以定义图像的透明色,这样 GIF 小动画在应用过程中就能与其他外界背景更好地融合为一个整体。

案例 6-13：动画小图标

网站《插花艺苑》中"返回主页"的图标是一个 GIF 小动画,用一个冒烟的小房子表示。由于图标将用于不同背景的页面,因此,将小房子外面的空间设置成透明,则图标能更好地融入不同的页面中。图 6-16 为其制作过程。

(1) 绘制背景帧:在 Photoshop 中新建一个 65×65 点阵的文件,背景设置为白色。用几何工具和填充工具绘制阳光下一个带烟囱的小房子。将图像窗口放大几倍,以便绘

(a) 包含透明部分的基本帧　　　　　　(b) 各图层内容

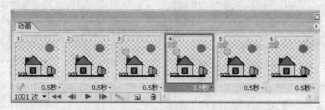

(c) 通过不同图层的显示，控制各帧的内容

图 6-16　透明图标的制作

制。绘制完毕后,选中房子周围的白色背景并裁剪,得到基本的背景帧如图(a)所示。

(2) 绘制其他关键帧：新建图层,将烟囱冒烟的过程分解为 6 个不同的状态,分置于不同的图层上,如图(b)所示。注意,各图层中多余的部分也裁剪掉。

(3) 单击工具箱中 按钮,转入 ImageReady。

(4) 单击动画窗口下方的"复制当前帧"按钮,或右上角的三角按钮,从下拉菜单中选择"新建帧",使动画包含 6 帧。

(5) 选中某一帧,图层控制版中显示的图层内容将出现在该帧中,如图(c)所示,动画中的第 4 帧包含的图像是原"图层 1"和"图层 4"的内容,如图(b)所示。用这种方式,在 ImageReady 中可以灵活地控制动画帧。

(6) 调整帧的延时时间和动画总的循环次数(1001 次),观察动画效果。

(7) 保存 GIF 文件,完成动画。

GIF 格式的另一个特点是不同的帧幅面可以不同,因此,利用这一特点可以创建一个大背景上小前景的运动,这样可以减少文件的容量,这种方式在早期的网络上尤其重要。此外,由于 GIF 还是一种图像文件,实际应用中如网页应用等,可以将 GIF 作为网页的背景,而前景也可以是 GIF 文件,这样就能实现两个动画的叠加效果。GIF 文件格式虽然很简单,但是它基本上提供了帧动画的所有可能。因此,通过创意和设计,用 GIF 的方式也可以构建丰富多彩的视觉语言,而且实现起来并不复杂。

案例 6-14：GIF 动画的叠加

浏览光盘案例 6-14 中的网页,飘飞的雪花背景中,小狗的尾巴和小人的双手随着音乐的节拍动作。分析这个网页的素材,可以看到构成背景的雪花是一个 110×80 点阵共

20 帧的 GIF 小动画,如图 6-17(a)所示,这个 GIF 图的白色空间部分是透明的。前景也是一幅 GIF 动画,如果用 GIF 编辑软件 GIF Construction Set 打开,可以看到这个 GIF 的白色空间部分也是透明的,而且只有两帧,第 1 帧包括整个画面,第 2 帧只包括了运动的小狗尾巴和小人双手所在矩形区域,如图 6-17(b)所示。

(a) 雪花动画背景

(b) 不同幅面的 2 帧动画

图 6-17　两个透明 GIF 的叠加

因此,在网页中,用雪花 GIF 做背景图,它自动平铺到整个页面,同时由于背景和前景 GIF 都是透明的,因此雪花飘落与文字之间,前景和背景很好地融为一体,通过简单的小动画就达到了很好的效果。

案例 6-15：3000 年代的孩子们

光盘中案例 6-15 是通过一个 PPT 文件串起来的一组 GIF 动画,由 Jim Benton 设计制作,其创意是从孩子们的想象出发,描绘出 1000 年以后人们的日常生活场景。动画创意风趣,极具想象,而且实现方式充分发挥了 GIF 的特点,每个动画用简单的几帧加上文字说明,很生动形象地表达了创意主题。图 6-18 是其中的一个动画帧,它通过背景物体的后移运动以及小人帽子的旋转,表述小人如直升机般飞行的效果。

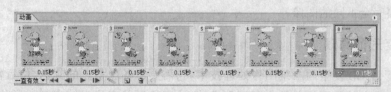

图 6-18　背景与前景的相对运动

案例 6-16：动画图标的故事

光盘中案例 6-16 是网站(www.zzi.cc)2002 年发布的一个新年祝贺网页,故事的内容非常老套,但是它采用 GIF 动画图标和文字穿插的方式,每个图标在故事中都非常明白地表达了连贯的情节内容,因此创意非常新颖。页面局部如图 6-19(a)所示。这类 GIF

图标广泛应用于网络论坛和其他实时互动的界面上,每个动态图标就是一种表情、或一种情绪、或一种动作状态,因此表达的含义非常丰富。这类 GIF 动画的特点是幅面非常小、外围透明、动作也非常小。图标动作几乎是以像素变化来表现,因此也可称为像素动画。图 6-19(b)是一个 GIF 动画图标,它只有 2 帧,放大 4 倍后观察,可以看出眨眼动作只有一个像素点的色彩变化,挥手也只有一个像素点的位移。

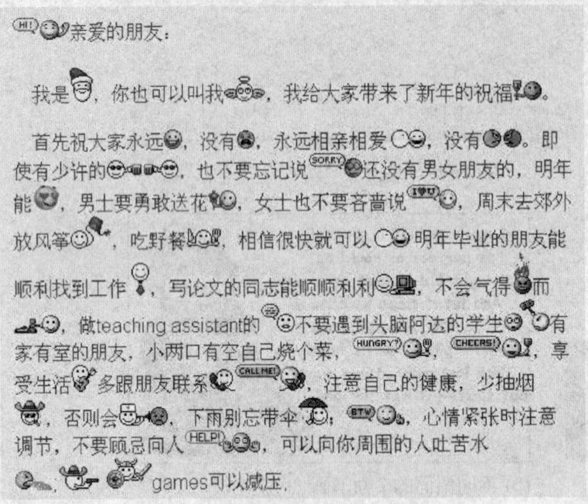

(a) 图标故事   (b) 小动画帧放大后的效果

图 6-19   GIF 表情图标

6.4   变形动画

帧动画是通过连续播放有一定关联的画面,产生动作变化或运动的效果。从上一节 GIF 动画中可以看出,GIF 文件容量小,主要在于其帧数少,每帧的延时时间长,这样帧与帧之间的动作是不连贯的。要使动作连贯,必须增加帧的数量,使每帧的延时时间缩短。显然采用 GIF 的方式很难达到这个效果。所谓变形动画,是借助计算机的处理和运算,自动产生关键帧之间的中间过程,使动画变得连续,如从一幅图像在很短的时间内过渡变换到另一幅完全不同的图像。

6.4.1   变形的原理

变形是一种较复杂的二维图像处理技术,它需要对各像素点的颜色、位置作变换。变形的起始图像和结束图像分别为两幅关键帧,从起始形状变化为结束时的形状,其关键在于自动地生成中间形状,也即自动生成中间帧。变形动画的产生过程主要包括以下几点。

1. 选取关键帧

选择两幅结构相似、大小相同的画面作为起始和结束关键帧,这样才能比较容易地实现自然、连续的中间变形过程。

图像的变形可以采用插值算法来实现。最简单的插值就是对图像的每个像素的色彩值直接进行插值,以实现渐隐渐现的效果。但这种技术还不能满足图像变形的要求。由于两幅相差很大的图像之间的对应关系很难直接建立,因此通常的方法是首先建立图像与某种特征结构的对应关系,然后通过对特征结构的插值达到对图像本身的变形插值。因此,图像之间的插值变形包括两个关键的步骤:首先要确定图像基于特征结构的变化特性,即图像与特征结构的关系,然后在两幅图像的特征结构之间进行插值。

2. 设定关键帧特征结构

在起始和结束画面上确定和勾画出各部分(主要轮廓)的结构对应关系,也即从起始画面上的一个点变到结束画面上的另一个对应点的位置,这是变形运算所需要的参数。

案例 6-17:变形的实现过程

图 6-20 是一只鞋子变化成一辆汽车的动画实现过程。起始帧和结束帧分别是鞋子和汽车,是预先处理好的图像;变形动画持续 2 秒钟,按每秒 15 帧的速率由起始画面变化到结束画面,共 30 帧,中间 28 帧均由计算机通过变形(Morphing)算法自动生成,如图 6-20(a)所示。为了使变形效果顺畅连续,需要在起始帧和结束帧上分别设置相同数量的若干个编辑点,并使其一一对应,这种对应关系确定了一个点运动的起始位置和结束位置,如图 6-20(b)所示。

(a) 变形过程

起始帧上一个点　　　　　　　　　结束帧上的对应位置

(b) 关键帧的变形对应点

图 6-20　变形动画的实现

根据需要,对应点的位置可以任意移动。一种特例是起始图就是结束图的背景,起始图上所有的点都位于画面中心,结束图上的点对应于图的前景轮廓。生成的动画效果是结束图的图像前景逐步地放大,效果很像摄影中的推镜头,浏览光盘案例 6-17(b)可以看到这个效果。

3. 参数设置与动画生成

除了关键帧的特征结构对应关系,还需要设定中间帧的帧数、生成的动画格式和压缩等参数。然后,系统就能自动地对当前帧上的每个点作向着结束点方向的步进运动,步进长度为移动距离除以中间帧数,以求出下一帧对应点的位置及颜色,并对其他相邻点作插值处理。对全部点处理完后生成一个新的中间帧,如此反复,生成所有的中间帧。

显然,这样生成的动画包含许多中间帧,理论上中间帧越多变换过渡越平滑,但文件容量也越大,一般以视频 AVI 格式存储,有关视频格式将在后续章节介绍。

6.4.2　变形动画的实现

在实际应用中,可以设置连续的多组关键帧,第二组关键帧的起始图像是第一组的结束图像,由此生成从一幅画面变化到第二幅画面再变化到第三幅画面甚至更多画面的动画效果。

案例 6-18:成长中的孩子

典型的变形动画实例为变脸,浏览光盘"案例 6-18_成长"可看到一个孩子从婴儿到儿童期的脸部变化过程。首先选择一个孩子从小到大的几幅照片作为关键帧,如图 6-21 所示,选择时需要注意关键帧的对应关系越接近,变形的效果会越好,如面部的朝向和大小基本一致。以头部、脸部轮廓和五官轮廓作为对应点,这个动画处理的关键是对应点的准确和细致,否则中间过程就不自然。最后采用每秒 12 帧的速率,用 Morph 变形算法生成中间帧,形成 AVI 格式的动画影像。

图 6-21　变形动画的关键帧选取

矢量动画软件 Flash 具有变形动画的功能,这在后续章节将介绍。PhotoMorph 是 North Coast Software 公司开发的一个专门的变形编辑软件,它的功能比较单一,但使用简单方便,而且能比较精确地定义关键帧的对应点。因此,将 Photoshop 与 PhotoMorph 配合起来使用,就能实现简单的变形动画。PhotoMorph 软件可浏览各种格式的图像,把不同的图像作为关键帧,进而生成 AVI 格式的变形动画,简介如下。

1. 输入与输出文件

PhotoMorph 软件涉及到的文件包括三类:图像文件,动画编辑文件和生成的视频 AVI 文件。图像文件作为动画的关键帧,文件格式包括 BMP、PCX、TIF、JPG 等,Photo-Morph 的图像编辑功能很弱,只能进行简单的复制、删除、颜色转换等,因此一般用它来浏览图像内容,如果要编辑关键帧,需配合 Photoshop 等专门的图像处理软件。

生成的动画以 AVI 格式保存,AVI(Auido Video Interleave)是微软公司在 1992 年推出的一种音频视频交叉文件格式。从视觉效果的角度看,理想的动画或视频信号帧率应为 25 fps(frame per second)左右,但是帧率直接影响着动画文件的数据量,受限于计算机数据处理能力和数据传输率,AVI 的帧率一般在 15fps 以下,图像颜色为 256 种。有关 AVI 格式及其应用在下一章还会进一步介绍。

PhotoMorph 可由起始、结束关键帧自动生成变形动画的中间帧。中间帧可以按静态图像文件逐帧存储,也可以按 AVI 格式存成一个文件,并通过 AVI 播放器浏览变形动画的效果。

2．变形动画的编辑

PhotoMorph 的动画编辑文件以 PMP 为后缀，也称为项目（Project）文件，它包括变形动画的起始、结束帧图像指针、变形对应点以及变形动画的其他参数。与 Photoshop 的 PSD 文件格式不同，PMP 文件记录的是动画的编辑信息，而不包含关键帧图像数据。通过该文件可对变形动画效果进行重复编辑，但需要同时保留关键帧图像文件。PhotoMorph 主窗口上的编辑菜单只能操作图像文件，而 PMP 专案文件只能由 PhotoMorph 的专案编辑器（变形动画编辑器）进行显示和编辑。项目编辑器（Project Editor）是 PhotoMorph 的主要控制窗口，如图 6-22 所示。操作过程中，当鼠标位于编辑器窗口内任一功能键上时，提示信息栏将显示该键的功能说明。下面通过案例 6-17 来说明变形动画的编辑过程。

图 6-22　PhotoMorph 项目编辑窗口

（1）选择关键帧组

单击关键帧窗口下的文件夹，载入起始关键帧（鞋子）和结束关键帧（汽车）。如果两幅关键帧图像的尺寸不同，则较小尺寸的图像将被拉大到与较大图像相同，可能引起图像的横或纵向变形。

（2）对应点编辑

单击对应点编辑键，弹出对应点编辑窗口如图 6-23 所示，在该窗口内可以编辑当前关键帧组的对应点。图像窗口分别显示起始、结束关键帧，窗口左边的工具按钮可以分别控制起始、结束帧内对应点的插入、删除、移动以及显示窗口的缩放。对应点的移动操作可以独立进行，而增加和删除对应点是成对进行的。在起始/结束帧中插入/删除对应点时，结束/起始帧中也有对应的点生成/删除，插入时位置与原插入的位置相同。通过分别移动或编辑对应点的位置，可以把起始的包络曲线与结束的包络曲线对应上，由此确定变形的参照点。

对应点决定变形算法的运算参数。若不设置对应点，则 PhotoMorph 按关键帧逐点对应的默认值进行变形处理。

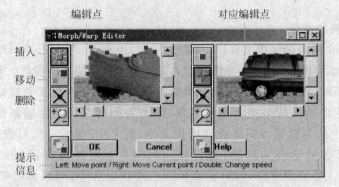

图 6-23　PhotoMorph 对应点编辑窗口

（3）多组变形选择

变形是在一组关键帧之间进行的，如果想制作多幅关键帧的连续变形，如案例 6-18，则可以增加关键帧组，并使前一组的结束帧与后一组的起始帧相同。用关键帧组键可以激活关键帧组（故事板）的显示，由此可以选择当前编辑的关键帧组，默认为第一组。当前关键帧组显示在主窗口内，可对其进行编辑。用关键帧插入键可在当前关键帧组之后插入新的一组关键帧，新组的起始帧自动设置成前一组的结束帧。

（4）动画参数设置

输出动画 AVI 文件的参数包括帧率、格式、压缩算法以及动画质量。压缩算法选择 Indeo 可达到较好的效果，一般选择 AVI 格式。编辑器的"frames"框显示的是变形动画的总帧数，调整该数目并参照帧率就可以计算出动画播放的大致时间。

（5）变形算法

根据不同的算法可以达到不同的变形效果，除了 Morph 变形以外，还包括 Colorize（起始帧色彩变化，比如从彩色图变为灰度图），Distort（起始帧的拉伸变形）等。每种算法可能还有多种子算法选择，以产生不同的变形效果。

（6）用户参数选择

弹出窗口可修改用户设置的所有参数，包括输出格式、动画算法、帧率和帧数等。生成的动画可按 AVI 文件格式输出，也可按帧图像输出。按帧输出时根据"页框"设定的总帧数，以 256 色、BMP 格式逐帧顺序产生静态图像。

（7）动画预览和生成

单击动画预览键可弹出预览窗口，在该窗口内可以逐帧预览动画的中间帧过程，每一帧都可以单独存为一个图像文件。若预览效果不够理想，可以退回到专题编辑器中修改动画参数或对应点，甚至改变关键帧。若预览效果达到要求，用动画生成键即可开始生成动画的各帧图像文件或 AVI 文件。

（8）PMP 文件的保存

生成动画文件以前应保存 PMP 后缀的动画编辑文件。用保存键或 PhotoMorph 主窗口内的文件菜单操作 PMP 文件的保存。如果生成动画文件以后还想修改动画参数，则可以调用相应的 PMP 文件进行修改，否则，只能一切从头开始。

PhotoMorph 软件的功能虽然简单，但体现了计算机二维变形动画的基本原理和应用。

更复杂的变形需要大量的运算和三维的处理,这种应用常见于专业动画或视频作品中。

案例 6-19:**广告短片《香槟》**

《香槟》是 Framestore CFC 公司为推销微软公司的新一代游戏机 Xbox 所制作的一个 30 秒的微型电影。该公司于 2001 年年底由 Framestore 与 CFC(the Computer Film Company)公司合并而成,是欧洲最大的视频特技公司,它制作了一批优秀的影视特技作品,《香槟》就是其中的一个。

这个作品的主题是"生命苦短,及时行乐"(Life is short,play more),它的创意源于莎士比亚的长诗:

> All the world is a stage,
> And all the men and women merely player.
> They have their exits and their entrances,
> And one man in his time plays many parts.
> His acts being seven ages.
> At first, the infant,……

(世界是一个舞台,

人们都是演员。

每个人都有自己的登场和退场时期,

而且一生中扮演多个角色。

一个人的演出可分为七个阶段,

首先是婴儿期……)

影片选择了 7 个面目相近的演员,从 9 个月到 65 岁。在 20 秒的时间内,一个婴儿如香槟般从母体内喷射而出,飞入天空,在快速飞行的过程中,婴儿变形为幼儿、儿童、少年、青年、壮年和老年,最后落入坟墓,如图 6-24 所示。

除了创意,短片的关键技术是运动变形,在半分钟的时间内完成 7 个人在运动过程中的变形转换,表达人生苦短可谓惟妙惟肖,惊心动魄。除了运动变形,短片还通过飞机 360°旋转拍摄天空和地面,平铺后得到所需背景。

图 6-24 《香槟》中的运动变形

(案例下载:http://www.framestore-cfc.com/commercials/xbox_champagne/index.html)

6.5 综合案例:帧动画的设计制作

动画贺卡"新年乐"是以网页的方式,通过组合 GIF 动画、背景音乐以及图像来综合体现新年的欢乐气氛,下面通过图 6-25 所示的过程,介绍帧动画的创意与设计处理。

1. 创意设计

有特色并且个人化的数字贺卡是当代信息传播的特色之一。"新年乐"的创意是通过一个孩子的变化表达面对又一个新年到来,"十年一瞬间"的感慨和对过去的温馨回忆、对

(a) 背景素材示意　　　　(b) 第一帧素材　　　　(c) 第二帧素材

(d) 处理后的第一帧　　　(e) 处理后的第二帧　　(f) 动画完成效果

图 6-25　动画"新年乐"的制作过程

未来的美好祝愿。由于采用网页的传播方式,数据容量是需要考虑的一个重要问题,因此,采用简单的 GIF 动画,用两帧就能巧妙地实现动态效果。而"新年乐"的"乐"要传达的又是一种轻松、活泼和欢快的气氛。这种创意用动画表现为一个刚从鸟巢/鸡窝中孵出来的乖宝宝转眼变成 10 年后从鸟巢/鸡窝中抓小鸟/小鸡的小淘气。在流畅而温馨的钢琴背景音乐中,欢快的鸟鸣此起彼伏,能很好地烘托主题。

2. 应用环境

数字贺卡可以放在某一个网站上,用 E-mail 告知相关的朋友来浏览即可。这样对方可以选择是否浏览,不会被强迫性地接受较大容量的 E-mail 文件。由于动画放在网站上,动画的文件容量就是要考虑的主要问题之一。既要在浏览器中较完整地体现贺卡的主题,又不能太复杂。因此,选择 GIF 格式来构成动画可达到较好的整体效果。

3. 总体构图

贺卡应充满整个浏览器窗口,但 GIF 文件的幅面又不能太大,否则容量太大。动画由两帧交替显示构成,主要的素材图像有三幅。

（a）一个小孩在鸟巢中刚刚被"孵"出来的灰度图作为动画的主要背景素材。

（b）小主人几个月的照片作为第一帧素材。

（c）可用小主人的脸替换鸟巢中小孩的脸;小主人 10 岁左右开弓一手抓一只小鸟的照片作为第二帧素材,如图 6-25(c)所示。

根据主要图像素材,以鸟巢构成动画的背景,贺卡的色彩以小主人的色彩(皮肤色彩和草帽色彩系列)为主,以突出主题。因此要求整个贺卡画面也采用黑色背景,这样不仅利于动画融于整体之中,也利于不同图像间的色彩过渡。文字另存成小图,以减少整体容量。

4. 素材编辑

GIF 动画由两幅图像构成。第一幅图构成动画的主画面和背景,通过前两幅素材的叠加处理完成,并借用 Java 实现倒影效果。

首先通过 Photoshop 把素材(a)中的小孩脸换成素材(b)中小主人的脸,保留脸上的彩色和原图中小孩头上的那片羽毛。这样不仅使图像效果更生动,而且也易于两幅图像的色彩过渡。

为了达到更好的效果,用 Java 程序在浏览器中生成图像的动画倒影效果。这种倒影的动画效果实际上就是实时动画的一个很好的例子。它是采用实时运算的方式产生静态图像的映像,并进行水波纹动态处理。但该程序不适用于 GIF 文件。因此,用屏幕复制生成带倒影的静态图像,在黑色的背景中加彩色星空点缀,增加原灰度图的生动感,完成动画的主画面,如图 6-25(d)所示。

第二幅图表现抓小鸟。从素材(c)抓小鸟的图像中抠出其需要的人像部分,按比例缩小并叠在已完成的第一幅图的背景中,以便生成动画时保证背景不变,如图 6-25(e)所示。注意两幅图相叠时交界处的融合与协调。保存第二帧图像文件时尽量使图像幅面减小,以减小动画的容量。

5. 动画生成

用两幅静态图构成 GIF 动画,保持第一帧不消隐,第二帧的抓小鸟图像的定位要使得人像变化时背景完全不变。动画中图像的延时要在浏览器中调整。由于倒影图像并没有变化,更增加了“瞬间”的效果。

6. 文字编排

文字内容要点题,用中英文表达以增加贺卡的适用范围。文字的色彩选用主色系中饱和度较低的单一色,与主色调相呼应,并突出主体。字体的选择要单薄、活泼一些,与孩子的形象一致。文字采用黑色背景的四幅小图构成,这样不仅可以减少贺卡的整体容量,而且在排版与构图上可以灵活多变,突破动画矩形幅面的呆板,使整体构图更加生动活泼。

7. 背景音乐

由于 GIF 是图像文件格式,本身不能加入声音,因此,通过网页将 GIF 和背景音乐融为一体。最终网页效果如图 6-25(f)所示。

此外,为了减少文件容量,静态部分可以单独保存为图像文件,甚至可利用 ImageReady 的切割方式,使 GIF 文件的幅面仅包含动态的部分(图 6-25(e)的幅面),其他部分都可以作为静态图,通过网页定位拼接在一起。

动画的创意设计是一个可以无限深入的话题,在后续章节中还将进一步讨论。

思考题

1. 动画图像和静态图像的主要区别是什么? 在记录方式上有什么不同?
2. 什么是二维、三维动画? 其根本的区别是什么?
3. 帧率对动画的视觉效果以及对动画文件的数据量各有什么影响?

4. 调色板在 GIF 格式文件中起什么作用,它对多图块的 GIF 文件有什么影响?

5. 同一个 GIF 动画文件在不同的 MPC 上演示效果是否相同,为什么?

6. PMP 格式文件有什么特点和作用? 它与 AVI 文件有什么关系?

7. Morph 变形的效果与哪些因素有关?

练习 6　简单动画应用

一、目的

(1) 通过第 6 章的学习,理解和掌握动画的基本概念及实现的方法。

(2) 通过软件 ImageReady 的使用,了解帧动画的原理;理解和掌握调色板的功能以及对整个图像色彩的影响。

(3) 通过软件 PhotoMorph 的使用,理解和掌握关键帧动画的基本概念和变形动画生成的概念,以及二维动画的基本实现方法。

(4) 实现简单动画的创意设计。

二、内容

1. 由连续的图像系列构成帧动画

(1) 自选主题,并选择一张素材图,在 Photoshop 中将其变换处理并顺序生成不同的图层,对应各个中间帧。

(2) 切换到 ImageReady 中,调整动画各帧的显示时间,以达到一个简单动画的效果。

2. 简单变形动画

(1) 自选主题,选择并处理好两幅(或几幅)尺寸相同的图像,作为动画的起始和结束关键帧。通过 PhotoMorph,在起始和结束帧上分别设置若干运动对应点。

(2) 自动生成变形动画,观察变形动画的效果。调整运动对应点,使变形动画连续自然。

(3) 要求至少有两组关键帧组,动画窗口和变形效果不限。按 AVI 格式保存动画文件,参数为 15fps、Indeo3.0 压缩、Medium 的压缩质量。

3. 简单动画设计

按一定的创意重新设计图像系列文件,并生成 GIF 动画或变形动画。简要说明动画创意及使用的技巧。

三、要求

(1) 提交生成的 GIF 文件,总结 GIF 文件格式的特点。

(2) 提交变形动画的 AVI 文件,记录文件的容量以及动画参数的设置。总结变形动画中关键帧的作用及运动点的设置对动画效果的影响。

(3) 提交动画创意作品,简要说明动画创意及使用的技巧。

第 7 章

数字音频与合成音乐

声音是人们用来传递信息最方便、最熟悉的方式。在数字媒体系统中,声音是指人耳能识别的音频信息,它与人类听觉和社会文化艺术有着密切联系,有其自身的表达方式和规律。现实中的声音是一种连续变化的模拟量,同样地,声音信号需要经过模拟到数字的转换成为数字音频才能被计算机记录和处理,而数字音频需要经过数字到模拟的转换才能被人耳识别和理解。因此,数字音频也涉及到声波的物理传播特点和电声信号处理技术。

数字化音频信号的处理方法大致可分为两类:一种是数字音频方式,另一种是分析与合成的方式。本章首先介绍声音的基本特征,然后分析数字音频的基本原理,最后介绍声音的表达和传播特征,以及音频编辑和处理的基本方法。

7.1 声音的概念与特征

音频信号可以携带精细、准确的大量信息,以一个汉字为例,在计算机中其不同的表示方法所占据的数据量及携带的信息是大不相同的,如表 7-1 所示。用计算机来记录和表示音频信息,首要的问题是要用数字的方式较准确地描述音频信号的特征。

表 7-1　一个汉字的不同表示

表 示 方 法	数 据 量	信　　息
区位码	2 字节	汉字名称
16×16 点阵	32 字节	汉字名称,字形,字体
立体声音	约 4000 字节	汉字名称,音高,音长,音强

7.1.1 音调、音色与音强

声音是由于空气中的分子在某种力的作用下振动起来,这种振动波传到人耳,在人耳中所感到的就是声音。噪音的无规律性表现在其无周期性上,而有规律的声音可用一条连续的曲线来表示,因此也可称为声波,如图 7-1 所示。

这种在时间和幅度上都连续的声波信号,称之为模拟音频信号。磁带和老式密纹唱片上记录的就是模拟音频信号。AM、FM 广播信号也是模拟信号。图 7-1 所示的模拟信号的曲线无论多复杂,在任一时刻 t_0 都可分解成一系列正弦波的线性叠加:

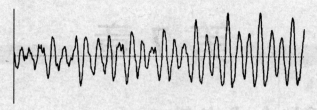

图 7-1　声波示意

$$f(t_0) = \sum_{n=0}^{n=\infty} A_n \mathrm{Sin}(n\omega_0 t_0 + \varphi_n) \tag{7-1}$$

　　频率是指信号每秒钟变化的次数,其中 ω_0 称为 t_0 时刻的基频或基音;$n \times \omega_0$ 称为 ω_0 的 n 次谐波分量或称为泛音;A_n 是 n 次谐波的强度,以基频 ω_0 的强度 A_0 最强。

　　声音的三个要素是音调、音色和音强。声音信号 $f(t_0)$ 是一种周期性的复合信号,它的特征就是其中许多单一信号即正弦波信号 $A_n \mathrm{Sin}(n\omega_0 t_0 + \varphi_n)$ 的特性。声波或正弦波有三个重要参数:基本频率或基波 ω_0,谐波分量或泛音 $n\omega_0$ 以及幅度或强度 A_n,这三个参数也就决定了声音的特征。

1. 音调与基频 ω_0

　　人对声音频率的感觉表现为音调的高低,在音乐中称为音高。音高指声波的基频,也就是式(7-1)中的 ω_0。基频越低,给人的感觉越低沉。将基频取对数($20 \times \log$)后与人的音调感觉成线性关系。实际上,音乐中音阶的划分是在频率的对数坐标上取等分而得的。音乐的音高标准是 1939 年在伦敦国际会议上确定的,A 音基频标准是 440Hz。平均律(一种普遍使用的音律)中各音阶的对应频率如表 7-2 所示。

表 7-2　音阶与基频的对应关系

音 阶	C	D	E	F	G	A	B
简谱符号	1	2	3	4	5	6	7
频率(Hz)	261	293	330	349	392	440	494
频率(对数)	48.3	49.3	50.3	50.8	51.8	52.8	53.8

　　从表中可以看出,音阶 D、E 和 G、A 之间是相差半个音程,其他相邻的音阶之间都是一个音程的关系。

2. 音色与泛音 $n\omega_0$

　　人们能够分辨具有相同音高的钢琴和小提琴声音,正是因为其具有不同的音色,也就是说用钢琴和小提琴演奏同一首乐曲,听起来感觉不同。音色是由混入基音的泛音所决定的,基音的各阶谐波分量 $n\omega_0$ 的幅度 A_n 不同,随时间衰减的程度不同,音色就不同。

　　音乐中听到的音是各种乐器以不同的方式振动、共鸣而产生的,不同的乐器有不同的振动方式,如吉他采用弦振动发音、笛子采用气震动发音、鼓采用膜振动发音等,不同的振动方式,产生的音色有很大差别,这种差异就是因为乐器所发出的声音内包含的泛音在数量,强度等方面有所不同引起的。以吉他为例,拨弦时,不仅弦的全长振动发音,同时弦的

$1/2,1/3\cdots$处也分别振动发音。弦的全长振动发出的音就是基音"ω_0",各分段振动发出的音就是泛音"$n\omega_0$",因此,拨弦产生的一个音实际上是由全长振动的基音和多个分段振动的泛音所共同产生的。小号的声音具有极强的明亮感和穿透力,就是因为小号声音中高次谐波或高频泛音非常丰富。

案例 7-1：不同乐器的音色比较

视听光盘案例 7-1,相同的标准音阶,比较不同的乐器如小号(Horn)、大提琴(Cello)、钢琴(Piano)、打击乐(Vibraphone)和吉他(Guitar)的音色之不同。

3. 音强与幅度 A_0

音强是指声音信号中主音调的强弱程度,是判别乐音的基础。人耳对于声音细节的分辨与强度有直接关系,只有在强度适中时人耳辨音才最灵敏。如果一个音的强度太低,则难以正确判别其音高和音色。

正是由于声音信号是可被分解和复合的,因此可以从中抽出若干个单一的正弦信号,也可以用若干个单一的正弦信号来合成任意波形的复合信号,如合成语音、合成音乐等。

7.1.2　声音质量的度量

根据声音的特征,其质量的度量一般从信号的频率与强度,以及实际的听觉效果来考虑。

1. 音宽与频带

人耳对同样强度但不同频率的声音其主观感觉的强弱是不同的。由于声音信号是复合信号,因此需要用另一个参数来描述其复合特性,这个参数就是频带宽度或称之为带宽,它描述组成复合信号的频率范围。人类最敏感的频率范围是 3～5kHz,对高于 18～20kHz 和低于 17～20Hz 的声音信号,无论其强度多高,一般人都听不到。人类能分辨的声波频率范围是 20Hz～20kHz,称为音频信号(Audio)。音频范围内,语音信号(Speech)的频率范围为 300～3000Hz,如图 7-2 所示。低于 200Hz 的低频信号用来增强语音的自然度和谈话的风度,而高于 7kHz 的高频信号用来提高话音的可识别度和增加对各种摩擦音的区分能力。在音频范围以外,高于 20kHz 的声音范围称为超声带,低于 20Hz 的声音范围称为次声带。音频信号的频带越宽,则所包含的音频信号分量越丰富,因此音质越好。在广播通信和数字音响系统中,通常以声音信号的带宽来衡量声音的质量。图 7-3 是四种公认的声音质量等级与相应的带宽约定。

图 7-2　音频频带示意图

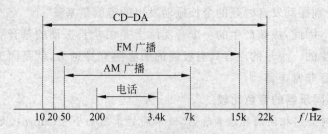

图 7-3　声音质量等级与信号带宽

其中等级最高的是 CD-DA 唱盘,其带宽是 10Hz～22kHz。由图可知,CD-DA 可包含音频信号的所有频率分量,并在频带的高低端有一定的保护带,因此,其音质很好。其次是调频无线电广播 FM(Frequency Modulation),其带宽为 20Hz～15kHz。再其次是调幅无线电广播 AM(Amplitude Modulation),带宽为 50Hz～7kHz。AM 广播和 FM 广播都是模拟音频信号,它们的频带宽度相差约一倍。最低的是数字电话,它的带宽为 200Hz～3.4kHz,基本上就是语音的带宽再加上一定量的保护带组成的。

2. 动态范围

音强与音频信号的幅度有关,实际上,人们常用音量来描述音强。音量是对音频信号的幅度取对数后再乘以 20 所得的值,以分贝(dB)为单位来表示。用分贝来度量音频信号的强度是因为人的听觉响应与强度不是成线性关系的。在处理音频信号时,其相对强度更有意义。因此,一般用动态范围来定义音频信号的相对强度,动态范围定义为音频信号的最大强度与最小强度之比:

$$信号的动态范围＝20×log(信号的最大强度/信号的最小强度)(dB) \qquad (7-2)$$

信号的最大强度与最小强度指的是音频信号处理系统中某一点处的最强与最弱信号。该信号可以用电压衡量,或用功率衡量。因为采用相比的关系,故只要采用相同的度量单位,其结果都是一致的。实际上人对音强的变化分辨能力有限,一般的人只能察觉出 3dB 的音强变化,只有受过专门训练的人才能察觉出 1～2dB 的突变。

动态范围越大,说明音频信号强度的相对变化范围越大,音响效果越好。FM 广播的动态范围约 60(dB),AM 广播的动态范围约 40(dB)。在数字音频中,CD-DA 的动态范围约 100(dB),数字电话约 50(dB),如表 7-3 所示。

表 7-3　不同音响设备的动态范围比较

量 化 位 数	幅 值 等 级	动态范围(dB)	效　　果
8	256	48	数字电话
16	64K	96	CD-DA
		60	FM 广播
		40	AM 广播

3. 信噪比

声音信号最终都是要通过空气的传播送入人耳或接收设备的,而人耳或接收设备对噪声并没有过滤作用,所以人感觉到的音频信号效果与信号中混杂的噪声强度有很大关系。因此技术上往往用信噪比(Signal to Noise Ratio,SNR)来衡量有用的声音信号与噪声之间的强度比例。信噪比的定义可简单地描述为有用信号的平均功率与噪声的平均功率之比:

$$SNR = \frac{有用信号的平均功率}{噪声的平均功率} \qquad (7\text{-}3)$$

信号的功率与信号强度成正比。信噪比是一个最常用的技术指标,在设计任何一个声音处理系统时,都要使信噪比尽可能大,从而得到尽可能好的声音质量。例如,同样的音源,如用一个 CD 播放器在同样的音量和音效条件下播放同一首乐曲,一次是在嘈杂的大街上播放和收听,另一次是在安静的室内环境中播放和收听,收听的音响效果无疑相差很大。在这个例子中,有用信号的强度和效果是相同的,不同的是环境噪音的强度不一样,也即两种情况下的信噪比不同,使最终人耳收听的效果不同。由此很容易理解为什么录音时有专门的录音棚对环境噪声加以抑制,欣赏音乐时有专门的音乐厅以保证音频信号尽可能不失真地送入人耳。

对于一个声音处理系统而言,通过测量系统输入信号的 $SNR(\text{in})$ 和系统输出信号的 $SNR(\text{out})$,就可确定该系统的信噪比性能。

$$SNR(\text{in}) = \frac{输入有用信号的平均功率}{输入噪声的平均功率} \qquad (7\text{-}4)$$

$$SNR(\text{out}) = \frac{输出有用信号的平均功率}{输出噪声的平均功率} \qquad (7\text{-}5)$$

不同的音频信号处理系统,其信噪比要求是不同的。例如,用不同的 MP3,在同一地点录制一首乐曲后,将录制的文件传到同一台计算机中重播,两个文件的播放效果可能相差很大。这其中的原因之一是这两个 MP3 收录的信噪比不同,在收录(处理)信号时,系统内部产生的一些噪音都有可能混入到有用信号中,这显然会对输出信号的效果造成影响。

4. 主观度量法

对声音质量的评价,除了以上几种客观质量度量指标以外,另一种是主观质量度量。对噪声的度量,可以说人的感觉机理最有决定意义,如听觉、视觉等。因此,感觉上的、主观上的测试应该成为评价声音质量和图像质量不可缺少的部分。有的专家认为,在语音和图像信号的编码中,主观的质量评价比客观的质量评价(如 SNR 的客观指标)更加恰当,更有意义。可是,一般来说,可靠的主观度量值是较难获得的。

声音质量的主观度量法,类似人们在电视节目中看到的歌手比赛。由评委对每位歌手的演唱进行评判。评委由专家组成,也可以有听众参加。评委给每个歌手评分,然后再求平均分。对声音设备发出的声音也可以用同样的办法进行评分,这种方法称为平均判分法(Mean Opinion Score,MOS)。声音质量采用 5 分制,它的评分标准如表 7-4 所示。

表 7-4　声音质量 MOS 标准

分　　数	质 量 级 别	失 真 级 别
5	优(Excellent)	察觉不到
4	良(Good)	(刚)察觉但不讨厌
3	中(Fair)	(察觉)及有点讨厌
2	差(Poor)	讨厌而不反感
1	劣(Bad)	极讨厌(令人反感)

　　MOS 测试法已经成为标准。在评判时可以召集一些专家和用户组成一个评估小组，请每个试验者对有代表性的声音进行评判打分，然后再求平均分。这种方法同时也可用于图像质量的评价。在数字系统中，音频卡的声音质量多半是用主观质量度量法来评估的。如听一段音乐，记录一段语音，然后重放给试验者听，最后进行综合评估。

　　声音分为无规律的噪音和有规律的音频信号，音频信号所携带的信息大体上可分为语音、音乐和音效三类。语音是指具有语言内涵和人类约定俗成的特殊媒体；音乐是规范的符号化了的声音；而音效是指人类熟悉的其他声音，如动物发声、机器产生的声音、自然界的风雨雷电声等。根据音源的不同，计算机对声音的处理方式主要分为两种：数字音频和合成音乐，下面分别介绍。

7.2　数字音频原理

　　声音是一种模拟量，数字音频的基本概念是通过声音数字化接口获取现实中的声音信息，将其转换为数字量，并使数据量尽可能减小，而重播或回放时使声音波形尽可能接近原始波形。因此这种方式可以处理任何形式的音频信号，包括语音、音乐及音效等。

7.2.1　音频编码原理

　　脉冲编码调制(Pulse Code Modulation，PCM)是一种把模拟信号转换成数字信号的最基本的编码方法，CD-DA 就是采用这种编码方式。PCM 主要包括采样、量化和编码三个过程。采样是把时间连续的模拟信号转换成时间离散、幅度连续的采样信号；量化是将时间离散、幅度连续的采样信号转换成时间离散、幅度离散的数字信号；编码是将量化后的信号编码形成二进制的数据，这样模拟信号就转化成了数字信号。

　　用图 7-4 和图 7-5 来说明对模拟声音信号进行采样和量化的过程。图 7-4(a)表示一段声波信号，(b)是对(a)采样后的波形，(c)是对(b)量化后的波形。首先在时间轴上采样，如以 CD-DA 为例，采样频率 $f=44.1\mathrm{kHz}$，即每秒取 44100 个点。然后每个采样点对应的幅度值进行均衡量化，CD-DA 的量化位是 16 位，即用 16 bit 来记录每个采样点的幅值并取整，幅度的取值范围是 $2^{16}=65536$，即动态范围为 $20\times\log(2^{16})\approx96(\mathrm{dB})$。这样，连续变化的模拟信号就转换成一串离散的数字信号。

　　图 7-5 为音频信号的脉冲编码 PCM 原理示意图。在图 7-5 中，编码的过程首先用一

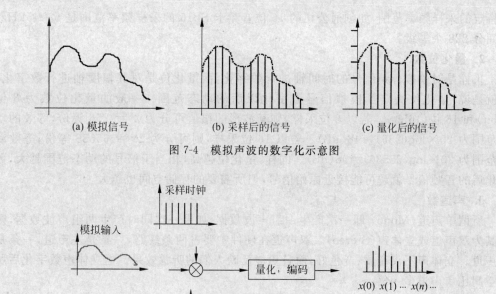

(a) 模拟信号　　　(b) 采样后的信号　　　(c) 量化后的信号

图 7-4　模拟声波的数字化示意图

图 7-5　PCM 编码示意图

组脉冲采样时钟信号与输入的模拟音频信号相乘,相乘的结果即输入信号在时间轴上的数字化。然后对采样以后的信号幅值进行量化。最简单的量化方法是均衡量化,这个量化的过程由量化器来完成。对经量化器 A/D 变换后的信号再进行编码,即把量化的信号电平转换成二进制码组,就得到了离散的二进制输出数据序列 $x(n)$,n 表示量化的时间序列,$x(n)$ 的值就是 n 时刻量化后的幅值,以二进制的形式表示和记录。计算机对量化后的二进制数据可以用音频文件的形式进行存储、编辑和处理,并可还原成原始的模拟波形进行播放。这个还原的过程称为解码,它是 A/D 变换的逆过程,即 D/A 变换。

7.2.2　数字音频的技术参数

从上节讨论的 PCM 编码过程中可知,数字音频的基本功能是以一定的采样率、一定量化位的分辨率录制和播放音频信号。其基本技术参数包括以下几点。

1. 采样频率

采样频率是指一秒钟内采样的次数。根据奈奎斯特(Harry Nyquist)采样理论,如果对某一模拟信号进行采样,则采样后可还原的最高信号频率只有采样频率的一半,或者说只要采样频率高于输入信号最高频率的两倍,就能从采样信号系列重构原始信号。因此,采样频率越高,它可恢复的音频信号分量越丰富,其声音的保真度越好。用 44kHz 的采样频率对声音信号进行采样时,可记录的最高音频为 22kHz,这正是人耳能分辨的最高音频再加上一定的保护频带。所以,CD 激光唱盘的音质与原始声音几乎毫无差别。这种音质也就是人们常说的超级高保真音质,即 Super HiFi(High Fidelity)。

采样的三个标准频率分别为:44.1kHz,22.05kHz 和 11.025kHz。一般音频卡都有其特定的采样频率范围,如创通公司的 16 位音频卡 SB16 的采样频率范围是 5~45kHz,其间分 228 个等级。

2. 量化位数

采样是对模拟音频信号的时间轴进行数字化,而量化位是对其幅度轴进行数字化。也就是说,量化位决定了模拟信号数字化以后的动态范围。一般的量化位数为 8 位(8bit)和 16 位(16bit)。若以 8 位采样,则其波形的幅值可分为 $2^8 = 256$ 等份,等效的动态范围为 $20 \times \log(256) = 48$(dB)。若以 16 位采样,则可分为 $2^{16} = 65536$ 等份,等效动态范围为 $20 \times \log(65536) = 96$(dB)。同样,量化位越高,相当于信号的动态范围越大,数字化后的音频信号就越可能接近原始信号,但所需要的存储空间也越大。

3. 声道数

所谓单声道(Mono)即一次产生一组声波数据,如果一次同时产生两组声波数据,则称其为双声道或立体声(Stereo)。双声道在硬件中要占两条线路,一条是左声道,一条是右声道。立体声不仅音质、音色好,而且更能反映人们的听觉效果。但立体声数字化后所占空间比单声道多一倍。

4. 数据率

音频信号数字化后,其数据率(每秒 bit 数)与信号在计算机中的实时传输有直接关系,而其总数据量又与计算机的存储空间有直接关系。因此,数据率是计算机处理时要掌握的基本技术参数。未经压缩的数字音频数据率可按下式计算:

$$数据率(bit/s)=采样频率(Hz)\times量化位数(bit)\times声道数 \qquad (7-6)$$

其中数据率以每秒比特为单位;采样频率以赫兹为单位;量化位以比特计。

如果采用 PCM 编码,音频数字化所需占用的空间可用如下的公式计算:

$$音频数据量=数据率\times持续时间/8(Byte) \qquad (7-7)$$

其中数据量以字节(Byte)为单位;数据率以每秒比特为单位;持续时间以秒为单位。

案例 7-2:音频数据率的计算

以 11.025kHz 的采样率、8 位的量化位对音频信号采样,则该音频数据率为:

$$数据率=11.025(kHz)\times8(bit)=88.2(Kbps)$$

该数字音频 1 分钟的数据量为:

$$数据量=11.025(kHz)\times8(bit)\times60(s)=5292(Kb)=0.66(MB)$$

同样可算出以 44.1kHz 的采样率、16 位量化位采样,一分钟音频所需容量为 5.292 兆字节。

表 7-5 反映了三种采样指标以及不同的压缩编码得到的数字音频所占容量与一般熟知的音质的比较。需要注意的是 FM 是模拟音频信号,在此采用了等效音质的概念,即从一般人耳收听的主观效果衡量。

表 7-5　不同的采样指标与容量和效果的关系

采样率(kHz)	量化位(bit)	声道	编码算法	容量(MB/min)	等效音质
11.025	8	单	PCM	0.66	语音
22.05	16	双	PCM	5.292	FM 广播
44.1	16	双	PCM	10.584	CD 唱盘

由此可知,数字音频的数据量很大,这对计算机的存储和数据实时传输都造成一定压力。因此,实际运用中并非都按最高音质来采样,也不一定按以上的三种标准音质采样。而是根据音源的质量和实际需要灵活运用。例如,把一段语音录制成数字音频时,所用的采样频率以 11kHz 为宜。因为语音的频带宽约 3kHz,按照奈奎斯特采样理论,采样频率为信号带宽的 2 倍就能重构原始信号。更高的采样率不仅不能提高声音质量,而且还会成倍增加文件的容量。又由于语音的动态范围有限,用 8 位量化位就足够。

此外,实际音质并不能仅由采样率、量化位、声道数及编码算法来决定,提高数字音频的质量还需在提高信噪比等其他方面想办法。声音录制时环境噪声,音频卡内部噪声以及采样数据丢失等都会造成声音质量的下降。实际收听时,音响(功率放大器、扬声器等)的质量对音质的体现也起很大作用。

5. 编码与压缩比

从表 7-5 可知,音频数据量非常大,因此在编码的时候常常要采用压缩的方式。实际上编码的作用其一是采用一定的格式来记录数字数据,其二是采用一定的算法来压缩数字数据以减少存储空间和提高传输效率。压缩编码的基本指标之一就是压缩比,它定义为同一段时间间隔的音频数据压缩后的数据量与压缩前的数据量之比,如式(7-8)所示。

$$音频数据压缩比 = \frac{压缩后的音频数据量}{压缩前的音频数据量} \tag{7-8}$$

压缩比通常小于 1。在某些情况下,采用不同的采样指标实际上就进行了数据的压缩。例如,减少量化位的大小,如 SB16 的 ADPCM 编码采用 4bit 量化位对 CD 音质信号压缩,其压缩比为 1∶4。这种情况下,用来记录幅值差的比特位越小,编码后数据容量就越小、压缩比越小。理论上说,压缩比越小,丢掉的信息越多、信号还原后失真越大。但实际上由于一般人耳对音频的细节并不太敏感,因此对同一段 CD 音质的信号采样,在保证采样后记录容量基本相同的前提下,采用 ADPCM 算法压缩所得的效果比不压缩但降低采样率和量化位所得的效果要好。

压缩算法包括有损压缩和无损压缩;有损压缩指解压后数据不能完全复原,要丢失一部分信息。压缩比越大,丢掉的信息越多、信号还原后失真越大。

7.2.3　音频文件格式

根据不同的应用,可以选用不同的压缩编码算法,常用的音频压缩编码算法有以下几种。

1. WAV 文件与 PCM 编码

WAV 文件主要是采用 PCM、ADPCM 等编码生成的数字音频数据格式,以".WAV"作为文件扩展名。WAV 文件由三部分组成:文件头,标明是 WAV 文件、文件结构和数据的总字节数;数字化参数如采样率、声道数、编码算法等;最后是实际波形数据。

WAV 文件是一种通用的音频数据文件,Windows 系统和一般的音频卡都支持这种格式文件的生成、编辑和播放。CD 激光唱盘中包含的就是 WAV 格式的波形数据,只是不保存为".wav"文件而已。一般说来,声音质量与其 WAV 格式的文件大小成正比。这种文件的特点是易于生成和编辑,但在保证一定音质的前提下压缩比不够,这是由它采用的编码方式决定的。

如前所述,PCM 是一种最通用的无压缩编码,它的特点是保真度高,解码速度快,数据量大,CD 唱盘就是采用这种编码方式。大容量数据对存储和传输都造成压力,而由于人耳对声音的不敏感性,适当的有损压缩对视听播放效果影响不大。因此,与图像压缩的概念类似,对音频信号也可以采用有损压缩的方式。

在 PCM 编码基础上发展起来的自适应差分脉冲编码(Adaptive Differential Pulse Code Modulation,ADPCM),就是一种有损压缩编码。ADPCM 记录的量化值不是每个采样点的幅值,而是该点的幅值与前一个采样点幅值之差。这样,每个采样点的量化位就不需要 16 bit,由此可减少信号的容量。可选的幅度差的量化比特位为 8bit、4bit 和 2bit。如 SB16 的 ADPCM 编码采用 4bit 量化位,对 CD 音质信号压缩,其压缩比为 1∶4,压缩后基本上分辨不出失真。

2. MP3 文件与 MP3 编码

MP3 文件是采用 MP3 算法压缩生成的数字音频数据文件,以".MP3"为文件后缀,是目前压缩质量最好的算法之一。MP3 是利用 MPEG Audio Layer 3 的技术,将音频信息用 1∶10 甚至 1∶12 的压缩率,变成容量较小的数据文件。MPEG-1 压缩主要用于 VCD 数据的压缩,其音频部分的压缩已经接近 CD 的效果。其后,MPEG 算法也用来压缩不包含图像的纯音频数据,出现了 MPEG Audio Layer 1、MPEG Audio Layer 2 等压缩格式。但是由于当时网络还不够普及,同时 MPEG Audio Layer 1、MPEG Audio Layer 2 等在压缩比和音质方面还有许多需要改进的地方,因此它们几乎不为人所知。但是 MP3 的推出改变了一切,它采用最新的压缩算法,压缩比提高了 12 倍。当然这是一种有损压缩,但是人耳却基本不能分辨出失真来,音质几乎完全达到了 CD 的标准。按照这种算法,十张 CD-DA 的内容可以压缩到一张 CD-ROM 中,而且视听效果相当好。由于 MP3 的高压缩比和优秀的压缩质量,一经推出立即受到欢迎,网上一时间冒出许多以 MP3 音乐下载为主的站点,并且推动了 MP3 播放器的产生。

3. RA 文件与 Real Audio 编码

Real Audio 是 Real networks 公司推出的一种音乐压缩格式,它的压缩比可达到 1∶96,因此在网上比较流行。经过压缩的音乐文件可以在通过速率为 14.4KBps 的 Modem 上网的计算机中流畅回放,其最大特点是可以采用流媒体的方式实现网上实时回访,也就是说边下载边播放。

Real Audio 编码的音频文件采用".ra"为后缀,它是采用 MPEG Audio Layer 3 算法压缩生成的数字音频数据文件。另一种以".ram"为后缀的文件是控制".ra"流式媒体播放的发布文件,它的容量非常小,其功能是控制".ra"文件的边下载边播放的过程。目前使用较广的播放软件 RealPlayer,就是支持流媒体的播放器,它同时支持 MP3 和 RAM 等多种音频文件的播放。

4. WMA 文件

WMA(Windows Media Audio)是微软公司推出的数字音乐格式,它的特点是可保护性极强,甚至可以限定播放机器、播放时间及播放次数,具有相当的版权保护能力。因此,

WMA 主要是针对 MP3 没有版权限制的弱点,因而受到唱片业的支持。

除了版权保护外,WMA 还在压缩比上进行了深化,它的目标是在传输速率很低的情况下(低于 192Kbps),相同音质条件下文件体积可以变得更小。

案例 7-3：不同格式的音频视听比较

视听光盘案例 7-3,它是由一首歌曲(Yesterday,全曲长 2 分 6 秒)截取其前 1 分钟,按照 6 种不同的编码方式和格式保存的数字音频文件。不同的文件及其参数如表 7-6 所示。

表 7-6　相同乐曲不同编码方式的视听比较

文件	采样率(kHz)	量化位(bit)	声道数	编码	格式	压缩比	容量(KB)
Wave1	44.1	16	双	PCM	WAV		10759
Wave2	22.05	16	单	PCM	WAV	1:4	2689
Wave3	11.025	8	单	PCM	WAV	1:16	673
Wave4				ADPCM	WAV	1:4	2697
Wave1mp3				MP3	MP3	1:11	977
Wave1ra				RAM	RA	1:28	383

通过光盘中音频文件的视听,可以很明显地感觉到无压缩的 Wave1 与采样指标较低、压缩比为 1:16 的 Wave3 差异较大,后者失真很严重。而采用压缩比为 1:11 的 MP3 文件 Wave1mp3,几乎听不出失真。更大压缩比的 RA 文件失真也较严重。分别用 MP3 和 RA 格式比较和视听该全曲,也能体会出这两种格式的差异。

7.3　电子合成音乐 MIDI

语音和音效是自然的声音,目前的技术主要是采样,量化和编码的数字音频处理方式,这与位图的映射技术类似,它侧重于数字化复制和记录。而音乐主要是由乐器发出的声音,因此更容易通过技术手段来产生和控制,这可与矢量图的工作方式类比。电子乐器正是在这个概念基础上发展起来的。

7.3.1　音乐的和弦与复音

音乐合成器是通过技术的方式产生正弦波,由此模拟出不同音高和音色的声音,目前,计算机声音合成技术在合成音乐方面已经比较成熟,它是在电子乐器的基础上发展而来的,而合成语音和人声技术还在研究之中,合成的效果还不是很理想。

1. 音乐合成器

音乐合成器(Musical Synthesizer)是通过电子设备产生正弦波,并将其按照各种音阶的频率和幅度要求,组合成不同的音调和音色的声音。音乐合成器是一个由数字信号处理器(DSP)和其他集成电路芯片构成的电子设备,用来产生并修改正弦波形,然后通过声音产生器和扬声器发出特定的声音。不同的合成器其产生的音色和音质都可不同,其发声的质量和声部取决于合成器能够同时播放的独立波形的个数,它控制软件的能力,以及合成器电路中的存储空间大小。

2. 乐理和弦

某一时刻发出的一个单一频率的音调,称为一个单音,如音阶"1"。音乐中将三个及三个以上的单音同时发声,就称其为"和弦"或者"和声"。

和弦有很多种,常用的是根据三度音程关系叠置在一起的、三个音同时发出的音,称为"三和弦",它们的音程是五度关系。如在钢琴上同时按"1,3,5"时所发的音,是一个以"1"为根音的"大三和弦",其音程由低到高是由一个"大三度(1,3)"和一个"小三度(3,5)"构成;而同时按"3,5,7"发出的音称为"小三和弦",其音程由低到高是由一个"小三度(3,5)"和一个"大三度(5,7)"构成。和弦可使声音丰满动听,增强音乐旋律的表现力。大三和弦听起来十分响亮,而小三和弦则委婉柔和。

3. 单音与复音

本章第 1 节介绍过,由于泛音的不同,相同音调的音色是不同的。因此,音乐合成器采用不同的通道或音轨来模拟产生不同音色的音,如通道 1 模拟钢琴、通道 2 模拟大鼓。由多个通道合成的音称为复音或复调(Polyphony)。

最简单的合成器至少包含一条音轨或通道,它产生的音是单音色的,如早期的手机铃声就是单音效果。复杂的合成器包含多个通道,可以通过复音模拟出不同音色。如用十几个通道模拟产生吉他的音色效果。显然,合成器的复音越多,理论上模拟的音乐效果越好,实际中目前电子合成器还很难模拟出乐队的音响效果。

由此可知,复音可以用来产生乐理和弦,如用三个通道模拟产生大三和弦的效果,但复音与乐理和弦是两个不同的概念。目前市场上泛用的"手机和弦",如"16 和弦"指的是手机上的音乐合成器具有 16 个通道,可以同时模拟出 16 个复音叠加的效果。如一只"16 和弦"的手机可以实现 5 种乐器同时发出三和弦,而"40 和弦"的手机可以让 5 种乐器同时发出七复音,或者 13 种乐器同时发出三和弦。所谓手机"和弦"数目越多,复音可能的组合越多,音色就越丰富。

4. 多音色(Timbre)

如果复调着重于同时演奏的音符数,则多音色着重于同时演奏的乐器数,也即模拟同时演奏几种不同乐器时发出的声音。例如,具有 6 复音的乐器合成器,可以同时演奏四种不同音色的 6 个音符,如 1 个钢琴的大三和弦、1 个长笛、1 个小提琴和 1 个萨克斯管。

7.3.2 MIDI 音乐的产生过程

要改善合成音乐的真实感,必须把许多合成器连接起来,以产生复音和多音色声音。过去在使用合成器时,由于没有控制合成器的统一标准,因此获得较高质量的复调音和多音色音是比较困难的。鉴于这种情况,Dave Smith 在 1982 年开发了原始的通用合成器接口(Universal Synthesizer Interface)。后来,美国和日本的合成器制造商利用 Dave Smith 提议的标准,将其重新命名为乐器数字接口(Musical Instrument Digital Interface,MIDI),并于 1983 年正式确定为数字音乐的国际标准。这个标准使得电子乐器工业发生了深刻的革命。它最早是使得不同厂商生产的电子音乐合成器可以互相发送和接收彼此的音乐数据,之后,MIDI 被应用于计算机领域。

　　计算机音乐合成的方式是根据 MIDI 的协议标准,采用音乐符号记录方法来记录和解释乐谱,并合成相应的音乐信号,因此音乐合成也称为 MIDI,它是音乐与计算机结合的产物。MIDI 不是把音乐的波形进行数字化采样和编码,而是将数字式电子乐器的弹奏过程记录下来,如按了哪一个键、力度多大、时间多长等。当需要播放这首乐曲时,根据记录的乐谱指令,通过音乐合成器生成音乐声波,经放大后由扬声器播出。图 7-6 说明了计算机上 MIDI 音乐的产生过程。

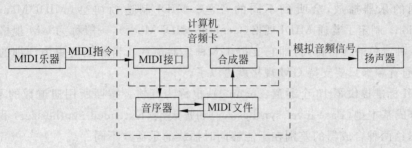

图 7-6　MIDI 音乐的产生过程示意图

1. MIDI 电子乐器

　　MIDI 电子乐器指能产生特定音质的音乐合成器,如电子键盘、电吉他、电子萨克斯管等,它们能模拟出真实乐器的音质。MIDI 标准定义了基本的 16 个通道(Channel),每种通道对应一种逻辑的合成器,即对应一种电子乐器的合成。

2. MIDI 消息或指令

　　MIDI 乐器实际上是用数字指令描述音乐乐谱,其中包含有音符、强度、持续时间及乐器(音质)等。这些指令也称为 MIDI 消息(Message),是不同的电子乐器之间数据传送的软件约定。

3. MIDI 接口

　　MIDI 硬件通信协议,可使电子乐器互连或与计算机硬件端口相连,可发送和接收 MIDI 消息。因此,通过 MIDI 接口(Interface),电子乐器能与计算机连接,并传送 MIDI 指令。

4. MIDI 文件

　　音序器(Sequencer)是专门用来记录和编辑 MIDI 指令的计算机软件,它可记录来自 MIDI 接口的指令,并将其以文件的方式保存下来,这种文件就称为 MIDI 文件,以“.MID”为扩展文件名。因此,MIDI 文件是由一系列 MIDI 消息组成,每个消息包含若干字节,分为状态信息和数据信息两部分。数据信息包括每个音符的信息,如键、通道号、持续时间、音量、力度等。

5. 合成器

　　MIDI 电子乐器通过 MIDI 接口与计算机相连。这样,计算机可通过音序器软件来采集 MIDI 电子乐器发出的一系列指令。这一系列指令可记录到以“.mid”为扩展名的 MIDI 文件中。在计算机上音序器可对 MIDI 文件进行编辑和修改。最后,将 MIDI 指令送往音乐合成器,由合成器将 MIDI 指令符号进行解释并产生波形,然后通过声音发生器送往扬声器播放出来。

从图 7-6 可以看出,计算机上的音频卡包含有专门处理电子音乐的硬件,主要有 MIDI 接口和音乐合成器,合成器的质量决定了模拟出的音乐效果,是音频卡的关键部分。

7.3.3　MIDI 音乐合成

把 MIDI 指令送到合成器,由合成器(Synthesizer)产生相应的声音。同样的乐谱如选择不同的乐器播放,会听到不同的音色。MIDI 制造商协会(MIDI Manufacturers Association)制定了普通 MIDI 规格(General MIDI Mode),一般称为 GM 规格。GM 规定了 128 种音色的声音排列,即它支持 128 种乐器声音。当然还有更为详细的 MIDI 标准,但普通音频卡只要支持 GM 规格就可以了。

MIDI 标准提供了 16 个通道(channel),也称为音轨。按照所用通道数的不同,合成器又可分成基本型(Base-level synthesizer)和扩展型(Extended synthesizer)两种,如表 7-7 所示,这两种合成器的差别在于能够同时播放的乐器数不同。

表 7-7　两种合成器对应的通道号

合成器类型	旋律乐器通道	打击乐器通道
基本合成器	17-15	16
扩展合成器	1-9	10

1. MIDI 音乐的基本构成

MIDI 不仅占用极少的存储空间,而且用 MIDI 编辑软件能够极方便地从各个技术角度对音乐进行调控,例如将一首正常的乐曲进行速度、节拍、调性、音高、和声等方面的变奏,使正常的乐曲刹那间变得面目全非,完全改变其风格和效果。用这种方式可以创作出各种有趣的"游戏音乐",极大地丰富音频效果。

一首 MIDI 通常包含主旋律、BASS、分解和弦、背景弦乐、打击乐等几个部分。作为变奏用的音乐主旋律,宜采用短小的、方整性曲式结构,中庸速度,以利于音乐的变奏。此外,音乐变奏的风格要与所配画面设计相统一,以增强综合视听效果。至于其他各部分音量配置没有绝对的规则,以生成的音效为准,通常背景弦乐的音量要小一些。

目前有许多 MIDI 音效库,用 MIDI 写作工具软件如 Midsession 也可以自己编写 MIDI 音乐。在 MIDI 写作软件中,有乐谱窗口供设计者直接在五线谱上编写乐谱。乐谱是按各个音轨编写的,可以指定各音轨对应的乐器,各个音轨编写好了以后可以用 MIDI 软件中的混音器进行音量、音速、展宽及合成效果的调试和播放。

案例 7-4：MIDI 音乐的节奏音轨设计

MIDI 音轨乐器的选择很重要,不同曲子主旋律所用乐器不尽相同,这又影响到其他各部分所选乐器。一般说来,一首曲子应"点面结合",即既要有演奏时各音离散的乐器,如钢琴;又要有演奏时各音相连的乐器,如各种管乐器、弦乐器,这样一首曲子才不至于散乱或拖沓。

例如,一个三拍子的曲子,用打击乐来制作其节奏声,最简单的设计方式是利用两个音轨(通道),第一个音轨上每小节前一拍是"蓬"的音,后两拍休止;第二个音轨上每小节前一拍休止,后两拍是"恰"的音。这两种声音取自不同的乐器,因此要使用两个通道或两个音轨。两个通道的声音合成在一起演奏,就可以听到"蓬恰恰,蓬恰恰,……"的节奏声。

2. MIDI 的合成方式

MIDI 声音的合成方式主要有两种:频率合成 FM(Frequency Modulation)和波形表(Wavetable)合成方式。

(1) 频率合成

频率合成是采用频率调制合成的方式,它通过硬件产生正弦信号,再经处理合成音乐。合成的方式是将波形组合在一起。这种方式在理论上有无限多组波形,即可以模拟任何声音,而且可以任意修改音色,但实际上是做不到的。目前音频卡使用最广的 FM 音源 OPL III 也只有 4 个正弦波发生器来模拟音色,所以用 FM 音源发出 GM 中的乐器声,其真实度相当差,因为较高或较低频率的信号失真度很大。

(2) 波形表合成

波形表的原理是在声卡的存储器中预存储各种实际乐器的声音采样,当需要合成某种乐器的声音时,调用相应的实际声音采样合成该乐器的乐音。目前较高级的声卡一般都采用波形表合成方式。显然,存储器的容量越大,预存的声音越多,合成的效果越好,但价格也越贵。

因此,同一首 MIDI 乐曲,通过不同的声卡播放效果可能很不相同。对于采用频率合成方式的声卡,MIDI 的音色与声卡密切相关。名称相同的乐器在不同声卡上发出的音色可能相差很远,这是由于不同声卡对乐器音色的解释不同,也即音源效果不同造成的。为了解决这个问题,可以将 MIDI 通过高质量的合成器合成并播放,然后转换成数字音频 WAV 格式,如案例 7-1 中的音频文件实际上就是这样生成的。

目前,大多数声卡的 MIDI 都支持通用 MIDI(General MIDI)格式。因此,MIDI 创作时,特别是在变奏手段的使用上,要充分考虑到计算机声卡所提供的 MIDI 技术指标的特点和局限性,尽量做到扬长避短,才能使设计出的 MIDI 音乐在一般的声卡环境下都有较好的播放效果。

7.3.4 WAVE 与 MIDI 的比较

WAV、MP3、RAM 等音频文件都属于数字音频的范围,统称为 WAVE 文件。WAVE 和 MIDI 文件是目前计算机上最常用的两种音频数据文件,它们各有不同的特点和用途。下面对其做一个比较。

1. 文件格式不同

WAVE 文件是通过对一段模拟声波进行采样、量化得到一系列量化的数字值,再对这些离散的波形数据加以编码存储,从而形成数字化的音频信号数据。这些数据还原成波形后送到扬声器就可发出声音。而 MIDI 文件的产生则不是将声波进行采样数字化,它本身并没有记录任何声音数据,而是记录一系列乐谱指令。这些指令发送给合成器合成一定的声波从而发出声音。

2. 声音来源不同

WAVE 文件的特点就是它的直接存取性,即它可以直接从声音卡的声音输入端口获得音源并加以捕获,并可从输出端口播放。例如它可从麦克风、CD 唱盘或盒式磁带机中获取音源并加以存储。所以 WAVE 文件具有可获取较为广泛的音源的特点。它可以存储各种乐器、各种语音及各种音响效果。MIDI 文件记录的是电子乐器的"乐谱"指令,故它只能通过 MIDI 接口由音序器记录电子乐器的指令数据。因此,MIDI 声音仅适于重现打击乐或一些电子乐器的声音。MIDI 文件将一组乐句以多种乐调重复演奏的形式存储,这些数据能传送到任何一台 MIDI 合成器以重新进行演奏。

3. 容量不同

由于 MIDI 文件记录的是乐器指令,所以 MIDI 文件比 WAVE 文件所需占用的存储空间要小得多。例如一个 8 位、22.05kHz 的波形音频文件持续 2 秒钟就需超过 40KB 的空间,而一个 MIDI 文件播放 2 分钟所需的空间不超过 8KB。一般说来,相同时间长度的一段乐曲,采用 MIDI 格式记录要比采用 WAVE 格式(16 位,44kHz 采样,双声道,ADPCM 编码)记录的数据量小两个数量级以上。由于 MIDI 文件十分小,所以预先装入 MIDI 文件比装入波形文件容易并快捷得多。可以说 MIDI 文件的最大优点就在于它对存储空间的节约。

4. 适用范围不同

WAVE 文件音源广,效果可以很逼真,但数据量大。而且,由于 WAVE 文件记录的是音频数据,不易对其进行复杂的编辑。MIDI 文件虽然音源有限,而且其音质尚不能达到与真正乐器完全一样,但其数据量小,记录的又是乐谱指令,因此其编辑修改要灵活方便得多。用户可通过音序器自由地改变 MIDI 文件的曲调、音色、速度等,甚至可以改换不同的乐器。一般两个 WAVE 文件不能同时播放,但 MIDI 文件能与数字音频配合使用,形成配乐效果,如在多媒体系统播放语音时同时播放 MIDI 配乐。

一段具体的音频文件是采用 MIDI 格式还是采用 WAV 格式要根据画面要求、素材情况和软件开发条件而定。MIDI 文件格式的优点是数据量小,因此适合于网络上使用,但其缺点是声音的质量受声卡的限制,往往比较单薄,音色不够丰富,而且不能有人声歌唱和自然声响。WAV 格式可适用于各种音源,效果较好但不如 MIDI 文件容易编辑。MIDI 文件的制作需要专业的音乐知识,而 WAV 文件的制作主要是侧重剪辑和格式转换。本章后续内容将以数字音频为主,介绍其基本的设计应用和编辑方式。

案例 7-5:MIDI 与 WAV 音频的视听比较

视听光盘案例 7-5 中相同乐曲不同格式的效果。

乐曲	格式	长度(分钟)	容量(KB)	效 果
蓝色多瑙河	WAVE	1	2000	高低音丰富,音域非常宽厚雄浑
	MIDI	2	37	乐感单薄
天空之城	WAVE	2	3600	细腻
	MIDI	1	3	清澈

通过视听比较,可以感觉到相同的乐曲,采用不同的格式其视听效果可能相差很大,甚至音色效果可能完全不同。

7.4 手机铃声

手机铃声是手机向多媒体发展的先锋,同时也是计算机声音处理和应用的一个新平台。随着移动通信的普及和人们的个性化需求,手机铃声越来越多样化,支持的种类也越来越丰富。如今,手机铃声已经成为流行时尚的一个重要元素。

7.4.1 来电铃声和回铃声

手机铃声可分为两种:来电铃声和回铃声。来电铃声(Ring Tone,RT)或信息提示音(Message Tone),是手机收到来电或信息时响起的铃声,用于提醒机主接听电话或查看信息,这两种铃声其本质是一致的。

回铃声(Ring Back Tone,RBT)也就是市场上所谓的彩铃,炫铃,悦铃,七彩铃音等,这种铃声是主叫者(拨打电话的人)呼叫被叫者(接电话人),在被叫者接听之前从听筒中听到的声音。来电铃声和回铃声的区别主要有以下几点。

(1) 受众和目的不同。来电铃声的受众是被叫者,即手机机主,其目的是为了提醒机主有电话呼入;回铃声的受众是主叫者,其目的是为了告知主叫者电话已接通,但是机主尚未接听电话。

(2) 传输信道不同。来电铃声是通过手机本身所带的“声卡”发声,因此所支持的格式与手机硬件相关;而回铃声则是通过运营商(例如中国移动、中国联通、中国电信等)所提供的通话信道传送给受众,因此支持的内容与手机硬件无关,无论是手机、小灵通还是固定电话,都可以向运营商申请设置个性化的回铃声。

(3) 提供方式不同。来电铃声是保存在手机里的音频文件,所以用户可以通过手机自身的设置功能将某一个音频文件设为铃声;而回铃声则是运营商提供给用户的一种增值服务,用户需要向运营商申请开通该项服务才能够让拨打自己电话的人听到丰富多彩的声音效果。

从上面几点来看,对于普通手机用户来说,来电铃声“DIY”的意味更为浓厚一些。因此在这一节重点介绍来电铃声的基本知识,下文中所说的手机铃声,如无特殊说明,均指来电铃声。

7.4.2 手机铃声分类和常用格式

虽然手机铃声格式众多,但究其根本,仍然不外乎两类,一类是所谓的“和弦铃声”,即以 MIDI 为基础的电子合成铃声;一类是所谓的“原唱铃声”、“真人铃声”,即以 WAV 为基础的数字音频铃声。

1. 和弦铃声

7.3.1 节介绍过乐理和弦的基本概念,它是“和声学”理论的一个专有名词,指的是一定音程关系的一组声音,如大三和弦、小三和弦、主和弦、属和弦等。后来手机厂商将这一概念引入手机,从而产生了16和弦、32和弦、40和弦乃至64和弦的说法。从此,手机的"和弦"知名度远远高于"和声学"理论的"和弦"。手机中的所谓"和弦",其实是指 MIDI 乐曲的复音数,即发声通道数。例如,一只16和弦的手机可以实现5种乐器同时发出三和弦,而40和弦的手机可以让5种乐器同时发出七和弦,或者13种乐器同时发出三和弦。和弦数目越多,可能的组合越多,理论上音色就越丰富。

和弦铃声实际是电子合成音乐,因此其铃声效果与手机的音频处理芯片(手机声卡)有关,声卡质量越高,声音的效果也就越好。

2. 和弦铃声格式

常用的和弦铃声格式有 MIDI、SPMIDI、MMF/SMAF、RTTTL、MFM。

(1) MIDI:是最早出现的音乐铃声,是所有的手机铃声格式制作的基础,因此目前相当大一部分的手机都采用或兼容 MIDI 格式。可以说,MIDI 是应用最广泛的手机铃声格式。

(2) SPMIDI:即可扩展多和弦 MIDI(Scalable Polyphony MIDI),与 MIDI 基本一样,只是在 MIDI 基础上增加了一些控制信息,是一种专为手机定制的文件格式。

(3) MMF/SMAF:SMAF 是雅马哈(Yamaha)开发出来的多媒体数据格式,意思是合成音乐移动应用格式(Synthetic music Mobile Application Format),MMF 是 SMAF 的文件形式。SMAF 文件具有文件容量小和表现力强的优势。此外,还可以支持人声、鸟鸣等模拟音效,因此受到众多手机发烧友的推崇。

(4) RTTTL:是一种标准手机铃声格式,全称是铃声文本转换语言(Ring Tone Text Transfer Language),它能自动将 MIDI 包含的多个音轨转化成简谱显示,并以纯文字格式储存,传送及修改都很方便。

3. 真人铃声

虽然 SMAF 文件可以支持人声,但是其播放时间短(一般十几秒),不能够满足手机用户越来越强的个性化需求,手机厂商开始推出支持波形音频格式的手机。手机铃声发展到现在,MMF、AMR 真人真唱以及 MP3、WAV 文件格式铃声已经慢慢开始成为主流格式。现在的手机,不仅可以把计算机里的 MP3 文件传到手机上当作铃声,还可以直接录制用户自己的声音作为铃声。

常见的真人铃声格式有 WAV、WMA、MP3、AMR 等格式。AMR 是 Adaptive Multi-Rate 的缩写,由诺基亚公司(Nokia)推出,可以达到很高的压缩比,已经获准成功 3G 手机(WCDMA)的标准编码。

7.4.3 手机铃声获取方式

手机铃声的获取方式多种多样,但其目的都是将特定格式的音频文件放到手机里,将其设为来电铃声或信息提示音。

1. 铃声来源

手机铃声的获取方式包括如下几种。

(1) 手机本身内置铃声。一般来说,手机在出厂时都会内置若干条铃声以供用户选择。当然,这些铃声是有限的,远不能满足人们个性化的需求。

（2）从移动运营商处获得。移动运营商通常会将手机铃声下载作为一种增值服务提供给用户。用户可以通过 WAP 上网、发送短信、拨打电话点播自己想要的手机铃声。

（3）从内容提供商处获得。现在有很多铃声和音乐下载网站，用户可以选择自己喜欢的音乐，通过各种渠道传送到手机里。

（4）自己制作。越来越多的用户对前面所述的批量生产的铃声感到不满，因此铃声 DIY 也成为一种时尚。有的手机有编辑铃声的功能，提供了不同的音乐元素给用户，用户可以将这些音乐元素进行自由组合，从而生成用户自己定制的铃声；很多手机具有录音的功能，用户将自己的声音录制下来，也可以作为手机铃声使用；此外，通过各种计算机软件强大的音频编辑功能制作自己喜爱的铃声，然后传到手机上作为铃声，具有更强的灵活性和表现力。

2. 铃声下载

一个音频文件传送到手机上的方法有如下几种。

（1）OTA（Over The Air）方式：即通过 WAP 上网、短信、彩信等方式将音频文件下载到手机上。一般从运营商或内容提供商处获得的手机铃声都通过这种方式。这种方式支持的手机型号最为广泛，但是受到无线网络信号的影响，速度不够稳定。

（2）数据线传输：有的手机会配送数据线以及软件光盘，在安装了驱动程序和相应软件以后，可以通过数据线将手机和计算机连接起来，计算机中的铃声文件便可以传输到手机上了。这种方式只支持带数据线的手机，但是速度十分稳定。

（3）红外线：如今多数手机都支持红外线传输的功能。红外线（IrDA，简称 IR）是一种利用红外线进行数据传输的无线通信方式。要使用红外线将铃声传到手机上，需要在计算机上安装红外适配器，然后打开手机的红外传输功能，将手机的红外端口与计算机的红外适配器相对，在得到连接成功的提示之后，从计算机上选择要传输的文件发送到手机里即可。同样，两部手机之间也可以进行红外数据传输，使用时只需打开两部手机的红外功能，将手机的红外端口对准即可进行文件传输。红外传输是一种点对点的无线传输方式，遵循光线的传播规律，两个相连设备的红外端口必须直线相连，中间不能有障碍物，否则红外线不能连接两台设备，传输也就不能执行。红外传输简单方便，但是速度慢，传输过程中设备不能移动。

（4）蓝牙（Bluetooth）：这是一种比红外传输更先进的技术，传输距离更远、速度更快、不受障碍物影响，在传输过程中可以移动设备。如今蓝牙已经开始取代红外线，逐渐成为手机无线数据传输的新标准。2006 年以后生产的手机，多数支持蓝牙功能。与红外线类似，要通过蓝牙将计算机与手机连接起来，计算机需要安装蓝牙适配器。然后打开手机的蓝牙传输功能，这样就可以将文件从计算机传输到手机上了。

7.5　数字音频应用

音频（包括语音、音效和音乐等）的应用是数字媒体的关键因素之一，音频可以使画面活起来，增加信息的深度和广度，并能起到画面所达不到的效果。因此，根据音频自身的特点设计和应用音频内容，是数字媒体设计的一个重要环节。

一般地讲,数字媒体中的音频都属于功能性的,与"电影音乐"、"体育音乐"和各种各样的"背景音乐"等类似。电影《教会》的导演 Roland Joffe 认为"音乐在电影中的功能有两种,一是角色的心理解说员,另外则是要传达时代的背景感觉。"导演王家卫也认为"电影的声音处理有两个要素:第一个是要配合影片的节奏;第二个是特殊年代的时间参数。"这都说明了电影音乐所注重的功能性。

功能性声音的主要特点是注重语音、音乐和音响本身的物理特性、对主题的烘托或气氛的营造,以及与画面的配合对人心理的综合刺激作用等,而音乐本身的逻辑结构和艺术性基本居于次要地位。当然,如果音乐所烘托的主题非常适合音乐自身的逻辑结构时,功能音乐往往也能体现出很高的艺术价值。因为,"艺术的最高层面,就是音乐。因为你不需要懂,它给你一种情趣、组合与感受,音乐是一种抽象的东西",电影人杜可风如是说。因此,在数字媒体应用中,按照其功能性,可以把音频分为提示音效、背景音乐、造型音乐、语音等四类,下面分别介绍。

7.5.1　提示音效

提示功能应当说是音频在计算机领域最古老的功能。在数字媒体的概念还没有产生之前,人们已经利用它为沉闷的计算机工作环境带来一点儿"响动"。随着技术的发展,声音提示的功能便得到了淋漓尽致的发挥。一般地讲,提示音效总是伴随特定的触发动作而存在,如 Windows 系统就提供对用户的各种操作的提示音反馈。此外,在许多计算机软件和媒体软件中,提示音效可以引导用户的操作,如采用音效对用户的误操作做出及时反馈,而屏幕显示内容可以不变;在游戏和辅助教学节目中,对用户的正确选项用音效进行鼓励,以活跃气氛等。巧妙地使用音乐提示,能给用户带来极大方便和使用的乐趣,但绝对不可滥用,否则有如制造噪音,会引起用户的反感。提示音效一般应具有如下特点:

1. 音乐形象、生动、准确

音乐的形象应与要提示的信息相符合。如果用音效对用户的操作做出反馈,音效选择更应准确,必须考虑用户的接受心理。如对用户的误操作进行音效提示,音效选择必须是善意和蔼的,切不可打击用户的积极性。

2. 时间宜短促

对于经常被重复选择的触发提示或是紧接有另一个音频出现时,提示音应短小,基本上不占用额外的播放时间,也不能影响后续音频的效果。此外,提示音效的风格要与整体音乐相协调,采用短促的提示音也可以避免不同音频的冲突。

3. 频率范围适中

提示音一般应选择中频范围的乐音,音频刺激不会太强,特别忌用噪音。提示音效的音源非常丰富,可以选择自然的声音,也可以采用 MIDI 合成音乐。

案例 7-6:新年贺卡的提示音效

运行光盘"案例 7-6_贺卡",打开一个新年的动画贺卡,开始的报时声与画面的时钟配合,如图 7-7(a)所示,隐喻新年到来的激动时刻;之后随着用户的互动点击,出现圣诞的画面,圣诞乐曲伴随着"火箭"发射声,如图 7-7(b)所示;结束时随着屏幕上网址的出现伴随着键盘有力且同步的敲击声,达到了网站广告简洁生动的最佳效果。

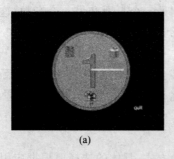 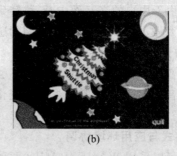

(a)　　　　　　　　　　　　　　(b)

图 7-7　贺卡中与提示音效配合的画面

这个贺卡动画采用矢量方式,非常简单的画面,通过画面上对象的移动以及用户的互动,配以不同的背景声音:初始的报时声、互动过程中的圣诞乐曲声和结束时的键盘敲击声,提示音效简单准确,生动自然,而且很好地烘托了动画的主题。从音效上可以听出来,声音采用的是 MIDI 方式产生,整个动画文件(EXE 文件)容量比较小,共 290KB。

7.5.2　背景音乐

背景音乐属于功能音频中使用最广泛的一类,在数字媒体中的应用也是极为普遍的。背景音乐应注重情绪的平稳,起始和终止的衔接自然,便于重复;长短合适;而且乐曲的选择能与应用环境协调。

1. 音乐情绪较平稳

这一点与平面图像的背景设计要点相一致。背景音乐也是为了奠定整个媒体软件的音乐气氛,因此其起伏不能太大。应选用旋律流畅悠长、和声节奏比较缓慢、可与媒体节目中的大多数画面配合、易于反复使用的乐段。

案例 7-7:光盘《颐和园》与《National Park》背景音乐的比较

光盘《颐和园》的背景音乐由十几段半分钟左右的 WAV 文件构成,视听 palace1.wav;palace2.wav;palace3.wav 和 place4.wav,可以感觉到虽然各个段落是由相同的主旋律变化而来,但每一段都相对完整,而且情绪变化较大。光盘中不同的背景乐段用于不同的场景,因此当场景切换而背景音乐没有播完时,就出现音乐重复和被迫中断的现象,感觉背景音乐处于一种不断重复和被打断的状态。

互动式光盘《National Park》采用多媒体方式介绍位于美国 Florid 的国家公园 Everglands 自然风光,视听其背景音乐 Nationalpark.wav,它采用 5 分半钟的 WAV 立体声,音乐情绪平缓宽旷。浏览光盘,一般互动过程中场景变化时背景音乐不变,故基本感觉不到背景音乐的中断。相比之下,该背景音乐不仅表达了美国 Florid 热带公园的气氛,同时也与节目中其他段落音乐相吻合,整体效果更好一些。

与网络媒体相比,光盘不受数据传输率的限制,因此光盘上的背景音一般采用 wav 格式,这样选择范围大,音效一般也更好一些。

2. 音乐的起始和终止没有明显的段落感

在数字媒体软件中,如光盘节目或者 Flash 动画,背景音乐往往需要反复使用或循环播放,因此要求其起止不明显,有利于衔接得自然流畅。此外,鉴于媒体软件的互动性,背景音乐很可能由于用户的交互而中断,跳转到另一个页面和另一个音频,这也要求背景音乐段落感不能太强,尽量不要有强行中断的感觉。

3. 音乐的长度要合适

由于背景音乐会循环播放,音乐长度不够会造成重复、啰嗦的感觉,反而达不到应有的效果。如果音乐太长,又容易造成旋律变化起伏大、乐感强,从而与前景画面和音乐冲突的不良效果。

4. 音频格式与应用环境协调

背景音乐可以采用 WAVE 或 MIDI 两种方式,具体的选择要根据应用环境选择。如网络媒体的背景,最好采用 MIDI 的格式,这样对网速的限制更小;而光盘的背景音乐,则可以不考虑容量的限制。此外,在互动媒体中,背景音乐最好采用可由用户控制的播放方式,也就是说用户可以随时选择播放或停止播放,这样也能避免由于循环和长时间声音造成的干扰。

案例 7-8:音乐动画的背景声

Maeda Yoshitara 制作的一个 Flash 动画"sound and animation",在动态画面上用户可以单击屏幕上的音键发出不同的声音,同时配有背景音。背景音包括两部分:大海的波浪声以及一个 2 小节非常简单的旋律。波浪声和音乐旋律声首尾衔接都很自然,适于重复播放,同时用户可以随时单击画面上的耳机按钮,停止背景旋律,如图 7-8 所示。

图 7-8　声音的组合与控制

播放光盘"案例 7-8_音乐卡",可看到这是一个典型的 Flash 矢量动画,矢量画面通过计算机绘制和色彩填充完成,动画尝试多种声音配合的可能,并且由用户来控制,简单的动画,产生了丰富的视听效果。

7.5.3　造型音乐

音乐的造型功能一般用于软件的片头、片尾、动画和视频的配乐,或者对节目中较重要的画面作突出渲染,加强对主题、人物或场景的塑造,使之达到烘托主题形象,奠定画面基调的作用。对这种音乐一般的要求有以下几点。

1. 具有较强的造型性

首先要确定音乐的风格。音乐的风格要与画面贴切、统一,根据画面的主题,选择用浪漫的、悠闲的、轻柔的、笨重的,还是幽默的音乐。

2. 音乐与画面同步

音乐与画面的同步包括两方面内容:一是音乐节奏与画面同步,特别是画面具有运动效果的时候,如果画面的运动节奏快,音乐节奏也要快才能协调一致;二是音乐的时间长度与画面完全一致,这对于屏幕上小窗口中的动画或视频音乐尤其重要。音乐要与画面同起始,同结束。例如案例 7-6 中,报时声应该与画面中时钟的指针运动同步。

3. 音乐要有个性

造型音乐不同于背景音乐,它是针对某一段视像序列,补充和衬托其主题。因此在一个软件中不同主题之间的音乐也要有个性,要针对不同主题的内容而配音,不能雷同。

案例 7-9:动画卡"墨荷"的音乐造型

光盘案例 7-9 是"秀卡"(card show)网站上的一个 Flash 小动画网页,一条小鱼儿在墨荷间灵巧地游玩,动画设计非常简单:一幅静态图,一条沿固定轨迹运动的小鱼。但是背景音乐采用的是贝多芬的钢琴曲"致艾丽思",音乐清纯如水,乐曲较长而且情绪平稳,起伏不大,因此在小鱼儿的循环游动中,既不显音乐的重复,也不显小鱼的重复,可谓相得益彰,如图 7-9 所示。此外,该背景音乐并不是嵌入在 Flash 之内的,因此它可以直接采用 MIDI 的格式,文件容量非常小(7k),不仅可以控制音乐的播放,而且 MIDI 的效果与画面内容非常贴切,很好地传达了主题:

　　叶展影翻当砌月,

　　花开香散入帘风。

　　不如种在天池上,

　　犹胜生于野水中。

图 7-9　墨荷

案例 7-10:DV 短片《森林之旅》

播放光盘视频短片"案例 7-10_森林之旅",可看到这样的情节:一个刚开始学骑车的小男孩,在一片草坪树林里玩耍,没骑两步就要掉下来;接着他拿着一支玩具枪在树林中"探险";最后他找到一个小假山,奋力地爬;最后终于站在小山顶上了。

针对故事情节,音乐设计成几个段落:

(1)先是欢快又断断续续的音乐,表现孩子愉快的心情和骑车时笨拙的样子;

(2)接着是森林中的鸟叫声和惊险紧张的音乐,用来表现森林探险;

(3)然后是缓慢沉闷的音乐,表现他爬山的费力与艰难;

(4)最后是凯旋的鼓点。

与四段不同音乐对应的画面如图 7-10 所示,音乐很好地烘托了短片的气氛,具有较好的造型性。

图 7-10　不同的情节对应不同的音乐

该短片是早期家用录像机拍摄的素材,计算机剪辑时配的背景音乐,虽然音乐非原创,但是通过各种音乐素材的编辑与组合,使孩子的童年影像变得生动而有趣。

7.5.4　语音

语音的功能主要有两种,一种是作为提示音,另一种是作为信息主体。在第二种情况下,声音具有较强的独立性,在数字媒体中往往是由画面来配声音,而不是由声音来配画面。因此语音制作处理的侧重点是在自身表现,而不是为了陪衬。这类声音文件都是 WAV 格式的录音素材,一般需要用数字音频编辑软件进行剪辑和处理,编辑时的难点在于声音的处理,特别是精确定位。

1. 长短

与屏幕上正文的显示类似,太长的语音容易使人乏味,因此语音的设计要适当精炼,不宜太长。确定了语音的时间然后设计画面来配合。另外,除非是语言学习类节目,一般的主体语音内容不应与屏幕上显示的文字内容完全相同,否则不仅造成信息的重复传播,而且由于一般而言阅读的速度要比朗读速度快,语音往往不被重视。

2. 造句

主体语音是视听的中心,因此要侧重其设计和编辑。在部分语音素材质量不佳又不能重新采集的情况下,就要通过音频的编辑处理,利用现有的声音素材造出某个片段。如果无法造出和原先语句内容相同的句子,也得设计出另一个可以取代原句放在被截去之处的句子。需要注意的是语音有其自身的规律和节奏,每个人的语音又都有其自身的特点,而且目前还不能够用计算机生成,在这种情况下,音频的编辑和处理技术就相当重要。有时候为达到某种效果或为了实现某段话语,整个声音文件都可以是大量素材语句拼凑而成。此外,由于录音设备的不理想或者语音与画面的配合要求,往往对原始语音数据要进行重新编辑,如改变语句之间的间隔时间或修复某一个词句等。这种编辑工作是达到较好语音效果的基础。

3. 配乐

语音本身也可以再配背景音乐,这时的背景音乐设计综合了画面的背景音乐和造型音乐的要求,在说话声起时背景音量要低于语音,至语音结束可恢复其音量,总之背景音乐不可喧宾夺主。如光盘《颐和园》的语音配乐采用的就是节目中使用最频繁的背景音乐,以达到背景乐与配乐协调统一的目的。

7.5.5　综合案例:3D 广告片《蚊子》

第 6 章案例 6-19 曾介绍过长 30 秒的微型电影《香槟》,它主要采用了运动变形特技,是 Framestore CFC 公司为推销微软公司的新一代游戏机 X-Box 制作的广告短片。《蚊子》是该公司为推广 X-Box 所做的另一个长 90 秒的广告短片,2003 年 3 月 13 日在电视上播出,其主题是"别那么拼命,多玩会儿(Work less. Play more)"。

短片的创意是通过蚊子的自述来隐喻人类不会玩耍将丧失天性,在无休止的工作和无止境的欲望中变得贪婪和痛苦。短片讲述了一个蚊子如何堕落的故事,如图 7-11 所示。

图 7-11　微型电影《蚊子》

1. 故事从天堂开始

一只蚊子在丛林中"嗡嗡"地飞着。"嗡嗡"声变化,成为一段 5 音符的音乐,这只蚊子随着背景音乐的节拍"翩翩起舞",随后 9 只蚊子同样进场,然后大群的蚊子一起合唱和舞蹈,"嗡嗡"的低音声加强,大群蚊子在长颈鹿的头上排成耳机的形状舞蹈,从小肉虫,小鸟到爬行的蛇,似乎整个动物王国都在倾听蚊子的歌唱,欣赏蚊子的舞蹈。

2. 配音以蚊子为第一人称来叙述

"开始的时候,大自然赋予我们一种奇妙的礼物,那就是音乐。我们快乐地玩啊玩。生活如一首美妙的乐曲。"(In the beginning, nature gave us a fantastic gift, music. We played and played. Life was a melody.)

3. 配音加入后,背景音乐逐渐淡出

"后来,一个声音教导我们:'去工作吧'。因此,我们不停地蜇人吸血,妈妈、爸爸和孩子们,我们都不放过。"(Then one day, a voice told us:"get a job."So we sucked, sucked and sucked, mothers, fathers and children, all we sucked.)

4. 镜头转到人间

背景音乐消失,取而代之的是蚊子的吸血声。同时镜头转到人间,蚊子从人身体的各个部分吸血,镜头推近,微观细节可谓惊心动魄,现实似乎被无穷放大。

"进而我们失去了玩耍的礼物。我们变成了很糟糕的噪音制造者,太糟了。"(And we lost our gift. We became bad musicians. So bad.)

这时,原本快乐的蚊子舞曲音乐变成了人类"啪,啪"地拍打蚊子声,蚊子难逃被人类消灭的命运。

5. 点题

短片的结尾是一个小孩默默地用一辆玩具车碾过地上被压扁的蚊子。小家伙直视镜头,似乎很注意地听着最后一句旁白:

"人们啊,你有玩耍的天赋本能,千万不要丢失了它。别那么拼命,多玩会儿。"

(Humans, you have the nature gift for playing, don't lose it. Work less, play more.)

短片中所有的蚊子都是计算机动画的结果,采用 3D 软件 Maya 4.0 设计制作。短片中旁白、背景音乐和音效很好地融合在一起,互相补充并烘托画面。视频短片见光盘"综合案例 7_蚊子",该短片获得了包括动画奖、后期特技奖、商业广告奖等多个奖项。

案 例 下 载: http://www. framestore-cfc. com/commerical/xbox _ mosquito/index. htm。

7.6　数字音频编辑与处理

与位图的编辑类似,数字音频的处理不是注重创作,而是采集、转换、调整与合成。本节将以音频编辑软件 Goldware 的使用为例,介绍数字音频的基本编辑与处理方法。

7.6.1　音频的设计步骤

在数字媒体应用中,音频的设计处理主要包括以下几个方面。

1. 整体创意设计

可以说音频的设计从选题策划、脚本编写时就开始了。音频的设计人员要参与媒体软件的总体规划,确定音乐的整体风格和效果。在脚本编写时就要初步确定每部分是否有音频;音频的类型、长度、风格效果、特殊要求;局部音频与整体音效的关系等。在整体音频设计中,可以采用音频时间线(Audio timeline)的方式来记录音频的出现和长度要求,对音频可以单写一个脚本,也可以与画面脚本合为一体,包括对音频的描述,提出对音频的时间长度要求,风格效果要求等。根据时间线,可以看出音频的长度要与画面配合还是画面要配合音频。在这个阶段,音频的整体构思是比较粗糙的,主要是对整体音乐风格的确定和设想。此外,从一开始,对每一个独立的音频都可以赋予一个唯一的文件名,以便项目组人员的统一记录、使用和管理。

2. 素材收集与整理

由于在软件中音频主要还是功能性的,素材的收集和整理要根据脚本的要求,而脚本中对音频的要求又不可能太具体,因此在这个阶段该用什么音频是无法确定的,所以必须对可能用到的音乐素材都进行采集和整理。素材整理是一项很细致的工作,最终使用的素材在收集到的素材中所占的比例可能是很小的。为了后期的工作,必须对大量可能的素材进行仔细梳理,主要是要作好场记工作,对素材文件首先进行登记、简单说明和管理,便于后期从众多素材中轻松地挑选和用数据。

3. 局部创意设计

在收集音频素材的时候,软件的脚本可能已进一步完善、故事板和流程图也设计出来了。这时音频设计人员可以根据故事板和流程图进一步理解脚本内容和软件的要求,开始各个局部音频的创意设计。实际上,在素材的整理过程中,有些地方的构思就能够完成,特别是那些素材很合适、很明确,处理时回旋余地不太大的地方。如作为主体使用的语音,或某个特定的人声等。在素材整理的过程中,音频设计人员还可以进一步完善脚本中音频的设计部分,如增加一些新的创意设想,修改原来的音频要求等。也就是说,音频的设计与画面脚本内容分不开。素材整理的过程不应是机械的、被动的,音频设计人员应积极主动地去考虑素材是否可用和怎么用。

4. 音频编辑处理

对软件中每部分的音频基本上都有一定的设想和素材基础,就可以开始对各个音频片断进行编辑处理,以达到设计要求。数字媒体音频设计与制作人员的技巧包括:懂得如何发现和选择音频素材,如何为画面或视频配音效或伴音以增强其表现力。具体的技术工作包括录音、音频的模数转换、数字音频处理、MIDI 的制作等。

在音频作为辅助元素时,音频的编辑要滞后于画面的编辑。如为一段视频配音,开始只能根据视频的内容大致设计出配音的风格与效果,正式的配音编辑处理必须等视频编辑基本完成以后才能进行,否则设计出来的配音可能根本配不上。这与其他配音,如电影配音的设计是类似的。

5. 音频合成

所有的音频都与画面合成以后才能体现出软件的整体风格和特点,因此音频的合成与画面的合成、软件的最后编著和编程基本上是同步进行的。所有的工作都合成在一起后,媒体软件的开发才基本结束。

7.6.2　数字音频软件的基本功能

GoldWave 是一个与声卡硬件无关的数字音频编辑软件,下面以此为例,介绍一般数字音频软件的基本功能和使用。

1. 音频编辑的基本功能

(1) 格式转换。与图像编辑软件类似,音频编辑软件一般都支持多种声音格式,可以实现各种音频格式之间的转换,还可以将 CD 音轨复制为一个声音文件。

(2) 音频数据编辑。打开一个音频文件并选中音波中的一部分或全部,就可以对其进行剪切、复制、插入等操作,编辑时可实时看到波形图的变化和音量单位表。有的软件还具有降低音频文件中的噪音和突变,帮助修复声音文件的功能。

(3) 声音特技效果处理。对选中的波段进行各种效果处理,如倒转、回音、摇动、增强等。这些处理实际上是调整局部音波的音高或者逆向播放。

(4) 数字音频文件的录制。通过声卡的线性输入(Line-In)端口和话筒(Speak-In)端口,可通过盒式磁带、录音机、收音机和话筒录制音频文件。

以上的四种主要功能中,格式转换和特效处理的操作可以与图像处理的相应操作类比,如特效处理首先选择需要处理的局部波段,然后选特效即可。因此,下面将主要介绍音频的录制和数据编辑。

2. 编辑界面与窗口

GoldWave 的用户界面直观、可定制,操作简便。用户界面主要由主窗口、文件窗口和设备控制窗口组成,如图 7-12 所示。

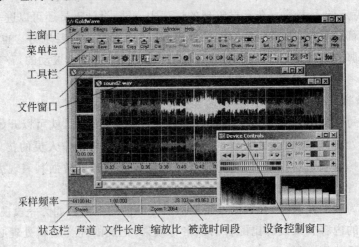

图 7-12　数字音频编辑软件 GoldWave 的主界面和窗口

(1) 文件窗口:打开一个声音文件,就会创建一个文件窗口,显示出文件的波形图。单声道音频文件的波形图是一条绿色的波形曲线,立体声文件的波形图则是一条绿色的左声道波形曲线和一条红色的右声道波形曲线。波形图下面是时间标尺,由此可知所显示波段的位置。GoldWave 允许同时打开多个文件,以简化文件之间的数据操作。

(2) 设备控制窗口:用于控制播放录音设备和播放当前编辑的音频文件。在这一窗口中可以设置播放选项和播放/倒带速度、录音选项,还可选择、设定音源和录音质量,设置波形图和 LED(发光二极管)参数及选择、设定播放和录音设备等。

(3) 主窗口:包含菜单栏、工具栏和状态栏,是软件的主要控制和命名区。状态栏显示当前编辑文件的主要参数,如采样频率、时间、声道、被选部分对应的时间段及缩放比等信息。

7.6.3　数字音频录制

音频数据的录制过程主要是通过声卡接口输入模拟音源,或者转录数字音源,如 CD 光盘的音源,同时通过"设备控制"窗口选择录制参数和控制录制过程。本小节以 CD 音源的录制为例,说明数字音频数据的一般录制步骤。

1. 选择音质较好的音源

音频采集需要先设定音源。如同样是录音带,有的音质比较好,有的就有很大的噪音。有的音频处理软件可以在一定程度上过滤噪音,但效果并不理想。因此,采集时应尽可能保证素材的音质。

(1) 启动 GoldWave,选择"工具"菜单(tools/device control)打开"设备控制"窗口,如图 7-13(a)所示。

（2）单击"设备控制"窗口中的"属性钮"，弹出"设备控制属性"对话框，并调整到音源音量（volume）参数卡，如图 7-13（b）所示，选择 CD Player 并调整其音量渐变滑块到合适的位置。

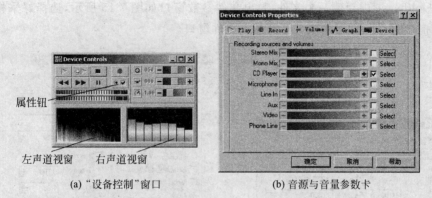

（a）"设备控制"窗口　　　　　　（b）音源与音量参数卡

图 7-13　设置 CD Player 为录音音源

2. 正确的硬件连接

从图 7-13（b）可看出，可选的音源还包括音乐文件（Mono Mix 或者 Stereo Mix）、麦克风（Microphone）、线入（Line In）、辅助设备（Aux）、视频及电话等。外部音源设备与 MPC 相连时要选择正确的连接方式。声卡的 MIC IN 和 LINE IN 具有不同的阻抗，要根据音源设备输出端口的情况选择合适的接入口，以达到最佳采集效果。

3. 混音器设置

打开计算机系统的混音设置，调整相应的 CD 参数到合适位置，并将其他音源设置成静音，如图 7-14 所示，以保证最佳录制效果。此外，数字媒体项目中，不同音频的音量要保证基本一致，以便编辑处理。因此，录音时可将总音量设为固定值。

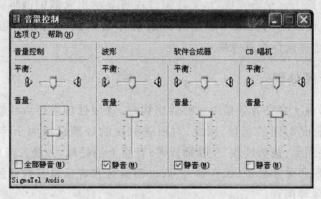

图 7-14　调整计算机系统的相应混音设置

4. 录音参数设置

在素材采集的过程中，选择适当的采样频率、量化位和声道数，既要考虑到音乐的保真，又要避免存储空间的浪费。一般说来，单声道适合于录语音，双声道更适合于录音乐。至于采样率，语音音质可选择 8kHz 或 11kHz，磁带音质可选择 22kHz，CD 音质可选择

44kHz。如果不打算选择压缩方式,对于通常的录音可选择 8bits 量化位,高音质录音可选择 16bits 量化位。如果要选择压缩方式,那么要选择 16bits 量化位,或录音工具默认为 16bits 量化位。

在 Goldwave 中新建一个文件,弹出文件参数窗口如图 7-15 所示,选择好采样频率,声道数和文件时间,即可生成一个新的空文件窗口。

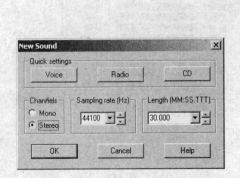

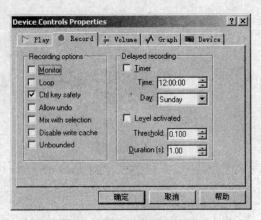

图 7-15　新音频文件参数设置　　　　　　　图 7-16　录音控制

5. 录音与文件保存

选择设备控制属性窗口中的录音(Record)选项卡,打开录音设置页面,如图 7-16 所示。一般选择 Ctrl 保险键(Ctrl key safety)和允许撤销(Allow undo)两项即可,有特殊要求时再根据需要选择别的选项。其他参数可以通过图 7-16 所示设备控制属性卡调整,如设定缓存的大小、播放点的位置、表示单位等,这些参数一般可以采用系统默认值。

准备完毕,播放音源。按照录音设置,按住 Ctrl 键的同时,用鼠标单击设备控制窗的录音键,录音就开始了。录音完成后,文件窗口内将显示出录制的波形图,这时用设备播放器可以检查播放录制的效果。录完后的默认存储格式为. wave,也可在文件/保存(File/save)窗中选择保存为其他格式。

7.6.4　数字音频处理

与图像类似,由于数字音频是由波形数据构成,音频处理主要以编辑为主,而几乎不能创建。音频数据是时间的函数,因此,对所选波段的处理包括两个纬度:时间上的处理,如复制、剪切、删除、裁剪波段、反转播放等;音量上的处理,如淡入淡出、增强、减弱,甚至静音等。这些操作非常简单,而音频内容,也即语音和音乐自身规律的应用,则是决定音频编辑效果的主要因素。

1. 音频编辑点

在 GoldWave 中打开一个音频文件,文件窗口将显示出该文件的声波图,它是一个时间的函数。单击设备控制面板上的 Play 按钮,GoldWave 就会播放这个波形文件。播放波形文件的时候,在文件窗口中会看到一条垂直的白色指示线,这也就是当前编辑点,它的位置表示当前操作的时间位置,如图 7-17 所示。在波形图上任意时间位置点击一下,可改变编辑点的位置。此外,在设备控制面板上会看到音量显示以及各个频率段的声音的音量大小。

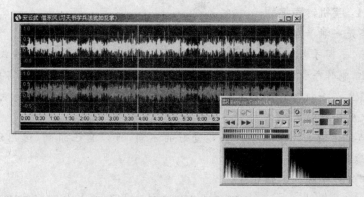

图 7-17　音频文件的播放与音量显示

2. 编辑区的选取

编辑音频时首先要确定编辑区,也就是所选择的音频波段。编辑区由开始和结束点确定。在文件窗口的波形图上用鼠标左键确定所选波形的开始点,如图 7-18(a)所示。单击鼠标左键,会出现一根蓝色的线,表示波形的开始。然后在波形图上的另一位置单击鼠标右键就可以确定编辑波段的结尾,如图 7-18(b)所示。

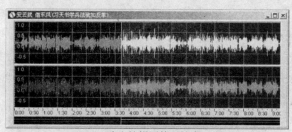

(a) 确定编辑区的开始点

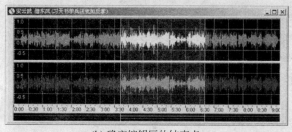

(b) 确定编辑区的结束点

图 7-18　编辑区的确定

编辑区开始点和结束点的选择顺序可交换,以方便为准。选中的区域以较亮的颜色并配以蓝色底色显示,未选中的区域以较淡的颜色并配以黑色底色显示。所有的操作都是针对编辑区而进行的,默认编辑区是整个音频文件,如图 7-17 所示。

独立的音频处理,主要音频素材文件的录制、段落的简单裁剪以及音频格式的转换等,可通过案例7-11手机铃声的编辑来说明;复杂的编辑需要考虑声音自身的规律,这将在第9章9.4节声音蒙太奇中专门介绍。

案例 7-11:手机铃声编辑

手机铃声是一种音频文件,其基本制作方法与普通的音频文件一样。但是由于手机存储空间有限,不同手机型号支持文件格式不同,而且手机铃声会循环播放,所以与普通音频文件相比,制作手机铃声需要截取精华、过渡自然,制作完成之后还需要转换成手机支持的文件格式。手机铃声的基本制作过程包括以下几点。

(1) 获取原始音频文件。

原始音频文件的来源根据个人兴趣爱好的不同,可以自己录制、选用现成的音频文件、从 CD 抓取等方式获得素材。

(2) 对音频文件进行编辑处理。

根据人们打电话的习惯,一般铃声播放的时间都在十几秒钟,最多不超过 1 分钟。所以,手机铃声一般采用乐曲最精彩的部分,例如高潮部分或者自己最喜欢的一段。利用音频处理软件,将所需部分从整曲中截出,然后进行特殊效果处理,使其过渡自然,常用的效果有淡入、淡出等。最后进行保存,一般保存成 WAV 或者 MP3 格式。

(3) 将铃声文件转换成音频格式。

铃声文件生成后,需要转换成手机支持的格式。用户可以查看手机说明书,了解自己手机支持的格式。然后使用专门的格式转换工具将铃声文件转换成手机支持的音频格式。

(4) 将铃声文件传输到手机上,并设为来电铃声或信息提示音。

常用的铃声制作工具包括以下几类。

(1) 音序器类软件:这类软件主要用于编辑制作 MIDI 音乐,常用的有 CAKEWALK、SONAR、PsmPlayer、作曲大师等。

(2) 音频编辑工具:这类软件可以用于音频文件的录制、编辑和合成,除了本章介绍的 GoldWave,常用的还有 CoolEdit、Adobe Audition 等。

(3) 手机铃声专业制作工具:虽然音频编辑工具也可以存储为不同的音频格式,但是对于格式的支持比较弱。因此,可以选用专门的格式转换工具,例如 Mobile Ringtone Converter、WavToRingtone。这些工具都是手机铃声专门制作工具,支持将音频文件转换为多种手机铃声格式。

思考题

1. 音频信号有什么基本特征? 其特征与音频信号的应用有什么关系?
2. 怎样衡量音频信号音质的优劣?
3. 什么是 A/D 变换和 D/A 变换? 音频信号是怎样实现变换的?
4. 已知一段音频信号的频率范围,怎样确定其采样频率?
5. 对音频信号进行编码的实质是什么?
6. 从数字音频的数据率可以说明什么问题?

7. MIDI 技术主要包括哪些方面？

8. MIDI 与 WAVE 文件有什么异同？

9. 从哪几方面可以衡量一块音频卡的优劣？

10. 手机铃声与一般音频有什么不同？手机铃声编辑有什么特点？

11. 试叙述录制一段数字音频的基本步骤。

练习 7　音频的编辑与处理

一、目的

(1) 了解不同数字音频指标对所生成声音文件音质的影响。

(2) 利用声音编辑工具软件录制声音文件，并对声音文件进行简单的编辑和特殊效果处理。

(3) 了解不同编码算法对音质的影响。

(4) 比较 WAVE 文件与 MIDI 文件在格式、容量及声音效果上的不同。

二、内容

1. 音乐录制和效果试听

(1) 自选一张 CD 光盘中的一首乐曲，录制一段 30 秒的音频文件。

选择参数：PCM 编码、双声道、44.1kHz 采样率、16bit 量化位，生成文件 s1. wav

(2) 将 s1. wav 转化为 PCM 编码、单声道、11kHz 采样率、8bit 量化位的文件，记录为 s2. wav。比较 s1. wav 和 s2. wav 文件大小的变化和视听效果的不同。

(3) 将 s1. wav 用四种不同的压缩编码算法进行压缩，记录文件数据量，比较压缩后的声音效果。

(4) 将 s1. wav 进行特殊效果的处理，如淡入、淡出、回声、翻转等。

(5) 选择和试听几个 MIDI 文件，记录其文件名、数据量、播放时间，并比较其与 WAVE 文件不同的声音效果。

2. 语音文件的编辑

(1) 将光盘中"练习 7 素材_squirrel. wav"进行编辑处理：将文件中的噪声、杂音和多余的声音除去，编辑成下面文字的音频文件。

小　松　鼠

"我家放暑假的时候养了一只小松鼠，名叫"吱吱"。吱吱的身体约十厘米长，长着一条毛茸茸的小尾巴，有它身体的四分之三长。吱吱的头顶上长了两只尖尖的耳朵。到我家以后，吱吱住在一个小铁丝笼里。因为笼子是圆的，又能转动，所以它天天在笼子里跑马拉松，除了吃东西和睡觉以外，它是不会停下的。吱吱给我的暑假生活增添了很多欢乐。"

(2) 选择合适的语音编码参数，将上述编辑后的语言保存为 yourid_0. wav。

(3) 选择一段背景音乐，记录其文件参数，并与 yourid_0. wav 合成在一起。

（4）选择合适的参数,将合成后的音频记录成文件 yourid_1. wav。

3. 语音录制与编辑

（1）选择一个主题,录制一段语音,选择合适的参数生成文件 yourid_0. wav。

（2）选择一段背景音乐,记录其文件参数,并与 yourid_0. wav 合成在一起。

（3）选择合适的参数,将合成后的音频记录成文件 yourid_1. wav。

4. 手机和弦铃声创作(选做)

（1）简单介绍自己手机所支持和弦铃声文件的格式,了解铃声制作的相关方法。

（2）选择前面练习中所使用过的一个音频文件,截取其中一段并对音量、音色等进行编辑处理,然后保存为所需要的和弦铃声文件格式。

（3）将上一步中制作出来的手机铃声文件通过数据线、红外接口等传输方式导入自己手机中并播放。

三、要求

（1）提交 yourid_0. wav 和 yourid_1. wav 文件,说明各自的参数及其选择的理由。

（2）简单说明音频编辑过程中所用到的创意和技巧。通过本次实验,你对音频文件的技术指标设定和音响效果之间的关系有什么更深的理解?

第3篇

数字媒体的综合应用

第 8 章　数字视频基础

第 9 章　影视艺术与数字剪辑制作

第 10 章　矢量动画与互动媒体应用

第 8 章

数字视频基础

电视的实现,不仅扩大和延伸了人们的视野,而且以其形象、生动、及时的优点提高了信息传播的质量和效率。在当今社会,信息与电视是不可分割的。数字媒体的概念虽然与电视不同,但在其综合文、图、声、像等作为信息传播媒体这一点上是完全相同的。不同的是传统电视中互动性很弱,传播的信号是模拟信号而不是数字信号。利用计算机和网络的数字化、大容量、互动性以及快速处理能力,对视频信号进行采集、处理、传播和存储是数字技术正在不断追求的目标,数字电视也是电视的未来发展方向。

电视信号记录的是连续的图像或视像(Visual Image)以及伴随视像的声音(Audio)或称为伴音信号。同样,数字视频(Digital Video)也包括运动图像(Visual)和伴音(Audio)两部分。一般说来,视频包括可视的图像和可闻的声音,然而由于伴音是处于辅助的地位,并且在技术上视像和伴音是同步合成在一起的,因此具体讨论时有时把视频(Video)与视像(Visual)等同,而声音或伴音则总是用 Audio 表示。所以,在用到"视频"这个概念时,它是否包含伴音要视具体情况而定。

8.1 模拟电视与数字电视

电视是采用电子学的方法来传送和显示活动景物或静止图像的设备。一个电视系统如图 8-1 所示。首先在发送端通过摄像机的光电转换,把实际景物变换成电信号。传统的摄像机是模拟式的,信号记录在磁带上;新型的摄像机是数字式的,信号可记录在光盘上。

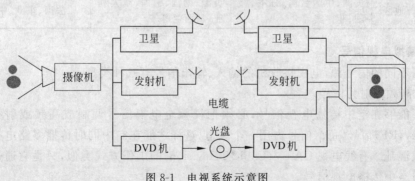

图 8-1　电视系统示意图

视频信号经过调制变成射频信号,然后通过不同的传输系统如电缆、天线、卫星等传送出去。在接收端,对视频信号进行逆处理,经过显像管的电光转换在电视上重现活动景物。在电视系统中,可以说视频信号是连接系统中各部分的纽带,其标准也就是系统各部分的技术目标和要求。

8.1.1　模拟电视信号标准

根据第 6 章的介绍,电影以每秒 24 帧的速率放映就能满足人眼视觉残留的要求,使之看到连续而流畅的画面。同时,电影在放映过程中采用遮挡板每秒遮挡 24 次,造成实际屏幕刷新率为 48 次的效果以消除闪烁。电视同样采用这一基本原理,它顺序扫描并传输图像信号,然后在接收端同步再现。我国的电网频率是 50Hz,电视信号传输率为每秒 25 帧、50 场,以最少的信号容量有效地满足人眼的视觉残留特性。电视信号采用隔行扫描,把一帧分成奇、偶两场,奇偶的交错扫描相当于遮挡板的作用。这样,人眼不易觉察出闪烁,同时也解决了信号带宽的问题。

1. 模拟电视制式

彩色电视是在黑白电视的基础上发展起来的,为了实现信号的兼容,彩色电视信号采用 YUV 空间表示法,将色度信号 U、V 与亮度信号 Y 分离,这样黑白电视只需处理 Y 信号,而忽略 U、V 色度信号。采用 YUV 空间还可以充分利用人眼对亮度细节敏感而对彩色细节迟钝的视觉特性,大大压缩色度信号的带宽。

电视信号的标准也称为电视的制式。目前各国的电视制式不尽相同,制式的区分主要在于其帧频(场频)的不同、分解率的不同、信号带宽以及载频的不同、色彩空间的转换关系不同等。世界上现行的彩色电视制式有三种:NTSC 制(简称 N 制)、PAL 制和SECAM 制,如表 8-1 所示。为了接收和处理不同制式的电视信号,也就发展了不同制式的电视接收机和录像机。

表 8-1　彩色电视国际制式

TV 制式	NTSC-M	PAL-D	SECAM
帧频(Hz)	30	25	25
行/帧	525	625	625
使用国家/地区	美洲、中国台湾、日本、韩国、菲律宾等	英国、德国、中国、澳大利亚、新西兰等	法国、东欧、中东等

2. 模拟电视信号

根据不同的信号源,电视接收机的输入、输出信号有三种类型。

(1) 高频或射频信号

为了能够在空中传播电视信号,必须把视频全电视信号调制成高频或射频(Radio Frequency,RF)信号,每个信号占用一个频道,这样才能在空中同时传播多路电视节目而不会导致混乱。有线电视 CATV(Cable Television)的工作方式类似,只是它通过电缆而不是通过空中传播电视信号。

由于射频信号在空中传输的过程中要混入一些干扰信号并随着传输距离的增大而衰减,电视机从有线或天线(RF-IN)接收到微弱的射频电视信号后,首先要通过调谐器对它进行解调,经过放大、混频和检波,滤掉高频载波分量,得到 PAL、NTSC 或 SECAM 制式的复合全电视信号。从全电视信号中分离伴音信号和视频信号。音频信号经音频电路处理后送扬声器输出。视频信号经视频放大,并把亮度、色度信号分离开,得到 YC 分量信号。最后,把 YC 分量信号转换成 YUV,进而转换成 RGB 分量信号并送显像管显示,如图 8-2 所示。

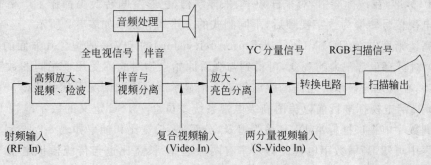

图 8-2　电视机基本工作原理

（2）复合视频信号

复合视频(Composite Video)信号定义为包括亮度和色度的单路模拟信号。复合视频信号也即从全电视信号中分离出伴音后的视频信号。由于复合视频的亮度和色度是间插在一起的,在信号重放时很难恢复完全一致的色彩。这种信号一般可通过电缆输入或输出到家用录像机上,其信号带宽较窄,一般只有水平 240 线左右的分解率。从图 8-2 也可以看出,射频输入和复合视频输入具有基本相同的输出显示分解率。由于视频信号中已不包含伴音,故一般与视频输入、输出端口配套的还有音频输入、输出端口(Audio-In、Audio-Out),以便同步传输伴音。因此,有时复合式视频接口也称为 AV(Audio Video)接口。

（3）S-Video 信号

S-Video 信号是一种两分量的视频信号,它把亮度和色度信号分成两路独立的模拟信号,用两路导线分别传输并可以分别记录在模拟磁带的两路磁迹上。这种信号不仅其亮度和色度都具有较宽的带宽,而且由于亮度和色度分开传输,可以减少其互相干扰,水平分解率可达 420 线。与复合视频信号相比,S-Video 信号可以更好地重现色彩,其清晰度比从天线接收到的电视节目的清晰度要高得多。

8.1.2　数字电视标准

1. 分辨率与帧率

与图像的数字化类似,视频信号的数字化也经过采用、量化和编码等过程。由于电视信号采用 YUV 色彩空间,而且亮度信号的带宽是色度信号带宽的两倍。用 Y∶U∶V 来表示 YUV 三分量的采样比例,则数字视频的采样格式有三种,即（4∶1∶1）或（4∶2∶2）或（4∶4∶4）。

以（4∶1∶1）的采样方式为例,它是在每 4 个连续的采样点上,取 4 个亮度 Y 的样本值,而色差 U、V 分别取其第一点的样本值,共 6 个样本。显然这种方式的采样比例与全电视信号中的亮度、色度的带宽比例相同,数据量较小。而(4∶4∶4)则是对每个采样点、亮度 Y、色差 U、V 各取一个样本。显然这种方式对于原本就具有较高质量的信号源(如 S-Video 源),可以保证其色彩质量,但数据量大。

国际无线电咨询委员会(CCIR)制定了广播级质量的数字电视编码标准,称为 CCIR 601标准,在该标准中,对采样频率、采样结构、色彩空间转换等都作了严格的规定。将模拟电视信号转换为数字视频后,不同制式的分辨率和帧率如表 8-2 所示。

而高清晰度电视 HDTV(high-definiton television)的定义一般包含几方面的内容:

(1)对具有正常视力的观众,可得到与观看原始景物时的感受几乎相同的数字电视。通常认为,在观众与显示屏之间的距离等于 3 倍显示屏高度的情况下就可获得。

(2)高清电视标准目前以美国高级电视系统委员会 ATSC 定义的数字电视 DTV 标准和欧洲数字电视广播标准 DVB 最为普及,分辨率、长宽比和帧率如表 8-2 所示。

从表中可知,高清数字电视的分辨率有两种选择;长宽比也与传统模拟电视不同,屏幕更宽;与模拟电视采用隔行扫描不同,高清数字电视可选择逐行和隔行扫描两种方式。

表 8-2　　数字视频分辨率与帧率

电视制式	分辨率	宽长比	帧率 *	
NTSC	640×480	4∶3	30	
PAL、SECAM	768×576	4∶3	25	
			ATSC DTV	DVB
HDTV	1280×720	16∶9	60p,30p,24p	25/30i,25/30p,50/60p
	1920×1080	16∶9	30i,30p,24p	25/30i,25/30p,50/60p

* p: progressive scan (non-interlaced)表示逐行扫描;

　　i: interlaced 表示隔行扫描;

　　24p: 用于电影模式。

如果将模拟电视转换成数字电视,按(4∶4∶4)的方式采样,数字视频的数据量为每秒 40 兆字节,一张 680 兆字节容量的光盘只能记录约 25 秒的数字视频数据信息,这种未压缩的数字视频数据量对于目前的计算机和网络来说无论是存储或传输都是不现实的,因此,数字视频的关键是数据压缩技术。

通常用时间码来识别和记录视频数据流中的每一帧,从一段视频的起始帧到终止帧,其间的每一帧都有一个唯一的时间码地址。根据动画和电视工程师协会 SMPTE (Society of Motion Picture and Television Engineers)使用的时间码标准,时间码的格式是"小时∶分钟∶秒∶帧(hours∶minutes∶seconds∶frames)"。一段长度为 00∶02∶31∶15 的视频片段的播放时间为 2 分钟 31 秒 15 帧,如果以每秒 30 帧的速率播放,则播放时间为 2 分钟 31.5 秒。

2. IEEE 1394 与 DV 接口

IEEE 1394 技术由苹果公司率先创立,初衷是把它作为一种高速数据传输接口,也称火线(FireWire)接口。1995 年电机电子工程师协会(IEEE)把它作为正式的新标准,编号

1394，也就是 IEEE 1394 接口。IEEE 1394 是一种外部串行总线标准，其主要特点如下：

（1）数据传输率高。用塑料光纤传输时，IEEE 1394 的数据传输率可望高达 32GB/秒。因此，与 USB 接口相比，IEEE 1394 接口十分适合数字视频影像的传输。

（2）只需一根电缆，可同时传输视频、音频和控制等信号。

（3）直接传输数字数据，在传输过程中没有任何信号的损失。上一节介绍的模拟视频信号不包含音频，而且模拟信号传输过程中信号质量将衰减。

由于 IEEE 1394 接口的特点，它被广泛用于数字摄像机上。不同的公司对 IEEE 1394 的命名方式不同，如苹果公司称"Fire Wire"接口；Sony 公司称之为"i. Link"接口；而一般摄像机广义称之为 DV(Digital Video)接口。如果计算机配有 DV 接口（如 MacBook 笔记本电脑配有 FireWire 接口），那么具有 DV 接口的数字摄像机可与计算机直接相连，摄像机的视频数据可传入计算机中。

3. 信号传输方式

与其他数字信息一样，数字视频与模拟视频的最大区别是可以实现互动功能。截止到 2003 年，国际上数字电视信号的传输实现方式主要分为两种，一种是基于互联网系统的网络型数字电视，另一种是基于数字电视系统的数字型互动电视。

案例 8-1：IPTV

IPTV(Internet Protocol Television)是在 IP 网络（互联网）上传送包含电视、视频、文本、图形和数据等，并提供安全、互动、可靠和可管理的多媒体业务。IPTV 的概念是由国际电信联盟(ITU-T) 2006 年 7 月确定，它的特点是基于互联网传输，因此具有双向网络的特征，在提供多媒体业务的同时，具有良好的互动性能。此外，根据国际电信联盟的定义，IPTV 可由下一代网络 NGN(Next Generation Network)提供。

2006 年 10 月上海电信启动 IPTV 建设，将网络改造成 2Mbit 的带宽，2007 年 3 月用户已达 15 万。上海电信的 IPTV 采用美国 UT 斯达康公司的 RollingStream（奔流）系统，该系统具有流媒体交换技术上的独特性，能有效地将视频内容切片传输到网络边缘节点服务器，继而将排序后的视频内容切片传送给点播用户，使用户可观看到与 DVD 品质相媲美的电视内容。用户终端可以是计算机，也可以是电视机加机顶盒。

案例 8-2：数字电视

以英国 Sky 公司提供的 DVB-S 方式传播的数字电视为代表，利用单向传输的广播网络，在 DVB 数字码流中同时传输多套节目和一套多角度的节目源以及各种丰富的图文信息。简单地说就是普通电视加机顶盒的形式，目前我国大部分城市的数字电视都采用这种形式。这种方式的特点是借助于宽带的广播电视网传输数字视频信号，绝大部分图文信息是经过处理后通过 AV 端子或 S-Video 端子输出到电视上，它将重点放在广播电视本体上，双向传输和互动性不够强。

这两种数字电视各有侧重，人们普遍认为，二者将在技术和观念上取长补短，并最终融合。

8.1.3　数字视频采集与转换

与数字图像的获取类似，数字视频的来源主要有三种：一种是利用计算机生成的动画，将动画保存为数字视频格式；第二种是直接用数字摄像机拍摄，通过 DV 接口直接传入计算机,目前数字摄像机还无法达到影视专业的质量,因此这种方式更多地应用于计算机和网络的环境;第三种是通过视频采集把模拟视频转换成数字视频,这可以获得各种质量的视频信号。将模拟视频信号转换成数字视频,则需要借用专业的视频采集硬件,也就是视频采集卡来实现。

视频采集卡是将模拟摄像机、录像机、LD视盘机、电视机输出的模拟视频信号输入计算机,转换成计算机可识别的数字数据,并存储在计算机中,成为可编辑处理的数字视频数据文件。按照其性能和用途的不同,视频采集卡可分为广播级、专业级和民用级三类,它们档次的高低主要是采集视频的质量不同,但基本的原理都是类似的。

视频采集的过程大致分三步:首先由模拟视频输出的设备(录像机、电视机、电视卡等)提供模拟视频信号源;第二步是借助视频采集卡对模拟视频信号进行采集、量化和编码;最后,由PC接收和记录编码后的数字视频数据。因此一个视频采集系统一般要包括一块视频采集卡,视频信号源,如录像机、录音机、音箱及电视等外接设备,最后要有配置较高的PC系统,如图8-3所示。在这一过程中起主要作用的是视频采集卡,它不仅提供接口以连接模拟视频设备和计算机,而且具有把模拟信号转换成数字数据的功能。

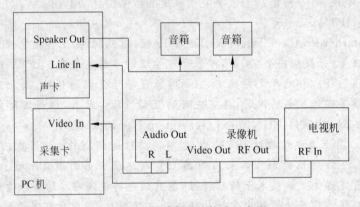

图8-3　视频采集系统构成示意图

1. 接口

视频采集卡的接口包括视频与PC的接口和与模拟视频设备的接口。视频采集卡通常插到PC主板的32位PCI扩展槽中,以实现采集卡与PC的通信与数据传输。视频采集卡至少要具有一个复合视频接口(Video In),以便与模拟视频设备相连。高性能的采集卡一般具有一个复合视频接口和一个S-Video接口。一般的采集卡都支持PAL和NTSC两种电视制式。还有的采集卡也具有DV接口,因此也可获取数字视频数据。

需要注意的是视频采集卡一般不具备电视天线接口和模拟音频输入接口,不能用视频采集卡直接采集电视射频信号,同时也不能直接采集到模拟视频中的伴音信号。视频采集卡通过PC上的声卡获取数字化的伴音并把伴音与采集到的数字视频同步到一起。

2. 性能

视频采集卡可以接收来自视频输入端的模拟视频信号,对该信号进行采集、量化成数字信号,然后压缩编码成数字视频序列。由于模拟视频输入端可以提供不间断的信息源,视频采集卡要采集模拟视频序列中的每帧图像,并在采集下一帧图像之前把这些数据传入 PC 系统。因此,实现实时采集的关键是每一帧所需的处理时间。如果每帧视频图像的处理时间超过相邻两帧之间的相隔时间,则要出现数据的丢失,也即丢帧现象。

采集的视频质量与采集卡的性能参数有关,主要包括采集图像的分辨率、图像深度、帧率以及可提供的采集数据率、压缩算法等。这些参数是决定采集卡的性能和档次以及价格的主要因素。

此外,因为无压缩的视频数据非常大,对计算机系统的传输和存储要求太高,因此大多数视频采集卡都具备硬件压缩的功能,在采集视频信号时首先在卡上对视频信号进行压缩,然后才通过 PCI 接口把压缩的视频数据传送到计算机主机上。

3. 对 PC 系统的要求

采集卡一般都配有采集应用程序以控制和操作采集过程。也有一些通用的采集程序,如 VFW 的 VidCap 等,数字视频编辑软件如 Adobe Premiere、Ulead Media Studio 等也带有采集功能,但这些应用软件都必须与采集卡硬件配合使用。也即只有采集卡硬件正常安装和驱动以后才能使用。

目前的视频采集卡是视频采集和压缩同步进行,也就是说视频流在进入计算机的同时就被压缩成数字视频格式文件。性能越高的采集卡其处理每一帧所需的时间越短,因此数据率也越高,这要求 PC 的 CPU 处理速度也越高。此外,在实时采集和硬盘存入的过程中,硬盘的存取速度是数据采集和传输的"瓶颈"。如果采集和处理的数字视频速率高于硬盘的数据传输率,在实时采集的过程中也会出现丢帧现象。因此足够的硬盘容量和高速的硬盘速度也是视频采集的基本保证。总之,视频采集的过程要求计算机有高速的 CPU、足够大的内存、高速的硬盘、通畅的系统总线等,系统硬件性能越高,采集效果和质量越好。

案例 8-3:Snazzi DV. AVIO pro 视频采集卡

视频采集卡视锐 Snazzi DV. AVIO Pro 是一块可在个人计算机上通过模拟或数字视频端口获取高质量视频的扩充卡,如图 8-4
所示。它通过 PCI 接口插在计算机的主机板
上,其基本性能包括:

输入端口:DV;复合视频 Composite,分
量视频 S-Video,支持 NTSC 和 PAL 制

输出端口:DV;复合视频 Composite,分
量视频 S-Video,支持 NTSC 和 PAL 制

采集分辨率和帧率:NTSC 制:720 x
480, 480 x 480, 352 x 240;30fps

图 8-4　视频采集卡

PAL 制:720 x 576, 480 x 576, 352 x 288;25 fps

视频数据率:0.15～8Mbit/sec(自动检测)

数字视频格式:AVI,Mpeg-1,Mpeg-2,DivX,WMV

数字音频格式:Mpeg Leyer2;Mp3

从这些参数可以看出,通过该视频卡可以获取来自数字摄像机的数字视频信号,也可以采集来自录像机/电视机等的模拟视频信号。采集的图像分辨率可调,最高可达数字电

视的标准。实时获取的数字视频信号可以压缩成各种格式的数字视频文件,由此可以制作 DVD 光盘,通过计算机视频软件进一步编辑处理。

此外,通过该采集卡,还可以将计算机上的数字视频信号通过输出端口送至电视机或录像机,或者其他数字视频设备。

数字视频以文件的方式存储在计算机上,下面将专门介绍数字视频格式。

8.2　数字视频格式

数字视频以文件的方式存储,由于视频数据量非常大,因此视频压缩及其格式是应用中的主要技术问题之一。AVI 是 PC 机上的一种通用视频格式,MPEG 是视频压缩的国际标准,而流媒体是适应互连网对数据传输的带宽限制而开发的视频格式。

8.2.1　数字视频参数与 AVI 格式

AVI(Audio Video Interleaved)是微软公司 1992 年推出的一种音频视像交叉记录的数字视频文件格式,在 AVI 文件中,运动图像和伴音数据是以交织的方式存储,如图 8-5 所示,并独立于硬件设备。

图 8-5　AVI 文件存储格式示意图

这种按交替方式组织音频和视像数据的方式可使得读取视频数据流时能更有效地从存储媒介得到连续的信息。这种音频和视像的交织组织方式与传统的电影相似,在电影中包含图像信息的帧顺序显示,同时伴音声道也同步播放。AVI 格式的特点是它不断提高以适应计算机硬件的发展,它的视窗大小、色彩和帧率可以根据播放环境的硬件能力和处理速度进行调整,因此它可以适用于不同的硬件环境。此外,它具有通用和开放的特点。它可以在任何 Windows 环境下工作,而且还具有扩展环境的功能。

数字视频的参数主要包括视像、伴音和压缩参数,下面通过 AVI 参数来说明。

1. 分辨率或视窗尺寸

根据不同的应用要求,数字视频的视窗大小或分辨率可根据应用需要调整:从高清晰数字电视 720×484 到小窗口的 160×120。如果视频是通过模拟采集转换而来,那么最大视窗点阵与原视频的制式有关。显然,窗口越大,视频文件的数据量越大。

2. 帧率

理想的帧率是每秒 25 帧以上,但每秒 15 帧基本上就可达到画面连续的效果,而每秒 15 帧以下的帧率则会出现画面跳动的不连续感。同样,帧率与数据量成正比。

3. 伴音

伴音也即 WAV 文件格式的参数,即采样率、量化位、声道数、压缩算法等。

4. 压缩参数

不同的视频格式采用不同的压缩方式,效果也不同。但一个视频格式往往可选择不同的压缩参数,这样得到的效果和文件容量会不同。以 AVI 文件格式为例,它的压缩参数主要包括以下几点。

(1) 压缩算法:AVI 格式可以采用不同的压缩算法,其压缩效果不同。

(2) 图像深度:与静态图像的深度一样,视频的图像深度决定视频中可以显示的颜色数。较小的图像深度可以减小视频文件的容量,但同时也降低了图像的质量,某些编码算法使用固定的图像深度,在这种情况下该参数不可调整。

(3) 压缩质量:压缩质量常用百分比来表示,100%表示最佳效果压缩。同一种压缩算法下,压缩质量越低,压缩比越小,文件容量越小,播放效果就越差。高质量压缩比低质量压缩所损失的信息要少一些。

(4) 数据率:根据以上参数,可以计算出视频文件的数据率,一般以每秒兆比特计。数据率是视频文件的一个综合参数。从某种意义上说,视频文件的数据率只能起到为播放平台设置初始的数据传输率的作用。因为如果数据率过高,而播放或传输该视频文件的数据传输率达不到要求,则播放该视频文件时要么出现不同步的现象,要么播放时会出现丢帧的现象,达不到应有的效果。因此,一般情况下,首先要根据播放环境的要求确定 AVI 的数据率,然后根据数据率的要求再确定其他参数。

8.2.2　MPEG 格式

MPEG 格式是 MPEG 专家组(Moving Picture Experts Group)制定的数字视频国际标准。这个专家组成立于 1988 年,专门负责制定有关运动图像和声音的压缩、解压缩、处理以及编码表示的国际标准。专家组在 1991 年制定了一个 MPEG-1 国际标准,1993 年制定了 MPEG-2 国际标准,到 1999 年推出 MPEG-4 第三版,每次新标准的制定都极大地推动了数字视频的更高质量和更广泛的应用。

1. MPEG-1 与 VCD

MPEG-1 的标准名称为“动态图像和伴音的编码——用于速率小于每秒约 1.5 兆比特的数字存储媒体(Coding of moving picture and associated audio——for digital storage media at up to about 1.5Mbps)”。这里的数字存储媒体指一般的数字存储设备如 CD-ROM、硬盘和可擦写光盘等。MPEG-1 的最大压缩比可达约 1∶200,其目标是要把目前的广播视频信号压缩到能够记录在 CD 光盘上并能够用单速的光盘驱动器来播放,并具有磁带录像机的显示质量和高保真立体伴音效果。

MPEG-1 的 SIF(Standard Image Format)标准为 352×240 的分辨率、30Hz 的帧率(NTSC),或者为 352×288 的分辨率、25Hz 的帧率(PAL)。压缩后的视频图像约为 CCIR 601 定义分辨率的二分之一,压缩后的数据率为 1.2～3Mbps。因此可以实时播放存储在光盘上的数字视频图像。MPEG-1 标准支持高压缩的音频数据流,其采样率为 44kHz、22kHz 和 11kHz,16 位量化。还原后声音质量接近于原来的声音质量,如 CD-DA 的音质。

MPEG-1 压缩算法的推出促使了 VCD 的大力发展。实际上 VCD 只是一种采用 CD-ROM 来记录 MPEG-1 数字视频数据的特殊光盘。由于 MPEG-1 的视频图像质量与家用录像机的质量基本相同,这样 VCD 盘上可存放 74 分钟家用录像机质量的 VHS 全屏幕全运动视频和 CD-DA 音质的影片。VCD 的发行不仅充分发挥了光盘复制成本低、可靠性和稳定性高的特点,而且使普通用户可以在计算机上观看影视节目,这在计算机的发展史上也是一个新的里程碑。

2. MPEG-2 与 DVD

随着压缩算法的进一步改进和提高,MPEG 专家组又不断地推出 MPEG 的新标准,目前已推出的主要有 MPEG-2 和 MPEG-4 标准。

随着压缩算法的进一步改进和提高,MPEG 专家组在 1993 年又制定了 MPEG-2 标准,即"活动图像及有关声音信息的通用编码"标准。与 MPEG-1 的指标比较,MPEG-2 的改进部分可从表 8-3 中清楚地表示出来。

表 8-3　MPEG-1 与 MPEG-2 的主要不同指标

	MPEG-1	MPEG-2
图像分辨率	352×240	720×484
数据率	1.2～3Mbps	3～15Mbps
解码兼容性		与 MPEG-1 兼容
主要应用	VCD	DVD

MPEG-2 标准是高分辨率视频图像的标准,它针对分辨率为 720×484 的广播级视频图像,压缩后的数据位流为 3～15Mbps,适合于宽带数据传输通道。由于 MPEG-2 格式的数据量要比 MPEG-1 大得多,而 CD-ROM 的容量尽管有近 600 多兆字节,但也满足不了存放 MPEG-2 视频节目的要求。为了解决 MPEG-2 视频节目的存储问题,进而就促成了 DVD 的问世。MPEG-2 还是高清晰度电视 HDTV 和数字广播电视以及新型数字式交互有线网所采用的基本标准。这些应用领域与计算机领域的结合,将使 MPEG-2 成为计算机上重要的数字视频压缩标准。这一点非常重要,因为 MPEG-2 的解码器与 MPEG-1 相兼容,由此才能实现 DVD 驱动器同时也能驱动 VCD 盘。

在 MPEG 算法的发展过程中,其音频部分的压缩也不断提高和改进。MPEG-1 的音频部分压缩已经接近 CD 的效果。其后,MPEG 算法也用来压缩不包含图像的纯音频数据,出现了 MPEG Audio Layer1、MPEG Audio Layer2 和 MPEG Audio Layer3 等压缩格式。MPEG Audio Layer3 也就是 MP3 的音频压缩算法。MP3 的压缩比达 1:12,音质几乎完全达到了 CD 的标准。由于 MP3 的高压缩比和优秀的压缩质量,一经推出立即受到网络用户的欢迎。

3. MPEG-4 互动视频新标准

在成功制定了 MPEG-1 和 MPEG-2 之后,MPEG 工作组开始试图制定 MPEG-3 的标准以支持数字电视等的应用。但是后来发现 MPEG-2 已经可以很好地胜任这一工作,于是就取消了 MPEG-3,直接从 1993 年开始了 MPEG-4 的制定工作。由于该项目非常复杂,到 1999 年,MPEG 完成了 MPEG-4 的第三版,其最终标准目前尚未公布。

从原理来看,MPEG-2 是 MPEG-1 的延伸,它们都是利用视频信号本身具有相关性的特点进行编码,它们把图像看成是一个矩形像素阵列的序列,把音频看成是一个多声道或单声道的声音,并不关心视频场景的具体内容是什么,因此观众不能与所观看的内容进行互动。

与低版本的 MPEG 标准相比,MPEG-4 的最大特点是其引入了对象的概念和操作。它采用基于对象的编码,具有对合成对象进行编码的能力,它将使人们不仅可以观看节目的内容,还可以控制和参与到节目中去,实现视频内容的互动。

案例 8-4:MPEG-4 互动视频展望

通过一个模拟案例来说明互动视频的未来。例如,在一个网球比赛的场景中,只有网球运动员是一个活动的对象,而观众和场地是一个相对静止的背景,当然这个背景可能范围很大,是一个大全景图像。在 MPEG-4 编码过程中,首先要将每个场景分成不同的对象,比如运动员和背景,然后对其进行编码。由于在这个图像序列中背景相对静止,所以在图像传输时一次性地将背景图像传送到接收端,然后对每一帧图像就只需要传送当前摄像机的位置给接收端,接收端就能根据这些信息从大全景图像中恢复出当前帧中摄像机所拍摄的内容,然后再将运动员叠加到该图像上,得到完整的图像。由于在整个过程中只需传送一次背景,所以编码效率可以大大提高。

根据这种基于对象的编码方式,接收端受众就可以实现视频内容的互动功能。现在欣赏 VCD 时能做到以帧为单位进行检索和定位,而以后欣赏 MPEG-4 格式的影碟时就能以对象为单位进行操作,也许用鼠标一点就可以把一个人物从场景中拖出来,并把他放到另一个场景中,或者对他进行各种编辑处理操作,或者在网络中用鼠标一点视频场景中的某人物,就可以超媒体链接到介绍该人物的其他信息页面中。当然,这些都需要 MPEG-4 标准化的支持。

除了基于对象的互动性,MPEG-4 还采用了比 MPEG-2 更为先进的压缩方式。简单地说,基于内容的压缩、更高的压缩比和时空可伸缩性是 MPEG-4 的三个最重要的特点。此外,MPEG-2 已经发展得比较成熟,并已经成为广播电视行业的标准,而 MPEG-4 主要针对于低传输率的应用,适用范围更宽。

目前,用 MPEG-4 压缩算法的视频文件格式如微软公司推出的 ASF(Advanced Streaming Format,高级格式流),它可以将 120 分钟的电影压缩为 300MB 左右的视频流;DivXNetworks 公司推出的 DivX 格式也采用 MPEG-4 压缩算法,可以把 MPEG-2 格式的视频压缩至原来的 10%,原来约 10 张 DVD 影碟的内容,如采用 DivX 压缩可以存储在一张 DVD 光盘中。

但是目前的 MPEG-4 并不完美,虽然在普通画面方面它与 MPEG-2 相差无几,但是,MPEG-4 毕竟是属于一种高压缩比的有损压缩算法,在表现影片中爆炸、快速运动等画面时,会出现轻微的马赛克和色彩斑驳等 VCD 里常见的问题,其图像质量还无法完全和 DVD 采用的 MPEG-2 技术相比。

8.3　流媒体的基本概念

流媒体(Streaming Media)是指在网络中使用流式传输技术的连续时基媒体,如 RA 格式的音频文件、RM 的视频文件、Flash 动画文件以及其他多媒体文件等。流媒体技术是指把连续的影像和声音信息经过压缩处理之后放到专有的流式服务器上,让浏览者一边下载一边观看、收听,而不需要等到整个多媒体文件下载完成就可以即时观看的技术。流媒体技术的出现,使窄带因特网中传播多媒体信息成为可能。自从 1995 年推出第一个流式产品以来,Internet 上的各种流式应用迅速涌现,逐渐成为网络发展中的热点。

8.3.1　流媒体系统

　　流媒体系统通过某种流媒体技术,完成流媒体文件的压缩生成,通过服务器发布,并在客户端完成流媒体文件的解压播放的整个过程。因此,一个流媒体系统一般由三部分组成:流媒体开发工具,用来生成流格式的媒体文件;流媒体服务器组件,用来通过网络服务器发布流媒体文件;流媒体播放器,用于客户端对流媒体文件的解压和播放。目前的流媒体系统主要有 Microsoft 公司开发的 Windows Media;Real Networks 公司开发的 Real System 以及 Apple 公司开发的 QuickTime。这三种产品的构成比较如表 8-4 所示。

1. Windows Media 系统

　　Microsoft 公司开发的 Windows Media 技术是一个能适应多种网络带宽条件的流式多媒体信息的发布平台,它包括了流式媒体的制作、发布、播放和管理的一整套解决方案,此外,还提供了开发工具包(SDK)供二次开发使用。Windows Media 流媒体系统包括开发工具 Windows Media 工具、服务器组件 Windows Media Server 以及播放器 Windows Media Player。其服务器端的 Windows Media Server 产品在 Windows NT Server Pack 4 上可以安装,并且集成在 Windows 2000 Server 中。

　　Windows Media 产品的一大特点是其制作、发布和播放软件与 Windows NT/2000/9x 集成在一起,制作端与播放器的视频、音频质量都较好,而且易于使用,但目前除了播放器以外,系统其他部分只能在 Microsoft 视窗平台上使用。

表 8-4　三种不同的流媒体系统构成

流媒体系统	开发工具	服务器组件	播放器
Windows Media	Windows Media 工具	Windows Media Server	Media Player
Real System	RealProducer	RealServer	RealPlayer
QuickTime			QuickTime Player

2. Real System 系统

　　从 1995 年 Progressive Network 公司,也就是后来的 Real Networks 公司,推出第一个流式产品,以后 Real Networks 公司不断发展,研制的 Real System 也提供从制作端、服务器端到客户端的所有流式媒体产品。开发工具 RealProducer 的功能是将普通格式的音频、视频或动画媒体文件通过压缩转换为流格式文件,它也就是 Real System 的编码器。由 RealProduce 生成的流式文件能通过其服务器端软件 RealServer 进行流式传输。而客户端软件 RealPlayer 已广为应用,它既可以独立运行,也能作为插件在浏览器中运行。2002 年前夕,Real Networks 公司宣布推出全新一代的多媒体播放器 RealOne,可望用来替代 Real Player。

3. QuickTime 系统

AVI 文件格式和 VFW 软件是 Microsoft 公司为 PC 机设计的数字视频格式和应用软件。对于目前世界上的另一大类微机——Apple 公司的 Macintosh 机，Apple 公司也推出了相应的视频格式，即 MOV(Movie digital video technology)的文件格式，其文件以 MOV 为后缀，相应的视频应用软件为 Apple's QuickTime for Macintosh。该软件的功能与 VFW 类似，只不过用于 Macintosh 机。同时 Apple 公司也推出了适用于 PC 的视频应用软件 Apple's QuickTime for Windows，因此在 MPC 机上也可以播放 MOV 视频文件。目前 QuickTime 系统的最新版本是 QuickTime 4，它同样也是一种应用比较广的流式系统。

8.3.2 流式文件格式

流式文件格式经过特殊编码，但是它的目的和单纯的视频压缩文件有所不同，重新编排数据位是为了适合在网络上边下载边播放。将压缩媒体文件编码成流式文件，为了使客户端接收到的数据包可以重新有序地播放，还需要加上许多附加信息。

在实际的网络应用环境中，用户会发现一些不包含流媒体数据的文件，它们的容量很小，而且与流媒体有着非常紧密的关系。这类文件大多是流媒体发布文件，例如".ram"，".asx"等，它们本身不提供压缩格式，也不描述影音数据，其作用是以特定的方式安排影音数据的播放。虽然流媒体发布文件在流媒体播放过程中并不是必须的，但是使用流媒体发布文件却是非常有利于流式多媒体的发展以及使用。例如，实际的流媒体文件可以位于许多不同的存储地点，而由流媒体发布文件中的信息来控制这些流媒体的播放。另外，通过流媒体发布文件隐藏流媒体文件的实际位置也是很好的做法，这样有利于版权保护。Microsoft 和 Real Networks 公司各自定义了自己的流媒体发布文件的格式，表 8-5 列出的是目前三种流式系统采用的主要文件格式。

表 8-5 三种流媒体系统采用的文件格式比较

流媒体系统	发布文件	数据文件	媒体类型与名称
Real System	RAM	RM	Real Video/Audio
		RA	Real Audio
		RP	Real Pix
		RT	Real Text
Windows Media	ASX	ASF	Advanced Stream Format
		WMV	Windows Media Video
		WMA	Windows Media Audio
QuickTime		MOV	QuickTime Movie
		QT	QuickTime Movie

另外还有其他一些公司的流媒体文件格式，如 Macromeida 公司的 SWF(Shock Wave Flash)，以及由 Real Networks 和 Macromedia 公司联合开发的 RF(Real Flash)等。

1. RA/RM/RP/RT 与 RAM 格式

Real System 也称为 Real Media,它是目前因特网上最流行的跨平台的客户/服务器结构的多媒体应用标准,它采用音频/视频流和同步回放技术,可以实现网上全带宽的多媒体回放。Real System 包括了".rm"、".ra"、".rp"和".rt"四种文件格式,分别用于制作不同类型的流媒体文件。其中使用最广的 Real Media RA 用以传输接近 CD 音质的音频数据,RM 用来传输连续视频数据。这几类文件都包含数据,因此称为"流式文件"。

早期的 Real System 可以在".ram"文件中包含媒体数据,但是高版本的 Real System 只是将".ram"作为 Real Media 流媒体文件的索引文件,其内容是一种播放列表,指向实际的流媒体数据所在的位置。这种 RAM 文件不包括任何媒体数据,它标注的是媒体数据存放的位置,它会告诉浏览器启动 RealPlayer 来查看该超链接然后向服务器请求真正的媒体文件。它的产生可以自己手工编写,编写的内容即超链接的内容,也可以通过 RealProducer 软件的 Publish 功能自动发布生成,最后发布到 RealServer 的时候需要把 RAM 文件和 Real Media 文件一起放到服务器上,再在自己的页面上做一个链接指向 RAM 文件,就可以实现调用 RealPlayer 播放了。

案例 8-5:流媒体的工作方式

通过 RealProducer 生成一个流媒体数据文件 swanlake.rm,它包含一段 20 分钟的视频数据,容量为 18MB。那么同时还可以生成了一个流媒体发布文件 swanlake.ram,它的容量只有 1KB,用一个文本编辑器打开 swanlake.ram,可以看到该文件可能只包含一行信息: http://www.digitalmedia-TAD.com/www/video/swanlake.rm。

也就是说,文件 swanlake.rm 将放置在网络服务器"www.digitalmedia-TAD.com"的一个目录"www/video/"下。当需要浏览这段视频时,客户机首先通过页面的链接下载 swanlake.ram 文件,同时启动 RealPlayer 来查看该文件中包含的信息,然后向服务器"www.digitalmedia-TAD.com"提出请求,一边下载文件 swanlake.rm 一边播放,最后在客户机上只能查到 swanlake.ram 文件。

2. ASF 与 ASX 格式

Windows Media 的核心是先进的流式文件格式 ASF(Advanced Stream Format)。Windows Media 将音频、视频、图像以及控制命令脚本等多媒体信息通过 ASF 格式,以网络数据包的形式传输,实现流式多媒体内容发布。

ASF 文件以".asf"为后缀,其最大优点就是体积小,因此适合网络传输。通过 Windows Media 工具,用户可以将图形、声音和动画数据组合成一个 ASF 格式的文件,也可以将其他格式的视频和音频转换为 ASF 格式,还可以通过声卡和视频捕获卡将诸如麦克风、录像机等外设的数据保存为 ASF 格式。使用 Windows Media Player 可以直接播放 ASF 格式的文件。

与 RAM 文件类似,ASX 文件是 Microsoft Media 文件的索引文件,也是一种播放列表或者流媒体重定向(Active Stream Redirector)文件。播放列表将媒体内容集中在一起,并储存媒体数据内容的位置。媒体数据的位置可能是客户机、局域网中的一台计算机或者因特网中的一台服务器。ASX 文件的最简形式是包含了关于流的 URL 的信息。Windows Media Player 处理该信息,然后打开 ASX 文件中指定位置的内容。

3. WMV 与 WMA 格式

Windows Media Video(WMV)是 Microsoft 流媒体技术的首选编解码器,它派生于

MPEG-4,采用几个专有扩展功能使其可在给定数据传输率下提供更好的图像质量。目前 WMV 的最高版本是 WMV8,它能够在目前网络宽带下即时传输并显示接近 DVD 画质的视频内容,分辨率高达 720 点阵。WMV8 不仅具有很高的压缩率,而且还支持变比特率编码(True VBR)技术,当下载播放 WMV8 格式的视频时,“True VBR”可以保证高速变换的画面不会产生马赛克现象,仍然具有清晰的画质。

Windows Media Audio(WMA)是音频流技术的首选编解码器,它的编码方式类似于 MP3。WMA 目前的最高版本是 WMA8,其文件容量仅相当于 MP3 的 1/3,并提供接近 CD 的音质效果。

4. MOV 格式

Apple 公司的 QuickTime 视频格式定义了存储数字媒体内容的标准方法,使用这种文件格式不仅可以存储单个的媒体内容,如视频帧或音频采样数据,而且能保存对该媒体作品的完整描述。因为这种文件格式能用来描述几乎所有的媒体结构,所以它是不同系统的应用程序间交换数据的理想格式。

8.4 数字影视创作过程

电影、电视是画面、声音和时间以及空间结合的媒介,是一种综合艺术,一般也称为影视艺术。数字影视是借助于数字的方式来表现和传播影视艺术内容,因此,其创作过程和方法完全可以借用传统影视的原理和知识。

8.4.1 数字影视的创作流程

第 2 章介绍过网站的开发流程,与此类似,数字影视的创作流程可以分为四个主要环节:剧本形成、前期工作、拍摄工作和后期工作,如图 8-6 所示。

剧本形成阶段是根据影视媒体的特点和需求,确定选题、表现内容、表现手法和预期效果。首先通过策划,形成文学剧本,或者选择已有的文学剧本。文学剧本需要改编成影视剧本,并进一步细化到分镜头剧本。分镜头剧本是供影视导演现场拍摄使用的工作剧本,反映出每一个镜头在影片中的作用和位置、蒙太奇效果以及导演的总体构思。

前期工作是为拍摄工作进行充分准备的过程,首先要确定摄制组,并进行拍摄预算和计划。分镜头剧本是摄制组制定摄制日程的依据。准备工作具体还包括对场地、演员、器材、工作人员等各个方面的事物进行安排,为

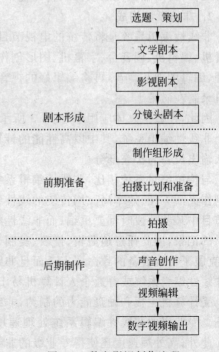

图 8-6 数字影视创作流程

拍摄工作做好准备。

拍摄工作是影视节目创作的中心环节,根据最初的创意,获得基本的影视素材。每一个分镜头都包括准备、彩排、拍摄和场地清理等环节。

后期制作是将拍摄的片断素材,根据导演和剧本的要求,编辑合成为最终的影视节目。随着技术的发展,后期制作在影视创作中越来越重要,下面将重点介绍。

8.4.2　影视的非线性编辑

数字影视编辑也称为非线性编辑,它需要依靠非线性编辑系统完成。非线性编辑系统是相对于传统的磁带和电影胶片的线性编辑系统而言的。

1. 线性编辑与非线性编辑

传统的线性编辑是录像机通过机械运动使用磁头将25帧/秒的视频信号顺序记录在磁带上,在编辑时也必须顺序寻找所需要的视频画面。在线性编辑中,因为素材的搜索和播放、录制都要按时间顺序进行,在录制过程中必然要反复地前进、后倒以寻找素材,这一方式不仅效率低下,而且也造成模拟信号质量的下降。此外,编辑工作只能按顺序进行,先编前一段,再编后一段;如果要在原来编辑好的节目中插入、修改、删除素材,就要严格受到预留时间、镜头长度等的限制,一旦转换完成记录成了磁迹,就无法随意修改。

非线性编辑(简称为非编)系统是把输入的各种视音频信号进行数字化后,以文件的方式存入计算机硬盘中,由于硬盘可以满足在1/25秒内任意一帧画面的随机读取和存储,从而实现视音频编辑的非线性。非线性系统的编辑过程实质就是对画面和声音的数据资料以特定的次序确立和安排,是对数字视频文件的编辑和处理,它与计算机处理其他数据文件一样,在微机的软件编辑环境中可以随时、随地、多次反复地编辑和处理。

2. 非编系统构成

非线性编辑系统是将传统的电视节目后期制作系统中的切换机、数字特技、录像机、录音机、编辑机、调音台、字幕机、图形创作系统等设备集成于一台计算机内,用计算机来处理、编辑图像和声音,再将编辑好的视音频信号输出为最终的数字视频文件,或通过录像机录制在磁带上。

因此,在数字媒体应用中,图8-3所示的视频采集系统加上一个非编软件,就构成了一个非线性编辑系统,其中以高性能的计算机和编辑软件为核心,以视频采集卡和外围的输入输出设备为扩充部分。

与传统编辑系统相比,非线性编辑系统无疑有很多优点。首先非线性编辑系统的编辑制作灵活方便、效率高。用传统的线性编辑方法在插入与原画面时间不等的画面,或删除节目中某些片段时都要重编;而非线性编辑系统在实际编辑过程中只是编辑点和特技效果的记录,因此任意地剪辑、修改、复制、调动画面前后顺序,都不会引起画面质量的下降,克服了传统设备的致命弱点。而且非线性编辑系统设备小型化,功能集成度高,与其他非线性编辑系统或普通个人计算机易于联网形成网络资源的共享。

受计算机主板和硬盘能力的制约,非线性编辑系统一般要对数字化的视频图像进行压缩。专业级的非线性编辑系统处理速度高,对数据的压缩小,因此视频和伴音的质量高。此外,高处理速度还使得专业级的非线性编辑系统的特技处理功能更强。因此,非线性编辑系统的范围很广,从功能非常简单的软件到非常专业化的软件都有应用。

3. 非线性编辑的基本功能

不同的非编系统支持不同的视频质量,但编辑的功能和基本过程都是类似的。

(1) 编辑和组接各种视频镜头。视频的拍摄不是一个连续的过程,一次连续的拍摄一般称为一个"镜头"。因此后期处理需要根据导演的意图,选择拍摄到的各种镜头,并按照时间的先后顺序剪辑和组接起来。这个过程是视频编辑的最重要环节,它基本确定了影视节目的情节过程和效果。

(2) 对视频片断进行各种特技处理。视频的后期编辑是一个二次创作的过程,镜头的编辑和处理,如同图像的特技处理一样,能优化或产生拍摄达不到的效果。

(3) 在两段视频片断或两个镜头之间增加各种转换效果。镜头之间的衔接和转换,是完成最终影视节目的关键之一,编辑软件根据影视艺术的表现手法,通过技术手段能完成和产生各种不同镜头衔接和转换效果。

(4) 在镜头上叠加各种字幕、图标和其他视频效果。视频的叠加与图像中图层的叠加类似,通过处理能产生新的表现效果。

(5) 伴音编辑。伴音编辑也就是数字音频的编辑,同时要考虑与影视画面的配合,包括给视像配音,并对音频片断进行编辑,调整音频与视频的同步等。

(6) 生成最终的数字视频数据。拍摄和获取的视频素材最好能具有较高的质量,后期编辑完成后,可根据最终的播放环境,选择和设置最终的数字视频参数,并生成数字视频文件。视像参数包括分辨率、帧率、图像深度;音频参数如采样率、量化位等;文件格式和压缩参数如 AVI、MPEG、WMV 等。

(7) 色彩转换以便生成模拟视频信号。数字视频数据格式所采用的彩色系统与 NTSC 或 PAL 制式的模拟视频所采用的色彩标准不同,因此如需要将编辑完成的数字视频转换成模拟视频信号,通过录像机记录在磁带上或显示在电视上,则首先需要将数字视频的色彩模式转换成 NTSC 或 PAL 的兼容色彩。

专业的非线性编辑软件也都具备类似的功能,只不过它需要更高档快速的计算机硬件支持,输入输出的视频具有更高的画面质量和视觉效果。

8.5　视频编辑软件的基本应用

在数字媒体应用中,Adobe 公司开发的 Premiere 是视频编辑软件中功能较强的一种,它把数字非线性编辑和制作引入到微机系统中,下面将以此来介绍影视编辑的基本过程和应用。

8.5.1　基本编辑过程

在 Premiere 中把各种不同的素材片断组接、编辑、处理并最后生成一个新的数字视频 AVI 或 MOV 格式的文件。这个过程也称为一个编辑项目(Project),其操作是使用菜单命令、鼠标或键盘命令以及子窗口中的各种控制按钮和对话框选项配合完成的。在操作工作中可对中间或最后的视频内容进行部分或全部的预览,以检查编辑处理效果。

1. Premiere 的窗口

视频的编辑是通过 Premiere 的各种窗口和菜单来完成的,如图 8-7 所示。主窗口内主要由菜单和具有不同功能的多种子窗口组成,主要包括以下几方面。

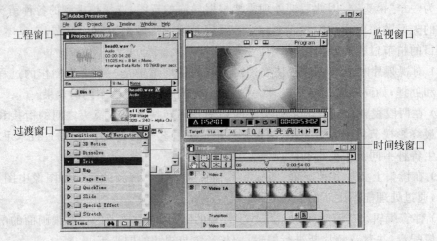

图 8-7　Premiere 的主要窗口与菜单

(1) 项目(Project)窗口:用来管理、浏览一个视频项目中用到的素材文件。

(2) 剪辑(Clip):一个素材文件也称为一个剪辑,该窗口用来浏览各种素材文件,并定义素材中需要的片段。

(3) 时间标尺或时间线(Timeline):按照时间的顺序放置各种素材片段,以构成一个新的视频结构和流程。时间标尺是视频项目的主要编辑场所。

(4) 监视器(Monitor):用来播放和监视时间标尺上的整体或部分演播效果。

(5) 过渡或转换(Transition):提供时间标尺上不同视频剪辑之间的转换、切换方式。

(6) 视频(Video)/音频(Audio)特技:提供对某一段视频和音频剪辑的特技处理功能。

(7) 混音器(Audio mixer):控制时间标尺上音频的混音效果。

其他窗口,如信息、导航、历史等,其功能与 Photoshop 中的类似。每个子窗口都是活动的,而且大部分可以由 Window 菜单中的各项来控制其打开和关闭,如不使用某个窗口时,可以暂时关闭。

2. Premiere 的菜单

主菜单除了"文件"(File)、"编辑"(Edit)和"帮助"(Help)以外,Premiere 特有的菜单还有以下几个。

(1) 项目(Project)菜单,用于项目窗口的控制和管理。

(2) 剪辑(Clip)菜单,用于素材文件(剪辑)的编辑和控制管理。

(3) 时间标尺(Timeline)菜单,用于时间标尺窗口的控制管理。

(4) 窗口(Window)菜单,用于管理大部分子窗口(项目、剪辑以外)及其设置,如时间标尺、监视器、转换、音频视频特技、特技控制、导航、命令、信息窗口等。

3. 基本编辑过程

视频的一般编辑步骤包括以下几点。

(1) 确定视频剧本和准备素材数据文件。

(2) 启动 Premiere 系统,打开各种素材文件,通过"剪辑(Clip)"窗口进行素材的浏览和定义,用"项目(Project)"窗口记录所需素材。

(3) 按照剧本的流程和逻辑,将各种素材逐一排列在时间标尺窗口的轨道上。如果需要在两段素材间加切换或过渡特技,则要将两个衔接的素材片断分别放置在视频的不同 A、B 轨道上,在衔接的中间增加转换效果。对于静止图像则要设置持续时间。

(4) 打开"过渡或转换(Transitions)"窗口,在时间标尺窗口的转换轨道上定义切换特技效果和参数。

(5) 利用"剪辑(Clip)"菜单提供的功能对时间标尺上的视频片断进一步编辑,产生各种特技效果。

(6) 在时间标尺窗口内有多个视频轨道,其中视频 1A 和 1B 轨道是最基本的编辑轨道,由此可以形成两个镜头的切换。轨道的概念类似于图像编辑中的图层,1 轨是底层,2 轨及以上的剪辑将叠加在 1 轨上,轨道的数量可以根据需要增加。

(7) 为视像配音,将数字音频素材置于时间标尺窗口的声音轨道上,调整效果和同步位置。

(8) 通过监视器窗口浏览时间标尺上的演播效果,进而修改和调整各个剪辑和衔接关系。

(9) 保存项目文件". ppj",防止意外丢失已有的编辑信息和操作状态。

(10) 导出(Export)最后的视频文件。首先设置输出视频的各种参量,而后生成视频文件。一般输出生成最后的 AVI 或 MOV 文件需花费较长的时间。输出正常结束后可自动把生成的视频文件放置在一个剪辑窗口中以便浏览。

在上面介绍的步骤中,中间的各个步骤是根据需要可选择的。下面将介绍各主要步骤的实现及子窗口的使用。

8.5.2 素材管理

在 Adobe Premiere 中,各种视频的原始素材文件都称为一个剪辑或者片段(Clip)。在视频编辑时,可以选取一个剪辑中的一部分或全部作为有用素材导入到最终要生成的视频序列中。

1. 素材文件格式

素材剪辑可以取自于多种类型的数据文件,主要包括以下几种。

(1) 数字视频 AVI、MOV 文件。

(2) 数字音频 WAV、MP3 文件。

(3) 无伴音的动画 FLC 或 FLI 格式文件。

(4) 静态图像文件,如 BMP、JPG、PCX、TIF 文件等。

(5) FLM 格式的胶片(Filmstrip)文件。这种格式是把一个视频序列文件转换成若干静态图像序列而得。FLM 文件可以由 Premiere 生成,然后用 Adobe Photoshop 图像处理软件对其进行逐帧画面的再加工,最后再由 Premiere 转换成一个视频序列文件。

(6) 字幕(Titles)文件,以 ptl 为后缀。它是由 Premiere 产生的一种包括文字和几何图形的图形文件,这种文件包含一个透明通道,可以叠加在其他视频剪辑之上。

2. 剪辑窗口

用 Premiere 的文件菜单打开前述格式的文件,都会自动弹出剪辑(Clip)窗口,如图8-8 所示。如果打开的是图像或图像序列文件,则 Clip 窗口中显示的是第一帧的图像;如果打开的是音频文件,则显示音频波形。剪辑窗口的下方有播放按钮,可以控制素材序列的播放。因此 Clip 窗口实际上也可以作为一个视频序列播放器使用。

图 8-8　剪辑窗口的使用

通过剪辑窗口可以定义视频和音频素材中的某一部分作为时间标尺上的内容。素材的选择由切入点(In Point)和切出点(Out Point)来定义。切入点指在最终的视频序列中实际插入该段片断的首帧;切出点为末帧。也就是说切入和切出点之间的所有帧作为时间标尺需要的素材实例。在剪辑(Clip)窗口中可以浏览素材并定义该素材中的切入、切出点及其他标记点。剪辑窗口右下角有切入、切出点和标记(mark)按钮,用这些按钮和播放滑块或播放键可以定义剪辑序列中的切入/切出点。若不设切入/切出点,则默认原片断的首尾点为入点和出点。如果定义了切入点,并且窗口内显示的是切入点的图像内容,则窗口的左上方会显示切入点标记,如图8-8 所示。Clip 窗口正下方有左右两段时间码显示,左段表示切入点和切出点间的剪辑持续时间长度,右段表示播放滑块标识的当前图像时间码位置。用切入/切出播放按钮可以播放从切入点到切出点之间的内容。右下面最左边的按钮是标记菜单,单击 mark 按钮可设切入、切出以及其他标记,单击 goto 按钮可找到出、入点及某标记的视像位置。

8.5.3　项目管理

1. 项目与项目文件

Adobe Premiere 将创建一个视频文件的编辑处理过程定义为一个项目或工程(Project),它是按时间标尺组织的一组视频片断。项目的编辑和控制信息可存储为一个以 ppj 为后缀的项目文件,它包括了项目所使用的剪辑文件的指针、输出视频的大小及文件格式定义、所有的处理操作的状态记录等。由于 PPJ 文件中仅记录指向剪辑文件的指针,并不包含剪辑的数据内容,因此它的容量较小。而且,由于 PPJ 文件并没有记录视频数据,在没有最后输出生成最终视频文件之前不能删除剪辑源素材文件。

启动 Adobe Premiere 后,单击新建项目菜单"File/New Project",将弹出"装载项目设置(Load Project Setting)"对话框,单击其中的"定制(Custom)"按钮,则弹出"新建项目设置(New Project Setting)"对话框。其中每个项目都必须赋予显示窗口大小、时基(Time Base)和压缩算法等预置参数。在 Premiere 中时基也就是视频序列播放的帧率。需要注意的是,预置参数只是控制 Premiere 环境中预览剪辑或视频的效果,与最终生成的视频文件的参数无关。因此,预置参数可以设置得低一些,以提高编辑的效率。而且,预置参数或预览参数可通过菜单选项随时修改。在"新建项目设置"对话框中选一种设置,单击 OK 键,则打开项目(Project)窗口。

2. 项目窗口

Premiere 通过项目窗口来管理一个视频编辑项目中需要用到的各种剪辑片断。通过两种方式可以将片断导入项目窗口。

(1) 通过菜单"File/Import"导入,导入的文件格式包括各种素材文件、PPJ 文件和 Premiere 库文件。

(2) 通过菜单"File/Open"把素材文件打开。在剪辑窗口中浏览素材,将鼠标移动到剪辑窗口内变成手形,便可将剪辑内容拖动到项目窗口中。

导入素材剪辑后的项目窗口如图 8-9 所示。该窗口按剪辑片断导入的先后依次显示每个片断的简图(Thumbnail)和有关属性参数(文件名、格式、片断持续时间、窗口大小、音频参数等)。图像序列剪辑的简图为第一帧图像的小图,对音频剪辑则使用一致的标准简图。当项目窗口为当前活动窗口时,单击项目窗口选项的三角按钮,在弹出的菜单中选择"项目窗口选项(Project Windows Options)",可以改变项目窗口内各片断简图的大小和其他显示信息格式。同样,较大的简图显示会降低系统的速度。在项目窗口中,当前选

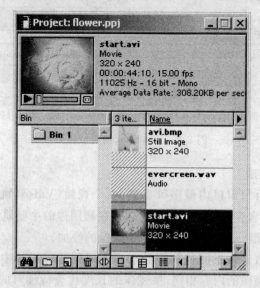

图 8-9　项目窗口的使用

中的剪辑的详细信息会出现在窗口的上部,同时视频、音频都可预览,双击简图可打开该简图对应的剪辑窗口。

当项目窗口为活动窗口时,用文件菜单可把当前项目保存成 PPJ 后缀的项目文件。项目文件的保存实际上就是保存了对各片断做的所有编辑操作。项目文件中有关处理过的格式和操作状态没有显示在项目窗口中,但一旦打开项目文件,格式和状态数据会立即生效。使用项目文件的好处是不必逐个打开需要使用的片断文件,对于操作处理较复杂的项目编辑,打开已有的项目文件可直接获得上一次工作的全部编辑状态。因此,在视频编辑中应养成经常保存项目文件的好习惯。

8.5.4　基于时间标尺的素材组接

在 Premiere 的所有子窗口中,时间标尺(Timeline)窗口是完成视频编辑的主要工作区。该窗口可将各素材片段依次排列成一段连续播放的视频序列。建立一个新项目文件或打开一个已有的项目文件,都会自动打开其相应的时间标尺窗口,如图 8-10 所示,该图是已经导入了两段视像素材和一段音频素材后的显示结果。时间标尺窗口的中心是放置素材的轨道;窗口底部可看到包含各种工具的面板、时间单位选择器以及轨道滚动条;窗口顶部显示的是工作区、时间轴和其他一些控制按钮。根据不同的功能,时间标尺窗口主要包括轨道、工作区、工具栏、切换按钮等几部分。

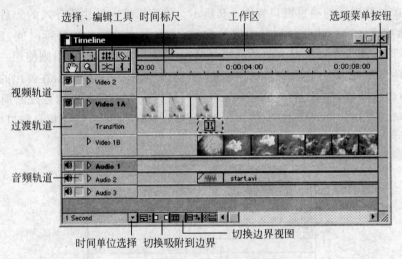

图 8-10　时间标尺窗口的使用

1. 视频 1A、1B 轨道

Premiere 的时间标尺窗口内最多可容纳 99 个视频(Video)轨道(Track),在此视频仅包括运动图像,不包含音频信息。视频 1 轨是视频图像的主要轨道,它又可以分成视频 1A、视频 1B 和转换轨道。其他视频轨道用于图像的叠加。

视频 1 轨道用于放置静态图像和视频剪辑。视频剪辑用其中若干个帧的简图来描述,对静止图像,多个简图的内容相同,描述体的长度代表持续时间。同一轨道上两段剪辑不能重叠,因此,视频 1 轨又分成 1A 和 1B 两个轨道,当两段剪辑需重叠时,可以分别放置在 A、B 轨上。

2. 转换轨道

转换(Transition)轨道又称为切换轨或过渡轨,它用于放置 1A、1B 轨道上两个重叠部分的转换效果,包括转换特效、转换过渡时间、转换方向(A 到 B 或相反)等内容。转换轨道不包含剪辑数据,它只是在需要将 1A 轨道图像以某种特技方式切换到 1B 轨道图像时,在相应区域定义一个切换方式,切换方式可从转换窗口中选取。

3. 其他视频轨道

其他 98 个视频轨道用于放置叠加在 1 轨道上的视频,叠加的幅面、透明度和运动效果等都可以调整。通过时间标尺窗口右上角的选项按钮,可以增加时间标尺上的视频、音频轨道数,也可以调整轨道上剪辑示意图的显示方式和大小。

生成最后的输出视频文件时,所有轨道上的数据都将按照编辑好的方式合成叠加在一起。

4. 音频轨道

与视频轨道一样,时间标尺上最多也能容纳 99 个音频(Audio)轨道。音频片断以波形的方式显示于音频轨道上,可在音频轨道上直接加声音特技,如增幅,淡入或淡出等。与视频轨道一样,当最后输出音频文件时,所有音频轨道上的数据将合成叠加在一起。

5. 轨道的时间标尺

时间标尺位于时间标尺窗口的上方,当鼠标指针位于时间标尺窗口内时,时间标尺上会显示指针的当前位置。通过时间标尺还可以查看每段片断的起止位置及该片断的总时间。时间标尺的坐标按时间码 SMPTE 标识,其间隔反映了时间单位的当前设定。

通过时间单位选择器可以设定轨道的时间单位。用选择器中的滑块来选择时间单位,滑块位于刻度越密的位置,时间单位越小,最小为一帧,这时轨道上列出的是连续帧的简图;最大的时间单位是 8 分钟,这时轨道上的简图都压缩到一起。当前的时间单位显示在选择器旁。也可以用时间标尺窗口左上角编辑工具中的拉伸工具调整时间标尺,详见下节。

8.5.5　素材的导入与编辑

编辑处理视频素材时,首先要把素材导入到时间标尺中,然后选中需要处理的剪辑,进行进一步的编辑处理,如移动剪辑在时间标尺上的位置,改变剪辑的播放长度或者调整剪辑的切入、切出点等。

案例 8-6:导入素材

以图 8-10 所示导入结果为例来说明在时间标尺窗口中导入素材的两种方式。

(1)用鼠标单击项目窗口中的某个片断简图,这时该片断被选中。按住鼠标左键并把选中的简图拖动到时间标尺窗口的视像 A 轨或 B 轨的某一位置处。如果时间标尺窗口为空,则可拖动简图到窗口的最左端,如图 8-10 中 Video 1A 轨道所示。

(2)如果项目窗口还没有导入需要的剪辑片断时,可以先在 Clip 剪辑窗口中设好各剪辑的出入点,然后直接把 Clip 窗口的内容拖动到时间标尺窗口的视像 1A 轨或 1B 轨的某一位置处。这时项目窗口中也相应地出现代表该片断的简图及相关信息。

导入到时间标尺窗口的片段称为一个剪辑的实例(Instance)。项目窗口中的一个剪辑可以多次导入到时间标尺的不同位置,形成这个剪辑的多个实例。实例的默认内容都是从剪辑的切入点开始、到切出点结束。用同样的方式可以导入音频剪辑到时间标尺窗口的音频轨道上。

1. 选中剪辑实例

时间标尺左上角有两排编辑工具,左下角还有一排编辑工具选项按钮,如图 8-10 所示。这些编辑工具主要用来选择、移动轨道上的剪辑片断。与其他媒体编辑软件类似,在编辑一个对象以前,首先要选中该对象。

(1) 选中工具(Selection Tool) ▶

用该选择工具能够选择单项视像或音频剪辑、空白轨道、单个 T 轨转换等。单击选择工具以后,用鼠标单击轨道上某剪辑的任意位置,则该剪辑被选中。

(2) 选择工具组

该工具组包括四种选择工具,用鼠标按住当前的工具,可以打开该工具组其他的选择工具,默认状态为范围选择工具。

① 范围选择工具(Range Select Tool) ▦ ,用该工具单击轨道上任意位置并拖动,将产生矩形区域,该区域内涉及到的剪辑都被选中。

② 单轨选择(Select Track) ▦ ,用该工具单击轨道上某片断的任意位置,则该片断及同一轨道上的后续片断均被选中。

③ 多轨选择(Mutlitrack Select) ▦ ,用该工具单击轨道上某片断的任意位置,则该片断及位于其后的所有轨道上的片断均被选中(包括入点在其前而出点在其后的片断)。

④ 区域选择(Block Select) ▦ ,用该工具单击轨道上某剪辑的任意位置并拖动,将产生一个包含所有轨道的等宽区域。在该区域中任意处单击拖动,则在拖到的位置生成一个虚拟片断(Virtual Clip),其视像部分的所有内容相当于一个整体,位于一个轨道上,可对它加特技处理(Filter),或在它和别的剪辑间加转换效果。

(3) 手型工具(Hand Tool) ✋

选中手型工具,用鼠标按住轨道上任一点,前后拖动,可以改变时间轨道的显示窗口而保持时间标尺单位不变。这样可以看到轨道上不同的剪辑。

(4) 拉伸工具(Zoom Tool) 🔍

选中该工具,单击轨道上任意点,可以放大时间标尺,而保持轨道的显示窗口不变。默认状态为标尺放大;如按住"Alt"键,则变为缩小。这样可以看到剪辑的帧细节或者整个剪辑的情况。

选中时间标尺上的某一对象,如剪辑片断、转换、空白轨道段等,然后单击菜单Window/Info,可以打开信息(Info)窗口,此时该窗口内显示被选中的对象的相关信息。对于剪辑片断而言,信息窗口中的内容与项目窗口中该片断的属性参数类似。

2. 剪辑的移动

用鼠标可以横向拖动被选中的片断或转换轨道上的转换图标等,以改变其播放或转换的起始时间位置;也可以在 A、B 轨间拖动片断以改变其轨道位置。横向拖动一个片断时，如果按下时间标尺窗口左下角的"切换吸附到边界（Toggle Snap to Edge）"切换开关，如图 8-10 所示，则拖动一个片断时可以保证与某特定的编辑点对齐，例如在 B 轨上拖动下一个视像片断到 A 轨前一个片断结束点附近时，B 轨片断的起始时间会自动与 A 轨上一片断的结束时间对齐。也即在时间轴上下一个片断的切入点紧接上一个片断的切出点。在检查片断的对齐时应把时间单位设为最小（一帧）。

当移动时间标尺上的视频、音频剪辑时，需要考虑被移动剪辑的变化对相邻剪辑的影响。例如，在一段剪辑前插入另一个轨道上的另一段剪辑时，如果轨道上的空间不够，原来的剪辑是保持不变还是自动往后移？通过时间标尺左上角的移动工具组可以实现各种高效率的移动编辑。这组工具共包括五种，默认为滚动编辑工具。同样，按住一个工具不动，可以打开工具组的其他工具按钮，如图 8-11 所示。

图 8-11　时间标尺上的编辑工具组示意

（1）滚动编辑工具（Rolling Edit Tool）

利用滚动编辑工具，可以将一个轨道上的剪辑拖动到另一个轨道上，保持被移动剪辑和被插入剪辑的长度不变。也就是说，当插入空间不够时，后面的剪辑自动后移。

（2）其他编辑工具

其他编辑工具如图 8-11 所示，它们各自适用于不同的情况，如保持总的播放时间不变，保持其他剪辑不变等，详细的使用说明见 Premiere 软件中的 help 文档。

3. 剪辑的播放长度控制

通过监视器窗口预览可以看出各个片断之间的连接点转换是否理想，必要的话可以通过改变片断的播放时间使整个序列的播放连续、自然。上一小节中介绍过在 Clip 窗口中通过入点和出点的定义可决定该剪辑在最终视频序列中的播放时间。在时间标尺窗口中也可以再编辑片断的播放时间。

（1）使用切入、切出工具

时间标尺窗口工具栏中的这两个工具可用来改变一段片断、一种转换或工作区的切入（In Point）（起始）/切出（Out Point）（结束）点。选择该工具后把指针移动到要修改的片断或工作区上，单击鼠标就定义了新的切入/切出点。在新的切入/切出点以外的部分便不会导入到时间标尺窗口中。对于片断来说，定义新的入/出点的同时，项目、信息以及 Clip 窗口均被更新以反映新的切入/切出信息。

（2）使用拉伸工具

选择一个片断或 T 轨转换，将鼠标置于该片断或 T 轨的边缘，鼠标箭头将变为拉伸工具（黑色双箭头），拖动拉伸工具可将片断或转换拖长或缩短，也即改变的切入/切出点位置。单击时间标尺窗口左下方的"切换边界视图"切换开关，可打开边缘查看选项，这时拉伸边缘时边缘变化的情况会反映在监视器预览窗口中。

4. 剪辑的删除和剪切

选中时间标尺上的剪辑，用 Delete 键就可以将其从时间标尺上删除，但项目窗口还保留着该剪辑的信息。

用时间标尺左上角的剪切工具（　），可以将一个实例剪成两部分，这个功能对调整实例的部分播放速度很有用。同样,这种方式也适用于将一个剪辑生成时间标尺上的多个实例,每个实例的切入、切出点不相关。

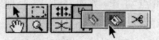

剪切工具组还包括多轨剪切工具(),如图 8-12 所示,它可用来在某一时间处将不同轨道上的无关联的多个实例同时剪切成两部分。

图 8-12　剪切工具组

8.5.6　最终视频导出

视频的最基本编辑是调整各个剪辑在轨道上的排列顺序和播放时间,在时间标尺上组合成一个新的视频流程和叙事结构。通过播放时间标尺上组织的剪辑系列,同时调整各个剪辑片断的位置和切入、切出时间,达到使各部分衔接自然流畅的效果。

1. 工作区

时间标尺窗口顶部有一个黄条,黄条之下覆盖的区域为工作区(work area),如图 8-10所示。工作区定义了最后生成视频序列时所包含的片断内容,也即只有位于工作区以内的剪辑片断才能被生成为最后的视频序列文件。用鼠标拖动黄条两端的红色三角可使黄条的长度改变,双击黄条,可使之布满窗口。

2. 视频效果预览

输出最终的视频序列,特别是在作特技处理时很费时间,而采用预览可以快速地播放一个项目的一部分或全部剪辑:

(1) 使用时间标尺预览

将鼠标置于时间标尺窗口的时间标尺上,指针将变成一个向下的箭头。按下并在时间标尺内左右拖动鼠标,指针所到之处的片断内容将出现在监视器窗口内,如果指针位于空白轨道处,监视器窗口显示黑屏。用这种方式看不到转换的效果。如果在使用时间标尺预览的同时按住 Alt 键,则可以看到转换和剪辑上的其他效果。由于这种方式可以沿时间标尺左右拖动,故这种预览方式也称为"擦抹"(Scrubbing)。

(2) 工作区预览

先保存项目文件,然后按 Enter 键可以生成一个临时预览文件,并在监视窗口中播放出工作区范围内的所有剪辑效果。

3. 视频文件的导出

对时间标尺窗口中编排好的各种片断和转换效果等进行最后生成结果的处理称为导出(Export),经过导出才能生成为一个最终视频文件。导出视频文件时首先要设置视频文件的各种参数。

单击菜单 File/Export Timeline/Movie,弹出"输出电影(Export Movie)"对话框,在此对话框中,除了输出路径和文件名的选择,更重要的是文件参数的设置。单击"设置(Setting)"按钮,可弹出视频参数设置(Export Movie Setting)对话框。对话框内的参数包括常规、视频、音频、关键帧、渲染以及特殊处理参数设置。

(1) 常规(General)参数

① 输出文件类型。

输出格式包括 AVI 和 MOV 视频格式,FLC/FLI 动画格式,Adobe 的 FLM

(Filmstrip)胶片格式以及 BMP、TIFF、Targa、GIF 等格式的静态图像序列。FLM 格式是一幅包括了全部视像帧的无压缩静止图像,因此需要大量的磁盘空间,它可以由 Adobe Photoshop 图像处理软件读取。该项默认为 AVI 格式。

② 输出范围(Output)确定。

可选择创建窗口的工作区(Work Area)范围或整个项目(Entire Project),选择后者时不考虑工作区的定义。

导出视频文件时,还可以单独导出视频图像,或者单独导出音频,还可以选择最后生成的视频文件自动地载入到剪辑窗口中进行控制播放。对话框下方列出了其他默认设置,如需修改则要进一步调整。

(2) 视频(Video)参数

视频参数设置对话框如图 8-13 所示,主要包括:压缩算法(Compressor)和压缩质量(Quality)、幅面(帧)大小和比例、帧率和数据率。

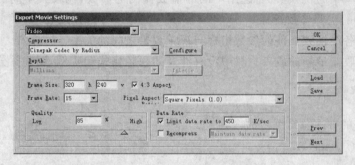

图 8-13 视频参数设置对话框

压缩参数只对 AVI 和 MOV 格式起作用。在 8.2.1 节中已对 AVI 的压缩参数、幅面、帧率和容量的关系等作了较详细的介绍,可参考其中的内容来确定这部分参数的选择。

其他参数如音频参数的设置与音频处理时输出文件的设置类似。关键帧,渲染以及特殊处理等一般采用默认的参数即可。

本节主要从技术手段上介绍了视频编辑的方法和过程,影视编辑的效果更取决于艺术创意与影视语言与表意的应用,下一章将结合原理与案例介绍。

思考题

1. 常用的电视制式有几种?电视和录像信号各有几种?有什么关联和区别?

2. 图像的模数转换与视频的模数转换有什么相同和不同?视频模数转换的主要步骤和关键技术是什么?

3. MPEG-1 压缩标准是根据什么环境和应用制定的? MPEG-1 的指标主要有哪些?

4. MPEG-1、MPEG-2 和 MPEG-4 的主要特点和应用有何不同?

5. 数字图像的压缩和数字视频的压缩有什么关联和不同?

6. 什么是流媒体?其主要特征是什么?

7. 目前主要有哪几种流媒体的文件格式?

8. 数字影视非线性编辑的基本功能和步骤有哪些?

练习8　数字视频格式与文件比较

一、目的

通过第8章的学习,了解各种常用的数字视频格式和文件。收集常用的几种数字视频格式文件,通过浏览和比较不同的视觉效果,掌握不同的视频文件格式的特点和应用。

二、内容

(1) 收集几种常用格式的数字视频实例,如 AVI、MOV、MPG、RM、ASF 等。

(2) 根据收集的视频实例,选用不同的播放器浏览播放,比较其不同的视觉效果,并记录各个文件的主要参数指标。

(3) 分析各个视频文件的参数指标与视觉效果之间的关系。

(4) 查找收集最新的或者教材中没有涉及的视频格式和实例,浏览并分析其特点。

三、要求

通过表格的方式总结练习的内容。

第 9 章

影视艺术与数字剪辑制作

在电影百年历史中,蒙太奇理论是第一个系统的电影美学理论,它将电影的全部艺术可能性归结为电影画面之间的自由组接。"蒙太奇"不仅是一种重要的电影艺术方法和技巧,甚至成为电影艺术的同义词。电视作为一种传播载体的历史不到 50 年,它给电影艺术带来的深刻影响,就是使电影艺术进入了电视时代。随着影视技术的发展,电影艺术与电视艺术之间的差异和分野正在消失和弥合,它们在艺术的本质上具有一致性,都是在二维的平面中实现三维的视听综合的虚幻场景。因此,电影和电视统称为影视。

数字媒体和网络的历史只有 10 多年,数字影视是否将促使影视艺术进入网络时代呢? 这不是本书讨论的话题。但本质上,数字影视也是"在二维的平面中实现三维的视听综合的虚幻场景",因此,蒙太奇和视听画面组接的理论仍然具有指导意义。而数字影视的后期制作或数字特技,正是使影视蒙太奇的实现变得简单易行和平民化的手段。但是技术的应用需要创意先行,也就是先有一个好故事。因此本章将从影视艺术的基本表意方式或者影视的基本语言入手,介绍数字影视组接和数字特技的基本概念。

9.1 影视蒙太奇及其构成元素

根据时空关系的不同,艺术可以分成空间艺术、时间艺术和综合艺术三类。空间艺术是通过人的视觉而诉之思想感情,如舞蹈、绘画、雕刻等。绘画是二维的视觉艺术,雕塑是三维的视觉和触觉艺术。时间艺术是通过人的听觉而诉之于思想感情,如诗歌、小说、音乐等。而综合艺术是综合不同的空间艺术,不同的时间艺术,或空间与时间艺术的综合。例如,建筑综合了雕刻与绘画,是以居住为目的的结构艺术;歌曲综合诗歌与音乐;戏曲通过演员综合空间与时间艺术;而影视融合了造型、表演、语言艺术,通过影视技术在屏幕上展现社会生活图画,因而在表现时间、空间方面,比以往的艺术形式有更大的自由。

影视艺术将静态与动态表达相结合,具有时空的综合性以及表现与再现的特征。这种表现与再现的手法,就是所谓的"蒙太奇"艺术,它指画面之间的组接方式,也是影视艺术的思维方式和创作方法。如果用文字语言的字、词、句子和段落的关系来类比,影视蒙太奇的构成元素,也就是影视语言,可简单分解为画面、镜头、蒙太奇句子和场面或段落。影视艺术中,构成影视的原材料是画面;一系列画面构成镜头,它是最基本的影视元素;一系列的镜头按照 定的规则组合起来便形成蒙太奇句子;而一系列蒙太奇句子按照内容的要求及导演的构想,可形成一个场面,它是表达影视情节的基本段落。

9.1.1　什么是蒙太奇?

蒙太奇是法文 montage 的音译,意为装配和安装,它最早是建筑学上的用语,指把各种不同的材料,根据一个总的规划分别处理,并安装和组合在一起,以构成一个整体。这个词借用到影视艺术之中,有构成、组接之意,后来就发展成为影视艺术的思维方式和创作方法。

1. 蒙太奇的基本含义

经过百年的应用、积累和归纳,蒙太奇作为影视艺术的基本内容,包含三层含义。

(1) 蒙太奇思维。影视作品在反映现实生活时具有独特的形象思维方式,也即蒙太奇思维,它存在于创作者的创作观念之中,贯穿于从策划、构思、选材到制作完成的全过程。蒙太奇思维是影视艺术构成形式和方法的总和,也是创作者从宏观把握创作风格,运用创作技巧的出发点。

(2) 蒙太奇构成技巧。作为影视的基本结构方式和叙事手段,包括分镜头画面、镜头、句子、场面以及段落安排组接的全部艺术技巧。

(3) 蒙太奇组接。作为影视后期剪接或编辑的具体技巧和技法,用镜头的分切和组合来再现人的认知过程,这个过程包括逻辑、感情、节奏等多个方面。

上述三个方面的基本内容贯穿在影视作品创作的三个主要阶段之中,如第8章图8-6所示,这就是剧本创作和形成阶段、素材拍摄阶段以及后期编辑处理阶段。

因此,狭义的蒙太奇专指对镜头画面、声音、色彩诸元素编排组合的手段,也即在拍摄特别是后期制作中,将素材根据文学剧本和导演的总体构思,按照时间的顺序精心排列,构成一部完整的影视作品的方法。广义的蒙太奇不仅指镜头画面的组接,也指创作者的一种独特的艺术思维方式,它贯穿于影视策划直到作品完成的整个过程。

2. 蒙太奇的代表理论

蒙太奇艺术从诞生至今,可以说一直是处于逐渐成熟并继续发展的状态之中,其中代表性人物如美国的大卫·格里菲斯、前苏联的普多夫金、爱森斯坦等。

美国电影大师大卫·格里菲斯的贡献是把电影从戏剧中分离了出来,他深入探究电影特技,用影像语言讲述复杂的故事。在 20 世纪 20 年代他拍摄的电影《一个国家的诞生》中,已初步体现和形成了蒙太奇的完整体系。

前苏联电影蒙太奇学派代表人物普多夫金、爱森斯坦等大师们发现了"1+1 不等于2",或者说"1+1 大于 2"的电影镜头组接意义,也就是说,镜头通过组接将产生新的含义。这将蒙太奇提升为电影艺术理论的主要内容,成为电影艺术史上的一个里程碑。

普多夫金是"结构蒙太奇"理论的代表人物,该理论特点是:镜头并不具有叙事的功能,只有把镜头组接在一起,才能够形成完整的意思;时空因素是为了表意的需要,以便可以更自由地组织故事情节。爱森斯坦是"理性蒙太奇"理论的代表,他认为镜头间的冲突是电影艺术的基础之一;利用镜头间的隐喻效果来引导观众的思维。

案例 9-1:"敖得萨阶梯"蒙太奇

爱森斯坦的"理性蒙太奇"在电影《波坦金战舰》中获得了很有力的验证,尤其是其中"敖得萨阶梯"的一段戏,它确立了影像语言的基本语法结构,堪称蒙太奇艺术史上的经典。

这部影片是为纪念 1905 年革命 20 周年而拍摄的献礼片。其中的"敖得萨阶梯"表现市民在石阶上向水兵们欢呼时突然受到沙皇军队的驱赶和射击。观摩这一段约 6 分钟的片段(光盘案例 9-1),它采用了 150 多个镜头,摄影机正反两方面交叉拍摄,全景、大全景和特写镜头的简练衔接:用手行走逃命的残疾人、沙皇士兵的排枪、抱着儿子尸体的母亲、中弹倒地的年轻母亲、不断滑落的婴儿车、铁靴与惊恐的面孔交叠,这些镜头交替反复出现,结果是整个场面变得惊心动魄,震撼人心……,如图 9-1 所示。

该段影片内容可分为 4 个小段:逃跑、母与子、婴儿车以及最后小天使像倒塌和三只俯伏的石狮子一跃而起。影片充分利用了互相冲突的构图格式和剪接形式,造成了大小、明暗、个体与群体、整齐与散乱的强烈对比;同时,不同场景、不同角度、不同线索、不同节奏的有效联结和组合,增强了全段的可看性,也使得故事的内在意义获得进一步升华。

如果观赏和比较当代的武打、警匪或战争片,便可以看到爱森斯坦的蒙太奇已然具有语法的规范性意义。这部 1925 年拍摄的黑白默片甚至到了 1982 年还跻身于当时万部以上电影的十大佳片之中,可见其不可动摇的经典性。

蒙太奇理论的核心内容是镜头通过组接将产生新的含义。不同的理论其侧重不同,"结构"理论认为"联想"是影视艺术的基础,是剪接的基础,它侧重于叙事的连续;"理性"理论认为"冲突"是电影艺术的基础,它侧重于理念的表达,通过镜头之间的撞击产生新的含义。

在《电影的观念》中有这样的一段描述:"剪接,作为表现我们观察周围物质世界的一种方法,它的最根本的心理上的根据是把上述的思想过程重现出来……"这就是蒙太奇作为结构影视作品的理论基础。

图 9-1　"敖得萨阶梯"

蒙太奇艺术来自创作者对于生活的观察、认识、概括和提炼,也是艺术大师们对其他姐妹艺术、对人类生活和经验过程的全面总结。

蒙太奇组接的基本条件是每一个镜头必须为下一个镜头做好准备,去触发并左右下一个镜头的内容;而下一个镜头都必须含有对上一个镜头内容的满意答复。

9.1.2　画面与构图

在第 6 章有关计算机动画的原理以及第 8 章有关数字视频基础中,得知动画与影视都是利用人眼的视觉残留特性,将相关联的静态画面以每秒 24 帧(电影),或 25 帧(PAL 制电视),或 30 帧(N 制电视)的速率播放,则人们感觉到的是连续的画面效果。但是实际上,每一个瞬间影视所呈现的都是一幅静态画面,因此,画面是构成影视节目最基本的元素,影视是静态与动态相结合的艺术。

1. 画面的比例

影视画面的常规长宽比是 4：3(1.33：1)，这是电影的学院标准，也是 NTSC 制式的电视与电脑屏幕标准，一般称为全屏比例。1950 年，为了解决因电视而引起的观众流失问题，20 世纪福克斯公司推出宽银幕电影。目前电影界有多种画面比例格式，但以学院宽银幕(Academy Flat)1.85：1 和变形宽银幕(Anamorphic Scope)2.35：1 为主流。

显然，宽银幕的表现力更强。当宽银幕电影转换成电视或者数字 DVD 时，一般可选择两种不同的处理方式，一种称为 Pan & Scan 方式，它是裁掉宽银幕上的部分内容；另一种称为 Letterbox 方式，它是将未使用部分填充黑色。

案例 9-2：影视画面比例的转换

图 9-2(a)是电影《好人无几》中的画面。该片采用变形宽银幕，导演在这里很好地运用了纵深镜头，把两个相对立的人物都包括了进来，增加了戏剧张力。

如果采用 Pan & Scan 方式转换成全屏版，画面只够容下一个人，如图 9-2(b)所示，原来镜头的效果几乎完全破坏了。如采用 Letterbox，则画面上下出现黑边，如图 9-2(c)所示。

(a) 变形宽银幕 (2.35：1)

(b) Pan & Scan 转换的全屏版 (4:3)　　　(c) Letterbox 方式转换的全屏版

图 9-2　影视画面比例的转换

相比之下，印刷平面媒体的长宽比例可以自由调整，网页可以通过滑杆无限拉长，而影视节目的窗口基本是固定不变的，常规的就是 4：3 的比例。这就要求创作者必须按照这个比例来安排场景或人物位置，决定画面的构图。

2. 画面构图

是在大部分影视镜头中，画面保持着基本的静态效果，给人以静止、平静和顿歇的感觉。因此，影视画面的构图同样符合第 5 章介绍的平面构图的基本原理，如画面的分割突出主体、画面均衡给人以稳定感、画面统一以达到协调等。影视画面构图是一个非常复杂和灵活性很强的问题，尤其是在外景拍摄中情况更是千变万化。创作者的艺术观念不一样，对影视构图有不同的理解和偏爱。

案例 9-3：电影《2046》构图与色彩

王家卫可谓是一个特立独行的香港导演。他的影片情节看似简单，视觉元素在他的电影中变成重心，相比之下，似乎故事、悬念、对白都变得不重要了。他的电影带给观众更多的是一种感觉：寂寞、人际关系、空间和时间感等，成为电影的主题。

《2046》是一个试图将过去、现在和将来都集合在一个狭小的"2046"房间的悲剧。男主角幻想着乘坐开往未来的高速列车去体验和写作未来的故事，影片超越了时间和空间，充满了光影及想象，让人觉得若近若离。

王家卫认为"香港的空间这么窄小，所有的线条都是直的，标准银幕的镜头最适合表现这样的感觉"。他在《2046》中做了新的视觉效果尝试，用 2.35∶1 的变形宽银幕，这样"画面变成横的，所有的画面空间突然就加大了出来。但是实际的空间还是一样窄，这样的技术要求在视觉上表现非常突出，但是对摄影和声音确是高难度的考验……"。整场电影基本上全是中景及近景镜头，而且采用固定机位拍摄，运动机位很少。

王家卫非常重视后期剪辑，他的电影一般没有剧本，没有整体计划。《2046》拍了 4 年，影片角色经历了剧烈的发展变化，而画面光影的流畅确定了影片的基调。

《2046》的画面基调是暗红色，摄影杜可风的影像风格是自由奔放、无拘无束的。他充分运用光的效果和独具一格的广角镜头，取景角度往往十分倾斜险峭，通过正确的角度和移动方法，来处理人跟空间的关系，由之所带来的节奏时而滞重、时而飞快，使空间倍增不稳定感，如图 9-3 所示。摄影画面很好地传达出导演所想表达的情绪变化和心理

图 9-3　《2046》构图与色彩分析

状态。从某种意义上说，杜可风的摄影成就了王家卫影片的风格。

3. 画面的流动性和不完整性

影视是一种时间和空间综合的艺术，因此，静态画面具有流动性和不完整性，每个画面讲述的是"前面还没有讲完，而后面还没有发生的故事"。当场景调度中人物或摄影机处于运动状态时，被摄主体的景别或透视关系就会不断发生变化、画面构图效果也就会发生连续或间断的变化，形成动态构图，并使构图更具有联系性和连贯性。例如，在各种突出主体的构图中，如果主体出现时间较长，则自然形成一种持续的强调作用。

动态构图最大的特点就是它的多变性。由于动态构图的多变性，使得画面中的景别、角度、色彩、光线等造型元素也随之发生变化。这种变化往往是有序的、是有意向的设计。在动态构图过程中，核心的问题是要强调景别、方向及角度的变化，以及摄像机与被摄体之间的相对运动等关系，下面将具体分析。

9.1.3　镜头与景别

物理上的镜头是指摄影摄像机的光学设备,但在影视节目中,镜头特指该光学设备拍摄到的画面内容。镜头是构成影视节目的基本单元,影视是通过以镜头为中心的符号集来讲故事,镜头不仅可以表现人工的和自然的场景,而且可以表现任何物体的运动。在数字媒体应用中,镜头的概念可以进一步扩展,它不仅指拍摄到的实际场景和画面,也可以指计算机产生或绘制的图形和动画。镜头的分类法与功能主要有以下几点。

1. 景别与视距变化

景别是按拍摄镜头的视距变化来区分不同的视野范围。人们在观察事物时,视线到达的范围会因为注意力或兴趣驱动而有所不同。如在相同的时间内,有些人只看到了事物的局部,而另一些人则注意到事物的概貌等,这也就构成了对镜头进行景别划分的依据。景别一般分为远景、全景、中景、近景、特写和大特写等几类。

案例 9-4:不同的景别与效果

以图 9-4 所示湘西洗车河的一组摄影照片来说明不同景别的效果。

(a) 远景表现场面和环境空间

(b) 全景交待人物与环境的关系

(c) 中景表现人物情感与动作

(d) 近景以人物表情为主

(e) 特写表现局部或细节

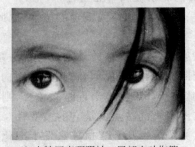
(f) 大特写表现眼神、局部小动作等

图 9-4　不同的景别与效果(参见彩页)

远景如图 9-4(a)，一般表现较开阔的场面和环境空间，以表现环境目标、环境气势、线条特征为主。这时人物形象处于次要地位，故在渲染环境气氛的同时，可使观众看到广阔深远的景象特点以及所展示的空间背景和环境气氛与人物活动乃至情节发展之间的关系。

全景如图 9-4(b)，可以交代人物与环境的关系，能展示人物的全身动作及周围环境所包含的视野范围。人物是全景中的内容中心，并成为画面的视觉中心，但全景也包含对环境的烘托和气氛的渲染，展现被摄对象的一般特征和空间位置关系。

中景如图 9-4(c)，常以动作、情节取胜，交代人物情感与动作相关的内容，而对环境的表现降到了次要的地位。中景也叫正常镜头，可以表现出某一事件或对象的富有表现力的情节性和动作性的局部。

近景如图 9-4(d)，镜头里几乎已经没有环境内容，而是以人物面部表情为主。近景主要用以突出人物的神情或者物体的质感，使观众仿佛置于事件之中，观察更为细致、清晰。

特写如图 9-4(e)，是影视强有力的再现手段，它不仅可以细致地表现人物的面部表情，或突出物体的局部或事物的细节等，而且是影视情节的重点。

大特写如图 9-4(f)，将镜头进一步推近，以表现人物的眼神、手部的小动作、暴露在口袋外面的纸片等。这些内容对于事件、情节的表达具有"细节描写"提升"悬念"程度以及"推波助澜"的作用。大特写能将观众的注意力牢牢吸引住。

实际应用中，景别的选择需要根据要表现的内容和主体，景别选择不适当，对于主题的表现有很大的影响。

"近取其神，近取其质"说明了近景、特写、大特写的特点。而"远取其势，远取其形"则表明了远景、大远景的意义。

2. 机位与角度的不同

拍摄角度是摄像机在拍摄时的视点位置，所拍摄的画面给予观众的心理体验应该符合人们用眼睛观察周围各种事物时所形成的习惯和心理要求。拍摄角度可以变化无穷，但无论在技术上还是艺术上，这些变化一定要有规律可循。

根据视角的变化，可以把镜头分为正、背、俯、仰、侧，镜头的角度也就是观众的视角，从不同的视角呈现出同一拍摄对象，就会出现无数变化着的视线方位或多姿多彩的拍摄对象。

案例 9-5：横向变化的拍摄角度

按横向变化的拍摄视点不同，拍摄角度可分为正面和侧面拍摄等。图 9-4 基本上都是正面拍摄的案例，这些镜头在内容上能表现被摄对象正面的特征，但缺少透视变化，不利于表现对象的立体和空间感。

侧面拍摄有利于突出拍摄对象的轮廓线条，容易表现人物脸部轮廓和姿态的美。侧面拍摄又可分为正侧、斜侧和背面等三种。斜侧面拍摄的镜头既能充分表现出画面中被摄体之间的呼应关系又能突出主体，分清主次，如图 9-5(a)所示。

背面构图以姿态或情节变化的需要作为它重要的形象语言，使主体与背景融为一体，激发起观众的联想，背面构图可显示出画面的一种张力效果，体现出一种含蓄美，如图 9-5(b)所示。

(a) 侧面突出轮廓，突出主体　　　　　　(b) 背面突出姿态或情节变化

图 9-5　横向变化的拍摄角度(参见彩页)

案例 9-6：垂直变化的拍摄角度

按垂直变化的拍摄视点分，拍摄角度可以分为平角、仰角、俯角和顶角拍摄。平角镜头的画面真实感强。这种构图容易突出前景中的物体，但不利于表现前后景物体之间的相互关系，如图 9-4(d)所示。仰拍不仅使处于前景位置的主体鲜明突出、富有表现力，而且可以突出和夸张被摄体的高度，如图 9-6(a)所示。仰摄镜头不适宜近距离拍摄使用，否则会产生变形和夸张效果。

俯角镜头有利于表现地面景物的层次、数量、地理环境以及地势特征，有很好的空间感，如图 9-6(b)所示。

(a) 仰角突出和夸张被摄体的高度　　　(b) 俯角表现景物的层次和空间感

图 9-6　垂直变化的拍摄角度(参见彩页)

3. 拍摄时间的长短不同

从后期制作的角度看，镜头也是一段素材的切入点与切出点之间的连续画面。因此，最短的镜头是一帧，最长的镜头是从开机和停机连续拍摄的一段影片。一般超过 1 分钟的镜头称为"长镜头"。

在一部影片中如果镜头分切过多、过细，甚至过烂，就可能导致故事"破碎"，情节"割裂"的状况。实质上的长镜头不仅是拍摄时间的拉长，它常常借助多种拍摄技法，通过细腻、连贯的拍摄过程，保留了被摄体在时空上的连续性、完整性和真实性。故从某种意义上说，长镜头更符合影视活动影像的本性，更能体现影视时空的统一。长镜头是能够在一段连续的时间内表现一个完整的动作、情节、思想的镜头。在一个统一的时空里，不间断地展现一个完整的动作或事件的镜头，或交代事件情节发展的环境——移至主体——推至某一个细节等，故又称之为段落镜头。

9.1.4　句子、段落与节奏

按照影视文法的规则和导演的艺术构思,将单个影视的画面或镜头——影视"文字"或"词"组接起来,表达一个完整意思的一组镜头可称之为蒙太奇句子。镜头具有丰富的表现力,在技术上拍摄时间的长短、视距的远近、机位的横向角度和垂直角度等的变化都将产生不同的视觉效果。固定镜头是指被摄体和摄像机镜头焦距都是固定不变时拍下来的镜头,它是以镜头中被拍摄对象的运动来表现影视的运动性。

运动镜头是指被摄体或摄像机的镜头焦距有变化时所拍下来的镜头。与表现瞬间的摄影艺术不同,影视是一种运动的艺术,除了被拍摄对象自身的运动,通过摄像机的运动,如推、拉、摇、移、跟、甩等都能产生运动镜头。

摄影机的运动与否就是观看节目时心理活动在视觉上的反映。固定镜头的不同景别可以通过运动镜头来衔接和转换,这样也就构成了长镜头,形成蒙太奇的句子和段落。

1. 句子

一个蒙太奇句子通常表现为一个特定的任务、一个完整的动作或一个事件的局部,它能说明一个具体的问题,它是镜头组接中组织素材、揭示思想、塑造形象的基本单元。借助于运动镜头,以景别的变化构成的蒙太奇句子及实现方式一般有以下几种。

（1）前进式与推镜头

前进式句型就是将景别按由远到近的变化组接的镜头:

远景→全景→中景→近景→特写

通过推镜头,使视距由远而近,也就是景物的范围由大到小,把观众的视线逐渐地从对象的整体引向局部。

案例 9-7:《红楼梦》之"宝黛共读"

前进式或推镜头可以用来描写细节,突出主体使画面中主体由远及近,由整体到局部,将观众视线由被摄体所处的整个环境引向其中某一重点部分,或所要强调的人或物的局部,使该细部从整个环境中清晰地表现出来。

如电视剧《红楼梦》之"宝黛共读"一段,镜头从俯拍开始,穿过层层桃花,推近到两位主人公近景、特写,直至大特写,如图 9-7 所示。前进式蒙太奇句子具有一定的视觉冲击力。

（2）后退式与拉镜头

后退式句型就是与前进式相反的句型,它将有景别变化的镜头按由近到远的规律进行组接:

特写→近景→中景→全景→远景

图 9-7　前进式镜头

通过拉镜头,把观众的注意力从对象的局部引向整体,它的作用在于或抒情、或情绪也随之由高昂走向低沉等。后退式或拉镜头可以使画面中的被摄体由近而远,由局部到整体,将观众视线由某一重点部分逐渐发展到事物的全貌及所处的环境,以表现主体的活动和环境以及与其他人物或环境之间的关系。

(3) 环形句

环形句型也可称为循环式句型,是前进式和后退式两种句型的结合:

远景→全景→中景→近景→特写,特写→近景→中景→全景→远景

通过镜头的推与拉,可以造成景别乃至观众的情绪呈波浪般循环往复的发展情形。

(4) 穿插式

穿插式句型的景别发展不是循序渐进的,而是时大时小,远近交替,从而形成波浪起伏的节奏。除了从远景变化到特写的两极镜头以外,一个句子当中,根据内容的需要,景别可随意变换,如:

全景→中景→近景→中景→近景→特写→近景→中景→全景→近景

(5) 跳跃式与甩镜头

跳跃式句型的镜头也称之为两极镜头,适用于情绪大起大落,事件的跌宕起伏等场合,如:

远景→特写→全景→近景→远景

通过甩镜头能够完成跳跃式句子。甩镜头使上一个画面快速地转到下一个画面中,在快速转换的过程中,画面短时间内变得非常模糊。甩镜头只有在起幅和落幅时的画面是清楚的,而在"甩"中间的过程拍下的是移动的虚像,它可以创造一种气氛,表现出事物、时间、空间的急剧变化,造成观众在观看节目时心理上的急迫感。应用甩镜头时的注意点是起幅落幅要准确、清楚,而中间过程的"虚"正是这种镜头应用的特点,只要两头内容的影调与前后镜头图像影调一致或接近就可以了。

(6) 等同式与摇、移、跟镜头

等同式句型就是在一个蒙太奇句子中,内容在变化,但是表达这些内容的景别基本保持不变,如:

特写→特写→特写→全景→全景→全景

这样的句子具有"等同、并列、对比、隐语、累积"等意思。这类句型有加深印象,产生情绪、积累思想等效果,最终达到突出一个主题的目的。根据拍摄对象的不同,等同式可通过多种方式实现,下面通过案例说明。

案例 9-8:摇、移、跟镜头运用

摇镜头是指摄像机不作移动,借助于活动底盘使摄像镜头上下、左右、甚至周围旋转拍摄,有如人的目光顺着一定的方向对被摄对象巡视。摇镜头是以点为轴心,它在描述空间、介绍环境方面有独到的功用。左右摇通常用来介绍大场面,上下直摇又常用来展示高大物体的雄伟或空间的宽阔,如图9-8所示。

移镜头是指摄像机沿着水平方向作左右横移拍摄的镜头,它以线(摄像机机位变化)为轨迹,让轨迹不间断地立体展示空间,类似于生活中人们边看边走的状态,如图9-9所示。移镜头同摇镜头一样能扩大银幕二维空间映像能力,但因机器不是固定不变的,所以

图 9-8　上下摇镜头展示空间

比摇镜头有更大的自由,它能打破画面的局限,扩大空间视野,充分表现出人、物、景之间的空间关系,使观众连续不断地改变视线角度,以感觉到空间视野的强烈变化。光盘中"案例 9-8_摇移镜头"展示了多种摇移镜头的效果。

图 9-9　横移镜头,多角度观看

跟镜头是指摄影机跟随被摄对象,保持等距离运动的移动镜头。跟镜头始终跟随运动的主体,有特别强的穿越空间的感觉,适宜于连续表现人物的动作、表情或细部的变化,造成连贯流畅的视觉效果。在跟镜头过程中,被摄物在镜头画面中的景别应该是不变的。

2. 段落与节奏

各种蒙太奇句子组接成段落。影视段落是由流动着的,并按时间序列"依次连接"的镜头构筑而成,运动构成了影视最活跃的生命,一旦运动停止,影视的生命也就终结。大部分影视作品都属于"运动电影"型,它们依赖镜头内主体的运动来演绎故事,所有的运动都遵循着"感知—动作"的心理模式:外部动作作用于人的感觉器官并传导给大脑—人在外部作用下形成反射动作……如此周而复始。

一切带有运动特性的成分都能形成节奏。节奏是运动的产物,也是影视艺术的重要造型手段,它能够增添影视的艺术魅力,也可以创造气氛和表现情绪。从表现的角度看,影视段落的节奏又可分为叙事性和造型性两种。

(1)叙述性节奏

叙述性节奏是由作品内容决定的节奏。在大多数情况下,一系列相连接的镜头中,其内容或视距等因素是不断变换的。内容决定着对观众的吸引力度。但在一系列镜头中,作品内容包括事件的演变速度、影响事件演变的外在因素多寡、事态发展过程中主人公的心态变化、观众观看作品时的心态……这些都可能是影响影视内容的叙述性节奏问题。

（2）造型性节奏

造型性节奏是由影视手段反映出来的节奏。影响造型性节奏的因素有主体运动、景别变化、摄像机运动、剪接频率等，它是为叙述性节奏服务的。

从某种意义上说，造型性节奏也可称为外部节奏，它是由事物在形式上看得到的、运动着的过程所产生的节奏。例如镜头内主体以及镜头运动产生的节奏、景别大小与镜头长短产生的节奏、蒙太奇句型产生的节奏、音乐效果所产生的节奏等。

一般来说，镜头运动动作快，则节奏快；动作慢，则节奏慢。景别的大小与镜头的长短往往也是一致的，一般近视距景别的镜头较长，全景要 8 秒左右，中景要 5 秒左右。近视距景别节奏快，远视距景别节奏慢。或者镜头短，节奏快；镜头长，节奏慢。

一般情况下前进式的蒙太奇句子的节奏快，后退式句子节奏慢。几个近视距景别的镜头组接在一起，节奏快；几个远视距景别的镜头组接在一起，节奏慢。此外，音乐效果本身就有节奏，它的节奏必然会直接影响影视的整体节奏。

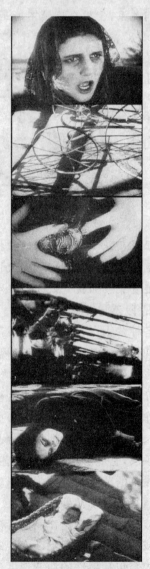

与外部节奏相对应，内部节奏是由事物内部运动以及观众内心感受到的节奏，也称之为心理节奏。在处理影视节奏时，除了要考虑主题内容、要求以及各种外部节奏外，也要考虑观众在看片时的主观心理要求。外部节奏和内部节奏有机地结合在一起，才能把节奏处理好。

案例 9-9："敖得萨阶梯"之婴儿车

案例 9-1 介绍的"敖得萨阶梯"是一个大屠杀的场面和过程，分为 4 个小段落，下面具体分析其中"婴儿车"的景别、句子、运动及节奏关系。

一个年轻的贵族妈妈推着一辆精致的婴儿车，混乱中她想把婴儿抱起，却突然被枪弹射中腹部而倒下，婴儿车失控地在阶梯上滑落，如图 9-10 所示。

（1）（近景）年轻妈妈由于痛苦而扭曲的脸，头向后仰倒；

（2）（近景）婴儿车的车轮，静止地停在阶梯上；

（3）（特写）年轻妈妈眼含泪水，痛楚的表情；

（4）（特写）年轻妈妈痉挛的手撕扯身上的腰带；

（5）（全景）士兵用马鞭抽打奔跑的人群；

（6）（特写）年轻妈妈在扯腰带，鲜血染红了白手套；

（7）（特写→大特写→近景）年轻妈妈向后仰倒的头→扭曲的脸部→年轻妈妈向后倒下，身后奔跑的人群间婴儿（车）剧烈摇晃；

（8）（近景）停在阶梯边缘的婴儿车车轮；

图 9-10 "敖得萨阶梯"之婴儿车

　　(9)（特写→近景）士兵们踏上阶梯的脚→持枪前行的士兵；

　　(10)（近景）倒下的妈妈碰到婴儿车轮，车轮慢慢向下滑动；

　　(11)（全景→全景）阶梯上倒下和奔跑着的人群→骑马的士兵驱赶跑下阶梯的人群；

　　(12)（近景→近景→特写→特写）倒地的年轻妈妈→颠簸下滑的婴儿车→婴儿车在奔跑的人群中下滑→一张惊恐的老人脸→快速下滑的婴儿车轮；

　　(13)（全景）混乱中老人试图扶起年轻妈妈；

　　(14)（特写→近景→特写）急速下滑的婴儿车→混乱倒地的人群→颠簸中下滑的婴儿……

　　此段落中多个不同景别、不同节奏、穿插和跳跃式的句子有效连接和组合。在被追赶的紧张状态中，感知的过程似乎很短，镜头是一系列快速运动的组合。阶梯、奔跑的人群、整齐行进的士兵(枪支和脚步)、滚动的婴儿车轮等有节奏地重复出现。导演爱森斯坦通过镜头的组接，将一种快速运动(奔跑的人群)跳向另一种运动(快速下滑的婴儿车)，婴儿车把滚动的概念推进到另一个维度——从比喻的滚动变成实在的滚动着的东西。

　　影视是一种综合的艺术，这表现在其静态和动态相结性、时间与空间的综合性以及表现与再现的综合性。镜头是影视的最基本元素，它依时间而流动，并在二维的平面内创造出幻觉式或错觉式的三维空间。影视段落能完成如下的主要功能。

　　(1) 叙事：长句和段落能够表现事件的真实性，可以作为叙事的基础；

　　(2) 记录：再现空间的原貌，具有记录的功能；

　　(3) 渲染情绪和气氛：表现出人物的心理情绪以及心理层次、情绪的变化，起到一种"揭示"的功能；

　　(4) 提升观赏性：随着镜头的焦点的不断变化，产生丰富的视觉感受。

　　一段影视可以由许多段落组成，而一个段落又是由许多镜头组成的。一个镜头和另一个镜头如何连接？一个段落与另一个段落如何连接？段落的形成主要依赖蒙太奇组接或剪辑，蒙太奇组接是影视艺术的重要组成部分。

　　第 8 章介绍了数字影视的创作过程和后期编辑软件的基本应用。下面将在影视艺术的基础上，通过实际案例和具体软件应用，讨论镜头的剪接技巧问题，也就是蒙太奇艺术在镜头组接上的具体表现。

9.2　镜头的转换与组接

　　蒙太奇组接是影视后期剪接或编辑的具体技巧和技法，它通过镜头的分切和组合来再现人的认知过程。镜头是影视艺术语言中一个最基本的元素，主要指摄影(像)机从开机到停机所拍摄的连续画面。从上一章介绍的剪辑的角度看，是影视素材切入点与切出点之间的那段影像。一幅或多幅画面(静帧)构成镜头，镜头具有独立的内容含义。

9.2.1　镜头转换的逻辑

　　影视的剪辑尽管是一种创造性的工作，但它也必须要遵守观众的视觉感受以及心理感受的一般规律,也就是说,镜头的转换必须符合一定的逻辑要求,这也是蒙太奇艺术的基本规律。

1. 镜头的转换符合生活逻辑

镜头转换的依据首先是符合生活的逻辑。剪辑实际上是一种取舍组合法,这种对素材的重新组合,体现着导演和剪辑人员的审美理想,但剪接又必须以生活的逻辑为依据,所以剪接是一种符合生活逻辑的剪辑。

生活逻辑主要包括两个方面,一是与时间相关的动作或事件发展的过程;另一方面是事物之间的相关性,如因果关系,对应关系等。不同的镜头组按顺序将产生不同的逻辑。

案例 9-10:不同组接形成的逻辑

下面的四组镜头,如果按照不同的顺序组接,观众将得出不同的逻辑。

A.（全景）停机坪上停了一架飞机

B.（大全景）飞机顺跑道滑行并升空

C.（全景）主人公拖着行李进入熙熙攘攘的机场大厅

D.（近景）室内,主人整理箱子

组接一:D→C→A→B

逻辑:主人公乘飞机远行了。

组接二:D→A→B→C

逻辑:主人公误了飞机。

把动作或事件的发展过程,通过镜头组接清晰地反映在屏幕上,这是剪辑工作应遵循的最基本逻辑关系。为要做到剪辑的清晰、无误,必须注意所陈述的事件(故事)在时间上的连贯和空间上的统一两个因素。

2. 艺术的逻辑

影视组接需要运用蒙太奇的手段和方法,艺术化地表达作者内心感受和思想感情。艺术表现有它自己的逻辑。每种艺术形式都有自己特定的表现手段和表达方法,其构成元素是物质化的,如美术的色彩、音乐的音符、文学的文字、电影和电视的蒙太奇镜头等。但它们的组合方法和表达方法却是主观性的,是创作者有目的的选择、集中和概括,是创作者有根据的联想和想象。镜头的组接,在许多情况下并不仅仅是为了去叙述一个过程,同时是为了某种艺术的表现,为了表达一种情绪和情感,为了一种美学的构成。

案例 9-11:《魂断蓝桥》

影视蒙太奇中常采用对抗性的表现手法。如一个想自杀的人穿过街道,导演会有意设计出街上小贩的高声叫卖和汽车喇叭轰鸣,以此对比自杀者内心的悲凉,也用此隐喻他所处的环境缺乏人性。

如电影《魂断蓝桥》结尾处,当主人公准备投向车轮自杀时,玛拉的近景、特写镜头与迎面开过来的卡车不断穿插,灯光刺眼,喇叭轰鸣。这种强光与喇叭声一明一灭、一闹一静,同玛拉形成生与死的对抗。而这时声音效果象征死亡,仿佛催赶着玛拉。声音越紧,镜头穿插速度越快,玛拉的眼神越坚定,表情越绝望,脚步也随之加快,如

图 9-11 所示。

　　这种蒙太奇处理,使观众随着悲剧的发展产生心灵的震撼。

3. 观众观赏时的心理逻辑

　　无论是观察事物还是观看影视作品,都是一种积极的思维活动,都有着特定的心理要求。剪辑时的镜头转换除受生活逻辑的制约外,很大程度上还受到观众观赏作品时的思维逻辑的制约。在观赏影视片时,了解画面内容是观众最基本的要求,而了解事件的环境与进程,进而在感情上引起共鸣也是观众的心理要求。

　　观众的欣赏特点是构成各种艺术特定表现方法的重要因素。影视窗口是一个有限的可视空间,它却可以向人们提供无限展示现实的可能性。这个可能性不是包含在某一镜头之中,而是通过不同镜头在组接后表现出来的。不同镜头、不同景别的转换,就是为了满足人们在了解情节内容时的不同要求。不同的镜头、不同的景别有不同的作用,它们可以适应不同观众的不同心理愿望,只有正确运用才能获得预期效果。

　　例如,镜头的景别变化就是符合人们在观察事物的过程中"注意力自然转移"的要求。另外,镜头的长度就是人们接受视觉刺激强弱程度的要求,而镜头的角度变化就是人们观察事物时视点变化的要求。除了影视艺术给予观众的特有的视觉感受规律之外,还包括观众在欣赏作品时的心理感受要求,如对情绪的感受、对内容意义的感受、对引申意义的感受等。所有这些都是由观众的思维逻辑触发并且限定的,因此,在镜头转换时,必须考虑到观众的接受程度。

9.2.2　镜头转换要点

图 9-11 《魂断蓝桥》

　　一个完整的句子或者动作常常是由若干个镜头组成,组接时省略了一些中间的过程。因此,镜头转换的基本要求是顺畅自然,不要产生视觉跳动,此外,镜头主体的运动逻辑关系要合理。

1. 镜头转换顺畅自然

　　在镜头转换过程中,由组接产生的被摄主体的视觉注意力转移要自然、流畅,从而使观众的注意力从这一镜头自然地转到下一镜头中。变化幅度的大小与视觉感受的强弱是一个"量"的正比关系。一般来说变化的幅度越大,视觉感受就越强,变化的幅度越小,视觉感受就越弱。如案例 9-10 中组接的变化幅度就比较大,这样产生了较大的冲击力。

　　主体在画面中的位置对转换点的判断是很重要的,它会影响上下镜头连接后在视觉上及至心理上的流畅与否的问题;同样,上下镜头中主体的方向将主导观众的心理定势,影响观众欣赏、理解剧情的过程。如果组接不够合理,容易产生视觉的间断感和跳跃感。

2. 镜头主体的运动逻辑关系要合理

一般来说,由于时间和拍摄环境的制约,不大可能以不同的景别拍摄下一个有连续变化的动作,这时就只能靠编辑师选择有利的转换时机,以使不连续的动作变得顺畅。镜头转换和组接过程中,被摄主体的位置、方向、速度等要统一,形成一个合理的逻辑关系。

运动速度是动态组接时衔接镜头内部动作与外部动作的有机因素。将位置、方向、速度三者巧妙连接,能够准确地表达出期望实现的画面效果,并能使上下镜头和谐统一。两个镜头组接时常常需要寻找一定的动作连贯因素。如同一主体连贯动作的延续点,或不同主体在动作上的相似延续。

在同一主体的情况下,一个完整动作常常不是只用一个镜头描述,而是由几个从不同角度、并可能是用不同景别拍摄的镜头连接而成的。一般来说,某动作的变化最大之处就是上下镜头转换的切入点,也就是说,该切入点就是转换上下镜头的时间或空间的“最佳契机”。

案例 9-12:动作的转接

在两个有运动姿态或运动拍摄的镜头相接时,连接目标是要使两个镜头的运动走向自然相连,如保持运动方向的一致,或者具有相似的动作姿态或动势。

如在第 7.5.5 节的短片《蚊子》中,开始有一大段各种动物的组接镜头。浏览光盘中“案例 7-11. mov”,可以看到这一段镜头组接的基础就是各种动物,如蚊子、小鸟、长颈鹿、狗熊等都是随着背景音乐的节拍而晃动或舞蹈着的,这样转接看起来非常自然流畅。

9.2.3　镜头转换与组接技巧

镜头的组接技巧可分属几个大类,主要有拍摄时的组接方法和剪辑时的组接方法。

利用拍摄时实现的镜头转换方式有许多种,其中如虚镜头、甩镜头等,均可用于镜头之间的连接和段落之间的转换。9.1.4 小节中曾介绍过甩镜头,而虚镜头转换技巧是将上一镜头中原来清楚的物体变模糊,下一个镜头中模糊的物体变清楚,从而连接相同或不同时空场景的镜头内容。虚镜头的应用在许多影视作品中都可以看到,它也带有一种很细腻的感情色彩。但是虚的技巧只适用于近景或特写的景别。

下面主要介绍剪辑过程中的转接和组接技巧,主要包括镜头切换、淡化、划像、屏幕分割、叠化等,大多需要借助数字编辑软件的特殊效果产生转换(transition),也称为过渡效果。

1. 镜头切换

“切换”(cut)即把两个镜头直接连接在一起,前一个镜头结束,后一个镜头立即开始,或者是一个镜头的出点紧接另一个镜头的入点。这种镜头组接方式,也叫无技巧剪辑,使用的情况比较多。其特点是对比强烈、节奏紧凑、简洁、朴实,适合表现节奏感强、刺激的内容。镜头切换编辑技术最简单,花费时间最少,但它需要对内容的把握和理解。

其他方式需要两个镜头部分重叠,通过某种合成转换效果实现转换。Adobe Premiere 6.0 提供了近百种转换方式,主要分为化(dissolve)、划(wipe)、三维运动(3D motion)、虹膜(Iris)、地图(Map)、卷页(Page Peel)、滑(Slide)、特殊效果(Special Effect)、伸拉(Stretch)、缩放(Zoom)等十几类。每一种转换效果都有一个对应的编辑窗口,通过这个窗口可以调整和改变转换效果的参数。不同的方式有不同的参数,但同一类转换方式其参数和参数的编辑技巧是基本类似的。利用特殊转换技巧组接两个镜头,既可以很方便地形成视觉的连贯,又可以方便地造成镜头的分割。

案例 9-13:在镜头之间导入转换效果

(1) 将两段需要组接的镜头分别导入到 Premiere 时间标尺窗口的视像 1A 和 1B 轨,并且第一段镜头的结尾与第二段的开头在时间轴上有部分重叠,如图 9-12(a)所示。

(2) 选择菜单 Windows/Transitions,即可弹出转换对话框,如图 9-12(b)所示。在这个对话框中展现了 Adobe Premiere 6.0 中的近百种转换方式,按照不同的类以文件目录的方式管理。单击类名称,打开目录树,可以看到该类中的各种转换名称和效果示意。

(3) 用鼠标在转换对话框内选中一种,并将其拖到 1A、1B 轨道之间的转换轨道(Transition)上,将出现一个转换示意块。用鼠标拉伸该转换块,改变其时间长度,使其恰好与 1A 和 1B 轨道上两个镜头的重叠部分吻合,如图 9-12(a)所示。

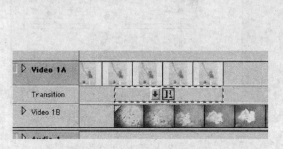 

(a) 在时间标尺中导入镜头和转换效果　　　　(b) 转换对话框及其效果选择

图 9-12　镜头间的转换效果导入

双击转换轨道上的转换块,就可进入转换编辑对话框。当然,不同的转换方式其编辑对话框和编辑方法是有所不同的。下面将具体介绍几种常用的转换类型和使用方式。

2. 镜头"淡化"

"淡化"或"化"(Dissolve)的转化即前一镜头逐渐变淡、消失的同时后一镜头逐渐显露、直到十分清晰,从而完全代替前一画面。它们之间有一短暂的重叠。前一镜头的结尾叫"淡出"(Dissolve Out),后一镜头的开始叫"淡入"(Dissolve In)。淡化转换宜于表现一个事物的结束和另一个事物的开始,其特点是转换平稳、舒缓,中间的空场可以给人以"间歇"的感觉。淡化主要用于比较舒缓或柔和的节奏,也可用来表现同一主体镜头之间衔接的跳跃感。在时间或地点发生改变时,淡化可以省去其中一些不必要的过程。Premiere 6.0 中的化转换主要有 Additive Dissolve,Cross Dissolve,Dither Dissolve,Non-additive Dissolve,Random Invert 等。下面通过案例说明淡化转换的编辑方式。

案例 9-14:"淡化"转换编辑

(1) 在时间标尺的视频 1A 和 1B 轨上分别导入需要组接的两段素材,使第一段的结尾与第二段的开头在时间轴上有部分重叠。

(2) 从转换对话框中选择一种转换方式,如 Cross Dissolve,将它拖动到时间标尺的转换轨,拉动转换段,使之与1A、1B轨的重叠部分对齐,如图9-13(a)所示。

(3)双击时间轨上的转换段,打开对应的转换参数设置对话框,选中"Show actual sources",原A、B小窗口内分别出现1A、1B轨上重叠部分的视频帧内容,如图9-13(b)所示。

(4)改变道选择器,选择A、B轨道的转换方向。根据图9-13(a)的演播逻辑,本例应该由1A轨转换到1B轨。

(5)调整转换设置中A、B预览窗口下的滑块,改变转换起始处和结束处1B轨道切入的比例,比例数在预览窗口的上方用百分数表示,默认的比例分别是0%和100%。

(6)编辑确认后,时间标尺上转换轨图标显示当前设置的转换效果。

浏览光盘"案例9-13a",可以看到这个案例的效果,而光盘"案例9-13b"是将不同的素材采用"淡化"转接形成的一段有关室内插花的短片。

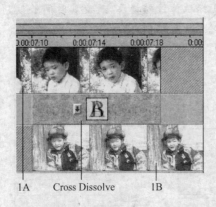

(a) 导入组接镜头和Cross Dissolve转换效果　　　(b) Cross Dissolve转换参数设置

图9-13　转换的导入与参数编辑实例

3."划像"转换

"划像"(Wipe)就是前一镜头的画面逐渐划去,而在划的同时,画面空着的部位即刻出现后一镜头的画面,而且逐渐代替前一镜头,或后一个画面把前一个画面挤出去,如推拉门窗一样。前一镜头"划出"(wipe out),后一镜头"划入"(wipe in)。"划"主要用于节奏较快、时间较短的场景转换,也用于描述同时异地或平行发展的事件。这种镜头组接方式在目前的影视剧中较少应用,但在一些需要加强视觉效果或节奏的情况下仍然使用,尤其是在影视广告中经常使用。划像的样式很多,有左右划、上下划、不规则划等,如Band Wipe, Darn Doors, Center Split, Checker Wipe, Checker Board, Clock Wipe, Gradient Wipe, Inset, Paint Splatter等,它们的不同点主要在于划的图案不一样。

案例9-15:"划像"的参数设置

以图9-14所示的Wipe转换参数设置为例,通过比较其与图9-13(b)所示Cross Dissolve转换方式的不同,说明一般划的转换特征和设置方式。比较图9-14与图9-13(b),可以看出Wipe转换的不同编辑点主要有以下几点。

(1)边界滑块用以调整划线的粗细状态,颜色样例图标可用以选择划线的颜色,双击该图标可进行颜色选择。

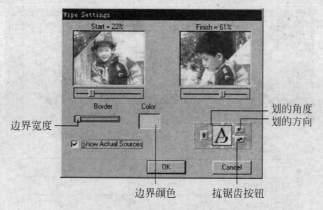

图 9-14　Wipe 转换方式的编辑窗口

（2）R/F 按钮用来调整画面上划的方向是前进或后退。

（3）抗锯齿按钮用来调整划道为锯齿状态（显示二个小方块）或抗锯齿状态（显示三个小方块）。

（4）转换段图标显示当前设置的转换效果，改变参数设置可以看到效果的不同。图标周围有一些白色的小三角形，选中其中的一个即变成红色。这些三角形是决定划的起始方向。

视频编辑过程中，利用转换效果不仅能方便地组接不同的镜头，而且，巧妙地利用转换参数和功能以及多个转换的组合，可以创作出丰富的视觉效果。

案例 9-16：用"划像"实现屏幕分割

一段家用录像机拍摄的视频素材，记录了一个孩子边走边吃羊肉串的镜头。镜头从全景到近景到特写，从头到尾吃羊肉串一直就是孩子的吃相，整个画面内容没有太大变化。后期编辑时，镜头组接采用了如下的景别与转换：

全景→近景→（Zoom 转换）特写→（Cross stretch 转换）特写（屏幕分割）→特写

镜头组接从全景、近景变化到特写的过程中，先采用了 Zoom 的转换方式，镜头从近景拉近再推到特写，用"虚"的方式实现两组镜头的转换；然后再将特写镜头分割成动态的两部分，并将镜头快放；最后结束屏幕分割还原特写镜头。这样处理，使原本单调的素材产生了变化和丰富的视觉效果。下面主要介绍利用三段 Cross stretch 来实现屏幕分割的效果，如图 9-15 所示，步骤如下：

（1）将两组特写镜头分别导入到 1A、1B 轨，并部分重叠。

（2）拖动 A、B、C 三段 Cross stretch 转换到转换轨道，三段转换连续排列，调整其长度并使之与 1A、1B 轨道边缘对齐，如图 9-15(a) 所示。

（3）分别双击 A、B、C 转换段，调整各转换段的起始和终止滑块位置，使前后两段的分割点位置一致，如图 9-15(b) 所示：

A 段：第二组镜头从右边向左划入到屏幕的中间。

B 段：保持 A 段结束时的状态，使两组镜头同时播放，各占屏幕的一半。

C 段：第二组镜头再继续向左划动，直到充满整个屏幕。C 段的转换设置如图 9-15(c) 所示。

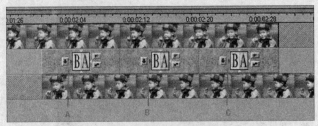

(a) 导入 A、B、C 三段连续排列的 Cross Stretch

	A 段	B 段	C 段
起始 (start)	0%	50%	50%
终止 (end)	50%	50%	100%

(b) 调整三段过渡的分割比例

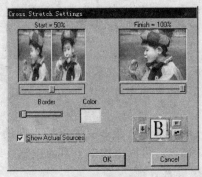

(c) C 段的参数设置

图 9-15　用"划"的转换实现屏幕分割

打开光盘中"案例 9-15_羊肉串",可以浏览这个完整的 DV 短片。

9.2.4　镜头特效处理

镜头的特效或特技处理功能包含在 Clip 菜单和视频窗口中,主要包括透明(Transparence)处理、运动(Motion)处理和速度(Speed)处理等。特技的功能在于给某个镜头添加各种特殊效果。视频特技包括两种,一种是给选定镜头的每一帧画面添加相同的特殊效果,这相当于静态图像处理,如 Photoshop 中的特技处理技术。例如,重采样、增加亮度、改变色调等,在视频处理中也可称之为静态效果处理。第二种对镜头进行局部移动或是给镜头添加渐变的特殊效果,例如,天色渐渐变暗、画面渐渐变模糊等,这也称为非线性特技,它真正体现视频处理技术的动态效果。

在时间标尺窗口中选中一个镜头,打开特技窗口,用鼠标单击其中的一项特技,该选项则处于被选中的状态,用鼠标将其拖动到时间标尺窗口中需要应用该特技的镜头上,然后在特技控制窗口单击 Setup,选择必要的参数和设置,从而可以完成特殊的效果。

镜头特技处理的基本方法是对每一帧图像做静止图像处理,即对成百上千帧图像进行逐点的处理,因此对机器的性能要求很高。下面通过实例来说明特技的基本应用。

案例 9-17：抓图特技

"抓图"特技，是从镜头中选择必要的景物或主体，而将拍摄时不慎摄入镜头的杂物去掉，使画面显得干净、简洁，突出视觉主体。基本过程如下：

（1）选择菜单"Windows/Show Video Effects"打开视频特技对话框，并单击其中的"Transform"目录，找到特技"Image pan"，如图 9-16(a)所示。

(a) 视频特技对话框

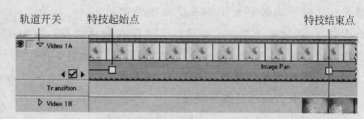

(b) 在时间标尺的实例上导入特技

(c) 特技控制对话框

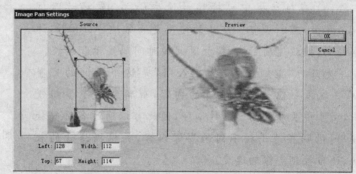

(d) 特技控制，调整抓图幅面

图 9-16　抓图特技的实例

（2）在时间标尺 1A 上导入镜头，单击"Video 1A"左边的轨道开关（小三角），使三角朝下，打开镜头缩略图下方的编辑区，并将特技"Image pan"从特技对话框拖动到时间标尺的 1A 镜头上，如图 9-16(b)所示。可以看到镜头缩略图下出现两个可左右调整的白色方块，表示抓图效果的起始点和结束点。

（3）特技导入到镜头以后，将自动打开特技控制对话框，如图 9-16(c)所示，单击对话框内"Image Pan"项的"Setup"，弹出特技编辑对话框，可调整抓图的区域和大小。左边是原镜头画面，右边是抓图处理后的效果。

（4）预览，可以看到特技处理后的效果。通过进一步调整特技起始点和结束点以及抓图的大小和位置，达到设计的要求。

打开光盘中"案例 9-16_动物园"，可以看到这个 DV 短片中，结尾处梅花鹿的特写镜头就是这样产生的。需要注意的是，用后期抓图处理，是以牺牲画面质量为代价的，它是对拍摄画面窗口的动态裁减。而在拍摄的时候通过镜头的推拉来突出主体，当然质量效果更好一些。

    案例 9-18:速度控制与镜头慢放

    速度的处理是为了突出或强调某一个片断的内容,就需要延长其播放时间,或称为慢速播放;有时为了削弱某一部分的内容,则需要快速播放。

    在"插花入门"的视频片断中,为了强调花材剪切时需要把切口修理成斜面,先采用了屏幕"抓图"特技,突出花材修剪成斜面切口的图像,同时将该镜头慢速播放,最后定位在较清晰的一帧上。在慢速播放的过程中,为了画面的自然,同时还叠加了后续镜头的渐入转换效果,这样既突出了主体,又使画面连续自然,如图 9-17 所示。

    播放速度调整的操作过程如下:

    (1) 选中需编辑的某一镜头。

    (2) 选择菜单"clip/speed"项,弹出对话框。

    (3) 在对话框中可按播放速率(rate)或播放时间(duration)重新调整。默认的速率是正常速率 100%,速率越高,播放速度越快;播放时间按时间码显示和调整。

    光盘中"案例 9-17_插花入门"是这个案例的完整 DV。这段影像是根据配音的内容,剪辑组接了多组镜头,由于镜头本身的连续性不强,因此可以通过各种转换技巧,很明显地衔接不同的影像内容,并根据语音的长短,适当控制影像的速度。

图 9-17 "抓图"、慢放与叠加

9.3 字幕与镜头叠加

    在 Premiere 中可以给镜头加上字幕,叠加小动画、小徽标或者其他小图形,也可以在一段镜头之上叠加另一段镜头,而下层的画面内容仍能显示出来,如案例 9-18 中静帧与后续镜头的叠加。镜头叠加的原理与图层叠加类似,两层图像重叠时可以把上层图像中某一色彩范围定义为透明,这样在透明色下层的图像就能显示出来。

9.3.1 创建字幕文件

    利用 Premiere 的字幕(Title)窗口可以创建字幕矢量文件,它主要由文字和几何图形组成,并包含一个抗锯齿的透明通道,是一种特殊的镜头。利用时间标尺窗口中视像 2 轨及其以上的轨道以及相关的 Title 窗口和 Clip 菜单下的 Motion 命令,就可以产生各种叠加效果。下面通过案例来介绍字幕文件的创建过程。

    案例 9-19:创建字幕文件

    打开一个新项目(Project),这时再从"文件(File)"菜单中选择"新建(New)"项,则其子菜单下会出现字幕"Title"项,选择该项即可弹出字幕窗口如图 9-18 所示,主菜单上也会出现"Title"菜单项。

字幕窗口主要由字幕栏、工具框和绘图区构成。利用字幕窗口产生一幅 PTL 格式的字幕文件的主要步骤包括以下几点。

(1) 定义绘图区大小

在字幕栏上单击鼠标右键,弹出字幕窗口选项菜单,如图 9-19 所示。在该菜单中选择字幕窗口选项"Title Windows Options",弹出相应的对话框。在出现的对话框中设置文字的背景色和绘图区的尺寸。文字背景色应该与字幕文字有较大的反差,以便编辑。绘图区的尺寸一般与视频输出幅面大小一致为好。

图 9-18　字幕(Title)窗口示意图　　　图 9-19　字幕窗口选项菜单

(2) 字幕参照帧定义

打开某镜头的 Clip 窗口,选择其中的一帧设置"0"标记(mark0)。

从 Clip 窗口或项目窗口中将该镜头拖到字幕窗口的绘图区,则设有 0 标记的那帧出现在字幕窗口中,它只是作为参照帧,不会成为字幕的一部分。实际保存文件时文字的背景以初始设置为准。

若未设 0 标记,则切入点那帧作为参照帧出现,如图 9-18 所示。如果要改变参照帧,可在字幕窗口单击鼠标右键,在弹出的菜单中选择删除背景帧"Remove Background Clip",如图 9-19 所示。若重设 0 标记,字幕窗口中的内容将相应改变。

(3) 制作字幕图形

利用各种绘图工具可以在绘图区绘制各种文字、线条和几何图,并均可设置阴影。生成的图形默认其背景是透明的,而且透明度可调。在"Title"菜单或者图 9-19 所示的字幕窗口选项菜单中,还有控制字体、字号、字形等命令以及控制对象前后关系的命令。

(4) 保存字幕文件

通过文件菜单把绘制的图形保存为一个 PTL 格式的文件"kids. ptl",这个案例在后面还会用到。这时可把已保存的图形从字幕窗口中拖动到时间标尺窗口的第一轨道外的任何一个轨道上,其默认长度为一秒,即显示一秒钟;同时拖动到时间标尺上的字幕默认背景色为透明色。

9.3.2　镜头的透明度

视频1轨道为图像的基本轨道,其他视频轨道(上层轨道)的内容将叠加在下层之上,如果上下两层的幅面一样,就会形成遮挡作用。但是,可以通过透明处理将上层视频的部分色彩设为透明色,这样多层视频就能有效地叠加在一起,如在基本图像之上叠加字幕。透明层的处理过程如下:

PTL格式的字幕文件放置到时间标尺以后自动设置其背景色为透明色。而其他将要叠加的小动画、小图标、文字等做在单色背景的图像文件中,这样透明效果更好一些。

案例9-20:透明参数调整

(1) 将欲叠加的镜头拖动到上层轨道,如视频2轨上,并选中它。

(2) 选择剪辑菜单的透明项"Clip/Video Options/Transparency",弹出透明设置对话框,如图9-20所示。下面将设置透明参数。

图9-20　透明效果设置

① 选择一种Key Type如RGB Difference,则在Color子框下会出现选中的镜头画面效果。

② 用吸管在原图像上吸取想使之变透明的颜色,该色就会出现在Color框中。

③ 通过向右拖动同类色(Similarity)滑块,调整以Color框中定义的色值为中心的透明色范围;Similarity的值越大,透明范围越大。

④ 通过Sample子框中显示透明叠加的实际效果,控制该子框的播放滑块,可浏览整段叠加的效果,并进一步调整透明色的选择和范围。

(3) 设置好了上层轨道中镜头的透明色,其透明部分就能显示出下一层A或B轨道上的图像内容。

9.3.3　镜头叠加与运动控制

通过剪辑菜单的运动选项"Clip/Video Option/Motion",可设置一个剪辑片断使其画面内容相对于播放窗口运动。将这种方式用于第一轨道以外(上层轨道)的背景透明的剪辑,可创建上层图像或字幕在下层影像上跳跃、扭动、变换大小等效果。下面通过第7

章案例 7-10 的 DV 短片,介绍在一段镜头上创建运动字幕的过程。

案例 9-21：跳跃的字幕

在一段儿童在草地上骑车玩耍的视频上叠加上字幕"森林之旅",并让字幕运动跳跃着进入画面中,以增加活泼的画面气氛。基本过程如下:

(1) 创建和导入字幕文件

首先在时间标尺上导入主人公骑车的镜头。然后将 9.3.1 节创建的字幕文件"kids.ptl"导入到时间标尺的视频 2 轨道,拉伸和移动该镜头,使其在时间轴上与需要叠加的视频 1A 轨重叠,并具有一定的播放长度,如图 9-21(a)所示。

(2) 设置字幕的运动效果

选中字幕镜头,选择菜单"Clip/Motion",可弹出该字幕的运动设置对话框,如图 9-21(b)所示。在该对话框中主要可进行下面的一些设置。

帧透明控制点

(a) 导入和设置字幕实例

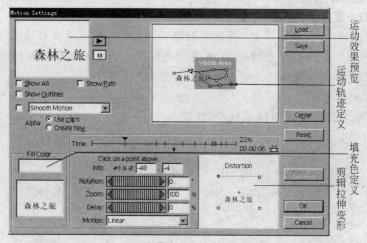

运动效果预览
运动轨迹定义
填充色定义
剪辑拉伸变形

(b) 字幕的运动参数设置

图 9-21　字幕的叠加和运动设置实例

① 定义运动轨迹:在播放窗口的可见区内用鼠标点击,可任意设置运动轨迹的起始、结束和中间控制点的位置。用鼠标按住控制点,可调整其位置。

② 控制点的变形处理:选中运动轨迹上的任一控制点,通过对话框中的参数调整其变形和控制效果。

A. 旋转(rotation),控制该点画面相对于初始状态的旋转角度。

    B. 缩放(zoom),控制该点画面的大小。显示窗口不变,画面放大后只显示局部。

    C. 变形(distortion),可拖动画面四角使之变形。

    D. 延时(delay),控制画面的停留时间。

    ③ 色彩填充:色彩填充用于设置运动画面的背景色,如果需要显示出在下层轨道的内容,该项可以不用。

    (3) 运动预览

    对话框中有预览简图,可随时播放运动效果,可以看出连续的两个控制点之间的效果为其转换效果。设置完毕后单击"确认"按钮退出设置窗口,通过预览时间标尺的播放内容,反复调整设置达到设计要求。

    (4) 叠加轨道的透明度控制

    单击图9-21(a)所示视频2轨的轨道开关,可以看到镜头缩略图底部有一个长条区,该区内有一条透明度控制线,将选择工具光标移到该区域后将变为手形。

    单击横线上的一点并向下拖动一定距离,松开鼠标即形成一个控制点,如图9-21(a)所示。控制点向下拖动越多,该部分剪辑的影像越淡。若想删去控制点,将它向下拖出长条区域即可。透明度控制线用于控制整个镜头的透明效果,在本例中,字幕是淡入并运动着淡出。这种控制线的编辑方式也用来控制音频轨道上的音量。

    浏览光盘"案例7-10_森林之旅",可以看到该字幕的完整效果。

    镜头叠化是指将两个或两个以上不同时空中的不同景物同某一画面重叠起来,在同一时间出现在同一画面上。通常是画面内容相互有内在联系的画面重叠在一起,如案例9-22,叠化的主要作用是给人以时间过程的感受,有压缩时间和引起联想的作用。

    案例9-22:镜头的"叠化"组接

    光盘中"案例9-20_镜头叠化"的原素材很简单,就是用近景摇镜头展示一个插花作品的细节。后期编辑时将原素材分割,并通过两组镜头的叠加实现重新组接,丰富了视觉效果,如图9-22所示。两组镜头的组接过程如下:

1轨:上摇→淡出

2轨:慢放/淡入/半透明→下摇/不透明

图9-22　用半透明叠加实现组接

9.4　声音蒙太奇

    第7章7.5节介绍了数字音频应用可以分为提示音效、背景音乐、造型音乐和语音四大类。影视中声音虽然是一个新的表意维度,但好的影视音乐或配音应该与镜头内容形成一种有依存关系的内在结构。镜头和声音都是传达主体的有机部分,影视的创作既可以依赖镜头来配声音,也可以按照声音来调整镜头。在影视中声音与画面有机地结合,可以对画面起到补充、深化、烘托和渲染的作用,并赋予画面形象更丰富的内涵。

因此,声音蒙太奇也属于蒙太奇手法的一种,声音蒙太奇是以声音的最小可分段落为时空单位,在画面蒙太奇的基础上进行声音与画面、声音与声音之间的各种从形式到关系的有机组合。

9.4.1 声音的规律及完整性

语音和音乐有其自身规律,这在后期剪辑和处理中不容忽视。与镜头组接类似,影视中的声音往往也由多个部分组接而成,因此,除了声音的内容因素,声音的节奏、完整性和统一性是声音自身规律的基本体现。

1. 节奏

无论是音效、音乐还是语音,都有一个节奏问题,而语音的节奏更容易在后期编辑时被忽略。在语音的造句处理中,特别是在一个字或一个词的剪贴拼凑的过程中,可能会因为某个字少了零点几秒的吸气、呼气、持续或间隔而使语音进行显得不自然。这就需要通过音频编辑软件对这零点几秒的数据进行剪贴拼凑,这是一项很细致的工作,处理好了节奏,才能使语音朗诵比较顺畅自然。

音乐自身的独立性要强于镜头画面和语音,它有其内在规律,不能随心所欲地剪切处理。在处理背景音乐与画面的同步时,要注意音乐的节奏、小节、语句、和弦走向等方面的问题,不能单纯从画面长度出发来剪裁音乐。这在为视频和动画配音时尤其重要。一般情况下,在一段音乐之后接入另一段音乐时,不宜把前段音乐从某个小节中或某个语句中截断,除非有某种特殊的意图。而音乐结尾,要考虑到音乐的解决,即应该从属和弦或其他和弦回到主和弦。如果仅从画面考虑,任意从一段音乐中拿出三小节来循环会破坏一首曲子的合理结构,达不到音乐背景的效果。因此要想处理好音频,必须对其内在规律有所认识,要有一定的乐理和乐感才能较好地完成这部分工作。

2. 完整性

一幅画面或一帧是镜头的最小单元,但声音的最小单元则不能完全按时间的长短来衡量,它往往与其内容和节奏有关。因此,在对视频或动画配音或配乐时,音乐的完整性尤其重要。一般 DV 和动画片段不会太长,如果仅仅为了配合视频和动画的长度而截取音乐,或随意增删某个音符,音乐的效果都有可能面目全非。在这种情况下,音乐的编辑必须与视频或动画的编辑同步进行。在保证音乐完整的前提下,对视频或动画的某部分进行删减或改变特技的时间长度,一般对视觉效果不会造成影响。

3. 一致性

保持声音一致性的基本方式是使 DV 中的音高音量统一。音高音量不仅在局部音频中要协调一致,而且在数字媒体应用中,应该保持整体软件中的音高音量的统一,形成一个音频整体。

当两段声音重叠时,要突出声音的主次,如语言和背景音乐重叠时,大多数情况下语音为主音乐为辅,这就要求音乐的音量要低于语音,使语言清晰可辨。当语音出现时,背景音乐要淡下去;语音结束后背景音乐又要再起来,使整体音量不变。在整个数字媒体软件中,不同的音频片断的音量也要基本一致,如语音音量的高低统一,背景音乐的音量统一以及整体音量效果的统一。

9.4.2　音画配合的剪辑与组接

人们在影视节目的声音与画面的关系上进行了许多的尝试,力图使声音的形象更加鲜明、完整,与画面高度统一。一般按影视中声源的视觉形象和它所发出的声音之间的关系包括音画合一、音画分立和音画对位等几类。第7章已介绍了音频的基本编辑方法,主要包括速度调整、音量控制和简单的组接技巧。影视声音的编辑也类似,但更重要的是音画的配合,下面通过案例来介绍。

声画合一是最简单、最常见的声音与镜头结合的形式;它是指镜头中的视觉形象和它所发出的声音同时呈现并同时消失。声画合一时的声音完全依附于画面形象,为写实音。当写实声音和画面同时作用于观众的感官后,两种不同的感觉相互渗透和互为补充,使观众的感受变得更为深刻、真实。

案例 9-23:音画合一的组接

以案例 9-16 中介绍的视频短片为例,其镜头的组接采用了屏幕分割和快放的方式,开始镜头正常播放,待屏幕分割时镜头快放。配乐设计也与画面统一,如图 9-23 所示。

图 9-23　音画合一的组接

音轨 2:一段悠闲的音乐 music.wav,正常播放从头延续至尾。

音轨 1:待镜头出现屏幕分割时进入,还是采用同一段音乐 music.wav,但是经过二倍速处理成快放,叠加在屏幕分割"快吃"那一部分。镜头最后是结束在"快吃"上,为使配乐完整性更好,同时也有助于视频的完整,在视频快播完时把快放的音轨 1 淡化下去,使正常播放的音轨 2 完全显露出来,并结束在一个合适的小节上。

这样处理的效果要比那种简单两段式处理的效果好得多。最后音乐的结束重音正好停在视频最后的特写镜头上,浏览之后让人忍俊不禁。

声画对位是指镜头画面中视觉形象和声音分别表达内容,二者按照各自的规律去发展,从不同的方面说明同一含义的声画结构形式。这种形式强调声音与画面的独立性与相互作用关系,通过观众的联想,达到对比、象征、比喻等对列效果,产生某种声画自身原本所不具备的新的寓意,拓展了作品的信息量,又增加了作品的艺术感染力。

案例 9-24:音画对抗

音画对抗是指镜头画面中视觉形象和它发出的声音互相离异的音画有机结合形式。

人们在听觉上的感受习惯与视觉上的感受习惯是有很大的区别的,画面的突然切换在感觉上可以很自然,但当声音突然消失、出现和转换时,往往会在观众的身上产生很大的困扰,但有的时候要求一切声音与画面机械一致反而会降低作品的信息量或艺术感染力,而采用音画对抗的方法,则可增加作品的信息量或艺术感染力。如下面的镜头组接:

(全景)漆黑的夜晚一座房子只有一个窗户亮着微弱的灯光

(近景)室内熟睡的母女

(特写)一只手轻轻推开房门

(特写)一双黑皮鞋出现……

这段剪辑如果配以轻柔的音乐,给观众的感觉是"体贴的男主人夜归了";如果配以惊悚的音乐,传达的信息就是"凶杀即将发生",这就是音画对抗的效果。

案例 9-11《魂断蓝桥》中的片段,同样也是采用音画对抗的蒙太奇手法,表现主人公对生活和生命的绝望。

在 Premiere 中,音频 WAV 文件也是作为一种剪辑片断来处理的。因此,伴音或配乐的编辑如预播、切入/切出点、导入、移位、删除、剪贴、拉伸等都与影视镜头剪辑的操作相同。只不过在时间标尺窗口音频是在音频轨道上放置和处理的。

对音频本身的处理基本上与一般音频的编辑处理类似。选中时间标尺上的音频剪辑以后,通过剪辑(Clip)菜单中的选项还可以对音频作特别的处理,最常用的是速度和音量控制,以及通过"淡化"的方式组接不同的音频段落。

在不同音乐素材衔接时,除了要注意不要随便切断小节、语句外,还要根据具体情况,有效地使用"淡"和"化"的手法。音乐中的"淡"和"化"与镜头画面类似,即淡出、淡入二者交叉,化出、化入二者交叉。控制音量的变化,就能实现声音的淡入淡出效果。

案例 9-25:声音的衔接

如果音频轨道中导入了音频段落,则在其波形图下也有一条音量控制线(Audio Fade),它的控制与视频轨道的淡入淡出控制类似,如图 9-24 所示。单击音量控制线的任意位置都可以插入控制点并调整其音量,最大音量为 100%。用这种方式也可以控制音频的淡入或淡出,或改变某一局部的音量,使其起始或终止音量不一定都设为 0%,有时可设为 80%、60%等,巧妙地使用在不同的场合。

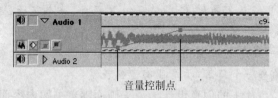

音量控制点

图 9-24　音频轨道的编辑

还是以第 7 章"案例 7-10_森林之旅"为例,其中既要有表现爬山艰难的低沉缓慢的音乐,又要有爬上山顶的胜利鼓点,二者之间有一个衔接的问题。其解决方法是在两段音乐中间加一小节,这一小节的音乐形式和前一小节类似,但它在配器上出现了做背景的鼓点,能由此过渡到胜利的鼓点。然后在衔接时用一些淡入淡出的处理,使这些素材流畅地连成一体。

声音的衔接有时候也可以有效利用音效声,如铃响、车啸、鸟鸣等,把两段音乐衔接处弱化处理,同时用合适的音效吸引听众的注意力,使声音转换更自然。

9.5　综合案例:《花之韵》DV片头设计与剪辑

宏观地看,DV短片与影视片的编辑过程十分相似,都是以分镜头剧本为蓝本,细看并分析素材资料、整理镜头内容、解析主题内容对于编辑的要求、计划编辑框架、实施编辑过程、最后完成编辑工作。

在进行影视剪辑之前,首先要对影视片的创作意图、整体构思、主题内容、人物情节乃至场景、气氛等有较深刻的理解和把握,然后通过非线性编辑软件进行剪辑和组接,调整直至达到预期的效果。

影视后期创意与编辑是数字媒体处理中最为复杂的部分,需要综合美术、音乐和编辑处理技术等多方面的能力。影视后期的处理一般包括两个主要过程:创意设计和编辑处理。创意设计是构思的过程,而编辑处理是通过计算机实现构思的过程。

对于DV设计,一般有两种方式:其一是根据要表现的主题去寻找合适的素材,然后编辑处理;其二是根据已有的素材创意设计出表达一定主题的视频片断。在实际操作中,这两种方式是根据条件和应用需要灵活掌握的。下面通过一个实例说明DV片头的创意设计过程。

1. 确定主题和表现方式

确定主题是要创意设计出视频表达的主要信息内容,也就是说要通过视频来讲述一个故事或描述一段场景运动变化的过程。这个过程非常重要,视频设计不是各种剪辑的堆砌,而是通过运动的屏幕场景表达具有逻辑关联的信息。当主题确立之后,除了镜头素材本身,还需要选择适当的表现方法来与之相匹配,这里表现方法的含义是多种多样的,可以是多媒体元素,如字幕、配乐等,也可以是镜头转换特技。无论采用何种表现方式,都应该遵循为主题服务的原则。

例如,光盘《花之韵》的主页面要设计一段DV片头,以表达光盘的主题并加强视觉冲击力和感染力。因此,DV的主题就是"花之韵",它通过一段旁白来展开:

"花,是大自然中挚情至美的化身,即使是一片绿叶、一个花蕾,都能让人眼目为之一舒,心灵为之一动。

自然之花草具有一股蓬勃的生气,也诠释着生命的瑰丽。爱生命,于是爱花,爱花至深,想把它留在生活的每一个角落,于是便有了插花。"

根据这一主题内容,片头的创意设计为镜头画面随着主题内容而进展和变化,以主题文字为旁白,配上优美的背景音乐,表达《花之韵》光盘的主要内容、风格和意境。

2. 搜集素材

有了创意,下一步的工作就是收集与内容相关的视频和音频素材。根据创意,视频素材的内容应表现从"挚情至美的花",到"一片绿叶、一个花蕾",再到"具有蓬勃的生气的自然之花草",最后"于是便有了插花"。

音频素材需要选取合适的数字音频文件、CD音轨或模拟音乐素材。背景音乐的选取也要配合主题,表现大自然美妙和谐之声。素材的收集可通过各种渠道,如自己拍摄的录像片段、照片,通过其他方式获得的录像片段,图片等。素材收集范围可以很广,这样便于剪辑处理时更为方便。因为后期剪辑实际上也是一个进一步创意的过程,根据素材可以调整和修改原有的初步创意。

由于这个片头是嵌入在光盘界面上的,并且可以由用户控制播放,因此片头的开始和结束帧都与光盘的整体界面相统一,也就是说从初始界面的静帧开始,最后停在结束界面的静帧上。因此,这两个关键的起始和结束图像也是重要的素材。

3. 素材采集变换

收集到的素材如不是数字文件的格式,则需要首先通过视频采集或音频采集转换成数字的方式。采集素材时需注意尽量保证素材的质量,而且由于素材的范围较广,因此素材的保存需要较大的磁盘空间。在此例中,由于需要语音旁白,因此还要录制好语音文件。语音录制时也需注意尽量保证音质和音量,以便编辑合成时进一步调整和压缩。

4. DV 剪辑处理

准备好了数字素材之后,接下来的工作就是利用非线性编辑软件进行视频、音频的编辑处理和合成了。在该段 DV 片头中,由于有完整的语音旁白,因此视频的长度是以旁白的长度为基准的。

十几段视频素材剪辑根据旁白内容的进度和变化排列在视频轨道上。各剪辑点的切入点和切出点定义主要保证画面与旁白同步。根据创意的风格,整段视频需流畅自然,充分地烘托主题。因此剪辑之间主要采用“切”的直接衔接方式和 cross dissolve 的转换方式。转换时间有短有长,表现节奏有紧有松,与旁白紧密配合。

在徽标的处理上利用视频 2 轨道采用了透明、不透明和淡入淡出的变化处理。在音频上旁白和背景音乐利用两个音轨合成在一起。背景音乐也需要保证一定的完整性,因此需要根据旁白和基本编辑好的镜头长度选取背景音乐的总长度,然后调整镜头的长度,或镜头转换的长度,或调整旁白语句之间的停顿时间,以保证画面、语音和背景音乐的完整和同步。

背景音乐的强度比旁白低一些,在音频上也有主有次,突出主题。图 9-25 为“花之韵”DV 片头的最后时间标尺,由此可以看出其中素材的组合和编排过程。

从图中可以看出,该 DV 采用了约 13 段视像镜头和 2 段音频。主视频 1 轨上采用了 7 个转换来衔接不同的镜头画面,视频 2、3、4 轨道用于图标、半透明剪辑和运动字幕的叠加。在上层叠加轨道上的镜头基本上都采用了淡入或淡出的效果,这样使叠加更自然。两个音频轨道,一个用于语音,一个用于背景音乐,背景音乐音量控制到低于语音,并以淡出结束。

5. 视频参数设置

“花之韵”片头的使用环境为在较高档微机的光盘上直接播放,因此采用 320×240 的视窗、15fps 的帧率、Intel Indeo Video R3.2 的压缩算法,为了达到较好的色彩视觉效果,选择了较高的压缩质量。最后生成的视频文件播放时间约 46 秒,文件容量约 14MB。完整的片头请浏览光盘中“综合案例 9_花之韵”文件。

视频的创意设计和后期剪辑是一个相辅相成的过程,好的创意能够引导后期剪辑的

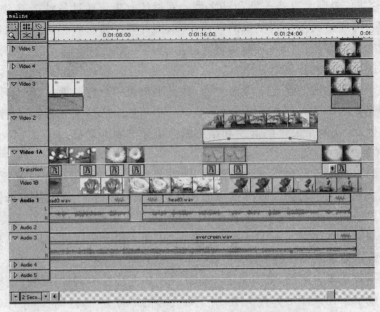

图 9-25　DV 片头"花之韵"的时间标尺示意图

技巧应用,好的编辑技巧可以进一步完善甚至产生出新的更好的创意,只有通过多观摩和设计实践才能逐步提高应用水平。

思考题

1. 什么是影视蒙太奇? 其基本内涵是什么?
2. 影视画面的构图与图像构图有什么异同?
3. 不同的影视镜头与景别有什么特点和作用?
4. 设计一段影视镜头剧本,通过镜头来表述故事的句子、段落和节奏。
5. 镜头转换的基本原则是什么?
6. 浏览影视片,分析镜头及其转接的技巧。
7. 数字视频的编辑主要包括哪些步骤?
8. 视频的创意设计主要包括哪些过程?

练习 9　DV 创意与编辑

一、目的

1. 了解影视语言的基本构成和镜头组接的基本规律。
2. 掌握数字视频非线性编辑的基本过程,掌握基本的编辑方法和步骤。
3. 理解数字视频的特点和应用,掌握 MPEG、AVI 视频格式的特点和压缩方法的不同及效果,了解不同视频压缩对播放质量、文件容量及其应用的影响。

二、内容

1. 影视片段的脚本编创。选择一个主题并通过影视来表达,用文字简单介绍主题创意以及故事的脚本和流程。

2. 根据主题创意,拍摄或收集有关的影视镜头以及其他可利用的图像和音频素材。

3. 利用非编辑软件,编辑和组接不同的镜头素材,并配上音频,最后生成一个数字视频文件,要求如下:

(1) 组接的视频文件的内容要有一定的连贯性,能反映创作意图;播放效果要流畅、自然。

(2) 至少采用两种转换效果。

(3) 至少采用一种剪辑的特技处理。

(4) 根据创意设计视频的字幕,并叠加在适当的位置。

(5) 为组编的视频配伴音或语音。

(6) 编译组接的视频文件,根据素材的质量选择合适的参数。

三、要求

1. 简述视频创意和 DV 脚本。

2. 简要地说明视频组接采用的编辑技巧。

3. 说明最后生成的 DV 的视频参数。

4. 提交生成的 DV 文件,鼓励原创,或简要介绍素材来源。

5. 总结练习中所遇到的问题及解决方法。

第 10 章

矢量动画与互动媒体应用

在数字媒体项目开发中,最后的阶段是要把设计、编辑、处理加工好的各种媒体按照软件结构、互动功能要求进行总体合成,调整跳转、链接和互动功能,完成最终产品。这一过程也类似于影视的后期制作,把所有的镜头、音乐片断等按一定流程组合到一起,不同的是数字媒体项目可以实现互动,这个过程通过编著或编程来实现。本章将以 Flash MX 6.0 为基础,介绍矢量动画的基本应用以及通过 Flash 编著完成互动式媒体项目的过程。

10.1 Flash 的基本概念

Flash MX 是针对网络环境设计的专业的编著工具,其基本功能是制作适合网络播放的小容量动画,但由于它支持互动和多种媒体集成,Flash 很快成为了网络媒体应用的标准之一。

10.1.1 基于时间的编著工具

第 2 章曾介绍过,数字媒体可以具有非线性的树状结构和网状结构,这种结构中存在多个互动点,需要经过用户的互动操作才能继续或演示后续的媒体内容。这种结构和互动的实现是媒体项目开发的最后一环:通过编著或编程将各种线性的媒体单元整合在一起,并通过互动点连接成非线性的树状或网状结构。

1. 编程与编著

编程是计算机软件的传统开发手段,它是用各种计算机语言来描述一个软件的输入、输出和各种功能的处理和实现,然后生成计算机代码。当然用这种方式也可以完成数字媒体项目的最终合成工作。用程序语言来编制软件具有很高的灵活性,应用范围广,可以根据软件的需要来完成其功能。但缺点是编程复杂,需要有较高的计算机技术和技巧的专业人员才能胜任。

随着数字技术的发展,针对媒体应用的编著工具软件也应运而生。编著工具提供了建立数字媒体项目的构件和框架的功能,可以实现媒体的组接和互动跳转。编著工具的优点是非计算机专业人员也容易使用,具有可预见性及一定的可靠性,但开发的软件功能受限于编著工具。因此一般在编著工具完成不了特定软件的设计要求时,才使用程序语言设计的方法来补充完成。编著人员不一定是专业程序设计员,但是应具备一定的结构编程的基本概念,这样才能更好地掌握软件分支、条件转换等在互动软件中常用的手法。

2. 编著软件的分类

编著软件按照组织方式与数据管理大致上可以分为如下几类：

(1) 基于页面(Script-based)。在这类编著工具中，文件与数据是以页为单位，按照类似于书的页面来组织和管理，其超文本功能非常出色，典型的代表就是网页编著软件，如 Dreamweaver,FrontPage 等。

(2) 基于图标(Icon-based)。在这种软件中数据是以对象或事件的顺序来组织的，并且以流程线为主干，将各种媒体逐个组接在流程线当中，形成完整的系统，如 Authorware 软件。

(3) 基于时间(Timeline-based)。在这类编著工具中，数据或事件是以一个时间顺序来组织的，这种顺序的排列以帧为单位。这如同电影剪辑，可以精确控制在什么时间播放什么镜头。这类编著工具适合于制作动画，典型代表如 Micromedia 公司推出的 Director 和 Flash 软件。

与编程相比，编著工具软件有很多的优越性，它是一种面向对象的操作环境，操作简单，所见即所得，可以集成多种媒体单元，并组合成具有一定结构的整体。此外，编著工具一般都具有扩展功能，可以利用其他程序语言实现其特殊需要，如 Flash 支持 ActionScript 脚本语言，可以实现对媒体信息的灵活控制。

10.1.2　Flash 的功能与特征

Flash 软件主要由 Flash 编著环境，Flash 播放器和 Flash 插件组成。Flash 编著环境用来开发 Flash 作品，它可以生成以.fla 为后缀的 Flash 编辑文件，这种文件格式类似于 PSD 格式的作用，它记录了所有的编辑信息。作品完成后，FLA 文件可以按 Flash 动画的格式发布，这种格式以.swf 为后缀，它只包含用于显现动画的信息。Flash 播放器只能用于浏览 SWF 文件，而 Flash 插件则已内置在高版本的 IE 浏览器中，通过 IE 可以直接浏览 SWF 文件。

Flash 之所以能够在网络上迅速传播和广泛应用，不仅在于它能实现适合网络播放的矢量动画，而且还支持多种媒体素材的合成，并具有 ActionScript 脚本编程功能，能灵活地实现各种互动控制。

1. 矢量动画与流式播放

第 5 章介绍了计算机动画的基本概念和原理，二维动画的构成方式主要有三种：逐帧动画，变形动画和矢量动画。矢量动画也称为运动动画，它是使一个对象的属性(颜色、位置、形状、角度等)在屏幕上做相对运动形成的动画。Flash 能够实现这三种类型的动画，并以矢量动画为特色。由于矢量动画文件体积小，容易实现，因此特别适合网络应用。

Flash 不仅利用小容量的矢量图形格式，而且采用"流"式播放技术，即用户可以边下载边观看。同时，Flash 也可以在其独有的 ActionScript 脚本中加入等待程序，使动画在下载完毕以后再观看。Flash 还能自动按照用户的屏幕设置大小调整其显现幅面，这样多种播放方式适合网络的不同传输率和不同的应用环境。

2. 多种媒体的集成

作为基本的动画元素或素材，Flash 可以导入多种格式的媒体文件，如：

(1) 静态图文件，如位图 BMP、JPG、GIF，矢量图 AI 等格式文件；

（2）动画文件，如 SWF、MOV、GIF 等；

（3）音视频文件，如 MP3、WAV、AVI、MPG、MOV 等格式文件。

因此，前面章节学习过的各种媒体文件，基本上都能集成到 Flash 动画中。而集成后的作品，既可以按照 Flash 专有格式.SWF 保存，也可以图像序列、GIF 动画、音视频文件甚至可执行的 EXE 文件导出。

3. 强大的互动功能

Flash 可以与用户的互动操作结合在一起，生成非线性的动画。它允许用户交互式输入，由此控制浏览，在浏览时选择跳转到不同的支路，并可链接其他网页。它还允许用户移动动画中的物体，在表格中输入信息，并完成其他一些操作。Flash 采用脚本语言 ActionScript 来控制和产生动画中的交互，也可以利用 ActionScript 语言来生成动画效果。类似于 JavaScript 脚本语言，ActionScript 是一种面向对象的编程语言，它具有简单易学和易用性。由于使用全新的脚本开发功能，Flash 同时也是一个强大的程序开发软件，使交互的动画和网页有机的结合起来，充分发挥了网络传播的媒体特点。

正是由于有如此优越的性能，Flash 在网络交互设计和动画制作方面大放异彩。Flash 动画不仅仅应用于互联网，越来越多的电视广告，电脑游戏的片头和片尾都是用 Flash 制作的。配合其他插件，能把 Flash 文件嵌入 VB、VC 生成的 EXE 文件中。可以说，Flash 已经成为进行数字媒体制作不可缺少的工具。

10.1.3　Flash 编著环境

Flash MX 是一个制作 Flash 作品的集成环境，主界面如图 10-1 所示。将其与 Photoshop 和 Primere 的界面相比，除了类似的菜单栏、工具栏、工具箱和活动面板，Flash 界面上舞台的构成，时间线的控制方式以及属性面板等几部分是其特征内容。

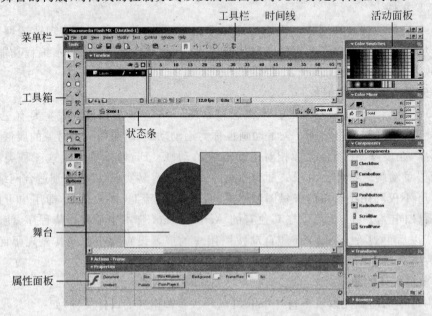

图 10-1　Flash MX 主窗口

1. 时间线（Timeline）

时间线或时间标尺与视频编辑中的相应概念类似，它是通过时间轴上的帧和空间中的层来组织和控制动画内容，如图 10-2 所示，这里不同的层类似于视频编辑中的轨道。

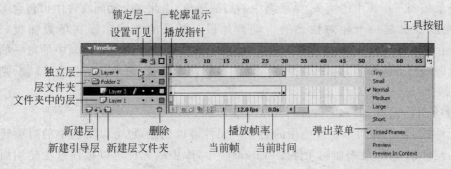

图 10-2　时间线面板

（1）帧（Frame）

Flash 的时间线是以帧为度量单位，通过帧率和总帧数可以计算出 Flash 影片播放的时间。例如，一个影片的帧率是 12fps（frames per second，每秒帧数），一共有 60 帧，则该影片播放的总时间为 5 秒。在 Flash 时间线中，每一帧都用一个矩形方格表示，它是构成动画的基本单位，与数字视频不同的是，帧的内容不一定是独立的，它可能是延续上一帧的内容。

（2）层（Layer）

Flash 通过帧来控制动画在时间上的运动关系；通过层来控制动画在空间上的变化。为了方便动画制作，往往将各种画面元素分开在不同的层中，通过上下层（前后景）来控制其空间关系，每一层都对应于一条独立的时间标尺，可以单独编辑。图层可以被隐藏、锁定，也可以只显示图层内容的轮廓。可以将若干内容相关的图层放到图层文件夹中，从而可以对该文件夹中的图层进行统一操作。

Flash 中层的概念与 Photoshop 的层以及 Primere 中的轨道有类似之处，下面的层可能被上面的层遮挡，最上边的层不受任何层的遮挡。一般来说，背景图层放置静止物体，之上的每一层都单独放置一个动画对象，如果要改变角色或对象之间的遮挡关系，只需改变其层次的位置即可。由于在 Flash 编辑中引入了层的概念，因此这里帧的含义和传统动画中的帧不完全相同。Flash 舞台上某一时刻的画面，是由时间线上所有的层在同一时刻对应帧的内容叠加而成。在时间标尺上的红色方块是播放指针，拖动指针可以观察动画的效果。

2. 舞台（Stage）及动画元素

类似于图 4-2 所示 Photoshop 图像窗口，舞台是 Flash 绘制、编辑和显示动画内容的区域，在此可以绘制矢量图、插入文本、导入其他格式的素材、插入导航按钮以及其他一些用户界面元素。可以说界面上的其他部分都是围绕着舞台内容而展开的。

（1）对象（Object）和动画素材

对象是 Flash 中可编辑素材的最小单位。Flash 软件提供各种创建原始动画素材的方式,可以用绘图工具绘制矢量对象,也可以调整已有对象的属性。还可以从其他应用软件中导入其他格式的素材,如矢量图、位图、音频、视频等,并在 Flash 中编辑这些素材。

(2) 场景(Scene)

场景相当于影视中的镜头,是动画中的局部段落,因此一个动画文件中可包含多个场景,每个场景又是一个相对独立的小动画片段。场景的先后顺序在场景面板(Scene panel)中调整,可以对场景进行添加、删除、复制、改变顺序等操作。动画中的每一帧都按照场景的顺序连续编号,例如,如果一个动画包括两个场景,每个场景包含 10 帧,则场景 2 中的帧序号应该是从 11 至 20。

(3) 元件(Symbol)和元件库(Library)

元件是 Flash 中可以重复使用的对象。元件可以创建,也可以将选中的对象转换成元件。元件创立后,便添加到元件库(Library)中,库中的元件可以被任意次使用而不会增减 Flash 文件的大小。例如,如果想重复使用一段音频,可以把该音频拖曳到元件库中,当需要使用该段音频时,只需从元件库中再把它拖曳到编辑舞台中即可。当一个元件被用于动画中时,便生成了这个元件的一个实例(Instance),改变动画中的实例不会改变其对应的元件属性。

由此可知使用元件和实例具有很多优点,如可减少动画的容量以适合网络播放;通过修改一个元件达到改变这个元件所有实例的效果,方便更新;将所有元件都集中在同一窗口,便于分类管理。在时间线和舞台之间有一个状态条,用来控制舞台的显示比例和编辑对象,如编辑场景还是编辑元件,如图 10-3 所示。

图 10-3　Flash MX 状态条

3. 互动与动作

互动控制是 Flash 的另一大特征,动作(Action)就是用户的互动操作。动作可以使动画在一段场景播放结束之后暂停,或者采用非线性的方式让用户控制 Fash 动画的浏览。动作是由 Flash 内建的 ActionScript 语言来控制的。

Flash 中共有图形(Graphic)、影片剪辑(Movie Clip)和按钮(Button)三种元件。其中按钮元件就是动画与用户动态交互的媒质。定义一个按钮时,首先需要把各种按钮图形与按钮状态联系起来,然后将一个动作赋予按钮实例。

影片剪辑元件用来存放包含交互元素和声音元素的动画效果。影片剪辑有自己的时间线和帧,它们独立于 Flash 文件的时间线。就如一个大的动画中包含的小动画,这些小动画可以包含交互控制、声音,甚至还包含其他影片剪辑实例。也可以将一个影片剪辑插入到一个按钮元件的时间线中,创建动画按钮。

Flash 中用组件(Components)来管理具有一定参数的动画剪辑(Movie Clips)。Flash 软件中包含着一些内建的元件,每种元件都有其唯一的 ActionScript 描述,用户可以设置和调整其参数和其他一些选项。把预先定义好的元件与功能强大的 ActionScript

结合起来,就能生成各种网页的应用。

4. 属性面板(Properties)

面板主要用于控制编辑舞台中的对象、整个 Flash 文件、时间线和动作。Flash MX 的活动面板主要包括调色(Color Mixer)、选色(Color Swatches)、元件(Components)、问答(Answers)、属性(Properties)和动作(Actions)等面板。

在属性面板(Properties)上可以设置和改变 Flash 文件中的编辑对象或者 Flash 工具的一些常用属性。当选中舞台中某一对象时,属性面板便显示出该对象的属性参数,这样可以方便地设置和改变该对象的属性。根据当前选定的编辑对象的不同,属性面板可以显示当前文件、文本、元件、图形、图像、视频、素材组、帧以及工具等的设置信息。当选择了两个以上不同的物体时,属性面板将显示所有选择物体的属性。如果没有选中任何对象,属性面板将显示影片的属性,在这里,可以设置影片的各种参数,如画面尺寸、背景颜色、帧率、输出版本等。

10.2 Flash 动画编辑

Flash 的基本功能是动画制作,虽然利用其工具箱可以简单地绘制矢量图,但 Flash 的绘图功能远远比不上专业的图形图像软件如 Illustrator、Photoshop 等,因此实际运用中可以将 Flash 与其他媒体编辑软件结合使用,将预先处理好的位图、矢量图、声音、视频等基本素材导入到 Flash 中进行合成,或通过 Flash 绘制处理基本的矢量图和文字,综合制作出互动的动画效果。

Flash 主要有两种动画制作的方法,帧动画(Frame-by-frame Animation)和补间动画(Tweened Animation),后者又分为运动动画(Motion Tweening)和形变动画(Shape Tweening)两种。

10.2.1 帧动画

帧动画或逐帧动画是一种传统的动画制作方式,它是按照动画的运动逻辑关系,在时间线上创建逐帧图形。因此它需要单独制作出每一帧的图形或图像,然后连续播放来构成动画效果。帧动画的概念在第 6 章已详细介绍,GIF 文件就是一种简单的帧动画的格式。

Flash 中帧的类型可分为关键帧、普通帧、空白帧等,如图 10-4 所示。关键帧(KeyFrame)是 Flash 作品的基础,只有在关键帧中才可以定义动画和添加动作(Actions)。在时间轴的方格中用圆点表示关键帧,实心圆点为有内容的关键帧,空心圆点为空白关键帧。Flash 默认每一层的第一帧为关键帧。添加了动作的关键帧上有一个字母"α",表示此帧有 ActionScript 脚本程序。

普通帧(Frame)指的是添加了动画效果的两个关键帧之间的过渡帧,或者静止帧。如果动画效果是运动补间动画,那么普通帧便是紫色;如果

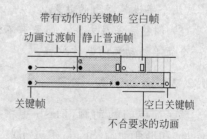

图 10-4 Flash 中的帧结构

是形变补间动画,则为绿色;如果是静止普通帧,便用灰色表示。而空白帧(BlankFrame)不包含任何对象,相当于一段空白影片,在时间线上用白色的方块表示。

　　在时间轴上选中某一帧,单击右键将出现帧的编辑快捷菜单,常用的编辑命令包括插入/删除,复制,关键帧、普通帧与空白帧之间的互换等。下面通过制作一个文字"数字媒体"被逐笔写出的 Flash 动画,来说明创建 Flash 帧动画的基本过程。

　　案例 10-1:"数字媒体"笔画

　　为了制作的简单方便,采用逆序的方式生成各帧,然后把帧序倒转,即可得到需要的帧动画。基本过程如下:

　　(1) 新建 Flash 文件。Flash 默认新建立的文件具有一个图层和一个空白帧,并且为当前编辑帧,可以直接在上面进行图形的创作。

　　(2) 制作第一帧(动画的最后一帧)。

　　① 在舞台中输入文字"数字媒体",此时属性面板变成文字属性,选字体为"华文行楷"。

　　② 连续输入的文字是一个组合在一起的矢量,为了后续制作,可将其打散,变成独立的文字,进而变成可填充的图形。选中"数字媒体"作为编辑对象,执行两次菜单命令 Modify/Break Apart 或者按两次快捷键 Ctrl+B,将文字打散。第一次打散将输入的四个字分离开来,变成四个独立的对象;第二次分别选择各个文字对象,将各个字符转化为填充图形。

　　(3) 制作第二帧。

　　① 选择时间线上的第二帧,按 F6 键或者选择鼠标右键菜单中的 Insert Keyframe,建立关键帧,此时该帧的内容与前一帧相同。

　　② 根据笔顺,使用橡皮擦将"体"字的最后一点擦去。

　　(4) 在第三帧建立关键帧,再擦去最后一点。

　　(5) 依次类推,创建后续各帧。擦完"体"字,其效果如图 10-5 所示。然后再依次擦去"媒"、"字"、"数",直到最后将所有文字都擦完。

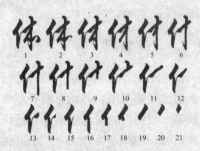

图 10-5　创建帧动画的各个帧

　　(6) 将逆序帧颠倒。选中所有帧,单击右键,执行命令 Reverse Frames,将帧序颠倒。

　　(7) 预览动画。执行菜单命令 Control/Play 或者直接按回车键,进行预览,可以看见"数字媒体"这几个字逐笔写出的效果。

　　(8) 调整和保存文件。如果有不满意的地方,可以逐帧调整修改,最后保存文件,完成一个简单帧动画的制作过程。

10.2.2　运动动画

　　除了简单的帧动画,Flash 更擅长的是制作各种补间动画,如运动动画(Motion Tween)和形变动画(Shape Tween)。用户只需要设置好首尾两个关键帧,Flash 便可以自动生成中间的各帧,这比起传统动画制作需要一帧一帧绘制,大大提高了效率。创建运动动画的基本步骤如下：

（1）建立一个元件，其中包含运动对象。

（2）创建首帧，把运动对象从库中拖动到舞台。

（3）插入尾帧，并调整其运动对象，可以使色彩、尺寸、位置等发生变化。

（4）选中首尾帧之间任一帧，用菜单项"Insert/Create Motion Tween"产生中间帧。

（5）选中任一中间帧，打开属性面板，可调整运动的各种属性，如旋转，运动速度等。

Flash 动画中的对象可以改变其透明度、亮度、色调等各种色彩效果，利用这种特征就可以制作出运动效果。下面，通过案例来说明其具体的制作过程。

案例 10-2：色彩变幻

首先制作一个影片剪辑元件，使数字"0"的色彩发生闪烁效果。方法是建立三个关键帧，保持"0"的位置不变，而色彩由浓变淡再变浓。

（1）建图形元件"0"，使之成为运动对象。

① 新建文件，选中文字工具，选择一种文字色彩，如红色，在舞台中输入数字"0"。

② 选中刚输入的字符"0"，执行菜单命令 Insert/Convert to Symbol，将其转换为图形元件，命名为"0"。

（2）建影片剪辑元件"0_motion"。

执行菜单命令 Insert/New Symbol，弹出新建元件对话框，选择 Movie Clip，命名为"0_motion"，单击"OK"按钮，便进入了元件编辑状态。

（3）编辑元件"0_motion"。

① 建立关键帧：

a. 在元件编辑状态下，按 F11 键打开 Library 窗口，将已建好的图形元件"0"拖入舞台，放置到第一帧。

b. 选中第 5 帧，执行右键菜单命令 Insert Keyframe，插入关键帧。同理，在第 10 帧插入关键帧。此时三个关键帧的内容一样。

② 关键帧色彩调整：保持第 5 帧的选中状态，选中字符"0"，查看 Properties 窗口，在 Color 下拉菜单中选择 Alpha，将其值设为 50%，该字符的颜色变淡。此时 Alpha 通道是作为透明通道使用，相关的概念见第 5.3.4 节。

③ 运动设置：在第 1 帧和第 5 帧之间执行右键菜单 Create Motion Tween，可以发现时间线上第 1 帧和第 5 帧之间出现浅紫底色的箭头。同理，在第 5 帧和第 10 帧之间建立 Motion Tween。

④ 预览和调整动画：选择第一帧，按回车键。可以看到字符"0"的色彩（透明度）从浓变淡再变浓。如果色彩变化效果不明显，可调整第 5 帧的 Alpha 值，动画效果将自动调整。

⑤ 保存元件：将舞台切换到原场景，退出元件编辑状态，保存 Flash 文件，将其命名为 Digital. fla。动画效果见光盘案例 10-2_0_motion. swf。

除了透明度（Alpha）变化以外，Flash 还提供了其他变色效果，如亮度（Brightness）、色彩（Tint）、高级（Advanced）变色效果等。色彩变化可以按照 R、G、B 分量分别调整，高级变化则可以按照 R、G、B、Alpha 四个分量分别以不同的系数调整。

案例 10-3：闪烁动画

下面要制作具有"数字"特征的一个动画效果，即一排由"0"、"1"组成的字符不停闪烁的效果。

(1) 打开已建的 Flash 文件 Digital. fla，重复前面的步骤，再创建一个剪辑元件"1_motion"，产生字符"1"的闪烁效果。

(2) 点击状态栏上的 Scene1，回到场景的编辑舞台中，将元件库中的 0_motion 和 1_motion 多次拖动到舞台中的同一层上，并排列整齐，成为一排由"0"、"1"组成的字符，然后执行菜单命令 Control/Test Movie 检查播放效果。可以看到"0"、"1"的闪烁。

(3) 保存文件 Digital. fla，动画效果见光盘案例 10-3_01_motion. swf。

案例 10-4：对象的移动

下面要制作的效果是使一排数字"1011"依次从左向右运动。

(1) 打开上例文件，并打开元件库。

(2) 新建一个影片剪辑元件，命名为 Running，进入该元件编辑状态。

(3) 创建第一帧。

① 将前面制作的元件 0_motion 和 1_motion 从库中拖到舞台上，每个实例各占一层，分别命名为"1"、"2"、"3"、"4"，如图 10-6 所示。

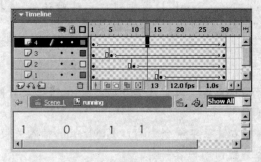

图 10-6　一排数字移动的编辑过程

② 调整所有实例的位置，第一层实例排在最左边，舞台上出现"1011"的数字效果。

(4) 创建最后一帧。

① 在第 30 帧分别插入各层的关键帧。选中层"1"的第 30 帧，按 F6 键或选择右键菜单 Insert Keyframe 或 Insert/Keyframe，输入关键帧。其他各层依次类推。

② 在第 30 帧处，选用舞台上的所有元件，按键盘方向键向右的箭头，将所有元件平移到舞台的右边。在移动时，如果同时按 Shift 键，将加速移动。

(5) 第 4 层运动设置。

① 第 1 层对象在最右边，最先运动。在层"4"的第 1 帧到第 30 帧之间任一处单击右键，选择"Create Motion Tween"，建立运动动画。

② 选择菜单 Cotrol/Play 或直接按下"Enter"键观察运动效果。

(6) 其他层运动设置。

① 第 3 层对象稍后于前面的对象开始运动。选中层"3"的第 5 帧，插入关键帧，然后在第 5 帧与第 30 帧之间选择"Create Motion Tween"，建立运动动画。

② 依次类推,分别制作剩下各层的运动效果,如图 10-6 所示。

(7) 切换场景,保存文件 digital.fla,以备下面的学习使用。

上面制作的数字移动动画是匀速运动的,下面改变对象的运动速度,使其作加速或者减速运动。

案例 10-5：运动属性调整

(1) 选中层“4”第 1 帧到第 30 帧之间任一帧,查看 Properties 面板,如图 10-7 所示,将 Ease 一项的值调到 −50,这样物体作加速运动,如果数值为 −100,可以模拟重力加速度。当然,如果 Ease 的值为正,物体便作减速运动了。

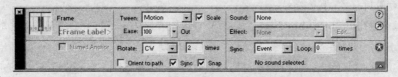

图 10-7　帧的运动属性参数调整

(2) 其他参数,如 Rotate,可以选择顺时针(CW)、逆时针(CCW)、自动(Auto)和无(None),从而控制对象的旋转方向和角度。

(3) 其他各层类推,由此可以创造出四个数字不同的运动效果,如光盘案例 10-5_01_moving.swf。

除了直线运动以外,Flash 还可以使对象按照一定轨迹运动,这需要为这个对象创建一个运动引导线(Motion Guide),只有在引导层(Guide Layer)中的图形才能够成为引导线。在引导层中绘图与一般的图层相同。下面以一个气泡的运动为例来说明制作的过程。

案例 10-6：运动轨迹设置

(1) 打开 Flash 文件 digital.fla。新建一个图形元件,将元件命名为 Bubble1,利用绘图工具绘制一个圆球。

(2) 新建一个影片剪辑元件,命名为 Bubble2,进入 Bubble2 的编辑状态,将 Bubble1 拖动到图层 1 的第一帧,双击时间线上“图层 1”这个名称,将图层 1 重新命名为 Bubble。

(3) 创建引导层。选中图层 Bubble,单击时间线中的新建引导层按钮;或者单击右键,执行右键菜单命令 Add Motion Guide 或 Insert/Motion Guide,便在选中层之上建立起一个引导层,其名称为 Guide：Bubble,意思就是该层是 Bubble 图层的引导层。可以发现,层 Bubble 向右缩进一段距离,以表示该层从属于引导层,如图 10-8 所示。

(4) 创建运动轨迹。用铅笔工具在引导层的第一帧上绘制一条曲线。

(5) 选中箭头工具,并单击 Option 面板中的 Snap 按钮。在第 1 帧,将圆球拖动到运动引导线的一端,在移动过程中当圆球

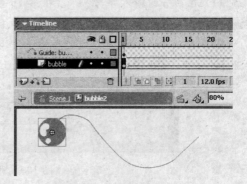

图 10-8　沿轨迹运动的实例

中心恰好位于引导线上时,圆球的中心将出现一个黑色圆圈,如图10-8所示。

(6)在Bubble层和引导层的第60帧分别创建关键帧。利用与步骤5同样的方法,将第60帧的圆球移动到引导线的另一端。

(7)在Bubble层的第1帧创建Motion Tween,按回车键观察效果,可见圆球沿着引导层所画的轨迹运动,但角度保持不变,如光盘案例10-6_bubble.swf所示。

(8)选中Bubble层的第1帧到第60帧中任一帧,查看Properties面板,选中Orient to Path选项,再播放并观察效果,会发现圆球在运动过程中角度会随着轨迹的基线变化,以保持与轨迹的相对方向不变。如果同时选择属性面板中的旋转(Rotate),则圆球在顺轨迹运动的同时还会自身旋转。

(9)选中Guide:Bubble层,点击时间线上标有眼睛一栏的黑色圆点,这时圆点变成红叉,表示隐藏了引导层,这样就只看见圆球在运动。

(10)选中Bubble层的第60帧,选中舞台上的圆球,打开Transform面板,在缩放比例一栏中输入120%,改变圆球的大小。除了缩放比例以外,还可以输入转动角度、倾斜角度等参数,为对象赋予更加复杂的变化。

(11)观察动画效果,调整各参数,以使动画更加自然。

(12)切换场景至Scene 1,保存文件。后面的例子中还将使用到Bubble这一元件。

10.2.3 形变动画

在Flash中,只有打散的图形图像才能产生形变动画,元件、文字、组等元素不能产生形变动画。当形变比较复杂的时候,可以在形变动画的首尾两个关键帧为图形添加形变点或对应点(Shape Hint),从而使形变更加平滑,这类似于Morph动画中的对应点的概念。对应点在舞台上用带圈的字母表示,随着对应点的增加,字母依次排列。在首尾两个关键帧的对应点是一一对应的。例如,在动画的第一帧添加了第一个对应点,默认为"a",那么在动画的最后一帧也同样有一个对应的点"a"。首帧的对应点用黄色表示,末帧用绿色表示,如果对应点没有放到形变对象的合适位置,则显示出红色。添加了适当的形变点之后,动画过程中便不会出现突兀的变化,动画将更加自然、平滑。

案例10-7:变形动画

下面来制作一个从字母"T"渐变到"H"的形变动画。

(1)在第一帧输入字母"T"。在第16帧插入关键帧,并把"T"改为"H",以确保首尾两个状态中字符的位置一致。然后分别执行Modify/Break Apart,将"T"和"H"打散。

(2)选中第1帧和第16帧之间任一帧,打开Properties面板,选择Tween下拉菜单中的"Shape"一项,如图10-9所示。这时时间线上第1帧和第16帧之间出现浅绿底色的箭头。

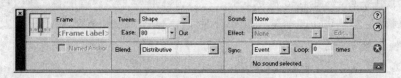

图10-9 形变属性面板

（3）播放并观察效果，会发现两个字母之间的变化并不平滑，因此需要为其添加形变点或对应点。

（4）选中第 1 帧，执行菜单命令 Modify/Shape/Add Shape Hint 或按快捷键 Ctrl＋Shift＋H，可以看见一个红色圆形并带有字母"a"的 Shape Hint 出现在舞台内。选中第 16 帧，可以发现也有一个红色带"a"的 Shape Hint。

（5）回到第 1 帧，选中箭头工具，并保持 Snap 按钮的选中状态，然后拖动 Shape Hint，使其位于对象边缘；选中第 16 帧，拖动 Shape Hint，将其置于适当的位置。当两个关键帧的 Shape Hint 都位于对象边缘之时，形变动画首帧的 Shape Hint 将变色为黄色，而末帧为绿色。照此方法增加其他 Shape Hint，如图 10-10 所示。

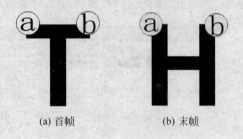

(a) 首帧　　　　　　　(b) 末帧

图 10-10　为关键帧添加的形变提示

（6）播放动画，可以发现变形效果大大改善。设置的对应点 Shape Hint 越多，越容易控制变形的方向和效果。

（7）调整属性（Properties）面板上的参数 Ease 的值，则可以控制形变的速度，由慢变快或由快变慢。默认值是匀速变化。

（8）调整属性面板上的参数 Blend，可选择 Distributive，如图 10-9 所示，或者 Angular。前者使形变更加平滑，后者则保持中间帧出现的角度或直线的不平滑处。

动画效果见光盘案例 10-7_TH. swf。

10.3　音、视频的集成

Flash MX 支持多种音频和视频格式，用户可以将处理过的音频和视频素材导入 Flash 库中，与其他元件一样，可以被使用若干次，但不增加文件容量。

10.3.1　音频的控制

Flash MX 支持 WAV，MP3，AU 等音频格式的导入。导入的音频数据可以存放在库中，便于重复使用。在 Flash 文件中加入音频，只需将音频对象加载到某一层中，同时通过属性面板控制音频的播放。音频数据最好占用独立的一层，这样便于编辑和控制。Flash 中的音频有两种控制方式，一种是事件声音（Event Sound），一种是流式声音（Stream Sound）。事件声音需要完全下载才能播放，流式声音则可以边下载边播放，更适合于带宽窄的网络条件。

执行菜单命令 file/Import to Library，然后选择需要导入的音频文件，确认后就可将音频文件导入到库中。打开 Windows/Library，可以发现选择的音频文件导入到了库中，可以播放预览。执行菜单命令 file/Import，然后选择需要导入的音频文件，确认后就可将音频文件直接导入到舞台中。此外，Flash 也提供了一个自带的声音库，下面通过案例来说明其应用方法。

案例 10-8：音频应用

以 Sounds Library 中的 Beam Scan 为例子，介绍 Flash 中音频的简单编辑过程。

(1) 单击 Window/Common Libraries/Sound，打开声音库。选择并预听 Beam Scan 音效。

(2) 新建并选中一层，将 Beam Scan 对象拖到舞台。这时声音对象并不会显示在画面上，但是时间线上声音层是以波形出现的，如图 10-11 所示。一层上可以加载多个音频对象，或加载其他对象。但是最后把音频对象单独放置在一层上，这样一层就是一个声音通道，当播放 swf 文件时，所有层上的音频将按照帧的顺序叠加起来。

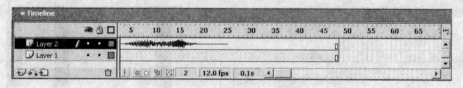

图 10-11　时间线上的音频层

(3) 选中声音层的第一帧，查看 Properties 面板，如图 10-12 所示。音频的属性控制主要包括特效(Effect)、同步(Sync)和循环(Loop)控制。

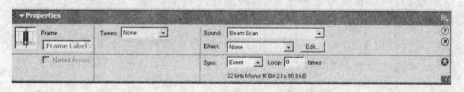

图 10-12　音频的属性面板

① 同步控制可以选择如下的几种方式：

事件(Event)：事件音频独立于时间线。无论 swf 中的画面是否停止，事件音频都从第一帧播放到最后一帧。事件音频可能产生叠加效果。例如，单击鼠标的声音就是一种事件声音。当用户连续点击鼠标时，前一个事件声音没有结束，后一个声音可能就同步触发了。

起始(Start)：起始的控制效果与事件类似，不同的是当前面的声音没有结束时，新的声音不会被触发。

停止(Stop)：使选中的音频静音。

流式(Stream)：流式音频适合于网络播放，Flash 将迫使画面与音频同步。如果画面的显示速度不够快，将出现跳帧的现象。与事件声音不同的是，当画面停止后，流式音频也自动停止。因此，当画面结束后流式声音不会延续。流式声音也能产生叠加效果。

② 循环次数是指定声音的循环播放次数。对于连续播放，应该使循环次数足够大。例如，要让一段 15 秒的音频连续播放 15 分钟，循环次数应该设为 60。注意流式音频最好不要循环播放，否则循环多少次，SWF 文件的容量将扩大多少倍。

③ 特效处理：Flash 中对音频特效的处理方式基本上与 Premiere 和 GoldWave 软件

类似,常用的如淡入淡出效果。

10.3.2　视频控制

　　Flash MX 所支持的视频剪辑格式包括 AVI,MPG,MOV 等。视频的导入与音频导入类似。导入视频时,选中了视频文件后将出现 Import Video Settings 对话框,可调整视频参数如压缩质量、关键帧间隔和画面缩放等。拖动滑动条,改变各参数直到自己满意为止。将视频导入库以后,就可以像使用图形、图像、Movie Clip 等其他元件一样重复使用该视频剪辑。

　　Flash MX 不能对输入的视频进行编辑,因此如果要修改视频剪辑,就需要使用其他视频编辑软件对原视频文件进行编辑,然后更新 Flash MX 中的视频。选择 Library 面板中的视频剪辑,单击面板右上角的菜单图标▤,在弹出菜单中选择 Properties,弹出 Embedded Video Properties 对话框,单击 Update 按钮即可。如果要替换当前视频剪辑,单击 Import,选择需要的视频文件。下面通过一个实例说明视频与音频的配合将为一辆旋转的汽车配上音效。

　　案例 10-9：视频与音频的配合

　　(1) 打开文件 digital.fla。

　　(2) 执行菜单命令 File/Open As Library,打开 Flash 文件夹中 Samples/FLA/ Import_video.fla 文件。这时可以看到打开的 Library-Import_video.fla 库中出现了导入的 Import_video.fla 中包含的几个对象。

　　(3) 新建 Movie Clip 元件,命名为 Car,选中 Layer1,将 Library-Import_video 中的 Stiletto.avi 拖到舞台,单击弹出的警示窗口的"Yes"按钮,扩展当前帧数。这时 Stiletto. avi 自动加入到本文件的库"Libray-digital.fla"中。

　　(4) 新建一个层,命名为 Sound,选中第一帧,将 Library-Sounds 中的 Beam Scan 拖到舞台。

　　(5) 预览动画,可以发现视频的时间比音频长。选择音频对象,将其循环参数设为 2,使声音和画面配合得比较协调。

　　(6) 切换场景,保存文件,完成 Car 元件的编辑,动画效果见光盘案例 10-9_car.swf。

10.4　互动的实现

　　在简单的 Flash 文件中,动画是依照场景和帧的次序播放的。而互动式的动画是由用户通过键盘和鼠标与计算机进行交互,从而控制播放的过程。例如可以通过鼠标点击按钮来控制影片的播放或者停止,可以用鼠标拖曳屏幕上的一个对象,也可以输入信息等。在 Flash 中,交互功能主要是通过各种按钮、单选框、复选框、文本框等形式来实现的。

　　Flash 中交互动作的实现都是通过其 ActionScript 脚本语言来实现的,脚本语言定义了一种与软件程序的交流方式。用户通过脚本语言告诉 Flash 如何运行,并且获得 Flash 在其运行过程中的状态,这种双向的交流就构成了互动式的动画。ActionScript 是一种面向对象的编程语言。与其他程序语言一样,ActionScript 遵循自己的语法,有自己的关键字,也有运算符,允许使用变量。ActionScript 包含了内置的对象和功能,同时也允许用户自己创建各种对象和功能。ActionScript 的语法和风格与另一种面向对象的程序语言 JavaScript 十分相似。在 Flash 中,用户通过动作(Actions)面板来编写简单的 ActionScript,实现交互动作。

10.4.1　动作的概念

　　动作(Actions)是 ActionScript 中的一种陈述,用来指示一个 Flash 动画播发过程中需要执行的一个交互动作。例如,"goto"这个动作是将运行的指针指向 Flash 文件中的某一帧。因此,为 Flash 动画指定一个动作,该动作必须附属于舞台上某个按钮、影片剪辑(Movie Clip)或者时间线上的某一帧才能起作用。

　　动作面板用来选择、拖曳、整理和删除一个 Flash 文件中的动作。选择了一个动作对象(帧、按钮、动画剪辑)以后,执行菜单 Window/Actions 或者按快捷键 F9,将打开 Actions 面板,如图 10-13 所示。它主要由以下几部分构成:

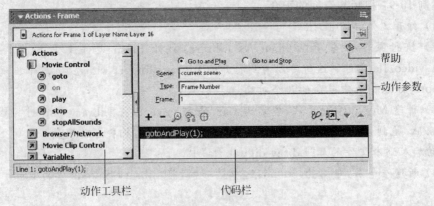

图 10-13　动作面板示意

　　1. 标题

　　标题栏说明动作将附属于的对象。如图 10-13 中标题栏的内容为"Actions for Flame 1 of Layer name Layer 16",动作将赋予"Layer 16"层的第一帧。也就是说,当选择一个动作时,用户首先选择动作将赋予的对象,如按钮、影片剪辑或者某一帧。

　　2. 动作工具

　　动作工具栏将各种动作进行了分类排列,如动作"Action"类、属性"Properties"类、对象"Objects"类等。当选中一个按钮、影片剪辑或者帧对象时,Actions 面板中的动作工具栏便会显示出该对象可用的动作。选择了一个动作,则在工具栏的右边文本栏中出现该命令的简要说明,若需要进一步了解,可以单击面板右上方的帮助图标。

　　3. 代码

　　双击动作工具栏中的某一个动作,则该动作就赋给了选中的对象,同时该动作代码将出现在代码栏(脚本窗口)中,这也就是该动作对应的 ActionsScript 语言。动作的参数将出现在代码栏的上方,供用户调整。

除了通过动作工具栏添加动作之外,还可以单击动作面板上的"＋"按钮来添加动作,只需要单击该按钮,从弹出菜单中选择命令即可。"－"按钮删除动作。

4．动作编辑

动作面板具有两种编辑状态,普通(Normal Mode)或专用(Expert Mode)状态。在普通编辑状态下,如图 10-13 所示,用户可以通过选择动作工具栏中的动作来编辑脚本语言,面板上有详细的提示,指导用户一步步选择该动作的各项参数。

选中并双击动作工具栏中的某个工具,则在脚本窗口的上方将出现该工具的参数栏,用户通过选项修改该动作的可选参数。自动生成的脚本语言将出现在脚本窗口中,从而完成简单的 ActionScript 编写。因此,在这种编辑状态下,用户不需要具备太多 ActionScript 程序语言的知识,也能完成动作的编辑。

通过动作面板的弹出式选项菜单,可以切换到专用编辑状态下。在这种状态下,用户需要直接在脚本窗口中输入和编辑脚本语言,这种方式类似于用文本编辑器来编写程序,适用于对脚本语言比较专业的用户。

10.4.2　按钮的制作

按钮是最常用的交互方式,例如,用户通过按钮可以控制 Flash 的跳转,播放动画中不同的场景。Flash 默认按钮具有四个状态：Up、Over、Down 和 Hit。Up 表示按钮的正常状态,Over 是当鼠标放在按钮上所呈现的状态,Down 是按下鼠标键时的状态,而 Hit 则规定了按钮的有效范围。定义一个按钮时,首先需要把将四个按钮图形分别与四个按钮状态联系起来,一般情况下,四个按钮图形是一个基本图形稍加变形后产生的。按钮制作完成后,将一个动作赋予按钮实例,这样在 Flash 的播放过程中,鼠标在按钮上的动作就会导致不同按钮状态对应的图形显示。下面通过一个实例介绍如何制作一个简单的按钮。

案例 10-10：按钮的制作

利用案例 10-6 制作的元件 Bubble1 来制作一个按钮。按钮的正常状态是静止的圆球,当鼠标移动到按钮上面时,圆球上的文字变成红色,按下鼠标键的时候文字又变成黑色。

(1) 新建文件,执行菜单命令 File/Open As Library,打开文件 digital.fla 的元件库。

(2) 新建一个元件,选择其类型为按钮,命名为 Bubble3。

(3) 新建按钮元件后,进入按钮元件的编辑状态。按钮是一种具有特殊时间线的元件。按钮的时间线上有三个关键帧,分别对应按钮的 Up、Over、Down 三个状态,Hit 帧定义按钮对鼠标动作的响应范围,如图 10-14 中的时间线所示。

(4) 首先设定制作 Button 首帧图形。选中 Up 帧,将 Library 中的 Bubble1 拖入舞台。

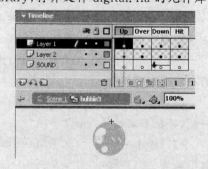

图 10-14　创建按钮元件

(5) 新建一层,在第二层的第一帧"Up"中输入文字"PLAY"。

(6) 选中文字,按 Ctrl+B 两次,第一次将输入文字按字母打散,第二次将文字打散成图形,然后用箭头工具改变文字形状,并置于 Bubble1 的实例之上,如图 10-14 舞台所示。

(7) 在第一层和第二层的第二帧"Over"、第三帧"Down"和第四帧"Hit"中分别建立关键帧,这样 Up 帧的图形自动复制到了后面的三帧上。

(8) 在第二层的第二帧中,使用 Shift+箭头工具选中"Play",查看属性面板,将填充色改为红色。

(9) 在第三帧制作鼠标键按下的状态。第三帧默认的内容是第一帧的内容,同样选中第二层的"Play",将其颜色改为黑色。

(10) 第四帧仍然保持第一帧的内容,无须进行处理。然后为按钮添加音效。新建一个层,将其命名为 Sound,专门放置音频文件,分别在四个状态建立关键帧。

(11) 选中第三个关键帧,即 Down 帧,打开 Common Libraries 中的 Sounds,将 Keyboard Type Sngl 拖到舞台。这表示当鼠标键按下的时候将播放该音频,如图 10-14 时间线所示。当然,也可以为其他关键帧添加音频,使按钮在不同状态下发出不同的声音。

这样,一个按钮元件就完成了。切换场景,退出按钮编辑状态。但是这时候的按钮元件只是具备了外观,并不能实现交互功能,如光盘案例 10-10_button.swf 所示。因此需要为按钮增加 Action,使其执行一个动作。

10.4.3　为影片添加动作

动作是由脚本描述的,并通过动作面板赋予时间轴上的某一帧,或者舞台上的一个按钮或视频剪辑。如果动作赋给了某一帧,则当动画文件的播放指针指向该帧时,将自动引发动作的执行。如果动作赋予动画剪辑或者按钮,则某一事件的发生将引发动作的执行,例如,鼠标的移动、按键或者动画剪辑的装载等都能引发动作的执行。通过 ActionScript 可以发现这些事件的发生时间,从而执行赋予这些事件的动作。

赋予按钮和视频剪辑的动作被包含在一种特殊的动作"handlers"(操作指针)之中,由 handlers 管理着事件,并引发动作的执行。下面将通过案例说明。

案例 10-11:按钮的动作

为前面制作的按钮 button 添加动作,用它来控制一段动画的播放。也就是说,动画应该在影片的第一帧处停止,只有用鼠标单击"Play"按钮时,才开始播放影片。

(1) 新建文件,并以库的方式打开 digital.fla,利用案例 10-8 创建的元件 Car 时用到的一段视频剪辑。

(2) 打开库"Library-digital.fla",把其中的元件 stiletto.avi 拖动到舞台第一层的第一帧,并把层名改为"car"。

(3) 新建一个层,命名为"button",在第一帧处将库中的按钮 Bubble3 拖到舞台上视频图像旁。

(4) 用按钮来控制 car 的播放。

① 选中舞台上的按钮。打开 Actions 面板,此时该面板的标题指示为按钮 Bubble3 的动作。左边动作工具栏中的 Action 一栏出现 Action 的子类,单击 Movie Control 一栏,继续出现 Movie Control 类的动作,其中包括 Play。双击 play 命令,便将其添加到了 Bubble3 的实例上。面板右下方的代码栏中便出现了命令行,如图 10-15 所示。

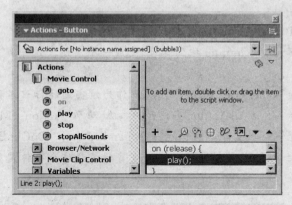

图 10-15　按钮控制的动作面板

这里 play 命令被自动包含在 on(release)命令之中。on(release)就是一种"handlers"(操作指针)命令,其功能是判别是否有单击按钮的事件发生。

这个组合命令的含义是如果用户单击按钮,则执行 Play 命令。

② 选中代码栏中的某一命令行,代码栏上方将出现该命令的可选参数。在这个例子中不需要修改该命令的参数。这样,就为按钮添加了一个动作。

③ 执行菜单 Control/Test Movie 命令预览动作效果,可以发现此时按钮并没有控制住影片的播放。

案例 10-12:动作控制

Flash 影片在播放的时候一般都是默认从第一帧开始自动播放,这样一来,前面制作的按钮就失去了作用。因此需要为影片添加一个帧动作,阻止影片的自动播放。

(1) 选择时间线上 car 层的第一帧,在 Actions 面板中为该帧添加动作 Action/Movie Control/Stop。添加了这个帧动作后,该视频剪辑就将在第一帧停止,而不会继续播放。在为时间线上的帧添加了一个动作之后,对应帧的位置将出现一个"a",如图 10-16 所示。

(2) 执行菜单命令 Control/Test Movie,重新检查制作的效果,可以发现影片停在了第一帧画面上,单击鼠标后影片才开始播放。

图 10-16　为影片增加按钮动作的实例

(3) 保存文件 control_car.fla。动画效果见光盘案例 10-12_control_car.swf。

在 Flash 中,当 Movie Clip 被拖到舞台中使用的时候,这个元件便成为了一个 Instance,即实例。"StartDrag"命令可以用来拖曳一段正在播放中的视频剪辑,而

"StopDrag"命令用来取消"StartDrag"动作。通过这个命令的使用,可以了解为 Movie Clip 的实例添加动作的过程。

案例 10-13:对象的拖曳

用案例 10-4 中生成的视频剪辑元件 running,来制作鼠标拖动一个 Movie Clip 的效果。

(1) 打开案例 10-4 中制作的文件 Digital.fla,打开元件库窗口。

(2) 将影片剪辑元件 Running 拖到舞台,变成一个实例。选中舞台上的这个实例,查看属性面板。

(3) 在 Instance Name 一栏中输入 Digital,作为该实例的标识名称。

(4) 保持选中实例,在 Actions 面板中添加动作 Actions/Movie Clip Control/startDrag。同样,这个命令被自动包含在一个 handler 命令"OnClipEvent(Load)"之中,如图 10-17 的代码栏中所示,其功能是首先检查剪辑装载这个事件是否发生,然后才使剪辑变得可拖曳。

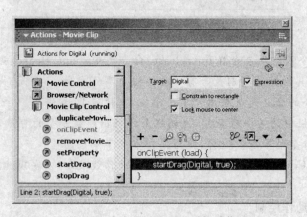

图 10-17　为 Movie Clip 添加动作

(5) 选中第二行命令 startDrag,可以看到该命令包含的几个参数。在这个例子中,可以不设任何参数,也可以选中"Expression",然后在 Target 一栏中输入"Digital",指定拖曳的目标。如果选择"Lock Mouse To Center",则使被拖曳对象锁定在鼠标中心处。设置好的动作面板如图 10-17 所示。

(6) 执行菜单命令"Control/Test Movie"预览,其效果为影片剪辑 Digital 在播放的过程中随着鼠标的移动而移动。

光盘案例 10-13_拼图游戏.swf 就是采用这种拖曳的方式实现的,光盘附原文件。

本章案例过程见光盘案例 10_digital.fla,案例 10_course.fla。

10.4.4　脚本语言应用

在前面的例子中已经接触了一点 ActionScript 脚本语言,这种面向对象的语言可以灵活地建构各种交互式动画影片,甚至完成整个网站的建构。通过脚本语言编写的脚本,可以指定 Flash 动画中当一个事件发生时需要执行的下一步动作。有些事件可以引发脚本的运行,如播放到某一帧;装载(Load)或卸载(Unload)某一段动画剪辑;单击一个按钮;或者按下键盘上的某一个键等。

脚本可以由单个动作命令组成,例如播放或者停止一段动画剪辑,也可以由一系列动作命令组成,例如首先检查是否满足某种条件,然后播放一段动画剪辑。许多动作命令都很简单,可以完成动画的基本控制,另一些命令需要用户熟悉编程语言后才能完成 Flash 的进一步交互设计。因此,在开始编写脚本语言的时候,并不需要了解整个 ActionScript 的内容。如果目标明确,可以从简单的动作(Action)开始建构脚本。在逐步完成复杂的交互功能的过程中,对这种语言就会有进一步的认识。

与其他计算机语言一样,ActionScript 具有自己的语法规则,预设和保留了关键字,提供操作数,并且可以使用变量来存储和调用信息。ActionScript 脚本语言还包括一些内建的对象和函数,并且允许用户创建自己的对象和函数。ActionScript 的语法和风格与 JavaScript 类似,同时它具有向下兼容性。下面通过一个校园互动导游的综合动画案例,进一步介绍脚本语言的运用。

案例 10-14:校园互动导游

校园互动导游,通过在一张地图上单击不同的景点,可进入到该景点的介绍,浏览后返回原地图。因此,这个小小的互动导游动画包含约 10 个不同的场景,互动结构如图 10-18所示,场景间都是互动点,通过用户单击动画才能继续。

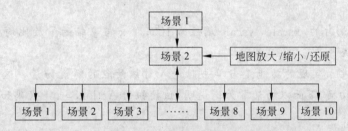

图 10-18 校园互动导游动画结构图

场景 2 是导游地图界面,它是用户与动画互动的主要界面,通过按钮单击还可以将地图放大/缩小/还原。下面主要结合场景 2 的设计,进一步介绍 Flash 互动及控制的实现。

(1)设计场景 2 的功能:地图的展示,地图的放大/缩小/还原,地图上六个景点介绍的控制按钮,校徽介绍的控制按钮。

(2)制作地图底图:利用已有的地图图片,将其导入到库,然后将其制作成一个影片剪辑,放到场景中。实例名称为 map。制作成影片剪辑的目的是为了对其属性进行设置,实现后面的缩放及还原功能。

(3)制作功能按钮,并将其放在场景中适当的位置。

① 制作放大/缩小/还原的红色椭圆按钮元件。主要利用椭圆工具及填充工具。使按钮在弹起、指针经过、按下的时候呈现不同的颜色状态。

② 制作其他景点按钮的元件,景点按钮采用该景点图片作为按钮的方式。

(4)添加 ActionScript 功能控制代码。

① 放大按钮:实现的功能是当单击时放大地图,代码如下:

```
on(release) {     //表示当按钮上的鼠标释放时执行下面的代码
```

```
setProperty(map, _xscale, getProperty(map,_xscale) * 1.2);
setProperty(map, _yscale, getProperty(map,_yscale) * 1.2);
}
```

其中 setProperty：用以设置实例的属性；

getProperty：用以获得实例的属性；

_xscale、_yscale：确定从影片剪辑注册点开始应用的影片剪辑水平及垂直缩放比例，默认注册点是(0,0)。详见 Flash MX 帮助文件中 setProperty 函数的介绍。

setProperty(map, _xscale, getProperty(map,_xscale) * 1.2)这句代码实现的功能是将 map(地图)实例的_xscale 值设置为原来的 1.2 倍，即将场景中的地图沿 x 轴方向拉伸 1.2 倍。同理第二句代码实现将场景中的地图沿 y 轴方向拉伸 1.2 倍。

② 缩小按钮：实现的功能是当单击时缩小地图，代码与放大时一样，只是把倍率由 1.2 改为 0.8，从而实现缩小。

③ 复位按钮：实现的功能是当单击时复原地图，代码如下：

```
on(release) {
setProperty(map, _xscale, 100);
setProperty(map, _yscale, 100);
}
```

设置 map 影片的_xscale _yscale 属性为 100，即 x 与 y 轴的缩放比均为 100%，从而实现了地图的还原。

④ 景点按钮：实现的功能是当单击时进入对该景点的解说场景。这里主要是用按钮控制场景的切换，下面以场景 5 为例说明，该按钮的 ActionScript 代码如下：

```
on(release)
{
    gotoAndPlay("场景 5",1);
}
```

当单击该按钮的鼠标释放时，影片跳到场景 5 的第一帧去播放。

(5) 添加所需的场景。

添加影片所需的各个场景，执行插入场景的菜单命令：插入/场景。

在不同的新场景中继续动画的设计制作，需要注意的一点是，新场景中要有一个返回场景 2 导游界面的按钮。这个返回按钮动作脚本用到的还是场景切换 goto And Play。

(6) 完成制作。导游动画效果见光盘案例 10-14_互动导游.swf,原文件案例 10-14_互动导游.fla。

思考题

1. 比较矢量图与位图，分析二者的区别，并比较二者创作过程的异同。
2. Flash 中元件、实例和组件各有什么特点，它们之间有什么联系与区别？

3. 比较 Flash 和 Photoshop 软件中层的概念有何异同。

4. 比较 Flash 和 Premiere 软件中时间线概念的异同。

5. 比较 Flash 软件和 Photoshop、Premiere 软件在功能上的异同。

6. 如何减小一个 Flash 动画的容量?

练习 10　Flash 动画制作与创意

一、目的

1. 通过本章的学习,理解和掌握 Flash 软件中涉及的基本概念,其实现动画的基本原理及实现的方法。

2. 通过矢量动画软件 Flash 的使用,掌握制作矢量动画的基本方法,了解设计制作矢量动画的大致过程。

3. 实现简单 Flash 动画的创意设计。

4. 了解互动媒体的实现方式。

二、内容

1. 练习使用 Flash 的绘图工具进行简单的矢量图绘制,注意与 Photoshop 的绘图功能相比较。

2. Flash 简单运动动画的制作,根据本章介绍的内容,练习制作运动动画和变形动画,观察动画效果并进行适当的调整。

3. 为动画增加交互功能,制作按钮控制影片的播放,并尝试为帧和 Movie Clip 增加各种 Action,熟悉常用的 Action。

4. Flash 动画创意:

自定主题,按一定的创意和故事情节制作一个 Flash 节目,可以是动画短片或者网站内容。鼓励运用多种媒体,如配有文字、声音效果等。

5. 互动媒体实现:

修改和完成练习 2 设计的电子作业本网站。

三、要求

1. 提交动画创意作品,要求:

(1) 完整的 SWF 动画文件,要求有与内容相匹配的字幕、配音(乐)和声音效果。

(2) Flash 工程文件 fla,列举所用到的主要素材文件,并且说明其来源。

(3) 简述与创意相符的内容主题和脚本大纲。

(4) 总结自己在练习过程中所遇到的困难和解决的途径。

2. 电子作业本网站:

(1) 设计完成首页,可自由创意,自由选择媒体表现方式。

（2）统一各个栏目界面，并将各次作业链接成一个整体。可自由选择链接技术，用网页链接或 Flash 实现均可。

（3）要求第一次作业为"学习计划"，最后一次作业为"学习总结"。

（4）版权页要求：数字媒体作业本，作者：AAA；最后更新：AAA；作者简介（自由创意）。

下载案例索引

案例 2-1 生物系学生节开场短片"生辉" ……… 30
案例 4-1：图像亮度不同所呈现的色感不同 … 89
案例 4-3：色彩模式转换与调色板的应用 …… 96
案例 4-4：网络教学中的色彩应用 ………… 98
案例 4-5：相邻色对比 ………………… 98
案例 4-6：互补色对比 ………………… 99
案例 4-7：通过对比度调整明度效果 ……… 99
案例 4-8：用渐变填充实现同种色调和 …… 100
案例 4-9：对比色的调和 ……………… 101
案例 4-11：图像格式转换与压缩效果比较 … 105
案例 4-12：分辨率与图像大小调整 ……… 107
案例 4-14：不同分辨率的叠加效果 ……… 111
案例 5-2：平面上纵深感的形成 ………… 116
案例 5-3：通过后期处理形成运动感 …… 117
案例 5-4：通过裁剪突出主题 ………… 117
案例 5-5：井字构图法 ………………… 119
案例 5-6：通过旋转平衡画面 ………… 119
案例 5-7：对称与不对称平衡的比较 …… 120
案例 5-8：对比原理应用 ……………… 121
案例 5-9：网页界面设计的综合应用 …… 122
案例 5-12：选区色彩与边缘的融合 ……… 128
案例 5-13：编辑对象的精确选取 ……… 129
案例 5-14：用图章修复图像局部 ……… 130
案例 5-15：构图与局部色彩调整 ……… 131
案例 5-17：利用图层蒙版拼接全景图 …… 133
案例 5-18：利用通道实现图像与
        视频的叠加 ………………… 134
案例 5-19：阳光的舞蹈 ……………… 135
案例 5-20：静月思 ………………… 135
案例 5-21：背景与前景的关系处理 ……… 136
案例 5-26：书签设计与制作 ………… 144

案例 6-1：动画的瞬间画面是静态图像 …… 148
案例 6-2：视觉残留实验 ……………… 149
案例 6-3：传统动画片的概念 ………… 150
案例 6-7：Flash 的二维运动效果 ……… 156
案例 6-8：旋转的地球 ………………… 157
案例 6-12：苹果落叶 ………………… 164
案例 6-13：动画小图标 ……………… 165
案例 6-15：3000 年代的孩子们 ……… 167
案例 6-16：动画图标的故事 ………… 167
案例 6-17：变形的实现过程 ………… 169
案例 6-18：成长中的孩子 …………… 170
综合案例   新年乐 …………………… 173
案例 7-1：不同乐器的音色比较 ……… 179
案例 7-3：不同格式的音频视听比较 …… 187
案例 7-5：MIDI 与 WAV 音频的视听比较 … 192
案例 7-6：新年贺卡的提示音效 ……… 196
案例 7-7：光盘《颐和园》与《National Park》
        背景音乐的比较 …………… 197
案例 7-8：音乐动画的背景声 ………… 198
案例 7-9：动画卡"墨荷"的音乐造型 … 199
案例 7-10：DV 短片《森林之旅》 …… 199
案例 9-1："敖得萨阶梯"蒙太奇 …… 242
案例 9-7：《红楼梦》之"宝黛共读" … 249
案例 9-8：摇、移、跟镜头运用 ……… 250
案例 9-14："淡化"转换编辑 ……… 257
案例 9-16：用"划像"实现屏幕分割 … 259
案例 9-17：抓图特技 ………………… 261
案例 9-18：速度控制与镜头慢放 …… 262
案例 9-21：跳跃的字幕 ……………… 265
案例 10-2：色彩变幻 ………………… 281
案例 10-3：闪烁动画 ………………… 282

案例 10-4：对象的移动 ……………… 282　　案例 10-10：按钮的制作 ………………… 289

案例 10-6：运动轨迹设置 …………… 283　　案例 10-12：动作控制 …………………… 291

案例 10-7：变形动画 ………………… 284　　案例 10-13：对象的拖曳 ………………… 292

案例 10-9：视频与音频的配合 ……… 287　　案例 10-14：校园互动导游 …………… 293

参考文献

1. 刘惠芬. 数字媒体设计. 北京:清华大学出版社,2006

2. 刘惠芬,何玲,等.数字媒体——作品观摩与点评. 北京:清华大学出版社,2004

3. 李彬. 传播学引论. 北京:新华出版社,1993

4. 林福宗. 多媒体技术基础. 北京:清华大学出版社,2002

5. 郑人杰. 软件工程(高级).北京:清华大学出版社. 1999

6. 刘开文,刘远航. 数码相机原理、使用与维修. 贵阳:贵州科技出版社,2001

7. 张益福. 摄影色彩构成. 沈阳:辽宁美术出版社,1995

8. 王序主编. 松井桂三平面设计师之设计历程. 北京:中国青年出版社 1996

9. 张磊. 平面设计的创意与表现. 哈尔滨:黑龙江美术出版社,1997

10. 施寅. 计算机动画技术. 北京:清华大学出版社,1995

11. 全子一. 电视学基础. 北京:国防工业出版社,1985

12. 徐葆耕. 电影讲稿. 北京:北京大学出版社,2006

13. Spool J M, etc. Web Site Usability: A Designer's Guide. Rebound by Sagebrush, Nov. 1998

14. Lynch P J, Horton S. Web Style Guide: Basic Design Principles for Creating Web Sites. 2nd Edition. Yale University Press, Mar. 2002

15. Laurel B. The Art of Human-Computer Interface Design. Addison-Wesley, Jan. 1990

16. Conover T E. Graphic Communications Today. West Publishing Company,1995

17. IT 168 全原创 IT 主流资讯 http://publish.it168.com/

18. 中关村 IT 资讯网 http://www.ems168.com/

19. 手机的软件工作原理 http://www.laogu.com/wz_3094.htm

20. 周传基教授影视讲座 http://www.zhouchuanji.com/index.php

21. 电视节目编制技术,http://rts.dec.ecnu.edu.cn/zsb/zjx/zjx10/COURSE.HTMl(华东师范大学教育信息技术学系)

22. Ralf Steinmetz,Klara Mahrstedt. Mutiimedia Computing,Communications & Applications. 北京:清华大学出版社,Prentice Hall,1997

23. HTML 基础:http://unit.cug.edu.cn/wlzx/wlfw/frontp98cai/html/fundation/h012.htm

24. Adobe Photoshop 8.0. Help(软件自带电子帮助文档)

25. GoldWave 4.23 Help(软件自带电子帮助文档)

26. Adobe Premiere 6.0 Help(软件自带电子帮助文档)

27. Flash MX Help(软件自带电子帮助文档)

读者意见反馈

亲爱的读者：

感谢您一直以来对清华版计算机教材的支持和爱护。为了今后为您提供更优秀的教材，请您抽出宝贵的时间来填写下面的意见反馈表，以便我们更好地对本教材做进一步改进。同时如果您在使用本教材的过程中遇到了什么问题，或者有什么好的建议，也请您来信告诉我们。

地址：北京市海淀区双清路学研大厦 A 座 602 室　计算机与信息分社营销室　收

邮编：100084　　　　　电子信箱：jsjjc@tup.tsinghua.edu.cn

电话：010-62770175-4608/4409　　邮购电话：010-62786544

教材名称：数字媒体——技术·应用·设计（第 2 版）

ISBN：978-7-302-16132-5

个人资料

姓名：＿＿＿＿＿＿＿＿　年龄：＿＿＿＿＿　所在院校/专业：＿＿＿＿＿＿＿＿＿＿＿

文化程度：＿＿＿＿＿＿＿　通信地址：＿＿＿＿＿＿＿＿＿＿＿＿＿＿＿＿＿＿＿＿＿

联系电话：＿＿＿＿＿＿＿　电子信箱：＿＿＿＿＿＿＿＿＿＿＿＿＿＿＿＿＿＿＿＿＿

您使用本书是作为： □指定教材 □选用教材 □辅导教材 □自学教材

您对本书封面设计的满意度：

□很满意 □满意 □一般 □不满意　改进建议＿＿＿＿＿＿＿＿＿＿＿＿＿＿＿＿＿

您对本书印刷质量的满意度：

□很满意 □满意 □一般 □不满意　改进建议＿＿＿＿＿＿＿＿＿＿＿＿＿＿＿＿＿

您对本书的总体满意度：

从语言质量角度看 □很满意 □满意 □一般 □不满意

从科技含量角度看 □很满意 □满意 □一般 □不满意

本书最令您满意的是：

□指导明确 □内容充实 □讲解详尽 □实例丰富

您认为本书在哪些地方应进行修改？（可附页）

＿＿＿＿＿＿＿＿＿＿＿＿＿＿＿＿＿＿＿＿＿＿＿＿＿＿＿＿＿＿＿＿＿＿＿＿＿＿＿

＿＿＿＿＿＿＿＿＿＿＿＿＿＿＿＿＿＿＿＿＿＿＿＿＿＿＿＿＿＿＿＿＿＿＿＿＿＿＿

您希望本书在哪些方面进行改进？（可附页）

＿＿＿＿＿＿＿＿＿＿＿＿＿＿＿＿＿＿＿＿＿＿＿＿＿＿＿＿＿＿＿＿＿＿＿＿＿＿＿

＿＿＿＿＿＿＿＿＿＿＿＿＿＿＿＿＿＿＿＿＿＿＿＿＿＿＿＿＿＿＿＿＿＿＿＿＿＿＿

电子教案支持

敬爱的教师：

为了配合本课程的教学需要，本教材配有配套的电子教案（素材），有需求的教师可以与我们联系，我们将向使用本教材进行教学的教师免费赠送电子教案（素材），希望有助于教学活动的开展。相关信息请拨打电话 010-62776969 或发送电子邮件至 jsjjc@tup.tsinghua.edu.cn 咨询，也可以到清华大学出版社主页（http://www.tup.com.cn 或 http://www.tup.tsinghua.edu.cn）上查询。

清华大学计算机基础教育课程系列教材

书　　名	作者
C 语言程序设计习题解析与应用案例分析	黄维通 著
Visual C++ 面向对象与可视化程序设计(第 2 版)	黄维通 著
Visual C++ 面向对象与可视化程序设计习题解析与编程实例(第 2 版)	黄维通 著
C 语言程序设计	黄维通 著
Visual C++ 面向对象与可视化程序设计(第 2 版)多媒体课件	黄维通等 著
C 语言程序设计多媒体教程	黄维通等 著
TCP/IP 基本原理与 UNIX 网络服务	蒋东兴 著
计算机文化基础上机指导(第 5 版)	李秀等 著
计算机文化基础(第 5 版)	李秀等 著
数字媒体设计	刘惠芬 著
数字媒体——作品观摩与点评	刘惠芬 著
数字媒体——技术·应用·设计	刘惠芬 著
计算机辅助绘图基础(第 3 版)(AutoCAD 2002)	陆润民 著
计算机辅助绘图基础(第 4 版)(AutoCAD 2006)	陆润民 著
计算机图形学教程	陆润民 著
嵌入式单片机技术	沈永林 著
计算机硬件技术基础习题集	沈永林 著
计算机硬件基础教程——原理、技术及应用	史嘉权等 著
Linux 基础教程(1)操作系统基础	汤荷美 著
计算机辅助设计技术基础教程	唐龙 著
微型计算机系统原理及应用(第 2 版)	杨素行等 著
Java 语言与面向对象程序设计题解及实验指导(配光盘)	印旻 著
Java 语言与面向对象的程序设计	印旻 著
计算机网络(第 2 版)	张曾科 著
计算机网络(第 2 版)习题解答与实验指导	张曾科等 著
Internet 原理与技术	赵锦蓉 著
Java 语言程序设计	郑莉 著
C++ 语言程序设计案例教程	郑莉 著
C++ 语言程序设计课件(第 3 版)	郑莉 著
C++ 语言程序设计(第 3 版)教师用书	郑莉 著
C++ 语言程序设计(第 3 版)	郑莉 著
C++ 语言程序设计(第 3 版)学生用书	郑莉 著
C++ 语言程序设计习题与实验指导	郑莉等 著
Java 语言程序设计案例教程	郑莉 著